U1008837

小县城

许祚禄 著

安徽师范大学出版社

图书在版编目(CIP)数据

小县城 / 许祚禄著. — 芜湖 : 安徽师范大学出版社, 2017.6
(2017.12 重印)
ISBN 978-7-5676-2911-0
Ⅰ. ①小… Ⅱ. ①许… Ⅲ. ①长篇小说 – 中国 – 当代 Ⅳ. ①I247.5

中国版本图书馆 CIP 数据核字(2017)第 113958 号

小县城　　　　许祚禄◎著

责任编辑: 胡志恒
装帧设计: 王　彤
出版发行: 安徽师范大学出版社
芜湖市九华南路189号安徽师范大学花津校区
网　　址: http://www.ahnupress.com/
发 行 部: 0553-3883578　5910327　5910310(传真)
印　　刷: 虎彩印艺股份有限公司
版　　次: 2017年6月第1版
印　　次: 2017年12月第2次印刷
规　　格: 700 mm×1000 mm　1/16
印　　张: 18.25
字　　数: 299千字
书　　号: ISBN 978-7-5676-2911-0
定　　价: 48.00元

如发现印装质量问题,影响阅读,请与发行部联系调换。

流淌着道德血液的激情叙述

——许祚禄长篇小说《小县城》序

方维保

第一次见到许祚禄先生的时候，说实话，我是没有将他与小说家联系起来的。他是干企业的，跑过销售，在商海里扑腾了许多年。看他的样子，也确实像干企业出身的，但是，却没有那股子跑销售的江湖气。他是一个实诚的人，也是一个沉浸在思想中的人。他怀着文学的梦想，许多年的风霜雨露，许多年的利益纠葛，都没有使得他心中的梦想泯灭。他如今企业不干了，重新拾起早年的梦想，这不是所有的人能够做到的。在商品经济的时代，能够坚持文学的梦想，是非常稀缺的精神。我认为，他的文学梦想是坚韧的，而且是灿烂的。天寒地冻的冬天，街道的树上，一个清晰的花苞赫然在赭黑枝桠上放出绿意，虽然很微茫，但却预言着春的信息。许祚禄先生的坚韧而灿烂的文学梦想，如同那严冬中的花苞一样，让我敬服！让我感受到了温暖！

许祚禄先生的阅历是丰富的，作为一个有着数十年商业经验的商人，他走南闯北，见过的山水很多，交往过的各色人等很多，而关于人的故事当然更多。在做生意的时候，他可能就在心里将那些故事、感受都积攒了下来。如今，当他不做生意了，他憋在心里的感受和故事，便无可遏制地涌了出来。他要用小说的形式将这些都表达出来。我向来认为，诗人要感觉，小说家需要阅历。有感觉，才能有表达的欲望，有阅历才能洞察世事。许祚禄不但有着诗人的感觉，也有着小说家的阅历。所以，当他感觉要写作的时候，就是起风打雷山呼海啸，也无法阻止他激情笔墨流淌的。所以，当我看到他一部一部的长篇小说、中篇小说在杂志上发表，在出版社出版的时候，是一点都不奇怪的。

眼前的这部《小县城》，是许祚禄先生继长篇小说《子孙满堂》《沉默的群山》等之后的，最新的一部长篇小说。

许祚禄先生不但是一个有故事的人，而且还是一个会讲故事的小说家。这部《小县城》讲述一个叫做金山县的小县城里发生的官场故事。县城虽然小，但是故事很多。从哪儿说起，还是让人颇费脑筋的。许祚禄的聪明之处在于，他在故事里将我们当下最时髦的政治组织——“巡视组”，招来了。巡视组好比一枚深水炸弹，一下子就将小县城里沉积了许多年的人和事都炸了出来。巡视组在小说里很重要，但是又不重要，许祚禄就是利用它来讲述小县城的故事。他让它将小县城的矛盾挑动出来，纠结起来，翻腾起来，爆发出来，再最后解决掉。

在省委巡视组所炸出的故事里，许祚禄先生给它安排了几个层面：最核心的故事，是刘冬冬、潘潮风、沈金山三个大学同学之间的三角恋爱。在核心故事之外，又设置了晚一辈的刘明明、陈晓燕、李辉之间的三角恋爱。在这两个三角恋爱之外，又由这六个人物，分别分枝发杈，各自引出了一个系列的人和事，将金山大大小小的头面人物、陈年积累的旧账都牵涉了进来。当然，在这些线索中，还有一个隐形的线索，就是没有出场的县委书记张松。这个人物让我想起了曹禺的话剧《日出》中的金八，他虽然从来不出场，却控制着黑暗都市，是它的真正主宰。

许祚禄先生讲述小县城里的三角恋爱故事，不能说其中没有恋爱，但他显然是在利用三角恋爱将故事讲起来。他并不是在写一个言情故事，而是在讲一个类似反腐的故事。

核心三角恋爱中的三个人物，刘冬冬是个枢纽。因为她与潘潮风之间的爱情纠葛，才有了潘潮风到金山县当村书记；因为她对于潘潮风的钟情，才有了她自己也来到金山县做银行行长；也因为她的美丽，才有了金山本土出身的沈金山与她发生了爱情纠葛。这个人物最大的特点是痴情。她对于潘潮风的爱，可以说是刻骨铭心的。她不但利用自己的身体为潘潮风铺路，而且后来为了忏悔竟然毅然决然来到金山县，利用自己手里掌握的金融资源一路支撑昔日的恋人在官场上往上走。但是，她的爱是有毒的。她总是在帮助潘潮风，但是，她又总是在害她。当潘潮风要趁着法院与他作对而大量行政立案的时候，主动要求通过行政立案而解决民怨的时候，她却在通过种种手段不辞辛苦地让当事人撤案，让潘潮风的种种努力化作乌有。从最后的结局来看，她的爱将恋人引向了死亡，潘县长的坠楼自杀与她的行为有着密切的关系。尤其是她住在宾馆中并安装望远镜观看恋人办公室的行为，总是让人感觉怪怪的。说是爱是可以的，但这种爱中有着监视的意味。一个女商人，监视自己的恋人似乎无可厚非，但是，她监视的人是政府官员，这是有点儿恐怖的。她与沈金山之间的关系，显然有着很浓重的利用沈金山的味道。作者是喜爱这个人物的，但是，这个人物却一点儿都不可爱，她也是这个社会的毒瘤。

沈金山作为金山县的另一个主宰，他对于刘冬冬可以说是痴情的。他与刘冬冬之间的肉体关系，虽然多少有点儿乘人之危的成分，但是，当刘冬冬几乎是主动投怀送抱的时候，也是真情所致。而刘冬冬却一直利用儿子刘明明的暧昧身份，吊足了沈金山的胃口，牵着他的鼻子为潘潮风做事。从道德的层面上来说，虽然沈金山作为一个商人很庸俗，但是，刘冬冬显然更不地道。在这个故事中，沈金山这个人物是复杂的。在他与刘冬冬之间，他似乎就是一个傻子。但他分明是一个精明的商人，他不但能够从做矿山开始，一步一步成为金山县最大的商人，而且，还控制着金山县的公安、检察、法院，在金山县呼风唤雨，几乎无所不能。作者对这个人物是矛盾的。他一方面将他塑造成一个玩物，另一方面又将其塑造成黑社会老大，一个司法腐败的幕后人物，但除了在与刘冬冬的关系中，让他成为一个可笑的人之外，作者对他并没有多少的道德评价，尤其是最后他几乎成为一个硕果仅存的人物，逃过了惩罚。许祚禄先生通过这一人物，展现了小县城人事的复杂，也展现了人性的多面性。

三角恋爱中的潘潮风，是作者最为呵护的人物。潘潮风是在爱情遭遇背叛以后，赌气来到金山县当村书记的。作者用了大量的篇幅讲述了潘县长在基层养鸡的故事，讲述了潘县长受到人民爱戴的故事，讲述最多的还是潘县长生病住院后，他原来工作的村里乡亲，对他的关怀、对他的支持，特别是村里的民歌手唱的新民歌，几乎就是一首新时代的“好官颂”。作为一个理想主义的人物，作者在写他当县长的过程中，遭遇到了种种的黑色幽默。他获得提拔，并不是他的政绩受到赏识，而是因为昔日恋人刘冬冬的鼎力相助。而且，他的命运也可以说相当的悲惨。当巡视组到来后，金山县矛盾集中爆发的时候，本该承担这一切的县委书记却称病躲避，将他推向风口浪尖。他承受了各种莫名其妙的攻讦，如开发区老板的集体上告巡视组；如他的儿子刘明明对他的当面辱骂。他就是做了好事，如为李辉案平反做了贡献，依然无法平息人们对他的误解。在疾病、误解、诬告等的合力打击之下，他终于选择了自杀解脱这一条路。作者显然是在将潘潮风作为一个当代官员的楷模在写他的，但是，作者同样看到了当代好官所遭遇的悲惨处境。我相信，许祚禄在写到潘潮风自杀的场面时，他的心是在哭泣的。从作者将潘潮风之死，作为整个故事的高潮来看，我看到了作者叙述中的理想主义的道德血液在涌动。

在晚一辈的三角恋爱中，核心人物显然是刘明明。在整个故事的讲述中，刘明明这个人物非常的重要。因为他是银行行长刘冬冬的儿子，同时也是金山首富沈金山的假儿子，金山县长潘潮风的真儿子，所以，他在小县城叙述中，自然将金山县台面上的最重要的人物都扭结了起来。当然，在整个小县城故事的讲述中，他不仅仅是个扭带，还是最重要的实际推动力量。作者在刘明明的关系网中设置了一个连环套：他追求陈晓燕，陈晓燕为恋人李辉打官司，李辉因为父亲失踪案而被捕判刑，李辉父亲在矿难中失踪，金山采矿中的矿难黑幕。作者从陈晓燕为恋人李辉打官司开始，将矛头直指金山腐败黑幕的核心，同时，又将李辉父亲失踪的真相掩藏了起来。作者以爱情为动力，让刘明明充当了侦探的角色，一步一步地将金山最深层的黑幕揭示出来。刘明明的行为，恰恰与巡视组的行为形成了呼应，在金山地方试图掩盖真相的力量之外，建构一个反击的揭露的力量。

刘明明这个人物，不但在故事的叙述中很重要，而且作为一个人物形象也非常地鲜明。作者运用补叙、倒叙的手法，讲述了一个富二代的豪华做派。但是，他也讲述了这个人物的正直、善良、仗义，尤其是他利用沈金山、江铃这些他母亲的关系人寻找徐老三这一案件的关键人物的时候，还彰显了他的智慧、勇敢。这个人物，有的时候还是有点儿愤青的味道的，尤其是他当面踢打公安局副局长，当面辱骂县长，更是如此。但是，就如同对待潘潮风县长一样，作者在叙述中，好人的结果往往都是悲惨的。刘明明这个虽有小瑕疵却同时有着大善良的年轻学生，却在赢得爱情之后，死于非命。当然，他的身世更加的悲惨，作者有意设置“误会”桥段，让他成为推动其父亲自杀的一根稻草，又反过来让他父亲的死成为他死亡的原因。这样的桥段在叙事上虽然过于传奇，但是却深深地加重了县长潘潮风人生苦旅的宿命感。

在整个的小县城故事中，上面的几个主要人物，以及陈晓燕、李辉，巡视组的肖剑等，作者都采用了正剧的叙述方式，讲述了他们的人生故事；而对于由几个主要人物尤其是沈金山、刘冬冬关系网所牵涉进来的人物，如公安局副局长张景、检察院检察长胡高、法院院长赵日，高利贷放贷人江铃，黑煤窑矿主徐老三等，基本上都是丑角。作者采用闹剧式的方式，展现了他们的种种丑行、恶行。作者几乎是用漫画式的笔法，对他们进行了讽刺和揭露。从“赵日”“胡高”这些名号，就可以一眼看出作者鲜明的道德立场。

从叙事上来说，《小县城》这部小说是有情节性的，甚至有点儿波澜起伏，有着不断的掩藏和揭露的曲折过程，但整体上来说，它并不是情节小说，它显然是意在展现小县城的种种政治生态。整个小说，在叙述上流转非常地迅速流利，故事似乎是作者一气呵成的产物，而读者也被带动着，非要兴奋地一口气读完方才尽兴。所以，这虽然是一部长篇小说，但读起来似乎并不感到长。

一直关注许祚禄小说创作的吉林评论家庄稼汉先生说：

他是一位笔力沉实的作家，他以独特的反腐视角，匠心独运地将金山县城风云变幻中的众生相描摹出来，从而塑造了从省到县，一直到社会最底层的各类人物绝不雷同的艺术形象。而且在人物的命运走向上，作家并没有着意用笔锋引领人物性格的形成与发展，而是任由人物性格的成长方向顺流而下，水到渠成地让人物命运在故事情节的发展中自然涌动，这种客观呈现人物命运的写法，既使作品情景真实，叙事流畅，而且还因作者意向的引而不发和作品故事的自然流动，使得这部现实主义小说平添了许多文学张力，主题也更为深邃，从而更耐人琢磨，引人思考……

小说名字虽然叫“小县城”，但其叙述触角却远远地超越了县城，以其宏大的视角书写了新时代磅礴的反腐风云，而且把人物命运与人性的坚守与挣扎，放在时代风云激荡的环境里来观照，因此使得小说立论高远，意境开阔，思想也具有比较深刻的、震撼人心的力量……作品始终体现着强烈的时代精神，作品紧贴时代最前沿、紧扣时代最敏感的脉搏、紧抓时代最为新近的风声，并以其敏感体察、深刻观察、精准把握，以及高瞻远瞩的站位，使得他笔下的文字有超越当下的历史观，也就是人们平时所说的站得高望得远，其作品也具有深邃而独特的思想性和较为宝贵的文学品质。

古今中外的文学文艺史证明，只有深刻的东西才能传之后世，只有符合人们审美心理和需求的文学艺术，才能为人们永久地记忆。作为一部现实主义的长篇小说，《小县城》始终将一位作家的历史使命感与这个伟大的时代紧紧联系在一起。可以说，真正的当今中国精神中国发展的艺术诠释，是建立在对社会对人生的深刻真实的认识基础上的。作为深入时代前沿的作家，许祚禄应该是时代风云激荡中执著的守望者，他有着强烈时代责任感，也有着对现实中那些畸形现象的深深忧思。

对于这样的见解，我读完许祚禄的小说，也有同感。

以上所记，都是阅读后的拉杂的感受，不当之处，还望指教。

是为序。

（方维保，文艺评论家，安徽省文艺评论家协会副主席，安徽师范大学教授，博导，文学研究所所长）

CONTENTS 目　录

1 寻事生非

省委第一巡视组刚进入金山县境内，就遇到一场规模空前的警民大战，把他们堵在了大路上。

这是处于三省交界大山深处的金山县唯一的一条通向外面的公路，道路依山而建，弯曲向前，一边是高耸的连绵山峰，一边是一条宽阔的溪流。从路面铺设的沥青来看，这还是刚通车不到一年的新路，但是路面上已经出现了许多大洞小坑，颠簸难行了。

在路旁的一个检查站前，多放了一块崭新的宣传牌，上写“严查超载超限，确保道路安全”，几辆警车闪着警灯停在路旁，十几个全副武装的交警正在路上对过往车辆进行检查。

一些车辆停在路中间挡住了道路通行。几辆长途大客车也被堵在这里，许多游客下了车在焦急地等待着。

省委第一巡视组乘坐的专用面包车也被堵住了。巡视组副组长肖剑首先走下车来，了解情况。他还是一位三十几岁的英俊青年，身材高大，带着一副深度眼镜，更增加了他的一身文弱气质。

一些驾驶员正在围着交警不停地吵闹着。有讨好求饶的，有怒气冲天的，有唉声叹气的，有耍赖耍横的，正吵得纷纷攘攘，似乎有意要把大家都堵在这里。

“你们怎么专抓我们这些小货车，那路都是装煤炭装石子的大卡车压坏的。他们有后台，都是大老板，你们怎么不敢抓他们?”

“天下最黑的就是你们交警的心，你们就是戴着国徽穿着警服的车匪路霸，我们没有交保护费，你们就专抓我们，你们这马路就是纸糊的？我们这小货车也能压坏呀?”

“我们辛辛苦苦的跑一趟才多少钱啊，你们这还让不让我们小老百姓活了，我们一年跑到头都为你们交警跑了。”

“该抓的你们不抓，不该抓的你们乱抓。你们交警就是聋子瞎子，你们就会扣照扣分。”

“他们不是聋子瞎子，会送买路钱的不抓，专抓我们不会送钱的。谁叫我们没门路给他们送钱呢。”

“你们不要挡住大家的道啊，要罚就罚吧，我们金山交警早就是出名的罚款警察，证照齐全难过金山，要从此路过丢下买路钱，他们不罚款靠啥发奖金？”

“他们交警在我们金山还只是小泥鳅，算不了什么，你来了就算倒霉了吧。天下有路你不走，偏要来我们金山，你就认倒霉吧。”

肖剑走过去，想劝这些交警和驾驶员让开一条路，他知道金山县的领导们都在县里等着他们召开省委巡视组巡视动员大会，他怕在这里时间耽搁长了，影响了大会正常召开的时间。

那些驾驶员和游客一听说他们急着去开会，就更起哄了，一起拥过来把他们的面包车团团围住。一些人故意在惊叫着：“省城的牌照车啊，就是派头大，敢去指挥交警。”

“一定又是那个厅局的车，下来捞油水了。不然谁没事往我们金山跑。省里的车又能怎样，山高皇帝远，省里的皇帝管不了我们金山的事。”

“看来他们是又想到我们金山的土特产和山里野味了，不捞足他们是不会走的。小车装不下，这会改成面包车了啊。”

“咱们大山里的野味早被那些人捉光了送出去了，还要他们自己下来捞，真下来捞这些的都是些小虾米臭苍蝇之类的，也没什么来头。”

“那些野味土特产人家早就不感兴趣了，他们现在感兴趣的是我们大山里年轻的小白金，那些又白又嫩的小姑娘都被他们选走了，进贡了啊！”

肖剑被大家围在中间，动弹不得，现在才有些后悔没让县里派人来接。他一时又不好说明身份，只是着急地说：“驾驶员同志们，你们要配合好交警同志的工作。他们辛苦执法也是为了道路安全的，这也是为了你们大家好啊。不管怎么说，你们也不能堵住路，影响别人通行啊。”

“不是我们堵路，是这些交警太黑，不给我们路走啊！我们金山早就是警匪一家，交了买路钱才有路走，不交买路钱就抓你，不给走，我们大家就都不走了。”

大家正说着吵着时，只见又接连来了十几辆装满煤炭的大卡车。这些车子一停下，就从每辆车上跳下两三个穿着统一黑色衣服的大汉，不由分说就一起挥着木棍朝那些交警打去。那十几个正在执法的交警一看这气势，立即吓得惊慌失措四处逃散，跑得迟的个个挨了几棍。那些人一边呼叫着追打交警，一边把路边的几辆警车个个掀了个底朝天，挥动棍棒打砸着警车。显然他们的目的不是打人，而是要找这些警车撒气。

那些原来在旁吵闹的人，一起拍手大叫起来："打得好，这些狗日的交警早就该打了，我们被他们欺负得太久了，你们这些英雄好汉，抓住他们，一个都别让他们跑了，烧了他们这些狗日的车。"

一直坐在车上看看外面情景的省委第一巡视组组长何枫再也坐不住了，他及时走了下来，厉声喝道："都给我住手，你们这样公然袭警，是严重的违法行为，性质很恶劣，后果很严重。你们是要负法律责任的。"

车上省委巡视组的其他几个同志也一起急忙跟着下来阻止那些人继续砸车。

"你们是什么人？气势不小嘛。"那些人问道。他们一看见何枫，立即就被他的气势震住了。何枫看上去五十多岁，身材健壮结实，皮肤黝黑，两眼发出一种逼人的锋利光芒，往那里一站，就能给人一种不怒自威的震慑。

"我们是省委巡视组，我们就是到金山县来开展巡视工作的，你们有任何问题都可以去找我们反映。光天化日之下，你们怎能这样的无法无天，谁给你们这么大的胆子。"何枫严厉说道。

听他这么一说，刚才打人的那群人都住了手。有人说："你们只看到我们打人违法，你们就没看到他们一直都在违法执法，不是被他们逼上梁山，谁愿来和他们交警作对呀。这路就是为他们交警修的，我们每月每辆车暗地交他们两千保护费，可是他们心太黑了，现在要每辆车加到五千，他们不给我们活路，我们大家就都不活了。"

"什么保护费？有发票吗？"肖剑问道。

"你们上面当官的就是不食人间烟火了，这个私下给的保护费还能有发票啊，都是他们私分的。你们在上面的人不知道，这就是黑吃黑。他们哪个交警每月的灰色收入不是几万啊！金山最富的就是交警，一个协警都要花几十万买呢！我们都是在为他们打工卖命，他们还要吃人不吐骨头，一点水都不漏给我们喝啊。”

“只要你们合法营运，还要交什么保护费，你们看看这刚修好的马路被你们压成什么样了？你们都是靠这条路吃饭的，就不知道爱惜。”肖剑又说道。

“你以为我们想交啊，不交保护费谁能走得出去。这路坏了也不是我们的责任啊，本来就是豆腐渣工程啊，表面糊得好看，下面都是豆腐渣，再说这超载能怪我们嘛？你看我们这些两吨王的大卡车，明明要装三四十吨货的大卡车，偏偏只给你定位两吨，这不是故意设套让交警抓，让交警逮吗？有责任也是汽车制造厂、交管部门的责任啊，这车是怎么造的？定载是怎么定的？怎么着都是我们老百姓不对，该我们受宰受罚呀？”

“这些情况你们可以通过正常渠道向有关部门反映，不能采取这种极端的违法行为，你们是要负法律责任的。”肖剑说。

“我们金山早就是金山五毒的天下，我们找谁去反映？到哪都反映不通，只能自找麻烦，我们不想活了？”有人大叫道。

肖剑连忙问道：“什么金山五毒？都是什么时代了，你们金山还能有车匪路霸？”

那些人中一个领头的人站了出来，对着他们说道：“你们上面人就是不关心我们下面情况啊，我们全县的人谁不知道金山五毒呀，就你们没听说过啊。你们是省委巡视组，我就来告诉你们。我们现在就来反映问题，你们都可以记下来。我们金山现在最出名的‘金山五毒’就是那些‘五毒干部’。他们无处不在，一手遮天，我们金山早就是他们的天下了。金山一毒就是那些‘三无干部’，他们无德无才无能，都是靠着各种背景，靠着抱领导大腿，靠着拍马屁爬上去的；金山二毒就是那些对我们老百姓遭受的苦难和不公熟视无睹，麻木不仁，对老百姓的事情，冷漠无情，毫不关心，对我们老百姓没心没肺没肝的‘三没干部’；金山三毒是指那些从不干正事，却会四处钻营，八面玲珑，左右逢源，善于唬上唬下唬单位的‘三唬干部’，他们明里满口为人民服务，为党和国家服务，口号喊得比谁都响，其实是专门为自己亲属和他们小圈子服务的，他们最会外面糊得好看，其实里面都是一团糟；金山四毒是指那些乱拆乱占乱搞的‘三乱干部’，他们借着改革发展的美名，挂着特色的招牌，胆大妄为，目无法纪，胡作非为，随意突破党纪国法和道德的底线，没有他们不敢想不敢干的事情；金山五毒是指那些吃光喝光用光的‘三光干部’，我们金山干部都比外面干部精明啊，不管是哪个单位和部门，大家都比着花钱，没有谁愿为后来者留下一点积蓄，不把账户上的钱花光，留给下任花，那就是天下最大的傻瓜。他们整天就喜欢出入酒店会所，围着老板小姐们转，谁还管我们老百姓的事啊。现在已经开始比债务了，谁留下的债务多，谁就是有胆识有魄力有闯劲的好领导，个个都升官发财去了。我们金山现在的许多乡镇和部门积累的债务按正常财政十年都还不清了，所以他们就要乱收费乱罚款，这叫我们金山人以后怎么活呀，我们金山就是被他们吃空掏空的，就是金山银山也填不饱他们越来越大的大肚子啊。”

这人说到激愤处忍不住带着大家开始挥臂高呼：“‘金山五毒’横行了，人民百姓遭殃了。请省委巡视组为金山人民做主，为金山除毒除害。你们真是早就该下来了，你们怎么到现在才来呀，怎么到现在才想起我们金山呀。”

这些人正在高呼大叫着时，只见远处十几辆警车拉着警报，呼啸着奔来。

参与打人砸警车的那群人，一看就都大叫着：“这些黑头鬼子又来了，快跑啊，把车子都丢给他们。”

他们立即呼叫着向路旁的山林中跑去。只剩下原来吵闹的那些人和一些旅客了，这些人似乎早就见怪不怪似的，他们聚在一起仍在议论不止，一边冲着他们发牢骚，一边事不关己地在一旁看热闹。也有许多胆小怕事的人都赶紧跑到各自的车子上去了。

“咱们金山县的神仙们又打架了，我们小老百姓又跟着遭殃了。这些事你们省委巡视组管不管呀。”

肖剑问道：“刚才那是些什么人？敢打警察掀警车。”

“你们没看到他们车上都写着金山集团吗，那就是他们的后台。他们的后台老板就是我们金山的土皇帝沈金山，你们不知道沈金山是谁吧，他一跺脚，整个金山都要抖三抖，别说你们，就是省委书记来了也撼不倒他。”

“你别看他们和警察打得热闹，其实他们都是一家的，是蛇鼠一窝，警匪不分，都不是什么好鸟，一定是分赃不公闹翻了呗。”

“他们省委巡视组组长是什么官呀？他比县委书记县长还大吗？”

“省委巡视组听说是省里的钦差大人呢。省里终于派钦差大人下来了，他们早就该下来了。”

“没听说过，不知道他们是干什么的，还不是和过去下来的那些暗访组，调查组，一个样。都是来做做样子，来唬我们老百姓的，来了喝喝酒，唱唱歌，跳跳舞，再捞一些土特产，山珍野味，大家就都和谐了。”

“钦差大人下来也管不好金山县的事，我们金山县从上到下都烂透了，各个单位都变成了抽水马桶，里面关着一群蛆在爬，用水都冲不掉，各级领导都在千方百计地捂盖子。我们金山县已经找不到一个真正的共产党了，真正的共产党都进烈士陵园了。”

“什么巡视组，人还不少呢，应叫做游山玩水的观光团，咱们金山的事别指望他们能管得了。天王老子来了也管不好啊。咱们金山的干部现在排队出来，挨个的抓可能有冤枉的，但是隔一个抓一个绝对有漏网的，现在是像模像样的都是老虎，上下乱跳的都是老鼠，到处飞来飞去的都是苍蝇。我们这里最热的话不是这样说的嘛，最青的山是金山的山，最清的水是金山的水，最美的人是金山的妹子，最黑的天是金山的天。”

何枫面对着七嘴八舌的人群，脸色凝重，神情非常严肃地说：“乡亲们，你们有意见可以提，可以通过正当渠道向我们反映。不要有任何过激行为和情绪，我就是省委巡视组组长何枫，我们就是专门来寻找问题、解决问题的，你们有任何问题都可以向我们反映。在任何时候，在任何情况下，你们都要相信党，相信政府，相信法律，相信社会的公平和正义。”

“你们当官的，个个都是两张脸，当面一套背后一套，说的比唱的好听。台上一套台下一套，白天喊反腐，晚上忙收钱。还拿什么让我们相信你们。你们说的好听，谁敢去反映真实情况，你们一走，我们还不被他们整死。”

“我们金山这些年积累的问题实在是太多了，光来一个省委巡视组能解决什么问题呀，就他们这几个人还能解决我们金山的问题？说不定他们到了金山，和他们几杯酒一喝，就都成为亲密战友了。”

2 狭路相逢

这时，金山县公安局常务副局长张景带着大批全副武装的警察火速赶到了。

张景也是五十多岁，明显超标的体型过于肥胖，一身警服裹在他的身上很不协调，宽大的警帽压在他的头上也遮不住他肥嘟嘟的一张脸，但他全副武装，各种警戒武器挂在腰间，远远地看上去还是露出一种凛然不可侵犯的气势和派头。

他首先跳下车，一手拿着对讲机，一边挥手高声指挥着："把那些公然抗法袭警的人统统抓起来，一个也别让他们跑掉，他们胆敢在我们金山闹事，闹得好，我就怕他们不跳出来呢。"

那几个挨打受伤的交警也跟着回来了，在人群中寻找刚才肇事的人。一些路旁的旅客在叫道："你们别急着抓人了，谁还会等你们来抓，他们早跑了，他们大卡车都在这里，你们还怕找不到他们啊。还是快点疏通交通，让我们过去吧。"

张景发现了何枫和省委巡视组一帮人，头脑不由地嗡的一声，真是越担心越来事啊，这事怎么就被省委巡视组遇上了。县里各级领导早已经三令五申，现在全县的工作重点都转移到应对省委巡视组上来，大家都要把自家的盖子捂紧了，哪里出问题哪个负责。正是全县干部神经高度紧绷的关键时刻，自己这里却出了这么大的问题。这次突击检查超载超限，还是自己特意安排的，就是想让省委巡视组一进金山的时候，能有个好印象，怎么就出了这种事呢？真是事与愿违，搬起石头砸了自己的脚。

他赶紧来到何枫他们面前说："省里领导，你好，我是金山县公安局副局长张景，欢迎你们来我们县巡视指导工作，耽误你们领导时间了。我们这段时间工作力度大动作猛，下面有些驾驶员一时想不通，有些反弹是正常的，我们一定能消除他们的不满情绪，严肃地处理好这件事。这超载超限再不狠抓猛抓，彻底杜绝，我们金山县人民辛辛苦苦修起的这条平安大道就毁了，我们就对不起金山人民，对不起身上的这身警服了。”

何枫说：“今天的情况很严重，他们反映的问题的性质也很恶劣。你们先疏通交通，做好群众的思想工作，要把具体情况调查清楚，及时把大家反映的那些情况调查清楚，通报给我们。”

张景忙说：“领导请放心，我们一定严肃妥善处理。我们基层同志工作在第一线，工作苦压力大，受点委屈也正常。对于今天的情况，我们早有预案早有准备，不管有多苦有多累，压力有多大，我们都要把整治超载超限这项艰巨工作搞下去，保护好我们金山人民用血汗铺成的这条生命通道，这是我们金山唯一的一条生命线。”

肖剑听他在滔滔不绝地说着时，不由地一阵阵反胃。他不停地在心里想：这个张景还是和三年前一样啊，遇到领导还是不放过任何表现的机会，一开口就像做报告似的。

张景其实一来就发现了肖剑，他当时心里已不由地咯噔了一下：这个当年的小记者怎么也混到省委巡视组了，看来这次省委巡视组真是来者不善啊，连他都找来了。

但他只是用眼角瞄了他一眼，没有用正眼看他，也没有理会他这个自己当年的手下败将，只顾着跟何枫说话，以标准的姿态毕恭毕敬地站在他的面前，一动不动，想尽量在他面前表现一番，给他留下一些好的印象。他已经不知道接待保护过多少上级领导了，对能及时获得这些领导的好感和赏识轻车熟路，只是面对巡视组的领导还是第一次。

肖剑和张景三年前就相识了，而且还打过不止一次的交道。三年多前，肖剑还是省电视台的社会热点观察节目的资深记者。他接到一位叫李辉的大学生求救电话，说他的父亲和几位老乡到金山县煤矿挖煤神奇地失踪了。他怀疑他的父亲和几位老乡都已死在金山县的小煤矿之下，要求当地调查，可是各级组织和部门都置之不理，他只能向新闻媒体求救了。

肖剑感到问题十分严重，立即带人赶到金山县了解情况，当他找到李辉时，这个大学生已经因为在煤矿要人闹事被公安拘留了。

肖剑找到当时的案件负责人张景，请求他放人。

当时张景正因为喝了一些酒在办公室要威风，根本不把他这个记者放在眼里。他坐在办公室里，靠在椅子上，把双脚架到桌子上，无比藐视地说：“你们不要以省里记者压人，我都接受过中央电视台记者的采访，你们记者管得也太宽了，我们公安按法办案，还要你们记者来管？你们这是在打着记者的旗号，在干涉司法独立，干涉办案。”

肖剑说：“就是办案也要讲究人性化，人家年轻的大学生也没有犯啥法，就是寻父心切，毕竟是他的父亲已经失踪多日了，父子连心啊，人心都是肉长的。”

张景不以为然地说：“全国失踪的人多着呢，都跑到我们金山来要，我们还怎么工作？他就是无理胡闹，扰乱矿山的正常生产，他有什么证据证明他的父亲来过金山？证明他的父亲来过我们矿山？我们仔细调查过，确无此事，完全是无中生有，你们记者能耐大，你们帮他去找啊，全国那么多失踪的人，你们都去找啊。”

肖剑强忍着心中的怒火，悄悄把他在办公室的嚣张行为和语言全都拍摄录音了下来，准备带回去曝光，后来又花了好大劲才把李辉救出来。

李辉一见他就大喊冤枉，他悲切地说：“肖记者，我真不是胡闹，我爸明明跟我说是到金山来挖煤的，他最后买的车票就是到金山的，怎么一来人就失踪了？我来找人，他们就逮我就打我，还把我关了起来，这还是人民警察吗？他们就是要掩盖真相，他们就是强盗就是黑社会，这还是我们中国的土地吗？”

肖剑劝道：“你放心，在中国没有查不清的事情，你被打被抓的事，我们一定要他们给你一个交待，我们已经知道你的情况，就会一追到底。”

肖剑对他浑身的伤痕拍照摄像，并带他去医院做了鉴定，正准备离开金山回去时，被张景带人追上了。

张景蛮横地说：“你们记者有什么权利私自整我的材料，这是违法行为，你们侵犯了我的个人权利，你们必须把私自拍照摄像的材料通通留下。”

肖剑凛然地说道：“进行新闻监督这是我们的责任，你没有权利没收我们的新闻材料，你不要知法犯法。”

张景冷笑道：“我是执法者，我比你们记者更懂法，还要你们来教我，你们的行为就是违法。”

他立即命令道：“给我仔细搜查，一张照片，一盘磁带都不能给他们带出去。”

立即就有两个警察上来抢他们的摄像机和照相机，年轻气盛的大学生李辉急了，要扑过来保护，就和上来的警察猛撞在一起，一下把他撞到了车门上，撞得他鼻梁断裂，满脸是血。

张景顿时勃然大怒，大吼道：“你们竟敢公然袭警，无法无天，全部给我抓起来。”

他借机冲上来把肖剑他们的摄像机照相机手机等，一起没收了过去，把所有资料全部销毁。还把他们全部带到公安局进行调查。最后，以寻衅滋事罪和故意伤害罪，把李辉重判五年，送进了监狱，一举毁了这个年轻大学生的美好前程。

肖剑也为此大受牵连，受到严厉批评不说，还被调离了最热爱的新闻监督的重要岗位。这件事是他一生的耻辱，成了他心中一个永远的痛，也成了他人生的一个转折，他从此发誓一定要跟这些隐藏在党内政府内政法系统内的罪恶的腐败分子战斗到底，与他们誓不两立，水火不容。他后来终于如愿以偿的调入纪检系统工作，每天都在和这些罪恶的腐败分子进行着生死较量。

这次，他突然被抽调到第一巡视组任副组长，进入金山，更使他激动了好几天。他知道金山的这潭水确实太深了，他感谢党又给了他这个重返金山的机会，他正憋足了劲要借此揭开金山的盖子，查清那时的真相，尽快去拯救那个可怜的大学生，否则他会感到一辈子心不安的。

张景看到肖剑时，虽然表面上无所谓，内心还是有些紧张，他知道这几年肖剑一直都在为那大学生的事奔跑，可是他早就把那案子办成了铁案，你再怎么跑也翻不了，你就是混到了省委巡视组，也没权力翻我办的案子，现在讲的就是司法独立，再大的官也管不了具体案子。

张景一边忙着和何枫组长说话，一边指挥公安很快疏通了交通，放他们巡视组的面包车先过去。

这时，前方的金山县方向，已是乌云翻滚，电闪雷鸣，一场猛烈的暴风雨突然袭来，整个天空瞬间就被厚厚的黑云笼罩着，一条条发亮的雨丝，像猛烈的皮鞭抽打着路旁的车辆。

所有人都赶紧上车躲雨，肖剑对何枫说：“何组长，这山里的雨说来就来，变化无常，看不清前方了，山路又陡又滑，我们还是等雨过去再走吧。他们的巡视动员大会是不能按时召开了。”

何枫凝望着外面突然变黑的天空，心情越发沉重，刚才的这场警民冲突使他感到金山累积的问题确实很严重，他想起省纪委领导跟他的那次重要谈话。

那位领导说：“从广大群众的来信来访看，金山县积累的问题非常严重，干群矛盾空前紧张，已经到了刻不容缓的地步，必须花大力气去解决了。这次给你配了精干的队伍，你的责任很重啊，你是个有能力有经验的老同志，一定能不负众望，领导好这次巡视工作，找到这些问题的根源，解决好金山县多年积累下来的许多问题。我们一定要以对腐败和一切黑恶势力零容忍的决心和态度，以抓铁有痕、踏石留印的狠劲，彻底清除金山县暗藏的各种腐败现象，彻底扫清一切污泥浊水，一举改变金山县目前面临的困难局面，换回金山人民对党和政府的高度信任。”

张景一上警车，就立即不停地打着几个紧急电话。他要尽快把这事压下去，消除这事造成的不良影响。因为他已经看到了那些参加闹事的大卡车都是金山集团的，他的第一个电话就是打给金山集团总裁，他在金山最重要的老大沈金山，向他汇报和了解情况。

他不知道，就在他打电话的同时，乘坐在去金山的大客车上的年轻女大学生陈晓艳已经用手机把刚才警民大战的场景都拍摄了下来，并编成《金山县发生警民大战，省委巡视组被堵路上》的帖子，发到网上，已经开始在网上疯传开来了。

陈晓艳就是李辉在大学时的同学和恋人，她是在网上看到省委巡视组要进驻金山的消息，急着赶来为李辉伸冤的，正巧也被堵在了这里。几年来，她也一直在为李辉的案子上访申诉。

3 心神不宁

这场不期而遇的暴风雨同时也在猛烈的冲刷着整个金山县城，冲刷着金山县县委县政府大楼，更是在冲刷着整个大楼里人们惶恐不安的内心。

在第一会议大厅里，聚集了全县前来开会的各级干部，主席台上高高悬挂着“省委第一巡视组金山县巡视动员大会”，会场内早已坐满了人，只是主席台上还是空无一人。这些久经考验的全县大小干部们，许多人还是第一次参加这样的大会，一进入这个会场，都感到了一种特别的不同以往的气氛，全都变得严肃起来，内心深处都自然产生了一种怪怪的不安来。但所有人表面上都要显示出泰然自若、若无其事、毫不畏惧的轻松神态来，都在和熟悉的人交谈着近期大家感兴趣的各种消息和话题，借此来掩盖自己内心深处的那份说不清的惶恐和不安。

他们没谁关心外面突然到来的这场猛烈的暴风雨，因为他们的心里都在刮着一场更大的暴风雨。党的十八大后，中央突然加大了反腐力度，八项规定就像紧箍咒已经越来越紧了，过去许多能干的事都不能干了，一些大家习以为常的事都成了高压线，而且现在又在搞：“照镜子，整衣冠，洗洗澡，治治病。”大家口头上都在纷纷表态，认真学习中央文件，坚决拥护中央决定，但心里又不免在犯嘀咕，这不就是要揭大家的短处，找自己的缺点。大家工作这么多年，谁身上没能有点儿小毛病呀。他们知道这些事都是可大可小，说轻了就能用水洗掉，说重了，那就是越洗越污，会成为你一生政治上的污点，一辈子洗不掉了。原来大家还都是你看着我，我看着你，没人表态，因为他们的命运都掌握在县委书记、县人大主任张松手里，他是县里二十多年的老领导了，这里的大部分人都是由他培养提拔任用的，而且这些年，大家都是在看他的脸色办事，他就是大家的定心石，有他在，就不会有事，多大的事他都会顶着。可是偏偏这个时候，这位县里资历最老的老佛爷因病去上海治病半年多了，谁也不知道他是否还能安全回来，何时还能回来。现在县里虽一直有县长潘潮风在主持工作，可是这个年轻的县长，资历还嫩，而且争议很多，特别是他和扬子江农商行美女行长刘冬冬的那层关系，早也是全县传得无人不知无人不晓，为此已经有无数封人民来信飞上去了。就因为这个事，虽然听说张松一直在向上面要求由县长潘潮风接替他的书记职务，上面却一直没有通过，连拟任用的公示都没有，看来由他接任县委书记基本无望了。金山县现在正处于群龙无首、没有一把手的关键时刻，这时迎来了省委巡视组，他潘潮风自己都是自身难保，哪还能保护下面的人。

就是张松书记现在也处在关键时期。他已经在几个月前就被公示，为新任副市长人选，本来早该离开金山县高就了，可是公示几个月后没了下文，也不知道到底出了什么情况。新的县委书记人选已经传了好几位了，就是没有定音，而且这段时间，各种政治谣言满天飞。说什么的都有：有说张书记被人举报了，要明升暗查；有说他是心里不舒服，对上面安排有意见，故意躲到上海看病，不愿回来；有说新的县委书记难产，是没人愿来金山县，接这个烂摊子；有说金山要出大事了，新书记一到，就没人给下面人打保护伞了，下面的那些事就罩不住了，一大堆人都要完蛋了。现在真是暗潮涌动、人心不稳的关键时候。偏偏在这个时候，省委派来了巡视组，而且是全省下来巡视的第一个县。这似乎又印证了大家先前的种种猜测。

大家都已从各个不同的非正常渠道得到准确消息，上面都对这次巡视工作高度重视，因为金山县这些年到省里到北京去上访告状的人最多，这次巡视是对金山县多年工作的一次大检阅，将直接决定张松书记、潘潮风县长和一大班人的命运。现在县里的态度非常明确，这个关键时期，都把精力集中起来，都把自家的篱笆扎紧了，把自家的盖子盖好了，谁家的事谁负责，谁出事谁承担。大家心里都清楚，大家都在一起工作几十年，谁不知道谁的底细，谁没有一点儿事，哪个经得起查呀，包括张书记、潘县长他们自己的那些事，谁不是看在眼里记在心里。都是泥菩萨过河自身难保啊。

大家表面上都是在热烈地称赞着国家的大好形势，称赞着新的中央领导集体的英明决策，都在说着八项规定搞得好，个个都说少了应酬，少喝了不少酒，连常年的胃病不用治都自然好了。可是，个个心里都还是憋着一些怨气，都还有一些想不通的问题。真是一朝君子一朝臣啊，中央新领导班子，怎么一上任，就来整治我们干部呢？就把我们放在火上烤了？难道我们过去都做错了？就说办公室吧，这么大的办公大楼，一人几间办公室都用不完，个个都是带套房的，现在却要按新规定，不能超标，两个人一间，那空出半栋大楼不也是浪费吗？这是不是也是新官上任一把火，又是一阵风呢？

外面的猛烈的暴风雨一点也没有吹走大家心头郁积的担忧，他们知道大会可能要推迟了，因为县里的领导一个都没有出现，但是没有一个人敢提前离开。他们都急切地等待着省委巡视组能尽快出现，能尽快揭开他们神秘的面纱。

在县委大楼九楼，潘潮风县长办公室对面的小会议室里坐满了县里的各位主要领导。他们不是在开会，是在等着潘潮风县长的指示，因为这段时间，县里都是由他在主持工作的，他们已经习惯了在这里等候他的指示。

他们看到外面的暴风雨，知道省委巡视组一定是不能按时到达了。对于经历过无数次风风雨雨的这些县里的高级干部，大家心里都很坦然。不管过去有过什么意见和矛盾，现在大家的意见高度统一，就是必须高度团结，应对好这次省委巡视工作，任何地方都不能出现差错，毕竟大家都是在同一条船上的。外面有再大的风浪，这条船也不能翻。

他们也都从不同渠道知道了刚刚发生的警民冲突，使省委巡视组遇阻的消息，也都不约而同地下达了尽快消除一切不良影响的指示，可是谁也没有给下面人说具体该怎么办，都来等待潘潮风县长的具体指示。因为，他们心里都清楚，那群公然打交警掀警车的人，一定是有组织有预谋而来的，就是要堵住省委巡视组的车，说白了就是要给县委县政府脸上抹黑，是在向县委县政府宣战，是在给县委县政府一个下马威，准确地说就是要给潘潮风县长难堪，在给他找麻烦，而能够在金山县如此呼风唤雨胆大妄为的人，又能是谁呢？大家都是心里有数，又都不愿明说了。这个时候，他们心里都是在有些埋怨潘潮风了，只是嘴上不说。这都是他自己招来的麻烦啊，他还是太年轻，经验不足，主持全县工作显得太嫩了啊，省委巡视组还没到，他就把风声放出去了，电台报纸到处宣传，好像是什么特大喜讯，迎接什么重大节日似的，搞得大家人心惶惶，全县皆知，才会这样节外生枝啊。

潘潮风县长坐在办公室里，心里正在为这事烦恼，真是好事不出门，坏事传千里。现在的信息传播得又是特别快，远在上海的张松书记已经在第一时间知晓，及时给他打来电话，要他高度重视，严肃处理，尽快消除一切不良影响。

潘潮风听完他的电话，心里一阵苦笑，他想：你这个老领导还不知道金山的情况，你什么不是比我清楚啊，你怎么也躲到一边说风凉话了，这个球怎么又要踢给我呀？

潘潮风在电脑上反复地看了几遍那段正在热传的视频《金山县发生警民大战，省委巡视组被堵路上》，然后拿出手机，终于忍不住拨通了金山县扬子江农商行行长刘冬冬的电话，开口就说："刘行长，你给我问问沈金山，他到底想干什么？他手下车队的人胆子也太大了，不把任何人放在眼里，他真以为金山县就是他家的了，他这是在向谁宣战。"

那边立即传来刘冬冬无比娇柔的声音："他们打交警的事我已经知道了，你放心，沈金山他翻不了天。他就是牛魔王，我也能把他的牛角扳下来。这点小事，你不要担心了，你还是去考虑接待省委巡视组的大事吧。我马上要他处理这事，保证不会留下任何不良影响。"

潘潮风听了刘冬冬的话，心里才稍微平静了一些，但他看到桌子上放着的厚厚一大叠上访材料，心里又更加烦恼起来，这是他特意叫信访局长送来的县里所有到市里到省里到北京的上访材料，这些才是最使他头痛的事。他知道这些访民和这些信访资料很快就会出现在省委巡视组的面前，他总想还能尽力地去解决一些问题。

刘冬冬接完潘潮风的电话，就立即给金山集团总裁沈金山打去电话。电话一接通，刘冬冬就气呼呼地连笑带骂道："你这个沈总，真是大神啊，你这些日子又到哪里逍遥去了啊，这么长时间不回来？"

那边的沈金山故意嬉笑着说："我的娘娘啊，我的观世音活菩萨，你今天怎么有空想起我了呀，早知道，我就该坐飞机回来了。"

刘冬冬又继续道："你在外面逍遥快活，也不忘给我们金山捣乱啊，你这样的大老总，有身份有地位的大企业家，怎么能让下面人做这种事呢？打交警掀警车，我听着都不敢相信啊，这怎么能是你沈总干的事呢。"

沈金山忙说：“你怎么就喜欢把坏事往我身上靠啊，我是几十亿资产的集团老总，怎么会去和那些小交警过不去？我也是刚听张景跟我说的，那些驾驶员虽然挂靠在我的公司下，实际上他们都是私人的独立的，与我一点关系没有。”

刘冬冬不客气地说：“沈总啊，这话你可以跟别人说，可不能唬我呀，他们要不是架你势子，有你这个后台，能有这么大的胆子？你们时间也选得太好了，就是要堵住省委巡视组啊。”

沈金山急促地说：“你千万别瞎生气了，你真是误会我了，这件事情，我真的不知道，这些驾驶员也辛苦，被交警罚款罚怕了，心里有怨气，就闹起来了。我已经要求他们去向张景自首了，该关的关，该判的判，该罚的罚，你不要担心了，张景会处理好的，不会有任何坏影响的，也许还会坏事变成好事，说明这段时间金山县的各项工作，在潘县长的英明领导下抓得紧抓得狠啊。”

刘冬冬终于笑了：“我就知道，你沈总神通广大，就是远在千里之外，也能遥控指挥金山，你的一句话就能搞定金山任何事情。”

沈金山说：“你不要总是把我当坏人，我是讲原则懂道理顾大局的人，那些下三烂的事情以后不要往我身上靠了。我正在北京，马上就要回来了，省委巡视组一来，金山一定很热闹的，我也要赶回来看看热闹。”

刘冬冬说：“反正金山的事情，哪里也少不了你的。你一回来就会更热闹了。”

沈金山笑道：“冬冬，你放心，我任何时候都不会给你们添乱的。我想回来时去看看我们的儿子明明。”

刘冬冬立即愤愤地说：“我跟你说了一千遍一万遍了，明明是我儿子，不是你的儿子，他没有爸，他和你没有任何关系，你不要再去打搅他了。”

沈金山赶紧说：“好好，你别生气了，我不说了，我不去打搅他，可是你瞒了孩子二十多年了，你总不能瞒他一辈子吧。”

刘冬冬顿时有些心酸地说：“你一辈子就是不想让我们安稳啊，你什么时候才能让我们安心过日子啊，你害了我这么多年，难道非要缠我一辈子吗？”

沈金山忙说：“好好，我以后不再提了，你放心，我马上回到金山。

在这节骨眼上，他们谁也别想闹事，谁也不能拿我们潘潮风县长不当数啊，谁叫我们都是老同学呢，谁跟潘潮风过不去，就是跟我过不去啊。”

沈金山说完，稍停了一下又说：“我的大行长，你不能只关心潘潮风一个人，也要关心关心我呀，把那笔贷款早点放给我吧，我的资金链真要断了，你也不能见死不救啊。”

刘冬冬立即气势汹汹地说：“你欠着我五个多亿不还，还要贷一个多亿，我就知道你是冲着这笔贷款来的，这都是你在后面导演的，你怎么着也不能想出这招啊，你这是要绑架我，你是要我陪你一起跳楼啊，你怎么变得这么卑鄙无耻了。”

沈金山听到她真生气了，忙说：“你又是在瞎想了，这是两回事啊，根本联系不到一起的。我沈金山不是那种人，我也是几个楼盘把我资金困住了啊，我房子一卖掉，一起连本带息还你，我再困难，也不会要挟你，绑架你呀，我就是看在我们明明的身上，也不会有这种想法呀。”

刘冬冬又生气地大声说道：“我再跟你说一遍，明明与你没有任何关系，我们的事就是我们的事，你不要总是扯上他。”

刘冬冬说完，就气呼呼地关了手机，不再理他了。

沈金山反复提到她的儿子刘明明，这搅起了她内心深处无限的痛苦，这是她心里一个永远无法向别人诉说的伤痛，儿子的亲生父亲是一个连她的儿子都不能明说的秘密。她顿时感到心里一阵阵翻江倒海的酸痛，不由得眼里已经蓄满了泪水。

在外表来看，她绝对是个成功的风姿绰约的优秀女人。自从十多年前，她来到金山县出任金山县扬子江农商行行长起，她就是全县最靓丽的女人，到哪里都是最吸引人眼球的，她也是整个银行业最成功的银行家。她只用了十多年的时间，就让这家刚成立的地方股份制银行的业绩远超过各大国有银行的总和，从存款到贷款的各项指标都遥遥领先。她不只是金山县掌握最多财富的人，也是全省银行界最耀眼的一颗明星，拥有了一切应有的荣誉，她是个可以从省里到县里一路通吃、呼风唤雨的女人。可是，这所有的成功，都无法掩盖她内心的凄苦，无法满足她内心对爱的渴望。她只能是一个人常常躲在豪华的别墅里，躲在宝马车里，默默地哭泣的女人，只能用无尽的泪水去洗刷内心的伤痛。

她知道她的一切不幸都是源于二十多年前自己那次草率而又错误的选

择，是自己那时的年幼无知、那时的一时荒唐、那时的各种欲望杂念彻底毁了自己的一生，毁了自己心中最宝贵的那份爱。世上没有后悔药啊，如果可以重新选择，她再也不会做出那样的决定，如果可以用钱买回，她愿意倾其所有。因为二十多年来的孤苦和寂寞，才终于使她明白了一个道理，人活在在这个世上，金钱并不是最重要的，金钱并不代表一切。

4 棒打鸳鸯

二十多年前，刚刚大学毕业的刘冬冬终于如愿以偿地考入了省银监局，那时的她正和潘潮风处于热恋之中。他们是大学时的同班同学，在大学时就已经爱得死去活来，形影不离。

刘冬冬一心想考入省银监局，就是想和他一样留在省城，能够早日在这座她最留念的城市筑起他们的爱巢，过上她最向往的甜蜜生活。那时，她高傲得像一个公主，幸福得像一个天仙，仿佛一切美好的未来都已在眼前了。

然而，年轻漂亮的女人总是能吸引更多人的目光。刘冬冬一进入省银监局，立即吸引了全局所有人关注的目光。她是全局第一美女，是全局最鲜艳的一朵鲜花。她从一开始就受到了大家从各方面的热情关照，这使她始终有一种受宠若惊的感觉，使她感到大机关的人就是不同寻常，个个都是风度翩翩，温文尔雅，知书达理。

她很快就被调到局长汪军的办公室当秘书，这个又矮又胖、头上没有几根毛的局长应该说是整个银监局最难上台面的人，但他是最有权力的人，所有人见了他都是噤若寒蝉，个个都是大气不敢出，连走路都是特意放轻脚步，不敢走出声音来。

刘冬冬刚来没多少天，就听说了这个局长不只是在局里厉害，在外面更是法力无边，能力通天。她刚被调去给他当秘书时，前几天心里还很不舒服，觉得给这个看上去有些难受的老头当秘书，委屈了自己，自己学的专业又不是文秘，而且，他看自己的眼神总是使她感到一些恶心和不安。

但她很快就被这个领导无微不至的关爱感动了，他不止细心地关心她的一切，而且还特别关心她的男朋友潘潮风的情况，总是暗示可以帮助潘潮风的进步。而对于潘潮风的进步和前途，这一直都是她心里最关心最牵挂的东西。

那时她和潘潮风已经开始在准备婚事，他们的婚房都准备好了。她每天都在憧憬着婚礼上的那种美妙的感受，她和潘潮风几乎跑遍了省城所有的婚庆公司，一次又一次地设计着婚礼的每一个细节，她就是想着办一个世界上独一无二的婚礼，作为一生最宝贵的最永恒的记忆。是的，她和潘潮风从相识到相爱，她都把他视作自己这一生的唯一，她非常庆幸自己在最美好的年龄，遇到了这个世上最优秀最完美的青年。他高大伟岸，英俊潇洒，出生于最贫困的农村，从小受尽了苦难，却刻苦读书，从小学到高中，一直保持着第一名的优异成绩，高考时更是以全县状元考取了他们同在的那所重点大学。在大学时，他仍是生活艰苦刻苦读书积极上进，很少参加同学们的课外活动，一直被大家视为是个异类。但他高大伟岸孤独的身躯，却一直在深深地吸引着她。她从他那坚毅的眼神中读出了他内心无比坚强的个性，读出了他忍辱负重的强烈的进取心，更读出了他特别宝贵的一种强烈的责任心。他对于他所有的亲人朋友同学，似乎都有着一种天然的强烈的责任感。

刘冬冬从他的身上看到了作为一位成功男人必备的一切优秀素质，虽然她几乎每天都要收到别人的情书，可她从没动过心，她一直都在深爱着这个心中的男神，为了他，她可以去做任何事情。可是他总像是一个没开窍的呆子，一直对她的种种示好无动于衷，最后还是她忍不住内心的热恋，主动向他表白了心意。

当时，潘潮风眼里只是闪动了一下激动的光，就黯然地说："我知道你是校花，追求你的人都在排队，而我家庭条件是最差的，我不能带给你任何东西。"

刘冬冬坚定地说："你怎么能用这种庸俗的目光看我，我追求的是爱，是人间最纯洁最珍贵的爱情，不是什么家庭的条件。"

两颗年轻的心终于碰出了爱的火花，爱得刻骨铭心，爱得难分难离。潘潮风毕业后，由于成绩优秀，直接被留在了省城工作，在省矿务局机关任团干。刘冬冬不愿忍受这种分离之苦，就经过刻苦努力考进了省银监局。

正在他们尽情地徜徉在爱的海洋中时，一只罪恶的黑手已经伸了进来，一举毁灭了他们的爱，也最终将毁灭他们的一生。

伸出这只黑手的，就是那位省银监局局长汪军。这位五十多岁的局长不仅背景深厚，还是个嗜色如命的恶魔。他知道省银监局是个下派机构，独力性强，有钱有权，地方组织管不住，而且自己这个年龄，早已是天花板干部，已经没有上升的机会了，正想趁着自己这几年大权在握、有钱有势时，好好享受几年，不然也就太亏了自己这些年的努力了。经过这么多年的努力，他早已把银监局搞成了自己的独立王国，为所欲为了。他特别的嗜好就是征服自己的女下属和下属的爱人或女朋友，只要被他看上的，就没有能逃出他的魔掌的。当然，大部分巴结他的下属都是看到他的眼神，就主动投怀送抱的。

刘冬冬就是被他看中的新猎物。刘冬冬当时不知道，她能进银监局，就是汪军钦点的。他看到她的资料，就已经被她迷住了。名牌大学的校花，一米七五的魔鬼身材，明星般洁白灿烂的面孔，无与伦比的气质和修养，就是电视里一般的模特都不可相提并论的。这哪是一个女人啊，这就是上帝创造的一个精灵，是专门派来折磨男人，祸害男人的女妖。这样娇艳的妖魔哪个男人不动心，将有多少男人要为她倾倒丢魂啊。

他当时看完她的资料就对手下人说："就是她，想法把她招进来。"手下人自然明白了他的心意，一切都安排得天衣无缝、顺其自然了。

汪军把刘冬冬调到身边当秘书后，每天看着她心里就像猫抓似的难受，可是他几次试探，刘冬冬都对他冷若冰霜，敬而远之，好像根本不知他的心意。他知道这是个难得的感情非常专一的女人，他心里也就更喜欢她了。这些年，凡是他看上的女人，还没有一个最后不是乖乖地上了他床的。他知道怎样对付不同的女人，他有的是办法，他只要从她内心最软弱的地方下手。

潘潮风所在单位领导就是他的同学，汪军不动声色地出去一活动，省矿务局就要把潘潮风从省直机关直接下放到下面一个偏远的煤矿，而且是离省城几百公里的一个小矿区。得到这个消息，正在热恋中的刘冬冬一下子彻底清醒了，她被这个突然的变故搞得一时分不清东南西北了。这明里说是下去锻炼，实际就是排除异己，没有人提拔，一辈子就要埋葬在那个没有前途的落后的小矿区了。

刘冬冬这时才感受到了权力的厉害，她也感受到这就是汪军局长在背后捣的鬼。她只能放下那颗高傲的心，去恳求汪军局长。她不能眼看着他毁了潘潮风的前途，这是比要了自己的命都要严重啊。

刘冬冬在汪军的办公室里一把眼泪一把鼻涕地恳求他帮忙。汪军看到计划终于得逞了，时机已经成熟了，就一边把她拉到怀里，一边安慰道：“这事要看在什么人身上，具体对你男朋友也许是好事，到基层也是好事啊！现在不是还在提倡大学生村官吗，只要有人关心提拔，他在下面发展会更快，几年就会回省里搞个不错的位子，如果没人那就可能要在那里待一辈子了。”

刘冬冬颤抖着声音说：“局长，我们什么后台也没有，什么关系也没有啊，就求你帮帮他吧，我不想他去那里，我只想他留在省城，我一天也不想和他分开。”

汪军一只手搂住她腰，一只手托着她的脸，对着她说：“有得就有失，就看你是不是真爱他，愿不愿意为他做出一些付出了。只要你肯做我的情人，我就把你们的事当成自己的事。我不但能保证他留下来，还能保证他年年进步，还能保证你发财。你们很快就会拥有权力地位荣誉金钱，使你们都成为人上人，拥有你们想要的一切，这都是别人做梦都得不到的。”

刘冬冬一边在他怀里挣扎着，一边哀求道：“不，不，我不能做你的情人。我这辈子永远只爱他一个，永不会背叛他，永不会做任何对不起他的事。我什么都不要，我只想要他。”

汪军一边把她放倒在沙发上，一边扑在她的身上，对着她耳朵说：“我只要你做我的情人，没要你背叛他。你们不能什么都想要，却一点舍不得付出，这不公平也不现实。世上没有这样的买卖，也没有这样的交易。现在他的命运就掌握在你的手里，就看你的表现了。”

刘冬冬被他压在沙发上，动弹不得。她想喊又不敢出声，想挣扎又没了力气，她不敢反抗，只能任由着他，就在他的办公室里解开她的衣服，双手抓住她雪白的双乳，像一头野猪一样在她的身上狂吻着，直到最后把她完全占有了。

直到汪军最后完事了，像对待一只受伤的羔羊一样把她拥在怀里安慰她时，她都是一直在默默地流泪，她感到心里无比的愤怒和痛苦，她后悔自己自投罗网，这么轻易就被他得手，她更后悔自己背叛了潘潮风，对他有了这种不忠的行为。这是除潘潮风以外，第二个接触到她身体的男人。

她曾经发过誓，她洁白如玉的身体永远只属于她深爱的潘潮风一个人，然而，她却失信了。她感到现在再多的泪水已经无法洗刷她内心的悔恨，她只能寄希望这个像猪一样占有自己身体的男人，能够帮助潘潮风进步，不要让他离开省城。她知道她和潘潮风在汪军的面前，就是任他宰割的羔羊。她知道她忍受这种耻辱都是为了他，为了他的前程。

刘冬冬终于无可奈何地成了汪军的地下情人。汪军也没有违背自己的诺言，他动用自己的一切关系和资源去帮助潘潮风，不仅使他留了下来，还很快就使潘潮风官升一级，成为办公室副主任。他向刘冬冬保证，只要她安心做自己五年情人，他就能保证潘潮风一年一进步，官运亨通。

刘冬冬知道他的能力，只要他真心出力，就没有他做不到的事情。她只能忍辱接受了他的这个条件。

但是，世上没有不透风的墙，潘潮风很快知道了他能留在矿务局，当上办公室副主任，都是刘冬冬用身体给他换来的。他是个爱恨分明、性格十分倔强的人。他怎能忍受这样的耻辱，他就像一头发疯的豹子，把他们准备的新房砸了个稀烂，立即与她断绝了一切往来。他感到所有的人都在用异样的目光看着他，在省城已经没有他的立足之地了，他就自动要求下派到基层去，一个人孤身前往金山县那个小山村，成为一名下派的大学生村官，而且发誓永远扎根山区，永不回省城了。

刘冬冬知道已是覆水难收，但她一直没有动摇对潘潮风的那份炽热的爱。她知道这一切的过错都是自己造成的，是自己深深伤害了他。她跟着追到了金山县，就想能得到他的原谅，求他再给自己一次机会。只要能挽回他的爱，她宁愿和他一起苦守在这个深山里。她知道，在这个世上，对于自己，他的爱胜过一切。可是，潘潮风没有再给她任何机会，他一直躲着她，都不愿和她见一次面。

就在她绝望透顶的时候，她找到了他们在金山的同学沈金山。沈金山过去一直就是她最执着的追求者之一，可是，刘冬冬一直就瞧不起他，从来没有和他接近过。他也是金山县一位老领导的儿子，在金山县是个响当当的人物，大学一毕业，就回到县里当了一个县委干部。他看到刘冬冬的那副痛苦样，就整天陪着她。他知道刘冬冬和潘潮风已经彻底完了，因为他比谁都清楚，潘潮风是个多么争强好胜的人，他的内心无比刚强，他是绝不会接受这样的绿帽子，他绝不是吃女人的软饭、靠女人往上爬的人，这要比杀了他还难受。

沈金山仿佛又看到了新的希望，他又开始向刘冬冬展开了热烈的追求，没想到仍被她远远地拒之门外。

刘冬冬态度坚决地对他说："我这辈子永远只爱潘潮风一个人，我可以为他付出一切，我可以为他去死。他一天不原谅我，我就等他一天，他一辈子不原谅我，我就等他一辈子。"

沈金山难以忍受内心爱的煎熬，更难熬对刘冬冬长期的垂涎。他就利用刘冬冬失魂落魄的时机，带着她到深山里兜风散心，并趁她喝醉了，占有了她的身体。他是真心爱着她的，他不管她有过什么过去，有过什么错误，他都愿和她在一起，都愿和她一起承受一切痛苦。他觉得真正的爱，是不能有任何计较的。他本想生米做成熟饭，刘冬冬就会接受他。当刘冬冬醒来时，看到这一切都也成为现实，她的心灵再次受到巨大的创伤，她知道自己已经无法再去请求潘潮风的原谅，她也不能接受沈金山的忏悔。

最后，刘冬冬只能一个人带着内心无数的创伤回到了省城。她一个人面对着空空的新房，欲哭无泪，她知道她美好的爱情已经永远逝去了，她美好的一切都也离他远去，她最后痛极生恨，她在玻璃镜子里对着自己大喊："你们这些臭男人，你们一个个都不是人，你们毁了我的一切，我一定不会放过你们，我一定要叫你们加倍偿还我。"

刘冬冬回到省城不久，就发现自己怀孕了。她准确一算日子，就断定这个孩子是潘潮风的，她的心里感到一阵窃喜。他们的这段刻骨铭心的爱情还是结出了硕果，她一定要留下这个孩子。她又带着一丝希望来到金山，她本想告诉潘潮风，这个孩子是他的，希望他能看在孩子的身上，原谅她，可是潘潮风仍不愿见她。她知道潘潮风还是不想原谅自己，就保留住了这个秘密。她不能再告诉潘潮风了，她知道这会更增加他内心的痛苦，给他带来更多的麻烦。

刘冬冬出于愤怒和报复的心理，就去找到沈金山，对他说，这个孩子是他的，但她永远不会让孩子认他这个爹。

沈金山却从此信以为真了。二十多年来，他一直就是把她儿子刘明明当成自己的亲生儿子。他也从此认为刘冬冬心里还是对自己有感情的，不然她不会留下这个孩子，她不选择自己，是她离不开汪军那个局长，是因为她离不开对权势的依附和热恋。

其实，沈金山不知道，刘冬冬是个心机非常深的女人。她当时心里恨死了他和汪军这两个占她便宜、毁她幸福的臭男人。她这样做就是要利用和报复他们，最后掌控住这两个伤害她的男人，让他们不停地放血，为她所用，搅得他们一刻不得安宁。于是，她在汪军面前又说，这个孩子是他的。她从此就利用这个孩子把这两个臭男人牢牢地玩弄在了股掌之间，任其所指。

刘冬冬自此后正式成了汪军的公开情妇。她开始变得圆滑娇艳，无比贪婪，利用他的关系和自己的聪明才智去获得一切利益。她只能用大量获得的金钱来弥补自己内心的空虚。她开始拥有别人渴望的一切东西，名誉金钱地位等等，虽然不时有人在背后骂她是花瓶是妖精是公共情妇，她都也不在乎了。她把这一切都视作是自己成功的表现，她总是想：这些臭男人，不就是想占我身体，得我便宜吗，那就要付出代价，拿出本钱来，世上没有赔本的交易。

直到十多年前，汪军退休时，她才感到一些空虚和恐慌。她知道这座最牢最大的靠山就快没了，她并不是担心没有了财路，她已经赚足了钱，她的钱对于她已经多得只是数字了。她是怕没了这个靠山，以后银监局那些受过他们欺压的人会对自己不利，谁都知道她的底细，银监局她也不想再待了。她当时已经把大笔资金转移到了国外，她本可以移民到国外去，这也是汪军给她安排的后路。

当她拿到签证的那一刻时，她又动摇了，她又想到了潘潮风，她的心里一直就在挂念着他，对他的一举一动都是了如指掌。当她知道他真的就在那个山村里娶了一个农村姑娘而扎根农村时，气得差点儿没找上门去。她知道这是自己伤害他太深了，使他彻底断了回省城的念头。当她知道他一直在下面苦干实干，却得不到提拔重用时，她就为他抱打不平，要为他找人疏通关系，却每次都被他拒之千里。

刘冬冬知道他越是不肯原谅自己，就越能说明在他心里还有自己，还没有忘记自己，因为他的恨都是因爱她而来，恨得越深就是爱得越深。她常为此激动为此痛苦为此悔恨，直到快要出国定居时，她才清楚地知道，她不能丢下他一个人去国外定居。这些年来，她一直还在内心深处深爱着他，虽然她已经经历了无数个男人，但那都是一时的床笫之欢，都是为了不同的利益，是相互交换，只有潘潮风才是她真正爱过的唯一的男人，才是她这一生永恒的爱人。这些年她能忍受一切耻辱，就是因为心里有他和他的儿子刘明明，她其实就是在为他们奋斗，在为他们而活着的，她怎么能丢下他，而一个人去国外呢。

刘冬冬终于想清了她应该干什么，她毅然放弃了去国外隐居的计划。她知道她一生也不能离潘潮风远去了，因为她心里的那份爱永不会熄灭。为了这份爱，她必须去为他努力，为他分担，为他奔波，虽然这份爱已经十分遥远，但它不会逝去不会变色，只会越来越强烈。

刘冬冬最终利用汪军的权力给她办成了最后一件大事，由她出头在金山县组建了一家新的股份制银行，金山县扬子江农商行。她也直接从省城搬到金山县出任行长。只有她心里最清楚，她做的这一切，都是为了潘潮风，是为了他，她才带着大量资金来到金山县。

她开始成为金山县最耀眼最有影响力的女人。她不仅手握重金，而且从省里到县里，一路通吃，畅行无阻，无所不能。所有的人都要给她面子，看她的脸色，无数的男人拜倒在她的石榴裙下，对她唯命是从。人们私下开始叫她“女财神”“女神”“观音”，到后来就直接叫她“娘娘”了。连一些小老百姓都知道，在金山有两个人的能力比县长书记都大，一个是金山集团老总沈金山，一个就是她这位“娘娘”，县长书记遇到办不成的事都要来找他们，而沈金山对她的话又从来不敢反对，实际听她指挥。凡是了解金山情况的人都知道，在金山县，“娘娘”的能量最大，“娘娘”的话最管用。

由于刘冬冬的到来，更由于她背后的鼎力相助，潘潮风的命运开始有了急剧的改变。他下来十年才从那个村里的第一书记干到一个小镇的副镇长，刘冬冬到来后，不出十年他就从那个小镇副镇长干到了县长，而且已经是提名的县委书记，主持全县工作，就等正式任命了。

刘冬冬知道，他的每一个进步都有自己的一份努力，可他自己有时都不知道，她乐意这样默默地为自己的爱人去做一切，并不让他知晓，因为她就是为他而来的，为他而活的。而且，她一直一个人坚守着刘明明是他儿子的秘密，就是不想给他身上带来任何污点，这无尽的痛苦和心酸，只能由她一个人默默地承受。

刘冬冬现在神情凝重地凝望着窗外翻滚的乌云和急促的暴风雨，心里也是充满了焦虑。她不知道在这最关键的时刻，省里怎么就派来了巡视组，而且来头大，充满了神秘性，摸不出头绪。

她已到金山十多年，她比谁都知道金山的情况，完全是外面好看，里面空虚，许多单位都是摆着空架子，不干实事，有些单位就是抽水马桶，外面洗得光亮，里面一群蛆在爬，是该掀开盖子，打扫一下卫生了。可是，他们来得太不是时机了，如果早几个月来，有县委书记张松在家顶着，好坏都与潘潮风无关，这些年县里的哪件坏事不是他干的？迟几个月来，潘潮风的县委书记任命下来了，他也就更好工作了，自己几个月来一直悬着的这颗心也可以落下去了。

刘冬冬想着，心里就开始愤愤不平起来，她在心里狠狠地骂着张松："你这个老狐狸，不走也不死，专门害人，你挡着潘潮风的道，还装病躲在医院里不回来，你是正事没干一件，坏事干了一大堆，躲在医院还要背后遥控指挥，你叫他这个县长什么权力没有，怎么去干？他一没人权二没财权，他除了给你擦屁股，还能去干什么？省委巡视组来了，你还不回来，你真是不知死活了，你这不就是把潘潮风放在火上烤吗？真要出了事，大家一起完蛋，你别以为你能躲得掉，你们干的那些臭事，我都给你记着呢。"

5 不同流俗

猛烈的暴风雨还在一阵一阵冲击着潘潮风的窗户，他凝望着窗外，心里更被一阵阵疼痛袭击着。他知道省委巡视组的车被这暴风雨堵在了路上，他也知道他对面的小会议室里，下面的大会议室里都聚满了全县干部，大家都在焦急地等着他露面，但他没有心事去关心这些干部了。桌上那一沓沓厚厚的上访材料像一把把刀子，猛插进他的内心，使他感到彻骨的疼痛和冰凉，使他意识到，他已经犯了严重的官僚主义的错误。这些年来他一直被表面取得的成绩遮住了双眼，对下面积累的这些问题关心不够了解不够。如果不是来了省委巡视组，他还不会静下心来一一细看这些上访材料，只会听下面人的口头汇报，还会认为那些难缠的上访户都是在胡搅蛮缠，是为了一时的私利得寸进尺。这是自己多么大的失职啊，难道这就是自己二十多年奋斗的结果？难道这就是自己日夜不停操劳二十多年，马上就要交上去的成绩吗？难道这就是自己每天在吹嘘的光辉成就吗？这都是自己的失职，是自己对不起这些访民、对不起下面那无数的百姓，更对不起一直培养自己器重自己的党组织啊。自己一直认为自己在把下面的百姓当成父母，可是自己真的关心到、做到了吗？怎么还会有这么多的上访信啊？怎么还有这么多要上访的冤情啊？自己这二十多年到底干了什么呀？下面为啥还会郁积着这么多的不满和怨气？

潘潮风想着这些，更感到了难忍的自责和内疚，心痛病又犯了，他紧捂着胸口趴在了办公桌上。二十多年来的往事一一在他眼前浮现。

二十多年前，他自己申请被下派到金山县一个小山村新义村任挂职书记。他是完全可以吃几年苦，和别的人一样返回省城，到省里大机关过上高枕无忧的日子，后来已有多次这样的好机会，可是都被他放弃了。

应该说开始时，他还是一时之气，是为了逃避，是不想回到那个令他伤心绝望的地方，毕竟刘冬冬带给他的伤害太重太深，美好爱情的毁灭，使他感到世界的末日。他来到这里，最后留在这里，完全是出于自愿，是出于逃避的心理。他知道刘冬冬一直在努力挽回他们的那段爱情，但是内心倔强的他一次都没有给她这个机会。他不能原谅她的那种行为，不能接受这样残酷的现实，更不能接受她是为了他的前途而去献身的理由，他甚至无法去面对她悔恨伤心的面孔，他只能去远远的逃避。他不相信，凭他的学识，凭他的能力，凭他的智慧，凭他的勤奋，他的前途，他的未来，要靠自己心爱的女人用身体去换来。他不服，他只能常常一个人对着漆黑的夜空大声呼喊："为什么？你为什么要这样？你完全不应该这样，你毁了我心里最美好的一切，你使我无脸面对整个世界。"

他是带着满肚子的委屈和痛苦，带着所有的屈辱和伤痛，也是带着所有的愤恨和不屈，来到了这个偏远的山区小县。他暗暗发狠，一定要在这个最穷最落后最偏僻的地方，以自己的能力和智慧干出一番业绩来。他要让世上所有的人知道，真金子到哪里都能发光发热。他离开省城，离开女人的帮助，他照样能闯出一片天地，干出一番事业。他当时的信条就是：给我一粒种子，还你一片森林；给我一片土地，还你一片金色的秋天。

他来到这个地方后，渐渐地就和这个地方开始血脉相连了，产生了深厚的感情，觉得自己再也离不开这一片穷山恶水。因为在这里他找到了自己的童年和少年，他想到了他的家乡，那里虽然和这里相隔几百公里，但是和这里一样山高路远贫穷落后。他就是一个在大山里长大的孩子，现在又回到这个大山里，他也时刻感到这里的山民和他的家乡一样纯朴亲密，使他有了一种回家的感觉，也许这就是自己与这大山有着一辈子解不开的缘，这使他时刻感觉到，他回到大山是个非常正确的选择。他要为这大山找出一条发展之路，一条腾飞之路，这也是他小时的梦想，他把这当成了自己一生的追求，一生的责任和使命。他把这里当成了自己的家园，也当成了自己精神的归宿。

他从那个最小的新义村委第一书记干起，兢兢业业，踏踏实实，任劳任怨，一年三百六十天扎在基层，帮着村民们解放思想，开阔门路，绞尽脑汁地想点子谋发展。他帮着村民办起许多养猪场养鸡场养兔场，甚至是野山羊放养，还培植过野山参野山菜，种植过板栗山桃雪梨等。他还亲自陪村民们外出去选种，甚至深更半夜亲自陪村民们去市场叫卖，虽然那些东西都是村民们自家养的，与他没有任何关系，他所做的这一切都是免费的，连路费都是自己倒贴的，一碗面条钱都不要村民掏。他知道村民们挣几个辛苦钱不容易，自己能帮就帮一下他们，决不可占他们一分钱便宜。他这样做也是为了了解市场，给大家找到一条发展之路，想培养出这些专业户典型户，在全村产生酵母效应。可是，他的努力总是白费了，并没有带领大家真正发展富裕起来，他提倡大力发展养鸡时，遇到禽流感，他好容易发展起来的二十多万只鸡，一夜之间被他亲自带人全部捕杀埋掉。他看到养鸡户们痛哭的眼神，他的内心也在流血，他只能一次次地去陪他们申请补偿。他提倡村民们发展大规模养殖野山羊时，又遇上退耕还林，不准放养，全部圈养，村民们是养得越多亏得越多，最后只能提前捕杀，当他听到那一阵阵山羊的惨叫声时，他的心都碎了。

他就这样在下面折腾了十多年，也没折腾出什么名堂。他虽获得了许许多多各种各样的名誉奖状，但也没有获得什么进步，只从村第一书记干到副镇长，还是分管农业，但他一直没放弃，他一直在总结经验。他知道了金山这个地方太穷太落后太偏僻了，光靠传统观念传统发展思路，是不能尽快发展富裕起来的，也是永远跟不上外面的发展步伐，只有大胆改变发展思路，出奇招走险路，三步变成一步走，才能实现一年一变样，三年大变样的目标，才能加快发展，迎头赶上去。这说起来容易，干起来难啊，而且金山最缺少的就是资金，谁愿意来这里大量投资呢？巧妇难为无米之炊，没有钱，你心中就是有再好的韬略和宏图，又怎么能实现呢？没有钱，即便是英雄也无用武之地，只能留下一片惆怅。

就是在这个关键时刻，刘冬冬及时地来到了金山。如果不是她的到来，潘潮风也许要永远在副镇长的位置上消磨青春，他后来的才华就不可能尽情施展，他的远大抱负就不可能实现了。

对于刘冬冬在金山的出现，潘潮风当时感到非常吃惊。他并不想去回味那段难堪的回忆，他早已发誓不想沾女人的光，靠女人的帮忙，但她如今以女财神的形象出现，她手中那庞大的资金对他的吸引力太大了。为了金山的未来，他不得不忘记过去，热情地接纳了她。经过十多年的磨练，潘潮风早已经变得成熟了，他不能为了自己的那段私情而影响工作，他知道下面有多少人对资金是久旱盼甘霖，急不可待。刘冬冬的到来，客观上给大家带来了新希望，加快了大家发展的步伐。

现在的潘潮风才知道，这十多年来，自己的每一次进步，每一个成绩的取得，都与刘冬冬的背后帮助分不开，没有她就不会有他今天的地位和成就，没有她，金山也不会有今天的发展和局面。现在的潘潮风也知道，这个女人已经在他心中有了不可替代的地位，自己是无论如何也躲不开她了，他也分不清这是为了私情还是为了公事，他只知道，自己早已经与她连为一体，荣辱与共，共进共退，她就是自己一生永远无法回避的女人，自己一刻也离不开她的帮助。这些年她为他招来多少客商，为这些招商的企业贷了多少款，他都记不清了，他知道她就是金山最靓丽的一张名片，许多客商都是因为她才来投资落户的，而她在外面的影响力和能量，更是他这个县长永远不可比拟的。

二十多年前，他为了自己的愤怒和痛苦可以远离她而去，可是为了金山的前途和未来，为了她手里的资金，他只能不停地向她靠近。他清楚，在关于金山发展的问题上，自己的那点儿声誉和荣誉又能算得了什么呢。

他也知道外面大街小巷都在流传着关于他们的种种传说，但他也无法顾及，更不屑澄清，他坚信身正不怕影子歪。这些年，他和刘冬冬之间清清白白，光明磊落，除了工作之外，从没有过私下接触，也没有动过私情，虽然这种私情一直深藏在心灵的最深处，常常冲击着他，折磨着他，但他从没去触动它，从没有越过雷池一步。他问心无愧，他对得起自己的妻子，对得起自己的家人，也对得起一直信任自己的组织和人民。他上无愧于天，下无愧于地，可以接受任何调查。他们之间保持的只是一种心灵的默契和融合，而且始终表现在工作的合作范围。

他感到自己的心绞痛越来越厉害，他连吃了几粒速效救心丸，紧闭着双眼靠在办公椅上。现在，更使他感到心痛的就是他在众多上访材料和举报信中看到许多牵涉到刘冬冬和沈金山的问题。他不知道他们在下面到底干过哪些他不知道的事情，因为这两个人都是对他最重要的人，他们做的任何事情，自己都有不可推卸的责任。刘冬冬一直是自己深埋在心底的最重要的那个女人，他现在才知道自己一直没有忘记对她的那份刻骨铭心的爱。也许埋的越深爱的越深，埋的越久爱的越狠，也许真正的爱不是亲密接触，朝夕相处，而是来自心灵深处的遥远的呼应和挂念，是那种心灵深处的痛苦的颤动。除了这份埋在心底的私情，刘冬冬对县里的经济太重要了。她庞大的牢固的关系网，是支撑起金山经济的重要一环，通过她发放下去的贷款是其他各银行的总和。而沈金山又是县里这些年重点培养起来的最重要的民营企业家，他一人撑起了金山经济的半壁江山。他们两个人谁出问题，对于金山的经济都将是一场地震。自己虽然和沈金山总是意见不合，见面就吵得不开心，但是无论从私还是从公，他都不希望沈金山会出问题，他只希望他的金山集团能够不断健康的发展壮大。

想到沈金山，他心里也有说不出的滋味。他们是大学同学，却很少有共同语言，他们一直都是合不到一起的两类人，捏合不到一块去。在他刚来金山的十多年间，他们很少接触，外面很少有人知道他们还是大学同学。沈金山一直瞧不起他，觉得他太死板，什么事都较真，一点儿事情都搁在心里过不下，在他面前总有一种高傲藐视的态度。

潘潮风也从心底里瞧不起沈金山，觉得他就是个依仗家族势力的地头蛇，才能呼风唤雨，威风八面，其实是肚皮空空，毫无特长，而且做人做事很不地道，什么事都敢干，无组织无纪律。就是偶尔有同学聚会时，他们也是坐得很远，很少说话。大家都以为他俩心里有隔阂，是因为刘冬冬的原因，也就没人出面来缓和他们之间冷淡的关系了。

直到刘冬冬到了金山，才把他们勉强拉到一起，使他们有了一段亲密的接触时光，俩人话多了，有时免不了也要较量一番。

潘潮风常说："说到底，我们政府还是都在为你打工，我发展你发财，可你发了财，把钱都带跑了花完了，连税都要少交漏交，我们还怎么发展呢？我们的政策就是让一部分人先富起来，然后带动大家共同致富，可是你只顾自己发财，还要利用自己手中积累的财富去打压剥夺穷人。你不是我们需要的社会主义企业家，你就是新生的资本家，而且还是世界上最坏的资本家。"

沈金山不服："你的观念也太落后了，我发财你眼红啊，我不管挣多少个亿，还不都是为你们政府挣的，我一辈子吃吃喝喝能花多少钱，一千万能吃完吗？我将来去见了马克思，剩下的多少个亿，还不都是留给你政府了，我能带走啊，你不懂市场经济就是竞争，弱肉强食是唯一的法则，我自己还没发展稳，还能带谁去致富，你不要想给我加包袱。"

潘潮风笑道："就你还想去见马克思，你连马克思三个字早忘了吧。马克思见了你，一定会说，你又是从哪里冒出来的，我活着没把你消灭，死了，你还来烦我，快滚，快滚。"

沈金山又不服："到了马克思那里，我们都是两手空空了，我的《资本论》比你读得熟，研究得透，我一背《资本论》，被赶走的就会是你。"

刘冬冬看到他们总是越扯越远，就打断说："你们两个怎么就这么无聊啊，一见面就抬杠，有时间打这种口水仗，还不如把精力放在目前的工作上来。发展才是硬道理，与时俱进，迎头赶上才是正路。等到别人都发展到前面去了，你们就在后面喝西北风吧。"

潘潮风是佩服沈金山有能耐有本事，他不但自己的集团公司发展得快，对全县经济的推动，也是有目共睹的。可是，他就是不能接受沈金山的种种做法，随着当了县长后，和他的摩擦更是越来越多了，他们又是越走越远了，他和沈金山不只是见面少了，争论越来越激烈，而且暗地里打起了冷战。如果不是刘冬冬一直在消解他们之间的矛盾，他们也许早就无法走到一起了。

潘潮风望着那些上访资料，心中对沈金山的愤怒越来越重，他想：这个沈金山怎么越有钱越变得不认识了呢，身上没有一点道德的血液了，怎么搞到现在什么人的钱都敢欠着不还，连法院的判决都不当数了，他怎么可以为了钱就变到这种地步，这就是他本性的大暴露吗？

6 初次交锋

这场突然到来的暴风雨仍在有增无减地越来越猛烈，没有任何停息的迹象，老天好像发疯似的，要把多年来蓄积的雨水一把倾倒到金山来。

省委巡视组的面包车和那些大客车为了安全，一起停在路旁避雨。这里山高路险，雨又大得形成了雨幕，看不见前方的路了。路边一旁的高山上，不断有碎石和泥土被雨水从山上冲下来，路的另一旁的溪流里，已经是山洪暴发，滚滚的洪水瞬间就涨了起来，翻滚着咆哮着从路旁急速冲下，水位越涨越高，溪流眼看着在越变越宽。

大客车上许多旅客还在利用这段避雨时间在谈论着刚才的警民大战，说什么的都有。

“省委巡视组早该下来了，不然金山就真不是共产党的天下了。”

“金山这么多年积累下来的问题，堆积如山，光下来一个省委巡视组能有什么用啊。”

“下来总比待在办公室里瞎指挥要好，最起码他们能知道下面的真实情况啊。”

“每年金山有多少人去上访啊，他们上面人还能不知道？都是睁只眼闭只眼啊。现在上下都是在混日子，多一事不如少一事，过一天算一天，都是在抱着定时炸弹击鼓传花啊，他们真要管，金山还会走到今天吗。”

“真希望省委巡视组不是来走过场的啊，金山的盖子真的不能再捂着了，再捂下去，就要爆炸了啊！光是各乡镇每年上报的数字，都是假大空，已经吹得没边了，还要年年往上加，比大跃进亩产万斤时吹得还厉害呢。”

“这就是他们的政绩，他们不报假数字，怎么往上爬呀，他们现在比过去的人高明，过去人实在，吹牛都是实在的，亩产万斤落实到田地里，一眼就能被人看穿了，现在的人多聪明啊，他们虚报产值，县里产值是什么？鸡的屁是什么东西？是多少啊？我们老百姓，谁也不知道，就听他们吹吧，他们想说多少就说多少吧。”

年轻的女大学生陈晓艳，看到自己发出的微博《金山县发生警民大战，省委巡视组被堵路上》，已经在网上迅速传开，就开始站起来不停地大叫着：“请师傅开门，我要下车，我要下车。”

那司机看着她不解地问：“这么大雨，你下车干什么？”

陈晓艳焦急地说：“我有急事，麻烦你了，我要去找省委巡视组。”

那司机只得打开车门，全车人都静了下来，一起看着她，只见在瓢泼大雨中，陈晓艳一个人跑到省委巡视组的面包车前，张开双臂拦在车前大喊：“我要上访，我要上诉。”

一道道闪电照亮了她那孤立在大雨中的湿透了的身体，单薄的衣服紧紧贴在她瘦弱苗条的身体上，雨水顺着她披肩的头发，一直往下流，使她看上去就像是一座立在大雨中的孤苦无助的塑像。

大客车上的人骚动起来，有人在说：“好可怜的女孩，一定有天大的冤情，这么大的雨还不淋出病来。”有些热心的人已经在叫着要找雨伞给她送去。

这时，他们看到，面包车上的人已经下来，把她往面包车上拉。在她一出现的时候，省委巡视组的人就已经被她惊住了。

肖剑是第一时间下车拉她，他没想到这个文弱的女孩那么倔强。她不愿上车，她坚持要站在雨中继续激动地大喊：“我不上车，我要控诉，天大的冤案啊，金山县不是中国的独立王国，他们不能操控法律，草菅人命，无法无天。请你们一定要撕破金山的层层黑幕，把共产党的阳光带给金山人民，把公平正义带给金山，把蓝天还给金山。”

肖剑见她有些情绪失控了，拉不动她，只得强行把她抱上车去。车上立即一片慌乱，车上的女同志忙着给她换干衣服，男同志一起跑到车前背过身去。

陈晓艳换完干衣服，继续激动地说：“我要上访，我是特意从北京来找你们上访的。我已经上访两年了，请你们救救我的同学李辉，他不是坏人，他是个优秀的大学生，他怎么会袭警伤人呢？不能就这样毁了他的一生啊。”

大家都劝道："你不要急，这是我们领导何组长，你有事慢慢说。"

陈晓艳忙说："何组长，我叫陈晓艳，是北京的大学生，还在北京读书。李辉是我大学同学，也是我中学同学。他是冤枉的，他手无缚鸡之力，他不会袭警的，他被关了两年多了。"

肖剑一听，就接过话说："你就是李辉的女朋友，这两年一直在北京为他上访的就是你？他的情况我比你清楚，我是肖剑，我也是当时的参与者和见证人。"

陈晓艳忙惊喜地叫道："你就是那个大记者肖剑，我一直想找你，听说你也受了处分，就一直不好去找你。"

肖剑说："他的事早已由法院判了，这是关于法律的事，我们也管不了，你就不要再上访了，还是安心回去上学吧，不要再跑了。他的事情，我比你都着急啊，我也比你清楚。现在只能尊重法律的处理，只要有机会，我还会帮他的。"

陈晓艳坚决地说："不，我一定要上访到底。他一天不出来，我就要一天帮他上访，这是现代真实的冤案。中国不能没有讲理的地方，中国的法律不能专为坏人所用，制造这样的现实悲剧。"

肖剑听着她的话，一时不知道该如何说话了，他的心情更加阴沉了下来。是的，这些年他也一直在反思这个问题，我们现在天天在喊建设法治国家，可是如果法制失去了监督，变成了坏人手里的工具，老百姓该怎么办呢？法律关键还是看它掌握在谁的手里，为谁所用啊。李辉的案子，就是明显的误判，是明目张胆地利用法律的报复行为。为这事，自己已经申诉过许多回，拜访过许多的法律专家和教授，他们从法律程序上找不出破绽，明显是判重了，可是袭警就是要重判的，能说他们不对吗？

肖剑只能无比同情地望着陈晓艳，他知道她此刻的心情，自己为这事已经奔跑了两年多，一点结果都没有，你一个女大学生就是不停地跑下去，又能有什么结果呢？

何枫和车上的人也一起心情沉重地望着车外的风雨，不再说话，他们心里都在同情这个冒雨拦车的姑娘，他们却只能安慰她，他们知道这是法院判决的事，已经超出了他们的工作范围，他们无法帮助她，他们无法去干涉司法呀。他们知道无数的人都对他们的巡视工作寄予了厚望，可是他们不是过去的钦差大人，不是所有的问题他们都能解决的了啊，特别是牵涉到司法的问题。

这场猛烈的暴风雨经过一个多小时的疯狂，终于减弱了下来，天空也亮堂了起来，所有的车辆都启动了，一起向金山县城开去。

肖剑叫陈晓艳跟着他们的车同行，她的出现使他更感到一些内疚，他为她的执着感动，她就是为了向他们反映情况，就孤身一个人从一千多公里外的北京赶来，这是需要多大的毅力，这时的她，心里带着多大的信任和期望啊，自己不能使她太失望。自己这时能做的就是尽量照顾好这个远道而来的娇弱女孩。

省委巡视组的面包车终于开进了金山县城，肖剑多次来过这里，对这个小县城非常熟悉，这是全省最偏远的一座县城，也是中国千百个县城中最普通的一个，和别的县城没有太多的不同，只是地处大山深处，被群山拥抱，增添了几份神秘感，十万多一点的人口，却几乎占到全县人口的一半。

这个县城和大多数的山城一样，是依着山溪而建，中间一条宽大的溪流穿城而过，所有的建筑几乎都是顺着这条溪流的两边所建。刚经过暴风雨的冲刷，整个小县城都散发出一种清新的气息，那条溪流这时已经爆满，变成了一条宽阔的奔腾的河流，混浊的洪水发出哗哗的轰鸣声，从远处的群山中奔来，翻卷起几层浊浪，冲击着溪边的礁石，又急速地向远处的群山奔去。

肖剑坐在车上，望着窗外匆匆而过的建筑，明显地感觉到这几年小县城的巨大变化，这和报纸电视上宣传的大山深处的奇葩，深山里的奇迹，模范县城等美誉，是完全相符的。从县城的建设和各个方面来看，金山县城确实是异军突起，后来居上，远远超过了周围各县。虽然它和那些县城一样，大多数都是些四五层以下的房子，但已有好多栋三十几层的高楼大厦，鹤立鸡群，引人注目。每一条街道都是光洁明亮，两旁的建筑整齐有序。特别是刚开发几年的县城新区，已经初具现代化城区的雏形，和老城区中间，隔着一个宽大宏伟的市民广场，它和绿树成荫的市民公园相连，中间是一条宽敞笔直的大道，直通到县委县政府的办公大楼。

市民广场的四周，集中了全城的精华，新建的公检法大楼、行政服务中心、最豪华的宾馆都聚集在这里。这里最高最吸引人的眼球的就是扬子江农商行的大楼，这是金山县城最具标志的建筑，特别是楼顶上的“金山县扬子江农业商业银行”几个大字，红光闪闪，日夜耀眼。

肖剑看到车子已经进入直通县委县政府的办公大楼的专用通道。他看着左右两边的市民广场和市民公园，不由地佩服起金山人的胆识和魄力。这个小小的县城竟建起了这么两个宏大的利民工程，不管是市民广场，还是市民公园，都是他见过的县城中规模最大，档次最高的，在全省的县城中更是遥遥领先，无出其二。他也不由地佩服起设计者的精明来，不管是哪里来的领导，只要来这里，都要首先从这两大利民工程中穿过，都会对那些走廊凉亭花圃草坪，对那宽广靓丽的广场，对那精美的雕塑和高大的树木留下深刻的印象，因为这一切都能和现代化的大都市媲美了。唯一还透露出一些小县城人俗气的，就是那座迎面的十几层的县委县政府的办公大楼的楼顶，不管从哪个方向看，怎么看都是越看越像古代官人们戴着的那顶官帽。

省委巡视组的面包车终于在县委县政府的办公大楼前停了下来，潘潮风已经带着县里的一群干部在等候多时了。大家见面后，一阵热情的寒暄，就直接走进了第一会议大厅，大厅里等候的干部们立即神情严肃起来，全都齐刷刷地看着台上的一举一动，变得鸦雀无声。

潘潮风一直陪在何枫的身边，一边走一边不停地说着话：“欢迎你们来我县巡视指导工作。我们县委县政府高度重视，在第一时间召开动员大会，就是要尽快把你们这次的巡视工作宣传落实下去。”

何枫一边点头，一边对他们积极的工作态度表示赞赏。他们在主席台上坐下后，这次被暴风雨耽误很久的省委巡视组巡视动员大会终于召开了。

全场一片寂静，只有何枫组长的讲话落地有声振聋发聩：“按照省委的统一部署，我们省委第一巡视组从今天开始对金山县进行巡视。目前，我们党的建设的现状与我们党所肩负的历史使命仍有不相适应的情况。党内监督体系不够健全和完善，党的思想、组织、作风建设、反腐倡廉建设仍有许多薄弱环节，导致一些党员干部丧失理想信念，放弃奋斗目标，利用公共权力谋私，或者不积极履行职责，不关心群众疾苦，不履行党员义务，导致党的执政能力、执政水平下降；导致一些地区和部门公共权力异化为私权，滋生了严重的腐败现象，权钱交易、以权谋私、贪污贿赂、腐化堕落等现象蔓延，形式主义、官僚主义、享乐主义和奢靡之风等方面的问题异常突出，严重影响党的执政地位，使党面临执政的严峻考验。开展巡视监督，就是党在这种新形势下采取的一项重要的战略措施，是在当前反腐败斗争形势严峻复杂的情况下，从严治党的紧迫任务……”

省委巡视组的巡视工作也随即正式展开，一场更大的风暴又在金山县刮起，金山县的大小官员也都开始了惶惶不安、提心吊胆的生活。

7 情真意切

金山县电视台和金山县各家媒体立即重点报道了这次大会的情况，并将巡视组组长何枫的讲话和潘潮风代表县委县政府的讲话做了重点报道。

金山县立即群情鼎沸，省委巡视组顿时成为大家街谈巷议的热点话题，也成为大家关注的焦点。

全县所有的新老上访户和所有对各级干部不满者一起闻风而动，带着久压在心里的愤怒和怨气，纷纷向省委巡视组奔来。

只有一天多的时间，省委巡视组的住地金山宾馆附近就出现了许多上访民众表达诉求的标语横幅，一些上访民众聚集在这里，等候省委巡视组的接见。

保证省委巡视组正常开展工作，成了全县工作的重中之重，公安局副局长张景从全县各地调来大量警力，亲自坐镇，预防一些情绪激动的访民扰乱省委巡视组正常的巡视工作。

他刚刚因为行动迅速果断，以雷厉风行的气势，在几个小时以内，就把那群打交警掀警车的二十多人全部拘留归案，正在依法处理，而受到潘潮风代表县委县政府的表彰。虽然他心里知道，这些人都是来自金山集团下属煤矿的运输队，是受到他们老总沈金山的指令来投案自首的，他还是特意到县电视台大吹特吹了一下。他这既是向全县人民表功，也是在向全县所有的访民们显威，以此给他们震慑，他是想借此让他们知道，不要以为省委巡视组来了，就真的来了钦差大臣，他们虽是省里派来的，过不了几个月就要回去，这里还是由他们金山领导说了算，谁也别想借机胡闹。

金山集团总裁沈金山一接到刘冬冬的电话，就知道他的手下人这次真把事情闹大了。自己怎么解释刘冬冬也不会相信，只会增加她的误解。这个娘娘可是他最不敢得罪的呀，而他是真的不知道这事，刘冬冬把这事记到他的头上，那是真的冤枉他。

这些驾驶员虽是都挂着他们公司的牌子，实际除了给他往外运煤外，跟他们公司没有任何关系，因为大货车都是他们私人买的。他知道这两年不同以前了，煤炭价格一降再降，他下面的那些小煤矿已经很难生存，就把他们的运费往下降，一路上的关卡又多，这些驾驶员确实是养不活那车了，才被逼到这个地步，可是他们这次闹大了，怎么就碰上了省委巡视组，他们这是不是存心的呢？家丑不可外扬啊，自己家的事只能内部解决，这是他一贯的做事原则。自己正在找刘冬冬贷一笔款子，他们这不是成心捣乱吗？自己才出来不到两个月，家里就出了这种事。

他立即命令所有参加打交警的人必须全部去投案自首。他的话一传下去，那些驾驶员马上就全部跑到公安局自首去了。他们知道，只要有沈总出面，什么事就没了，顶多进去待几天就都出来了。他们这也是被逼无奈铤而走险之举，他们一是要出出心中的那口恶气，他们都是大半辈子跑马路吃饭的人，实在是被那些交警欺压狠了，不只是金山交警，哪里的交警都一样。他们早就想找机会发泄一下，主要的目的还是想让他们的沈总知道，他们的运费已经被压得没法活了，想让他出面帮着加运费。既然沈总知道了，他已经开口了，所有的事情也就解决一半了，进去待几天也就值了啊。

沈金山放下电话，就开始从北京往金山赶，他知道省委巡视组一到，金山可就热闹了，潘潮风也就真正坐到火山口了，够他受的了。

他本来没想过回金山去趟这摊浑水，但想看看这个老同学出出洋相，他心里还在为上次同学聚会的事生他气。他越来越觉得他和这个老同学已经越走越远了，也许他们本来就不是一路人，这些年他们只是在相互利用，早就没有一点儿同学之情了。他靠潘潮风做靠山找政策，潘潮风靠他谋发展求政绩，他能走到今天离不开潘潮风，潘潮风能有今天更离不开他。他们其实就是在两条平行的路上跑，从来没有交点，更何况他们中间还始终隔着一个谁也绕不过去的刘冬冬。

沈金山确实已经早就和潘潮风很难找到共同语言了，他们上次在同学聚会中还差点公开争吵起来。

潘潮风不顾场面地说他：“你企业做得这么大了，也是有影响的大企业家，你就是金山的代表，金山的脸面，你怎么就爱差别人钱不给呢，人家外地公司和法院找不到你，都找到我这里来了，我这个县长以后就跟你后面去要债吧。还有，怎么县里的上访户一半都与你有关呢，你是个成功的大企业家，大企业家要有大企业家的道德和社会责任，要流着道德的血液，不要把下面搞得鸡飞狗跳的。”

沈金山越听心里就越不舒服了，他觉得潘潮风才刚刚当到小县长，就是一口官腔了，这是故意给自己难堪，是和自己疏远的表现。他想：你的那一点政绩，哪样不是我给你干出来的，你们做官的不就是在办公室里，空想着远大理想和计划，然后出去讲讲话做做报告，什么具体的事情，哪样不是在我手里做成的，你们县里一半的财政收入是我创造的，对金山的贡献，你十个潘潮风都不如我一个沈金山。你有什么资格跟我说官话摆官腔，我是个企业家，不是慈善家，我要什么社会责任、什么道德理念，那是你们当官的事，你们吃饭不干事，尽说好听的。我只考虑赚钱，获取最大效益，赚钱才是硬道理。

当时他看到刘冬冬在场，才强忍着没有再一次跟他争起来。他知道他可以不拿潘潮风当数，但是他不能拿刘冬冬不当数，他可以得罪所有的人，就是不能得罪这位“娘娘”，这不是因为她神通广大，法道无边，而是他感到，二十多年来，她的手中好像有着一根无形的指挥棒在指挥着他的每一根神经。

沈金山坐在奔驰车中，还是在不停地想着这个使他一生不安的女人。他不知道她到底是什么材料做的，到底是被施了什么样的魔法，就是使自己不能忘怀，不能远离。自己早也是坐拥几十亿资产的集团老总，自己早也从大山里走向北京上海，自己早也阅过无数绝色的女人，怎么就不能放下这个心里只有潘潮风并处处为他努力为他奉献的女人？自己怎么在她面前就变得如此痴情如此低能呢？

沈金山心里越想越感到懊恼和失落，自己的这一生充满传奇，从没有失败的感觉，只有刘冬冬才使自己感到了什么是失败的感觉。这种失败的感觉常使他痛苦，也使他充满斗志和上进心，其实他的传奇经历就是为她开始的。二十多年前，他虽然趁机得到过她的身体，却从没得到过她的心，那时潘潮风已经和她绝情而去，可她还是没有给他一点机会，而是甘心去做了别人的情妇。他一直把这看成是自己一生最大的痛苦，他把所有的愤怒和痛苦都深埋在心里，他也从此对权力充满了仇视。

于是，他辞职下海，到大山里去挖煤，他的事业就是从小煤矿挖煤开始的，他在一点点的积累中走了出来，成为金山最大的企业家。他心中最大的心愿就是要用手中的财富去战胜权力，征服刘冬冬，可是奋斗了二十多年，他仍然没有成功，她心里仍然对潘潮风一往情深。

他由此觉得她爱的一直就是权力，因为她一直在用自己的美貌和智慧，成功地把一大批权力男人牢牢控制在自己的手中，仿佛都给他们戴上了紧箍咒。

沈金山有时也搞不清，刘冬冬到底是红颜还是祸水，是女妖还是女神，能使那么多高地位有权势的男人为她折服，为她失魂落魄，不只潘潮风要靠她，而且自己的许多事也要靠她帮助。她越来越高不可测深不见底。他和她相识二十多年了，却越来越摸不透她了，越来越不知道她心里藏着多少秘密，就像他们的儿子刘明明，她好多年来一直说是他的儿子，他也一直把他当儿子待，可是，现在她又突然坚决否定不是他的儿子。他不知道她为啥突然改口，但他知道她这就是故意要折磨自己。她已经这样折磨自己二十多年了，他真搞不清她现在的心里又在想些什么。

沈金山有时也分不清，这些年来，他心里对她保持的这种特别复杂的爱恨交织的感情到底是什么，自己早已过了为情而动的年龄了，怎么就和那些对她迷恋的男人一样傻，对这个活跃于众多男人中的女人情有独钟，欲罢不能，始终不弃。她算不上忠诚，算不上真情，算不上完美，实际就是个现代化的高级的交际花，实际就是对待他像对待许多被她掌控的男人一样。自己把一切都看得很清楚很明白，却还要这样继续下去，继续去接受她的折磨和操控。就是在她已多次否认刘明明是他的儿子时，他心里有时也清楚她交往的男人很多，刘明明也许真的就不是他的儿子，但他就是不愿去深入探究，不想去查清真假。他就是要把刘明明当成自己的儿子，就是想要和她永远保持这种哪怕是虚无的特殊关系，希望刘明明能把他们紧紧地联系在一起。他有时甚至天真地想，刘冬冬现在这样说，也许是故意和自己要女人的小性子。女人大都是这样，有时有些任性，故意撒撒娇，要点小性子，这也是很有趣的事。她挂在嘴上说了二十多年的事了，怎么能说不是就不是呢。

他说不清这个自己二十多年的心理情结到底出于什么，难道就是应了那句古话：越得不到的东西越想得到。可是自己怎么能是这么低俗的人呢？

沈金山看到自己的豪车已经进入金山县境，心里又开始升起许多的自豪感和成就感。他想道：潘潮风真是不知天高地厚啊，还动不动就想教育我。我沈金山的创业史就是金山二十多年来的发展史，没有我沈金山，哪有金山的今天，这里的哪一点成就没有我的功劳，这里的哪一条道路，哪一座桥梁，哪一个形象工程不是我造的，金山最好的宾馆学校医院，哪个不是我投资的，就是你们天天对外炫耀的市民广场和市民公园，不是我，现在还都是半拉子工程。你还说我欠债不还不讲诚信，你懂得企业管理吗？不欠债，我能发展这么快吗？发展越快欠债越多，这就叫合法融资，发展越快自然矛盾就越大，这有什么关系？发展才是硬道理，你不管我是通过什么手段发展起来的，反正我是把大笔的资金带到金山来了。下面的小老百姓上访，他们懂什么？自古以来，何时何地没有上访的？几个上访的小老百姓就把你吓成这样，你一个县长连几个小小的老百姓都对付不了，你还能干什么？你这能力还想当县委书记？

沈金山的脸上浮起一种极度的轻蔑的微笑。没有我沈金山，金山不会有今天的成就，你潘潮风更坐不上县长的位子，你潘潮风永远就是个上不了台面的土包子，如果不是因为刘冬冬，我都是不带你玩的，你一直不愿靠女人上位，最后决定你命运的还不是刘冬冬。你有什么资格对我沈金山说三道四的，你就是山沟里的土蛤蟆，一辈子蹦不高的，我沈金山是什么人，我是民间天子，是真龙在世，我上能通天腾云驾雾，下能入地翻江倒海。你知道我为啥名叫沈金山嘛，因为金山就是我家的。

沈金山也不知道，他怎么就和潘潮风的关系僵到这个地步，他们不但在打冷战，而且已经到了谁都不愿见到对方的地步。也许他们之间从来就没有真正的好过，只是因为刘冬冬，才使他们勉强有了交集。他们一直都是面和心不和的，他们之间不需要一丝风浪，只要有一点儿小小的浪花，就能使他们分道扬镳。他们之间好像一直就隔着一座无形的大山。

沈金山曾经下过多次决心，自己就久住在上海北京，不再回来，看他潘潮风在金山能折腾出什么名堂来。我沈金山没有你潘潮风照样呼风唤雨，你潘潮风没有我沈金山一事无成。可是，只要一接到刘冬冬的电话，沈金山心里的气就顿时消了，所有对潘潮风的愤恨和不满就全没了。他有时也不停地问自己，自己就是这么没出息，就这么甘心受一个女人的指使，还是因为自己心里一直对金山的山山水水本来就有着一份放不下的牵挂。

现在的沈金山有时也不停地反思，自己到底是金山的功臣，还是金山的罪人。他有时也为自己这些年的做法感到不安感到内疚，他是靠金山发家的，他开始起步时，两条腿走的路就是挖掘大山里的“黑金”和“白金”。每当潘潮风以这两件事指责他时，他有时也感到羞愧，但他从来也没后悔过，他觉得这都是他迫不得已的办法，如果能有第三条路可走，他也绝不会去干这些的，他觉得潘潮风就是站着说话不腰痛，站在岸上说风凉话。你潘潮风算什么东西，你说到底还是个外来户，而我就是在金山土生土长的，我的祖祖辈辈都是金山人，是这片大山养育了我，我能对它没有感情？为了这片大山的未来，我比你潘潮风有更重的责任和期望，我不是在口头说说，我是在真实地干真实地闯。为了这片大山能尽快脱贫脱困，为了它光明的未来，矿井下死几个人，送几个年轻姑娘出去，有什么了不起的？有什么大惊小怪的？这片穷山恶水，除了这两样宝，还能有什么呀？为了发展大局，就是牺牲我们这一代人的利益，都是值得的。我们这样的基础，要发展起来就是要比别人多流一些血和泪，多付出一些代价和痛苦。

沈金山一直都觉得对于金山这块故土，自己比潘潮风有着更多的责任和担当，所以，不管潘潮风怎么说他，他从来就没有动摇过，他依旧我行我素，想干什么就干什么。他觉得，只要能加快发展，走什么路都行，干什么事都行，没有路也要闯出一条路来，不管要付出多大的代价，也不管别人会如何评价他，能使金山尽快摘掉贫穷落后的帽子，就是他这代金山人最大的功绩。这就是摸着石头过河，谁知道前面是什么，就是失足淹死，也不能止步不前。这些年来，在他面前，世界上从来没有禁区，世上只有他想不到的事，没有他不敢干的事。这也就是他们现在越走越远的根本原因。

他看着窗外越来越多地奔涌的群山，心情平静了下来，也变得开朗了许多。他每次回来，看到这熟悉的家乡的起伏的山峦，他的心情就会变好许多，就会暂时忘记一切烦恼和不快，这就是养育他的故乡的山山水水啊！这里一直牵挂着他的，不是只有刘冬冬和潘潮风，还有着那许许多多说不清楚的割舍不下的东西。自己是有时赌气，不想回来了，可是自己又怎么能做到呢，跟谁赌气呢，这片大山就是他的家、就是他从小生长的地方，这里的山水一直流淌在他的血液他的骨髓里，流淌在他的灵魂深处。

8 一见钟情

沈金山正想着这些时，他突然看到一辆灰色的法拉利风驰电掣般地从他车旁闪过。沈金山一惊，这是哪个不要命的司机，开得这么快，当他看清车牌号码时，赶紧叫道："快跟上他，那是我儿子的车，他怎么从北京跑到这儿来了。"

沈金山立即打通刘冬冬的电话："我回到金山了，我看到我们儿子明明的车了，他是来看你的？什么事让他跑得这么快，他的车在路上都开飞起来了，至少二百码开外了。"

刘冬冬在电话里很吃惊地说："你一定看错了，他在北京怎么会来金山？我没叫他来呀，他不会来了不告诉我。"

刘冬冬立即拨通了刘明明的手机，她开口就说："儿子啊，你在开车吗？你先把车停下再说话。"

开着那辆法拉利的确实是她的儿子刘明明。刘明明看到他妈的来电，已经把车减速了。但他没有停下，一边开一边问道："妈妈，你来电有事吗？不是说好了晚上给你打电话吗？我在开车，没事我先挂了。"

刘冬冬问道："你是不是到金山来了？你怎么就不跟我说一声呢，一千多公里，你就这么疯跑过来了。"

刘明明心想：妈妈真是神通广大，这次自己没跟任何人说起，还没到，她怎么就知道了呢？本来自己是不想让她知道的，既然让她知道了，他只好说："妈妈，我好得很，你不要担心了，全是高速，不就几个小时，我一口气就开到了，我是开过赛车的手艺，这点路算啥。"

刘冬冬仍在担心地说："你不要到哪里都当赛车开，外面的路况你不熟。你跑来有什么事吗？我还在省城开会，我马上赶回来。你先到宾馆休息。"

她没有跟儿子说真话，她急着赶到省城是为了急于了解省委巡视组的底细，她不能在金山空等着，这些年，她一直都是金山省城两头跑着的。

刘明明说："妈妈，你忙你的，不要管我，我这次是来看一个同学的。"

刘冬冬问道："什么同学呀，我怎么不知道金山还有你这样的同学，能让你疯跑一千多公里。"

刘明明听了妈妈的话，立即感到一些脸红心跳，不知道怎说了，停了片刻说："妈妈，我的好妈妈亲妈妈，我早就长大了，不是小孩了，你就给我一点自由，给我一点空间吧，我还在开车呢。"

刘冬冬忙说："好，好，好儿子，你慢点儿开啊，我不问了。"

刘明明这次确实不是来看他妈妈刘冬冬的，他根本就不想让她知道，这还是他第一次想和他妈妈之间保留一点儿秘密，他一直觉得他妈妈像影子似的无处不在地跟着他，早就想和她保持一点儿距离了。

他是专门来找陈晓艳的，他正处在对陈晓艳的狂热的追求中。他正为到处找不到陈晓艳而着急，突然就在手机上看到陈晓艳发的微博，再一查，才知道她已经到金山去了，已经住到金山宾馆。他不知道她怎么会到了金山，心里一激动，就不假思索地一按巡航器，一路朝金山狂奔而来。他没有告诉任何人，没有告诉陈晓艳，也不想告诉他妈，他只想玩一次刺激，以最短的时间，出其不意地出现在陈晓艳的面前，给她带去震惊和惊喜。

他和陈晓艳刚认识三个多月，他发现自己已经疯狂地爱上了这个看似文弱，内心却无比刚强的女生，特别是她那充满忧伤的眼睛，冷若冰霜的有些苍白的脸孔，以及她身上透露出的那种凛然不可侵犯的气息，都已经渗透到了他的每一个毛孔，每一个细胞之中，无时无刻不再牵动着他那澎湃激昂青春洋溢的心。他从来没有遇到过这样的女生，也从来没有对哪个女生有过这样的感觉，他知道这是个注定要改变他一生的女生，为了她，他愿意改变自己的一切。虽然三个多月来，他一次都没有能接近过她，连手都没有碰到过一次。她一直就像是一个孤傲的公主将他拒之千里，避而不见，但他知道她是那么的可贵，那么的与众不同，那么的使他不能放弃，和他接触过的所有女朋友都不相同。那些女朋友每次看见他开着发亮的法拉利，无不发出惊讶的赞叹和羡慕，无不想和他表示亲近和殷勤。他也总是能在她们面前骄傲地昂起头来，他有着太多使她们仰望的资本，他也交往过多个女朋友，想和他亲近的女孩是在争先恐后地排着队的，没有一个是能超过一个月投入他怀抱的。只有这个陈晓艳与众不同，她不只一直躲避他，更是脸上永远挂着一丝轻蔑和藐视。这深深地刺痛了他有生以来的所有优越感，伤害着他内心强大的自尊心，这也时常使他感到心痛，他甚至有时愤愤地想：你装什么清纯，装什么高傲，装什么冷酷，你有什么值得骄傲的，我就不信征服不了你，攻不下你这个山头，总有一天我要你像一个温柔的小羊羔乖乖地躺在我的怀里。

刘明明永远记住了那个和她初遇的星期六的下午，那天北京也下了很大的雨，路面上到处都结满了厚厚的雨水。他开着法拉利从外面回学校，他刚和同学们相聚之后，心情还处在兴奋之中，遇到这样的大雨天，他就更兴奋了，他在北京就喜欢下雨天，雨下得越大越好，空气也就变得特别的清新干净。难得遇到了这样的好天气，他就任性地开着车在学校里的环湖大道上遛起了圈。这是个新建的校区，校中间挖了一个很大的人工湖，周围都是花草树木和假山凉亭走廊，在大雨中变得一片迷蒙，好像就是到了烟雨时节的杭州西湖。

遇到这样的好景色，又没有看到什么人，他就不停地遛了一圈又一圈。他特别喜欢雨中开车的这种感觉，大雨不停地把他的爱车冲刷得油光发亮，飞转的车轮不停地把路面的积水压得飞溅起来，发出滋滋的响声，就像是世上最美妙的一首乐曲，使他仿佛有一种在大海里开飞艇的那种劈风破浪的美妙感觉。

刘明明已经完全陶醉在这种无比美妙的感觉中了，他突然就听到了一个女孩的惊叫声，他猛一刹车，就在倒车镜中看到，后面的路旁突然冒出一个女生，他的车轮刚才溅起的雨水像一大盆水一样泼到她的身上，把她浑身泼得像一个落汤鸡似的。他的心立即定了下来，他想：又没撞上你，就溅了一点水，有什么大惊小怪的，现在的女生就是小气。

他本想直接开车离去，可是看到那女生一个人站在路边，有点楚楚可怜的模样，就又把车倒了回去，他本想是去和她说声对不起的。他没想到，那女生跟在他车后，在愤怒地指着他大骂："你不就是开了法拉利吗，开法拉利就了不起了，就能不看人了，就能故意把水往人身上溅。"

刘明明长这么大，还从来就没被人骂过，他一时受不了了，本来要道歉的话却到嘴边变了："我开法拉利怎么了？法拉利得罪你了？不就是溅了一点水吗，你们女生就这么小气，大不了我赔你一件衣服。"

那女生更气了："谁要你赔衣服了，你有钱就了不起啊，开法拉利就不看人啊，从没见过你这样的人，你就专找水多的地方压，你怎么就是这个素质，你爸就是这样教你的。"

刘明明一听她提到他爸，心里腾地就火了，他立即不顾一切地跳下车，气势汹汹地朝那女生冲过来。这一直就是他心里永远的痛，他活到现在，真的还不知道她爸是谁，他妈妈不跟他说，他也不好去问，他知道她妈妈的心里一定是藏着好大的委屈和耻辱，所以才不告诉他真情，他也就不想再去触动她妈妈内心的那份痛苦，也就不再去问了。

那女生看到他冲过来，毫不畏惧地面对着他说："你想怎么样啊，你这么凶干啥？你还想打人啊，你这是什么修养？什么德行？你几年没上学了？家里没人教你，学校也没人教你？"

刘明明紧紧攥着拳头，瞪了她好久，最后气呼呼地把拳头狠狠地捶在法拉利车上说："我就爱开法拉利，就想找有水的地方开，我就任性，我就想溅你一身水，怎么了啊？你是不是看到我开法拉利眼红啊，我开法拉利有错吗？这条路哪里规定了你能走，我不能开车啊。"

那女生轻蔑地笑着嘲讽道："只有你这样的人，才把这车当成宝，你一个男人也要靠这车来装扮啊，那你干脆去变性做女人吧，那就能天天去打扮了。"

刘明明就是那时，被她那轻蔑的笑刺伤了内心，他知道他遇到了一个不同一般的女生，他把心里的满腔怒火全都压了下去。回去后，一连几天消不了这口气，这还是他第一次被女孩怒骂，第一次内心被刺痛。当时，他的心里就很快产生了一个可怕而又真实的想法：好的，你厉害，我吵不过你，你给我清高，你给我凶，你骂得好，你是这个世上第一个骂我的人，我保证不出三月，就彻底征服你，要你到我的床上乖乖地伺候我。

刘明明很快就打听到这个女生叫陈晓艳，是个在校大学生，他起初明显带有一种强烈的报复和占有的欲望，他从此开始了对她永不停息的疯狂进攻。他首先到最高档的欧美女装精品店买了一套价值一万多元的香奈儿连衣裙，他想把这件衣服送去赔她，一定能震撼一下她的心灵，没有女孩会不喜欢这么高档漂亮的衣服，这可比她身上的那件被雨水弄脏的廉价的衣服不知要贵多少倍了。

刘明明带着衣服，开着法拉利在学校转了几天，终于又在那条湖边大道上等到了她，他不顾她正和几个女同学在一起，直接开到她们面前一个急刹车，打开窗户叫道：“陈晓艳。”

陈晓艳听到他的叫声，有些吃惊地看着他：“你在叫我？你怎么知道我的名字？”

刘明明对她充满歉意地说：“陈晓艳，我一直在找你，那天是我错了，我不该把这马路当成自家的跑马场，溅了你一身水，我是特意找你赔礼，请你接受我最真诚的道歉。”

陈晓艳有些不解地望着他说：“你不是来找我吵架的，你是来道歉的？你这样的公子哥也会道歉了？”

刘明明表现得一脸无比真诚地说：“我认真地考虑了几天，越来越觉得真是我不对，请你接受我对你的迟到的道歉，这是我对你的赔偿，你一定要接受，接受我的歉意。”他说着，双手递过了那件香奈儿连衣裙。

陈晓艳看到那件衣服，心里像被猛地刺了一下，有些愕然地看着他。她没有接衣服，她身旁的几个女生一起帮她接过衣服，争相看着，齐声大赞道：“好漂亮的衣服啊，一万多块啊，这面料就是不一样啊。”

刘明明难以掩饰自己内心的骄傲，他正为自己的壮举自豪，他没想到陈晓艳非常激愤地说：“你是不是每天除了开法拉利疯跑，就是无聊的没事啊！那点儿小事，过去不就算了，你是不是有病啊，你心理怎么这么阴暗，几天就想出这招来报复我啊，你不要以为所有的女孩都像你一样，心里只有法拉利和高贵服装。有钱也没几个像你这样烧的，带着你的衣服滚，我永远也不想再见到你，你就是世上最可恶的人。”

陈晓艳说着，就不屑地把那衣服拿过来，扔到他怀里，接着又说：“想和我吵架，想来报复我出气，就想点新花样来，不要就是仗着有钱，头脑就被钱烧坏了。你这么年轻，怎么穷得就剩一副土豪样，除了拿钱包装，什么都没有了啊。”

陈晓艳说完，带着几个女生，看都不再看他一眼，就高傲地转身走了。刘明明望着她那不屑一顾、扬长而去的背影，心里充满了愤恨和失落，他愤愤不平地想：你高傲个啥，我有钱怎么了？有钱也是错吗？我有钱就要任性，怎么了啊？我有钱就该装穷吗？

刘明明望着手里的那件衣服，感到它就像刺一样扎着他的手。他仿佛被人揭了老底，受到了巨大的羞辱和嘲讽。他恼羞成怒气急败坏地拿出打火机，一边点着火，一边烧着，一边还在嘴里不停地说：“我有钱就要任性，我有钱就要烧，说我头脑被钱烧坏了，你的头脑才坏了呢，我这衣服比你那衣服不知要好多少倍啊。”

刘明明感到自己的心也被那腾起的火焰烧疼了。外面的人一直都在羡慕他有一个好妈妈，活得很光彩，可是没有谁知道他的内心有多么的痛苦，随着年龄的增长，这个痛苦是越来越强烈。他很小的时候，就受过很深的伤害，每次和小伙伴打架的时候，人家都指着他，骂他是个私生子，他都是拼了命的往死里打，那时的他，是多么渴望能有一个父亲站出来啊！他从小到大有过许多朋友，可是从来就没有一个知心的好朋友，因为他的心里总是和他们保持着很远的距离。就是现在交过的那些女朋友，也大都是看着他有钱，看着他开的法拉利，才和他亲近的。他觉得自己和她们也是在逢场作戏，从没动过情。其实，他的内心一直是那么的孤独和寂寞，直到这个陈晓艳突然闯入了他的心间，他才感到自己的内心世界，原来一直都是那么的空荡，空荡得只剩下她一个。她是那么的特别，不同于他接触过的任何一个女生，一旦进入了他的心里，就占住了他的整个心间，永远也不会走开了。

刘明明觉得自己再也离不开陈晓艳了。他开始每天都在她经过的路旁等她，不管她理不理自己，和不和自己说话，他只要每天都能看到她一眼也就行了，有时还远远地跟在她后面走一段，让她知道自己的存在。他开始不停地给她发送着短信，也不管她回不回。他已经有些如痴如狂了，他不知道该如何去表达内心这份炽烈的感受。他只感到这份爱来得太突然，太猛烈，已经使他无法自控了，只要能和她接近，他愿意改变自己的一切。

陈晓艳知道了他这种无止无休的举动，每天都在想法躲避着他，有时躲不掉遇到了，也都是昂着头无视地走过。她从来就不愿和这样的公子哥打交道，觉得他的这副德性就是有钱烧出来的，从骨子里透出的都是钱味。

一个心爱的女孩，确实能改变一个小青年。为了改变陈晓艳对自己的看法，刘明明每天都在变着花样地改变自己。他首先把自己一身花哨的服装改成普通的校服，又到理发店把一头染红的长发全铰了，变成了一个普通的小平头，还特意买来一副特大眼睛带着，每天扶方向盘的手开始捧着书，随身听中的内容也从流行音乐全部变成了爱情诗朗诵。

就是这样费尽了周折，也没能吸引住陈晓艳的目光，倒是每天和陈晓艳同行的女生，个个惊叹道："刘明明，你真是日新月异，一天一变样，三天大变样啊。"

陈晓艳却是不屑地说："你们没有见过疯子啊，疯子都是这个样子的。"

9 为爱归乡

刘明明直接来到金山宾馆，刚把车停稳，一个年轻漂亮的女大堂经理早已经等在停车场了，看到他的车一到，就赶紧礼貌地朝他弯腰微笑着说：“你就是刘行长的公子吧，你一路辛苦了，你的房间已经安排好了，请你跟我来。”

刘明明心里很不高兴地望了她一眼，他就怕别人叫他刘公子，听着就难受，可是这金山的人见了他个个都喜欢叫他刘公子，他想躲都躲不掉。他已经很久没来过金山了，他一直就最怕来这里，他最不喜欢的就是这里的人。虽然他妈妈在这里工作多年，是这里最光彩耀眼的成功人士，在她身边一直就前呼后拥地围着许多人，但他就是一个都不喜欢。他一直觉得，也许是这个小县城深处大山之中，太偏太远，远离现代大都市，这里的人就有了一种与生俱来的封闭自大，就形成了一种十分特别的县城文化特色。他始终觉得这个小县城的人实在是俗不可耐，太现实势利，却又自以为是，目中无人，有些自高自大，都认为自己是知晓天下大事的土皇帝，其实不过都是一些瞎子看大象的井底之蛙。有时一群人在一起吃饭喝酒时，就能海阔天空地胡扯着吵得面红耳赤，好像个个都是真理的传播者，但是只要有一个领导在场，又都要极尽所能的巴结奉承献殷勤，那样子就像狗一样可恶难看，令人恶心。所以有时，他们请他妈妈和他一起去吃饭，他都尽量躲避着不和他们同桌。他觉得这里人最可恶就是吃饭，好像几世没吃过似的，只要有个饭局，就是一通电话，不管认识的不认识的，是人是鬼都能跑来一大桌。

在整个金山，他最厌恶最痛恨的两个人就是在金山最成功最有权有势的两个人：沈金山和潘潮风。他也知道这两个人都和他妈妈有着不同一般的密不可分的特殊关系，可是他就是看着他们来火，想着他们来气，做梦都在想着，恨不能有机会把他们都当街痛打一顿，把他们打得满地找牙，才能解除心头之恨。

最使他难忍的事情，就是两年多前他的二十岁生日那天，他妈妈特意到北京陪她过生日，在一家大酒店里，聚了他许多同学。他没想到他最不喜欢的沈金山和潘潮风也一起赶到了。那个沈金山高兴地喝多了酒，竟当众失态了，公开叫他亲儿子。那个潘潮风也当众对他妈妈说，孩子二十岁了，该把一切真相告诉他了，不能再瞒着了，你总不能叫孩子永远没爸吧。

刘明明清楚地看到，他妈妈刘冬冬听了潘潮风的话，当时的脸是红了白，白了又红，十分地难看。她当场就指责沈金山酒喝多了乱说，异常坚决地说刘明明与他没有任何关系，要求沈金山从此不要再和刘明明有任何往来。

潘潮风看到大家闹僵了，赶紧拉着沈金山先走了，事情才没有闹大。但他永远记住了他妈妈当时的那种极度失态、难堪和痛苦的表情。

刘明明当时也羞得差点没有去撞墙，他从没想到会有这等事，虽然他不清楚自己的爸爸是谁，但他心里一直认为就是省银监局的那个退休局长，现在怎么又冒出这两个可恶的男人。他当时在场的同学都知道了这事，有人开始在私下嘲讽他，一会儿说他是官二代，一会儿又说他是富二代，搞得他自己也不清楚自己到底是官二代还是富二代了。他感到这对自己就是一种巨大的羞辱，他看到了大家鄙视他的目光，他从此开始变得更孤独更内向更偏激，很少再和那些同学们交往。

他把这一切的羞辱和仇恨都集中到沈金山和潘潮风这两个人的身上，他发誓一定要揭开他们披在外面的华丽外衣。他们就是金钱和权力的代表，他们就是那种依靠金钱和权力，占他妈妈便宜又不负责的臭男人。他仿佛又从自己身上看到了他妈妈这些年来所受的委屈和痛苦，这就更加激发了他心中对这两个有权有势的男人的怨恨和愤怒。

刘明明跟着那个漂亮的女大堂经理走进豪华套房，他不由地想起大家传说的那句话：金山的山水养人，大山的深处出美女。这位大方得体风姿绰约的大堂经理，就是放到大都市的任何一家五星级酒店，都是不失为一流的角色，这又使他想起了大家传说的另一句话：金山有白金和黑金两样宝，白金就是那些绝色的金山美女，黑金就是深山的黑煤，金山就是靠这两样宝发展起来的。他的脸上又浮起一种鄙夷的神色。你们金山这些狗男人，都不是东西，怎么能把这些漂亮的女人都当成商品去卖呢。

刘明明一进房间就迫不及待地对那大堂经理说：“我累了，我要休息，不要让任何人来打搅我。”

那大堂经理微笑着说：“好的，你好好休息吧，这里的一切服务你都可享受，我们都安排好了，有事就打电话。”

她一转身，刘明明就赶紧关上门。他仰面倒在床上，开始考虑该如何去见陈晓艳，他已经知道陈晓艳就住在他的楼下，他的心又不免怦怦地跳了起来。

自那次送衣服讨了个无趣后，他一直在努力地接近她，可是她一次都没有给过他接近的机会，总是对他嗤之以鼻，避而不见。这使他开始感到了非常的失败和苦恼，他也感到自己对她的那种感觉，开始有了一种奇妙的变化，他开始意识到真的是自己错了，他开始为自己的行为、为自己当时有那种想报复她的心理感到羞愧，更为自己买了那件高档女装送给她的荒唐行为感到不耻，觉得是自己伤害了她那颗高傲的心。他开始真心地想向她说一声道歉，可是又不知道如何才能获得她的原谅。多次碰壁后，他不再到路边去等她，不想再给她带去任何的不快。

他开始把心爱的法拉利放在停车场，一连多日不再去动它。他开始几次一个人悄悄地躲在后面，远远地跟着她。他意外地发现，她总喜欢一个人孤独地坐在那个小湖边，望着那清清的湖水出神发呆，就像是一个孤独的女神，久久不肯离去。他从她的眼神中看到了一种无限的忧伤，这种忧伤牵动着他的神经，刺激着他的内心。

他不知道她的心里藏着什么秘密，有着什么痛苦，为何在这花样的年华会有那样的忧伤，这又使她更显得与众不同。

刘明明不敢再轻易地靠近她，他怕自己的鲁莽再次伤害了她。他打听到她的手机号码，开始早中晚不停地给他发着短信，不管她回不回，他都要发，他就是想让她早上一开机，就能看到自己的短信，每天中午吃饭时，晚上睡觉时都能及时地看到自己及时问候的短信。他开始连发了几天，都没有接到她的回信。功夫不负有心人，经过一个多星期的努力终于等到了她回来的第一条短信：“你是不是活得太无聊啊，无休无止的没完，你是不是有心理疾病啊，把给女同学发短信当作自己的嗜好。我早就原谅你了，我从没把那事记在心上。”

刘明明接到这个短信，心里洋溢着无比的幸福，感觉和她的距离一下子拉近了，他接连高兴了几天。他又开始无休无止地向她表白，一条接一条短信不停地从他手指上飞出去。

“不是我有心理疾病，是上帝在错误的时间和错误的地点让我们相遇，谢谢上帝，让我遇到你，这生不再留有遗憾。”

“你就是我心中的女神，是你第一次让我知道了我是谁，第一次让我知道了我该如何去面对生活，我愿为你去改变自己的一切。”

“其实我也只是一只披着狼皮的羊，是只受伤的小羊。”

陈晓艳见他发起短信就没完没了，就又回道：“你真应该去看心理医生了，你是不是见到女孩就特别的多情，就特别的爱发感慨啊，你这次算是有很大的进步了，丢下法拉利，改用廉价的短信了。”

刘明明又急切地回道：“我从来没给女孩发过这样的短信，你是第一个，是你让我丢了法拉利，学会了发短信。我要真诚的感谢你，是你激发了我的才思，使我的文学修养和文学才能短时间有了突飞猛进。你就是来改变我命运的女神。”

“我的高傲的女神，我已经被你彻底征服，我已经为你陶醉，我已经为你发狂。不管你是天上的星星，还是水中的月亮，我都将向你狂奔；不管你是带刺的玫瑰，还是稍纵即逝的晨露，我都将与你不离不弃。”

“从我在雨中遇到你的那一刻起，我就知道我已经成为你的手下败将，我甘愿一辈子去做你的奴隶，我喜欢你用愤怒的眼睛看着我，我喜欢听到你怨恨的斥责我。”

陈晓艳见他又是发着不停，就又回道：“信息费虽便宜，可你的脑细胞值钱，不要再给我发这些无聊的信息，把这些甜言蜜语拿去骗那些幼稚的女生吧。”

刘明明毫不在乎她回什么，他就是要不停地给她发短信，就是要让她感觉到自己的存在，就是想不停地向他倾诉，坚持每天几条，从不停息。有时想不到好词好句就到网上去找，一找到好的词句，就立即发过去。他觉得陈晓艳就是那个突然打开他封闭心灵的天使，觉得自己心里一直就有好多话要向她不停地诉说。

陈晓艳每天按时收到那些短信，有时都不知道怎么办了，总是不回吧，她也觉得过意不去，回得太绝情吧，又怕伤害了他，回得温柔吧，又怕他对自己有误解。她越来越觉得他就是一个大孩子，他的心理就像一个没有长大的孩子，比他的同龄人都要更加幼稚单纯冲动，既可爱又可恨，既可笑又可恶。这也许就是他从小养尊处优，生活在各种精心爱护的环境中，又缺少知心朋友而养成的独特性格。外面保持极度自尊，内心却又极度脆弱，受不了任何伤害，满肚子的话找不到人去诉说。

陈晓艳只得又给他回着短信：“你心里有什么不高兴的话都可向我倾诉，可你不要给我发这些肉麻的短信，我早就有男朋友了，我早就不稀罕这样的词句。”

她没想到，刘明明仍没有停止，继续不停地给她发着。

“我知道，在你的身边一定不止一个男朋友，我不管是一个还是十个，也不管他是牛鬼蛇神，是妖魔鬼怪，还是三头六臂，我都要一个一个打败他们，我就喜欢这样的感觉，这样的刺激。”

“即使你就是天上的彩虹，而我只是地上的蛤蟆，我都要永不停息地把你追寻；即使你只是远方的海市蜃楼，我也要永不停息地向你狂奔。”

陈晓艳知道他已经是像着了魔，说什么都也不能阻止他了。她觉得这个没长大的任性的孩子，其实心里并不是多坏。他其实就是在兴头上，自己说多了会伤了他，过些天，他就会像潮水一样退下去，像他这样的官二代富二代，就是图新鲜，求刺激，感情来的快去的也快。于是，她干脆就关了机不理他，到处都在小心地躲避着他。她正好看到省委巡视组要到金山的消息，就到金山来了，她想让他冷静一段时间，他就会平静下来了。

刘明明仰躺在床上片刻，他想稍微沉淀一下一路狂奔而来的心绪，以一个最酷最让陈晓艳想不到的姿态突然出现在她的面前，这样的感觉一定会很好很美。他一路设想了好多个突然出现在她面前的美妙场景，想了无数个巧遇的理由，可是没有一个是他满意的，他是自己想出一个又否决一个。现在她就在楼下了，他又控制不住自己激动狂跳的心了，那许多美妙的设想全都想不起来了，他只能用最简单的头脑不受控制地直接跑下去敲门。

刘明明来到陈晓艳住的房间门口，先小心地轻敲了一下，里面没有任何声言。

他在来的路上就从宾馆打听到了她住的房间，还通知了宾馆，她所有的费用都由他买单。

他又敲了几下，仍不见回音，他有些急了，敲得越来越重了，仍没有任何声音。

他的急促的敲门声招来了宾馆女服务员，她过来问道："你走错门了？没带钥匙？"

刘明明问道："这里不是住着一个女大学生吗？我来找她。"

女服务员说："那个女大学生，她退房走了。"

刘明明急了："她怎么退房走了呢，我不是打电话来都给她安排好了吗？"

那女服务员又说："这我不知道，她刚走不久，你去总台问问吧。"

刘明明又急切地跑到楼下总台，对着那里的几个女服务员问道："你们快给我查一下，陈晓艳怎么退房了呢，我打来电话，把她的费用都包了啊。"

一个女服务员说："我们跟她说了，她的费用已经有人都给她安排了，她还是走了。她不愿住在这里，说我们这里太贵了。"

"那她去哪里了？"刘明明又问道。

那女服务员指着门外说："她刚出去，往那边去了，可能去那边找便宜的旅馆了。她说了她不会走，她还会来找省委巡视组。"

"好的，谢谢你。"刘明明说着就立即跑出宾馆大门，追了出去。

10 另有所属

陈晓艳正在大街上沿路寻找着便宜的旅馆，连问了几家她都不满意，觉得还是太贵了。她只在金山宾馆住了一夜，就再也住不下去了，太贵太高档了，虽然服务员一再跟她说，她住店和消费的费用已经有人都给她安排了，她只管住着，但她还是住不下去。她觉得那一定是肖剑和省委巡视组的人同情她，给她安排的，她想自己来找他们反映情况，就更不能给他们增加麻烦，就坚决退房出来了。

她沿着金山宾馆前的这条大街一直走到了头，这是金山县最繁华最热闹的一条街，各色人流车辆熙熙攘攘、川流不息，县城几家大型超市和影院酒店茶楼都集中在这条街上，两边都是一两百一晚的宾馆。

她从来没有住过一百多元一晚的宾馆，她都是尽量去找最便宜的旅馆，不管是三十还是五十，只要能住人就行了。她是来找省委巡视组的，她不是来旅游享福的。

她走在这条县城的大街上，不由地想起了她家乡的那座小县城，那里和这里一样，也是有一条这样的大街，她读中学的县一中就在那条大街旁。

她和李辉就是在那里认识的，他们都是在那里一起读的高中。高中三年，他们是同届不同班，他们几乎都没有见过面说过话，但他们那时彼此都只知道对方的存在，都是在无时无刻地关注着对方的一举一动，因为他们都是那座县城中学的骄傲，是全校师生关注的焦点，大家总是把他俩的名字放在一起。他们一直包揽了学校的前两名，他们也是暗中较着劲，你追我赶，交错争抢着第一，远远地把别的同学都甩在了后面，致使别的同学都很嫉妒，却只能无奈地在背后称呼他俩为“大仙”和“女神”。

在那个穷困的小县，像他们这样出身贫困人家的孩子，都把考大学当成唯一的出路，是的，这也是他们唯一可行的一条出路。他们许多人都是从小学开始，就成为读书机器，就开始了永不停息的读书。陈晓艳和李辉都是这样穷苦人家的孩子，他们能比的不只是学习成绩，同时还有的就是穷。李辉家有多穷，她不知道，她只知道他还是个他爸躲计划生育躲在外面生的黑户口人。他家也不是个正常人家，人家都是独生子女了，他家还是兄弟四个。都是躲在外面生的，家里没房子没地了，他爸一直不敢回家去，就整年躲在外面给小煤窑挖煤。

陈晓艳没想到这个计划外偷着生的黑小子，读书那么厉害，动不动就能从她手里抢走全校第一名，而她从小学到高中，就从没有习惯考过第二名。她每次看到他超过自己，都要偷偷地躲在被子里痛哭一会，然后在下一次考试就能把第一名夺回来。她也是个穷苦的孩子，她从小就没有得到过应有的父爱和母爱。她小时不知什么原因，她的妈妈就不知去了什么地方，一直没有回来了，她一点都没记得她的模样。她的父亲又是个性格孤僻、脾气暴躁的人，有时莫名其妙地喝醉了酒，大发雷霆，动不动就把她毒打一顿，致使她从小身心就是伤痕累累。她感觉不到这世上有任何的爱，有任何的亲人，她只能沉浸在书本之中，只有书本才能让她忘记一切痛苦和委屈，只有书本才能带给她快乐，带给她欢笑，带给她希望，她成了一头钻在书本里的书虫了，她不再关心外面的一切。所以，她从小就成了第一名的专业户，她不能容忍任何人夺走这个专属于她的荣誉。就这样，她一直关注着这个抢夺她荣誉，使她痛哭过很多次的黑小子，使她深深地记住了他。

他们是到北京上大学时才相识的，他们彼此吸引着成了最好的朋友。他们从彼此热烈的目光中感觉到对方的心意，可是没有任何人挑明，他们意识到这种朦胧的感觉也许就是他们渴望的那种爱情，可是，他们还不敢去面对。他们到了北京，他们才知道他们实际离这座大都市离得太远了，他们还没有找到属于自己的世界。他们还只是穷书生，他们除了会读书外，什么都不会，什么都不拥有，他们甚至还不拥有爱的权利。

他们只能把这种越来越炽烈的感情深藏在心里，继续刻苦去读书。他们只能在心里渴望着，能早日读完书，能早日找到归宿，能早日让内心的爱情之花彻底怒放。

就在他们在内心放飞梦想、畅想美好未来的时候，李辉家出大事了，他的父亲外出打工，突然神奇地失踪了，这也使李辉的命运彻底转变了。他无法再安心读书了，他要去寻找他的父亲，他父亲不只是他也是他全家唯一的生活来源。他跑来对陈晓艳说，他父亲是去金山小煤窑挖煤失踪的，他一定要去找他，他不只为自己，也为了全家的人。

陈晓艳自然知道他此时的心情，她的心一直就随他去了金山，她没想到，后来传回来的消息使她心碎。李辉因袭警被判刑坐牢，她怎么也不能相信这个现实。李辉这个书呆子，一向胆小如鼠，他除了会读书，什么都不懂，借给他十个胆子,他也不敢袭警啊，他一定是被冤枉的。

陈晓艳立即感到她心底深藏多年的对李辉的感情一起爆发了，像汹涌的潮水把她淹没了。当她和几个同学一起到监狱探望李辉时，看到他那绝望痛苦迷茫的眼神和哭诉时，她被彻底震撼了，她只感到有一种强大的力量在猛烈地牵动着她的心，一个急促的声音在耳边不停地回响：我一定要救他，一定要为他申诉伸冤，他是被冤枉的，我不能眼看着他这样的天之骄子、优秀学子就这样被毁了。

陈晓艳从此走上了为他上访之路。她坚信公平正义永存人间。她坚信坏人一手遮天，也只能一时得势，绝不会长久。她也始终坚信，只要共产党的领导还在，党的光辉就一定能照耀到他，帮他洗清罪名，给他带来新生。

两年多来，陈晓艳向省里市里直至北京的公检法和各部门不停地投诉、上访。她有时候通过网上递送，有时是亲自送去，虽然，她总是失败而归，得不到满意的答复，但她从不气馁，更不放弃。她始终坚信，朗朗乾坤之下，真相一定会大白于天下，李辉的冤情一定会得到澄清。

陈晓艳一边想着一边走完了这条大街，她走到旁边的一个小胡同里，这里又脏又小，她知道最便宜的旅馆都是在这样的小胡同里。她终于找到一家最低价的每晚三十元旅馆，她立即满意地拿出身份证来登记。

只见这时，一只手突然从背后伸过来，夺过她的身份证，紧攥在手里，她有些愕然地抬起头来。她吃惊地看到这人竟是刘明明，他不知何时已经站在她的身后。

陈晓艳吃惊地问："你，怎么是你？"

刘明明笑着眨眨眼说："你以为关了机，不回我短信，我就找不到你了？现在是高度发达的信息化时代，叫你无处可藏。"

陈晓艳说："这么巧啊，你也要住这里？"

刘明明说："这个地方怎么能住人？你怎么能住这里？跟我回金山宾馆吧。"

陈晓艳说："我不住那里，我就是从那里过来的，在哪住不一样啊，就是个睡觉的地方。"

刘明明已经一手提着她的包，一边说："那里有我妈妈包下的套间，不住白不住，哪有你这样花钱买罪受的。"

陈晓艳又说："那是你妈妈的套间，我怎么能住？"

刘明明说："你不是说了就是个睡觉的地方，在哪不一样，我妈妈又不在，她在省城开会去了。"

陈晓艳急着说："你把我身份证给我，我还是住这里，那么高档的地方我住不惯。"

刘明明倔强起来："我就不给，这里是我的地盘，我有责任保护你的安全。你不去，我就把你的身份证没收了。你放心，我是特意来保护你的，这样的小旅馆晚上很乱，你这样的女学生一个人住在这里不安全啊。"

陈晓艳见他已经转身朝外走了，只得跟上来："真是没见过你这么霸道的，还敢拿我身份证。"

刘明明说："我从北京找到这里，跑了一千多公里，还不能霸道一会啊。你怎么来金山呢？你来有什么事？跟我说一声，我保证一个电话就给你解决了。"

陈晓艳跟在后面说道："你就吹吧，你以为金山是你家的，你什么事都能办成。我是来找省委巡视组的。"

刘明明说："我真不是跟你吹，这里有多少人靠我妈妈贷款啊，他们都靠我妈妈吃饭，保证没有办不成的事，把你的事交给我，你不要再操心了，我保证他们都要乖乖地帮你办好。你找省委巡视组有什么事，你是找他们上访的？你真傻，你找省委巡视组有啥用呢，在这里，我保证我妈妈一句话都比他们还管用。"

陈晓艳有些将信将疑地问道："你妈妈真的有这么牛吗？"

刘明明说："你以后就知道了，现在你听我的，别乱跑了，我保证你什么事情都能解决好，这里就是我家的天下。"

陈晓艳跟在他后面，想说话又没说出来。他们一回到金山宾馆，前台的服务员立即一起迎着他叫道："刘公子，你回来了，你妈妈刚才还来电话问你。"

刘明明说："你们把我妈妈包房的钥匙给她，她是我的女同学。"

那服务员有些迟疑地说："刘行长的包房，没有她的同意我们都不敢进去的。"

刘明明说："我就要那间房给她住，你们还要我打电话吗？"

那几个女服务员面面相觑，见他要发火了，只得把钥匙给了他。陈晓艳不安地说："你妈妈的房间，我不住。"

刘明明不置可否地说："在这里，你们都要听我的，你只要住进去，你的问题就都解决了。"

陈晓艳只得跟着他走进了那套最豪华的包间。她立即被里面的奢侈惊呆了，她还是第一次见到世上有这么豪华的房间，她已经找不到词语来形容它了。房间很大，分几个区域，中间还有一个酒廊，里面摆满了各种高档的名酒，厚厚的窗帘把所有的窗户都遮住了，巨大的水晶吊灯把整个房间照射得富丽堂皇，处处透出一种极度奢华的气息，那些浴缸洗脸盆和所有的卫生器具都是镀金的，流光溢彩闪闪发光。

刘明明一进去，就拉开窗户，落地的玻璃窗里立即射进一些柔和的光来，窗外正面对着那宽广的市民广场和政府大楼。他一眼就发现在窗户旁还架放着一个特大的高倍望远镜，他立即感兴趣地朝里一看，他看到那正好就对着前面的政府大楼一个办公室的窗户，能够把里面的人看得清清楚楚。他立即惊奇地对陈晓艳说："你快来看看，这望远镜架得真好，那大楼里的人都能看得清清楚楚，他们在里面干什么坏事，都能看得清清楚楚。"

陈晓艳听他叫着，就过来看，她看了几圈，就说："我看来看去，还是这个窗户里最清楚，那是谁的办公室呢？"

刘明明说："我知道那是九楼，都是县里领导的办公室，不是县长就是书记。你看看那个大楼多俗气啊，就是那些土八路造的，就是讲风水，也不能这么明显啊，这就像那个大官帽下压着一群人，还有那些县长书记都呆在九楼，就是想当官当到九关九啊！你看看这样的大楼里，官气妖气太重，怎么能走出一个好官呢，我看全都是一群老鼠苍蝇在里面团团飞蹿。"

他们兴趣十足地通过那架望远镜把整个县委大楼和县城仔细看了几遍，他们还不知道，那望远镜对着的窗口，就是县长潘潮风的办公室。刘冬冬架起这个望远镜就是要每天看到潘潮风。

陈晓艳通过这个房间和这个望远镜，已经开始意识到他妈妈不同一般的能力。她不仅有钱，一定还和那边县里的领导有着不同一般的关系，刘明明没有吹牛，她一定能够帮助自己。

陈晓艳立即激动起来，她这次没有白来，天无绝人之路啊，李辉一定有救了。

刘明明已经打开了一瓶红酒，倒了两杯，对她说："你住下后慢慢看吧，先来喝一杯红酒，这是正宗的法国葡萄酒啊。现在告诉我吧，你为啥要来找省委巡视组上访，现在不用你跑了，金山的事我都能给你摆平，还用去找他们。你只要用这个房间里的电话往外打几个电话，他们就会立马上门来给你解决。"

陈晓艳眼看着他，又有些不好开口了，她开始担心她说了是为了救她的男同学李辉，他还会不会帮她。

刘明明见她一直犹豫不决的样子，就更着急了："到底为啥事，快说吧，我一路都没想清，你怎会到金山来上访？我心都快急炸了，这也许就是老天给我们安排的缘分。"

陈晓艳只得吞吞吐吐地说了她和李辉的事，告诉了他，李辉就是她说的那个男朋友。她看到刘明明听着她的话，脸上是红一阵白一阵的，眼睛里发出的光十分可怕。

陈晓艳说着，自己的心也不停地往下沉着，她知道他是为了追求自己才对自己好的，她知道自己有男朋友了，他就不会真心帮自己了，更不会帮李辉，她刚才心里升起的那点喜悦心情已经烟消云散，她知道她还是只有靠自己。她说完后，就准备独自离开了。她的内心也轻松了许多，这样也好，都跟他说清了，他也就不会再像疯子一样跟着自己后面追了。

刘明明的心情确实非常复杂，像打碎了五味瓶，说不出是啥滋味，他不知道那是妒忌是失望是心酸还是痛苦，自己苦苦追寻的这个女孩，心里有着这么多的痛苦和忧伤，一直在为她心中的男友上访申诉。她的心里根本没有自己，自己呕心沥血发的那么多短信，花费的那么多心思，跑的那么多路都是白费了。他一时真不知道自己该怎么办了，是继续追求下去，还是去帮助她和她在狱中的男友，自己难道要傻得去帮助自己的情敌吗？如果他不是在监狱里，自己完全可能去和他决斗的，自己怎么能够放弃自己心中的所爱，自己又怎能趁人落难之时，横插一杆呢。

当他看到陈晓艳忧伤失望地望着他，又要离去时，他又被她的那种无助可怜的眼神刺痛了心。他猛地站了起来，一把抓住她的手，他只知道自己已经是彻底的愤怒了。他对她吼叫着："真没想到，小小的金山还有这样的恶警，我一定会替你们报仇，为你们伸张正义，要那个恶警张景给你们认错道歉，要他承担责任，把你的同学李辉尽快救出来。不管你做不做我的女朋友，我知道了这事，就不能不管。"

陈晓艳没想到他会说出这话，十分感激地看着他。刘明明接着又坚决地对她说："但我不会放弃你，我要先救出他，然后再打败他。没有谁能从我手里夺走你，我要和他竞争，我只要你给我一个公平的机会。"

陈晓艳望着他几乎暴怒的眼神，也不知道该如何说话了。她想坚决地拒绝他，不愿看到他对自己陷得太深，又不想离开他，失去他的帮助。她从他冲动的眼睛里看到了一种真诚和善良，她相信他说的是真心话。

她又走到那个望远镜前，默默地凝望着前面的那座县委大楼。她感到自己的心绪很乱。她不知道自己该不该相信刘明明，她想离开这里，又感到现在不能放弃任何希望。她看着对面县委大楼里的人，又仿佛看到了关在铁窗里的李辉。

11 轩然大波

省委巡视组第一次公开接待日，就引起了不小的轰动。一大早，无数的访民一起拥到接待场所，把那里围得水泄不通，有一些人更是全家出动，领着老头老太，拖儿带女的。有的人在呼天号地，有的人在寻死觅活的，一些路过的市民也停下脚步，留下看热闹。那里人是越聚越多，连进出的通道都被堵住了。

张景早已亲自带领几十个全副武装的警察在这里严阵以待，他一再严厉警告这些访民要维持次序，不要借机闹事。

一些人不以为然地围住他们，对他们七嘴八舌地表示不满。

“省委巡视组都来了，你们还要这么凶啊。你们还敢当着省委巡视组面抓我们吗？”

“来这么多警察，想把我们都抓了啊，你们不要把我们老百姓不当人啊，你们不管，自然有上面人管，中国的天下到底还是共产党的天下，共产党还是要管我们老百姓的事。”

“我们到省里到北京都上过访，没有看到那里的警察像你们这么凶的，你们金山的警察心怎么都是这么黑。”

“你们还是头戴国徽、身穿警服的人民警察吗？你们还对得起头上国徽、身上的警服吗？你们就这样把我们当成敌人，你们还把我们当成人民吗？你们到底是为谁服务的呀？”

张景听了这些人的话，心里的火一阵一阵地往上蹿着，要是平时，有人敢这样当面指责他，他早就给对方几个耳光把人抓了。他在金山从警几十年，一直都是威风八面、说一不二的。他一个人走在大街上，就能把一半的人镇住，都没人敢到他身边来。

这时，他看着黑压压的访民，心里在想：还真有拿着鸡毛当令箭的人，真以为上面来了钦差大人，什么问题都能解决了，全都跑来凑热闹。你们这些访民，连省委巡视组是来干什么的都没搞懂啊，就跑来乱叫乱嚷。他们是来查县里四大领导班子违法违纪行为的，不是来解决你们访民问题的。你们这些访民就是傻啊，什么都不懂，就是在瞎闹，就是知道乱跑着去上访，有什么用呢？什么问题还不是要基层解决，上面来的人不还是要听地方党委政府的，再大的事还不是要地方公检法来处理。你们这次又上当了，地方干部通知你们来，就是要利用你们来分散省委巡视组的精力，使他们没有精力去关注他们，又能使上面领导同情他们下面基层干部的辛苦，一举两得，这就叫上有政策下有对策。现在县里的大部分干部都在希望你们闹起来呢，你们一闹，他们就都是表面紧张，心里高兴。你们都是被人利用了，还傻乎乎地越吵越来劲了，你们就是世上最傻的一群人，所以你们只知道上访，就不知道如何解决问题，什么事情是通过上访能解决的？所有问题都是在私下议定背后商量的，你们一上访一公开就没法办了，只会越吵越差。说到底，你们访民都是为了自己的私利，人家政府是为了公事，就是做错了也是为了公事。上面人都是要保护下面各级机关，保护下面人的工作积极性，不然谁会为他们去干事呀！大小政府其实都是一家的，自古民不与官斗，这么明白的道理，你们怎么就是看不懂呢。

张景看到何枫和肖剑已在金山县信访局李局长陪同下来到这里了，大家的情绪好像一下子都被点燃了，一些人当众拦住他们，给他们下跪喊冤。他们赶紧拉起几个下跪的访民，不停地劝说着他们。

张景眼看着他们被访民们团团围住，仍站在那里纹丝不动，他身后的几十个警察，整齐划一的也都跟着他站着纹丝不动。他这就是故意要让他们这些省里下来的干部，真实感受一下下面工作的艰难和辛苦。他想：我们下面人一年到头在基层辛苦工作，给你们挡风雨挡子弹。你们在上面坐办公室享清福，官大一级压死人，什么事都推到下面，还没事找事要下来查我们，让你们也知道一下下面的情况。

张景直到看到他们已经被访民们拉住了衣服，已经开始推推攘攘的，他们身上的衣服已经拉乱，寸步难行了，才开始走过来大声叫道：“你们都把路让开，让省里领导进去。他们就是下来帮你们解决问题的，大家都要自动维持秩序，正常反映情况，都去登记排队反映问题。”

张景一开口，他后面站着的警察立即过来推开人群，打开一条通道。

肖剑看到自己的衣服已经被人拉得混乱不堪，他一直在混乱中挡在何枫的面前，他整了整衣服跟在何枫后面走进接待室。

他在刚才开始的混乱中，一直就看到张景站在旁边，看到他脸上露出的那丝不易察觉的得意。

肖剑内心不由一阵惊颤，他想：这个张景胆子真是太大了，连我们省委巡视组都不放在眼里，当我们面就敢这样，他还有什么事不敢干的。他这就是故意给我们难堪，给我们下马威，金山的这潭水真是太深了。

何枫和肖剑在信访局李局长的陪同下，开始在接待室依次接待外面急不可待的访民。

他们从进入金山开始，就已进入了紧张的工作，他们的手机和举报电话都被打爆了。这些访民大都已经和他们在电话里说过，有些资料已经在他们手里了，但都是第一次见面。

何枫在和他们仔细地了解情况，肖剑在一旁详细地记录着。不知不觉中，一上午时间就过去了，已经过了十二点了，外面还有许多没接待的访民。

李局长说："今天的接待时间到了，让他们回去吧，下次再接待。"

何枫说："他们都是专为我们而来，一定不能让他们跑白路，不管有多少人，一定要全部接待完。"

最等不及的是外面的张景，他一直在旁边的房间里没有走，焦急地等待着他们这边早点结束。

这个接访地点和金山宾馆只隔一条马路，是一栋刚开发的大楼的一层。张景坐在的房间，就是那个很大的售楼中心，中间摆放着一个巨大的楼盘模型，四周都是沙发。

张景带来的几十个警察都坐在沙发上，一边看报纸一边注视着外面访民们的动态。省委巡视组不走，他们一个也不能离去。

张景知道，接访地点定在这里，是县里经过慎重考虑的，就是为了让对面的县委大楼里的人，能随时看见这里发生的一切。他知道那栋大楼里，不知道有多少双眼睛在注视着这里的一举一动，特别是潘潮风县长的窗户一直都开着，他清楚潘潮风一直就在居高临下地观察着这里。

于是，他就守在这里，一上午寸步不离，他这不是怕潘潮风，他是怕

“娘娘”刘冬冬。她给他下了死命令，要他亲自镇守寸步不离，不能让省委巡视组遇到任何麻烦，留下任何坏印象。他清楚，在金山他可以不拿潘潮风算数，但他绝不能不听“娘娘”刘冬冬的话。得罪了她，也就得罪了自己身后的大老板沈金山，自己在金山也就没法混了。沈金山不只是自己多年的大哥，也是自己在金山的靠山，是自己实际的领导。

张景看到时间快到下午一点了，他们的接访还没有结束的迹象，他有些不耐烦了，他感到自己的肚子在叽叽叫了，他有些怨恨地想：这几个人到底想干什么，自己不吃饭，我们下面的干警也要吃饭啊！上访的人天天有，你们一天能接待完啊，不能安排到下次啊，你们这不是成心折腾人吗。

张景已经叫人送来了快餐，他看到那些干警们个个吃得津津有味，自己却一点胃口没有。这样的饭菜他怎么能入口呢，平时这时，自己早已经酒足饭饱地休息了，旁边还会有个小姐按摩捏足。这是自己多年固定的习惯，每天中午这个时候，就是自己最享受的美好时刻，硬是被他们给耽误了。

张景等不及了，他走出来转了转，又不好一个人先走，就走进那些还在等候的访民中间，声色严厉地说：“今天都是什么时候了，不接待了，下次再来吧。还有你们这些已经接待过的人，怎么还不走啊，都回去等消息。”

那些访民仍不走，都说：“张局长，省里来的人都没叫我们走，你凭啥要我们走啊，你干嘛总对我们这么凶。”

陈晓艳就在这些访民中，刘明明是不让她来，说这样来上访没有用，使她来迟了，登记在后面，她已经等几个小时了。她已经把资料上交给了巡视组，肖剑也一直劝她先回学校去，可她就是不想走。她听说有县里领导在，就坚持要再亲自向县里领导反映一次。

刘明明见她坚持不走，也就陪她来了。他看到时间迟了，请她去吃饭，她又不肯离去，只好自己去给她买吃的。

陈晓艳一见到张景，觉得这个人面相太凶了，就跟旁边的人一问，大家告诉她，他就是金山最凶的公安局长张景。

陈晓艳一听，就立即情绪失控地跑过来，一把拉住他的衣服叫道：“你就是张景，就是你把李辉送进监狱的，你的心为啥这么狠，你为啥非要送他去坐牢啊，求求你饶过他吧，他应该和你的儿子一样大呀。”

张景看着她急切的目光，厉声道：“你是谁？不要胡闹，快放开我。不然，我就治你袭警罪。”

陈晓艳拉住他不放，她知道李辉的案子都是他一手抓办的，她恳切地说：“求求你放过李辉吧，救救他吧，他还那么年轻，他怎么会袭警呢，他能打得了哪个警察呀。你怎么就不肯放过他呀。”

张景看到她情绪越来越激动，把他的警服都抓歪了，许多访民一起在看着他们、他从没有这样当众跌相，他心里所有的怒火就都上来了，如果不是看她是个文弱的女生，早就给她几个耳光把她打倒在地了。他愤怒地抓住她的手，用力把她的手臂反转过来：“你敢公然来闹访，我就把你送进去关几天，看你还闹不闹。”

陈晓艳被他扭得一声惨叫，声泪俱下地叫道：“你是什么警察，你想抓人就抓人，想送人坐牢就送人坐牢，你是哪国的警察，你是哪个警校毕业的？你就能这么霸道，不讲理不讲法？”

这边一有动静，那边休息的警察一起拥了过来。张景强扭着陈晓艳的手不放，对后面赶过来的警察说：“给我把她铐起来，送到拘留所，拘留十五天，看谁还敢闹访。”

几个警察拿出手铐就要过来铐她，正在这时，刘明明开着法拉利赶到了，他正好看到了张景猛扭陈晓艳的手臂，立即跳下车，猛冲上来，不由分说地一把推开旁边的警察，对着张景大吼着：“你给我放开她，你有种对我来啊，抓一个女生算什么东西。”

旁边的两个警察不认识他，立即上来抓住他双臂。刘明明动弹不得，就朝张景猛踢了几脚，张景一边让着躲着，还是实实在在地被踢中了几脚。

刘明明一边踢一边骂道：“你们这些狗仗人势的东西，就知道欺负小老百姓，有本事放开我，让我和他独斗。他算什么警察，他张景就是一条狗，警服穿在他的身上，国徽戴在他的头上，就是对全体中国警察的侮辱。”

那两个警察见他无所畏惧地大骂他们的局长，正要把他彻底制服，没想到张景突然命令他们放开他，他们只能不情愿地放开他。

张景从他跳下法拉利时，就已经认出了他，在这个小县城里还能有谁能开法拉利呢。他知道自己这次倒霉了，这个娘娘家的公子哥怎么会出现在这里呢。他可不是一般的公子啊，他可是整个金山的公子啊！自己怎么就惹上他了，还被他猛踢了几脚，算是被小狗踢了吧。

刘明明过来抱住陈晓艳，看着她被扭红的手说：“我就是跟你说，不要来上访，你就是不信，你就是太善良，以为世界上好人多，这世界上从来就是坏人比好人多。你与他们讲道理，就是与虎谋皮啊，他们一个个都是披着人皮的狼。”

所有的访民都被这一幕惊呆了，他们从来没有见到过敢这样大骂警察、脚踢公安局长的人，也从没见过一向不可一世、神圣不可侵犯的张景局长有这么软弱过。要是别人，早就被他打趴下，送进去了。这小子到底是谁呀，这么厉害。

刘明明搀着陈晓艳，继续指着张景鼻子骂道：“我认得你了，你就叫张景，我正要找你算账，我不会放过你。你要为你的所有作为负责，你作威作福的时代过去了，你的噩梦开始了，不是不报，时候未到，你受报应的时候，现在就要到了。我一定要把你所有的罪行全都揭露出来，扒下你的这身警服，把你送上法庭。”

张景被他骂得脸色发白，一句话也不敢说。他后面的几个年轻干警可受不了了，他们都是血气方刚，刚参加工作不久的小伙子，他们觉得这小子也太猖狂了，敢这样明目张胆地当众辱骂他们局长，他也太不知道天高地厚了，这也太拿他们警察不当数了呀！他们几个没等听他们局长招呼，就一起冲上来抓住他，就要把他铐起来教训他，个个都想着争着帮他们张局出了这口恶气。

他们行动异常迅速，张景在一旁都没来得及叫住，场面再度混乱起来。一些访民也跟着起哄：“警察又打人了，警察又打人了。”

刘明明也从没遇到过这场面，就对着来抓他的警察一拳挥过去，继而和他们揪打起来。在一场混战中，刘明明很快就被他们抓住铐了起来，他也不知又被谁打了几下，嘴角和鼻子都在流着血。

陈晓艳一边保护他一边急得大哭：“你们不要打他，你们要抓就抓我，不关他的事呀。”

这时，何枫和肖剑听到外面闹起来了，也一起走了出来，喝令大家住手。

张景看到刘明明被铐住了，还挨了打，头脑里嗡的一声，他想：这下可闯大祸了，把这个公子打了，自己可怎么向娘娘和沈总交待呀。你们不认得人，乱动手，你们就是打我也不能打他呀。

张景看到何枫他们出来了，顿时勃然大怒。他当面厉声训斥下属道：“谁叫你们铐人了，立即给我放开他。你们都给我站到一边去，我们是人民的警察，在任何时候，任何情况下，都要做到打不还手、骂不还口。人民群众有意见，我们受点委屈算什么，我们的手铐是对付犯罪分子的，不是对付人民的。”

那几个年轻干警被张景训斥在一旁，心里还不服气地想：张局今天怎么了，太阳从西边出来了。你不是一直强调要从严执法啊，不能容忍任何对警察的不恭不敬吗。今天怎么对这个无法无天的小子这么客气呢，他不就是开着法拉利吗，开着法拉利就能目无一人，肆意辱骂殴打我们警察吗。

张景一边大声训斥着他的部下，一边来到何枫面前说：“你们辛苦了，你们这种废寝忘食的工作态度和工作作风，又给我们上了宝贵的一课。我们一定向你们学习，把人民的利益放在首位，人民的利益高于一切，群众的事情无小事。我们一定做好人民的警察，做个全心全意为人民服务的好警察。”

肖剑来到陈晓艳面前说：“你还没回学校？你反映的问题，我们已经记下了，我们会认真处理的，你还是早点回学校去等消息去吧。”

刘明明被解开了手铐，刚才吃了一些亏，嘴角还在流着血。他火气冲天地骂道：“天下乌鸦一般黑，只有她这样的傻子才会信你们，你们早晚会和他们同流合污，一个鼻孔出气。你看他们还是人民警察呢，有这样为人民服务的人民警察吗？这么多人打一个，算什么本事，有种出来我们单挑啊。”

陈晓艳拉住他，给他擦着嘴边的血迹说：“你快别说了，都怪我。”

刘明明心里不服，他哪吃过这种亏呀，他不依不饶地拦住何枫说：“我也要上访，他们警察打人，这事你们管不管？你们亲眼所见，你们不管，你们还算什么省委巡视组，大家等了一上午，你们还不接待，你们是下来旅游的吧。”

旁边的一些访民也跟着起哄：“我们作证，他们警察打人了，把人家孩子都打成这样，你们看到了不能不管。”

这些访民平时都受了不少气，这个突然冒出来的英雄小子，算是也给他们出了口气，就一起帮着他起哄。很快就和那群警察形成界限分明的两派了，气氛又顿时紧张了起来。

刘明明受到了大家的鼓动，突然有了一种为民请愿的冲动。他情绪激昂地对何枫说：“全县人民盼星星盼月亮地盼着你们来，你们就要为人民做主，帮人民解决困难，不能就下来做做样子，开几个会，做几个报告，就回去交差了。金山县现在真的到处是贪官，遍地是苍蝇啊，哪里还有好官啊，你们快去抓呀。”

访民们在他带领下，也跟着胆大起来，全都情绪激动起来。他们一起围住何枫肖剑等人和公安警察，怒气冲冲地说着：“我们访民也是人，我们也是人民群众，我们没有冤情怎么会来上访，谁不愿在家享福，谁愿来上访，你们不能把我们当罪犯，想抓就抓，想打就打。”

现场越来越乱，一些路过的不明真相的百姓也都围了过来，一起帮腔叫道：“是警察也不能随便打人，你们打人打惯了，在省委巡视组面前还敢打人，真是无法无天了，真就没人能管得了你们了。”

张景眼看着人越来越多，心里感到真正着急了。他看到这些人跟着刘明明在越闹越凶，他知道不把带头闹事的刘明明拘起来，局面就会越来越糟，可是现在就是再给他十个胆子，他也不敢抓他了。偏偏这时，何枫和肖剑还没有离去的意图，还要和这些人交流，张景也没法要他们走，只能在心里恨恨地想道：你们真是缺乏基层工作经验，和这些刁民有什么好说的，什么道理都能说得清，还要我们这些公安干警干什么，你们大干部的威严还不都是我们给你保护来的。

就在场面即将失控的时候，潘潮风县长及时赶到了，立即把大家的目光都吸引了过去。

12 蒙冤受难

潘潮风一上午都在办公室里关注着这边的动静。他对这次省委巡视组的首次公开接待日工作非常重视，做了周密的部署，各个乡镇和部门都派了专门的人员在旁边候命，防止出现意外情况。

他也是不停地走到窗口朝这边张望几眼，这一直就是他的习惯。他一个人在办公室里时，就经常喜欢站在窗前朝外眺望，因为这里地势很高，基本可以看到整个县城的全貌。他喜欢在这里看到县城每一天的每一点变化，甚至还在心里计算着那些高楼是怎么一层层建起来的，因为这里的每一个角落都灌注着他这些年的心血，每一栋楼房都是在他急切的目光中长起来的。包括眼下的那两大造福万民的宏大工程市民广场和市民公园，这是金山最靓丽的两张名片，它们虽然是几代领导共同设计建造的，但在他们手里都只是梦想，都只是图纸，是在他手里实现了这个全县几代人的梦想。

他为此感到一种由衷地骄傲和自豪，他常想，不管将来自己何时以何种方式离开金山，他都值了。他对得起金山、对得起自己二十多年的努力，因为这里将永远记录着他的心血、他的足迹、他的成就。二十多年来，他没有虚度年华，他一直在沿着自己的梦想在努力奋斗，他没有一刻违背过自己的诺言，他无怨无悔心地坦荡。他对得起天地、对得起自己的信仰、对得起自己终身追求的理想。

潘潮风看到那么多的访民聚集在那里，他的心里也很焦虑，他知道他们大部分的诉求都放在他的桌上，他已经看过多少遍了。他对他们反映的情况都很重视，因为他的志向就是不只要做一个清官，更要做一个为民服务为百姓敬仰的好官。他要始终把人民的诉求装在自己心里，把人民的利益记在心上，可是他又真的没法去满足他们的各种请求，对于这些经常上访的民众，特别是那些上访专业户，他心里总是有种说不出的滋味。有时恨有时气有时爱有时苦闷有时愤怒，就是没有办法去摆平他们，有时想尽力去帮助他们，可是又是无能为力，心有余力不足。他这个县长的能力也是有限的，不是能解决所有问题的。更何况他们有些诉求也是太离谱了，完全是在胡搅蛮缠，是在借机发泄自己对社会的不满，来达到自己某些难以实现的目的。

潘潮风总是在不停地反思，为什么这些访民会越来越多无休无止呢？为什么他们有那么多的不满情绪？自己的工作真的有那么多的失误？

潘潮风在当副县长时就是分管信访工作。他一直对信访工作非常重视，每月至少两次亲自参加县长接待日，当面处理信访人的诉求事项，尽心尽力地去帮助他们解决实际困难和一些诉求，但他总是无法解决越来越多的矛盾，无法控制上访的人群越来越多。

他一直认为金山县现在处在历史上发展的最好最快时期，社会急剧变化日新月异，各种矛盾也不断激化，有些人跟不上发展形势，有种失落感，这是很正常的，他们有些不满情绪也很正常。这就是我们社会发展必须经历的阵痛，只要耐心地做工作，大家都会理解支持的，因为大家都能目睹到整个社会的巨大发展和进步，都能不同程度地从这种发展中得到实惠和利益。即使他们的工作有失误有不尽如人意的地方，也应该能得到整个社会和广大人民的理解，什么样的政府和官员能够做到完美无缺呢？能让所有人满意？能没有一点社会矛盾？人类社会本来就是在各种矛盾中不断发展前进的。

潘潮风每次面对那些情绪激动的访民，心情都是非常复杂。他说不清那是什么，他知道他们这是对自己工作对社会不满的表现，是在打自己的脸，同时也感到无比的委屈，自己如此尽心尽力的工作，给金山带来了如此大的进步和成就，为啥还得不到他们的理解和支持。他对下面的一些部门的作为感到痛心，一些官员确实是在混日子，他们要么不作为，要么就是乱作为，相互推诿，敷衍了事，造成了官民矛盾的空前对立。但是有些访民也完全是在借机胡搅蛮缠，是在借机发泄自己对社会的不满。对于那些死打蛮缠得寸进尺的访民，对于他们的过分请求，他真的又是束手无策无能为力。他只能是又气又恨又怒，他不想过分地迁就他们，也生怕他们会闹出事来，可是这一切他又不能丝毫地表露出来，只能深埋在心底，满脸微笑地接待他们。

潘潮风看到那里过了十二点了，上访的人群还没减少，心里就开始着急了，后又看到现场混乱起来，就赶紧赶了过来。他对着众多的访民说：“你们反映的事情多，不是一天能解决完的，大家要冷静，要按次序来。下次再来吧，省委巡视组要住几个月，你们有的是反映问题的时间。”

大家看到他，就把他围住了，纷纷在叫道：“我们还没反映问题，我们要求省委巡视组接待。”

刘明明认识他，看到他胆子就更大了，他理直气壮地冲他大声叫道：“你们金山警匪不分，警察随便抓人打人，你是县长，你要给我们交待，你要让打人的警察给我道歉。”

众多访民也跟着叫道：“警察不能随便打人，我们访民不是罪犯。”

潘潮风看到是他，心里也很奇怪，他不明白，刘冬冬的儿子怎么也跑到这里来闹事呢。他一直对这个刘冬冬的儿子印象不太好，从小就是个爱惹事的小祖宗。他于是就向大家挥着手说：“大家都要理解，我们的警察也是在正当履行公务，他们在辛苦工作，是在维持正常秩序，是为了你们更好地反映问题。大家千万不要误会了，大家都要理解。没有公安干警的辛苦，就不会有社会的长治久安。”

刘明明看到他对自己无视的态度，只顾和大家挥手讲话的样子，心里的火气更旺了。他情绪激动，不顾一切地冲他大叫：“你是什么狗屁县长，你眼睛瞎了。我被他们一群人打成这样，你还看不见，你不是人民的县长。你和他们是一丘之貉，蛇鼠一窝，你就是他们的帮凶，你是瞎子县长，你是聋子县长。”

众人从没见过有人敢这样在众人面前痛骂县长的，大都感到过瘾，也跟在后面起哄：“还人民县长呢，我们上访多少次了，我们的情况他不知道，他何时在为我们老百姓服务，他们现在都是在为人民币服务的干部。”

潘潮风不是第一次面对这样的场面，他仍然不动声色地微笑着对大家说：“你们的心情我知道，你们对我们的工作不理解有意见很正常，你们可以正常向省委巡视组反映，我们会尽力解决你们的问题。”

大家继续在吵闹着：“你这话说过多少遍了，我们一直都在被你唬来唬去的，我们这些问题拖了几年了，也没有个说法。”

刘明明刚才吃了点亏，肚子里憋足了气，陈晓艳怎么也劝不住。他继续指着潘潮风大叫着："国家要求依法治国，你们金山就是以腐败治县，你们的每一个毛孔里都生长着腐败，你们都是从腐败的泥潭里浸泡过来的，你们谁的身上不是肮脏的？你们金山就没有一个好干部，你这个县长到底是怎么当上去的？是花了多少买的？你看看这么多老百姓在叫冤，你不感到惭愧吗？这就是你这样的县长创造出的政绩吗？你还要装模作样地装作人民公仆，你们早晚要接受历史和人民的审判。"

陈晓艳强拉住他说："你和警察打架，你找县长吵什么呀，你不要没完没了的，这么多人都要找县长反映情况呢。"

这时，何枫组长已经来到潘潮风面前，跟他说："潘县长，他们有些人是跑了几十里山路而来的。我们不能让大家失望，让他们白跑一趟，下午继续接待。"

潘潮风面露愧色地说："你们忙到现在了，还没吃饭，是我们的工作没做好啊。"

何枫说："你叫人给我们送几盒盒饭来，我们继续接待工作。今天必须一个不漏地接待完，来多少就接待多少。"

访民们听到下午继续接待，这才安静下来，没人再吵闹了。有人在小声议论着："省里来的干部就是不一样啊，就是素质高，到现在了，就没想着先去吃饭，哪像我们金山的干部，早上到办公室安排的第一件事就是一天两餐酒，早晚想的都是为了上下两张嘴。"

何枫和肖剑又回到接待室去接待访民，潘潮风想离开，仍被一些人围住了，在找机会向他反映情况。有些老头老太又在哭哭啼啼当着他面下跪求助，还有的要寻死觅活地拿头往墙上撞，他又开始应接不暇地安慰大家。

陈晓艳也趁机向他反映她的诉求。潘潮风听了她的反映说："你就是那个陈晓艳啊，你反映的情况我知道，你到省里北京各部门的反映材料都转到我们这里来了，我们都做了认真调查处理，上面也派人来督查了。你是大学生，你要相信法律，带头维护法律的尊严，任何人触犯了法律，都要受到法律的惩罚。李辉袭警案，是事实清楚，证据确实充分，定性准确，量刑适当，程序合法。"

刘明明一听他这么说，就又面对潘潮风骂道："什么法律？在你们这些狗官面前，法律就是你们手中的道具，就像奴隶主手里的锁链，想套在谁的身上就套在谁的身上。你们这些现代的土皇帝狗警察比过去的奴隶主还要恶毒一万倍，以前他们给奴隶戴的是能看得见的锁链，你们给你们热爱的人民戴上了无数现代化的看不见的锁链。还要标榜自己是人民县长、人民公仆，你们满嘴代表人民，到处高呼为人民服务，可就是你们心里最没有人民。你们都是伪君子，是假面人，呸，呸，你们无比无耻，恶心，我为你们感到羞愧。”

刘明明说完，就拉住陈晓艳一边离开一边继续骂着：“你跟他反映是找错了对象，你找他上访就是造屋请箍桶匠找错人了。天下乌鸦一般黑，官官相护。他这个狗官和他们都是一伙的，他就是他们的头，他就知道靠挖金山的煤矿发不义财，靠卖金山的美女，去求发展。他们都是他的狗崽子。他就知道一口官话，金山所有的坏事都是他带头干的。你不要再相信他们，不要再上访了，你上访两年多了，有什么结果？还来听他们骗？他们只会关心自己头上的乌纱帽，谁会关心你的申诉。他这个狗县长和他们都是一样的，听我的，跟我走。我们走自己的路，我会有办法帮你查清一切的，求人不如求己，我一定会帮你把这些狗官全部送上法庭的。”

潘潮风又被刘明明当众骂得一时不知所措了，只感到脸上一阵阵火辣辣地痛，就像被人当众打了脸。他确实无言以对了，他一时感到心里有无数的话，想向这些访民说，想向刘明明和陈晓艳这样的孩子们说。可是，他又不知道怎么说出口，只是木然地望着他拉着陈晓艳上了法拉利，一阵烟地扬长而去。

刘明明一走，访民们没了带头的，也就没人再敢大声说话了，现场一下子安静了下来。

13 为爱痴狂

金山县城和其他县城一样，小的装不下任何秘密和新闻，不到半天时间，刘明明大闹省委巡视组，拳打警察，脚踢公安局长，怒骂县长的特大新闻就在县城传开，立时成了人们大街小巷热议的话题，人们都怀着不同的心理越传越邪乎。几乎同时，人们也都知道了这个英勇无比的上访英雄，就是农商行行长刘冬冬的公子，这又一下子吊起了所有人的兴趣。他们不明白，刘冬冬的儿子怎么也要上访，是谁敢得罪金山的娘娘，这不是翻了天了。这下金山可就热闹了啊，金山可就有好戏看了。

与此同时，无数问候的短信和电话一起打到刘冬冬的手机上，使她应接不暇。她这几天一直在省城马不停蹄地跑着，还没来得及回金山。她在省城动用一切关系，想尽可能多地了解一些内部情况。她现在最关心的是两件事，一是潘潮风的县委书记任命为何迟迟不能下来，二是省委巡视组的背景和到金山的真实目的。她得到的消息都使她安心，潘潮风的县委书记任命没有任何问题。他和全省几个县委书记的正式任命都没下来，一是因为省里主要领导要退休了，要等新领导上任。二是省委巡视组不只是到金山，所有的县都要去，这是正常的工作安排。再说，就是金山现在真有什么问题，也找不到潘潮风的头上，他还只是干事的县长，不是做主的书记。

刘冬冬的心里刚安定下来，就又被这些问候电话搞得不安宁了。第一个给她打来电话的就是张景。

张景在电话里一个劲不停地说："刘行长，幸亏我认出了那辆法拉利，我就一直在保护他了，我还被他猛踢了几脚，没关系，我就当是被我自己孩子踢的。我们几个警察都被他打了，我及时制止住了，才没让他吃亏。你要怪就怪我，那几个青年警察不认识他，才闹出误会。"

刘冬冬听了心里一阵心酸难过，刘明明就是她的心头肉啊，她不能让他受一点委屈和伤害。他怎么能跟警察打架呢，他一个人跟一群警察打架还能不吃亏呀。但她表面上还是无动于衷地对张景说：“张局，谢谢你了，有你在场我还能不放心呀。他是吃错什么药了，还敢跟你们警察打架，真是胆大包天无法无天了，要是在外面，还不知要吃多大亏呢。你们就应该帮我好好教训他，把他抓进去关几天，让他冷静冷静。有没有警察受伤了？你先帮我给他们道歉，我回来就去慰问他们。”

刘冬冬放下张景的电话，就打通刘明明的电话，急切地说：“儿子，你怎么跑去和警察打架，有什么事不能跟我说，你伤了哪里？有没有去医院检查？”

刘明明说：“妈，你不要说了，我没事，我没受任何伤。那几个小警察一个对一个，谁都不是我的对手。你不要管我，你忙你的。我长大了，我要去干一件惊天动地的大事，把金山这些狗官的皮都扒了。”

刘冬冬吃惊地说：“儿子，你要干什么？你不要胡来，我马上回来，等我回来再说。”

刘冬冬正说着时，刘明明听着不耐烦，就直接关了机，再也打不通了。刘冬冬心里又是一阵难过，她知道儿子这次一定是吃了大亏，心里有气，不定会做出什么过激的事来。她顾不得在省城的事了，立即往金山赶来。

到了金山，也没找到刘明明，她只能急得打电话把沈金山大骂一顿：“你看到我儿子到金山了，你都不关心一下，让他被人打了，还失踪了。”

沈金山在电话里笑道：“这事我早知道了，是他打了警察，还把潘潮风当众大骂了一顿。我们儿子是真威风了一回啊，没想到他还真有点儿胆识有点儿魄力，敢作敢为。他的骨子里还真是像我啊，有一股子闯劲。”

刘冬冬说道：“你别在瞎得意了，快给我找找他在哪里。他不能再干傻事了，他还在气头上。”

沈金山说道：“你不用为他当心，现在大家都知道他是谁了，现在就是他满大街的打人，也没人敢还手了。他本事大得很，正带着女朋友在游山玩水呢。他何时有的女朋友，怎么不告诉我呀。”

刘冬冬没再理他，她来到金山宾馆，才知道刘明明真带了女朋友，还住进了她的专用包间，她的心里才放心下来。她心里有着一丝甜蜜，又有一丝生气。这个孩子，有了女朋友这么大的事都不告诉我，真是有了媳妇忘了娘。

她直接来到窗前的那个望远镜，习惯性地朝里面张望着。她特意在这里安放这个望远镜，就是为了能及时看到潘潮风的办公室。她时刻都在关注着他的一举一动，她每次看到他出现在窗口时，心情都是非常激动。她时刻渴望着能看到潘潮风那举目远望的凝视的眼神，似乎还能感觉到他清晰的气息。她知道潘潮风不会知道她在时刻注视着他，不会知道她一直都在背后为他默默地奉献着一切，在不遗余力地支持他帮助他。

她早已把自己全部的情感都倾注到他和他们的儿子刘明明身上，她所做的一切都是为了他们，她就是在为他们而活着而坚持着，不管她的面前是万丈悬崖，还是刀山火海，她都无所畏惧。她没有在对面的窗口看到潘潮风的出现，她又将目光在宽阔的市民广场和市民公园里扫视了一片，心里又感到一丝的骄傲和安慰。虽然她知道她和潘潮风之间，早已就像永远隔着这个广场一样隔得很远，始终无法接近，但是又像这个广场一样将他们紧密相连，遥相呼应。这座市民广场和市民公园就是他们心灵沟通的桥梁，也是他们共同心血的结晶。

她几乎每天晚上都要在这里张望他，她知道这些年他大部分的时间都是住在办公室里，他的灯光总是要亮到深夜。她每晚都在这里远远地陪着他，直到他的灯光熄灭。她曾经几次试探着能过去陪陪他，都被他的自定的戒令挡在了门外。他自定的第一条戒令就是下班时间从不在办公室接待任何客人，就是遇到晚上有紧急情况，也都是在会议室接待；第二条戒令是他只在上班时间接待女同志女下属，还必须敞开着门开着监控，他是第一个在自己办公室里装监控的人；第三条戒令是他从不接受任何私人宴请，他都是在食堂吃饭，有时就是在办公室里泡方便面啃馒头。

刘冬冬每次看到他一个人在办公室里泡方便面啃冷馒头的时候，心里就会感到一阵阵酸痛，可是她又无法接近。她知道他这不是对待她一个人，而是对待所有的人，这么多年没有任何人可以破了他的这个规定。他因此常被人私下称为是怪物，是当代的稀有动物，是在作秀，是为了急着往上爬。

只有刘冬冬最能理解他，她知道他能做到这点，全是因为他的心里埋藏着巨大的抱负，只有拥有远大理想的人，才能有着不同凡人的毅力和精神。他坚持这样做，就是想能实实在在地干出一番事业，取得突出成绩，最终能够从这个深山里冲上去。因为他那时受的伤害太重太深了，他又是那么重情重意的人，他一辈子都不会忘记那次的伤害，那种痛苦一直就是深埋在他的心底。

刘冬冬知道自己虽然无法靠近他，但是她能看透他的整个内心世界。她只能在外围全力地帮助他扶持他，帮他早日实现他内心的远大理想，使他官运亨通，能早日升到省里，只有这样才能抹平他内心的伤口。

刘冬冬知道潘潮风就是个有名的工作狂，她看到他一年至少有三百多天住在办公室里，他窗口的灯很少在深夜十二点前熄灭过，常常要亮到天明。特别是近几个月，他就从没回家过，因为他的女儿考取了省城的重点中学，他的跛脚的乡下老婆到省城陪读去了。

一想起他的那个跛脚的乡下老婆杨慧，刘冬冬心里就是说不出的滋味。那是潘潮风下派到村里当书记不久，夜里突然得了急性阑尾炎，痛得要命，那时杨慧就是村里医疗所的一个小护士，是杨慧及时地发现了他，背着他连夜把他往医院送，一路不知摔了多少跤，最后把一只脚摔坏了。她就是凭那只摔跛的脚，获得了潘潮风所有的爱，这么多年来对她不抛不弃，坚贞不渝，从没有给任何女人插足的机会。这一切更使刘冬冬对自己过去的行为感到了悔恨，她知道自己失去了一个多么优秀多么难得的感情专一的男人。这样的男人，在现在这个世上，只能是可遇不可求。这也更加重了她对潘潮风的一片深情，她始终觉得，为这样的男人付出任何东西都是值得的，哪怕是要毁灭她的一切，她也在所不惜。

虽然每想到这一切，她的心里都充满了酸楚和懊恼，但也总伴随着一丝的甜蜜，因为她和他毕竟还留下了爱的结晶，他们的儿子刘冬冬。这个儿子足以让她忘记一切不幸和烦恼，虽然她一直严守这个秘密，不想给潘潮风两袖清风洁白无瑕的政治形象带来任何污点，但她相信总有一天他会知道这一切，知道她对他们那份爱情的终生坚守。刘明明就是她带给他的最珍贵的礼物和补偿。

想到刘明明，她又开始在寻思，他怎么会突然到金山？他怎么会去找省委巡视组？他有什么事能不告诉我呢？还去打警察踢公安局长，当众责骂潘潮风？这真是大水冲了龙王庙，一家人不认得一家人了，他怎么一下子变得这么胡闹了？他到底遇到了什么女孩，可以连自己亲娘都不要了呢？

刘冬冬着急地想着这些，正准备再给刘明明打电话的时候，只听她的房门被急促地敲响了。她心里一阵惊喜，一定是刘明明回来了。

14 初露端倪

敲开房门的不是刘明明，而是她在金山最好的姐妹江玲。江玲一进门就火急火燎地说：“我的娘娘啊，你总算回来了。省委巡视组一来，咱们金山都乱套了，要出大事了，你还能安心待在省城，你还一回来，就趴在这里看潘潮风。你快救救我吧，我都捂不住了。”

江玲也是四十多岁，也是个风姿绰约、浑身透出魅力的女人，看上去要比实际年龄年轻许多。她可不是一般的人物，她是金山人人皆知家喻户晓的女大侠，大家都习惯称呼她叫“江姐”，因为她年轻时就是金山最靓丽的一枝花，是县文工团的当家花旦，最精彩的节目就是装扮江姐，她唱的最红的歌就是《红梅赞》。她那时红遍全县，迷倒了无数的男人，以至金山人都爱叫她“江姐”，而不叫她的真名。

刘冬冬是到金山后认识她的。那时她已下海办起了一家全县最大的“江姐财务理财公司”，生意做得很红火，全县有一半的企业都在她那里代账，因为大家都知道，她和税务局的关系最铁，从上到下几十号人，没有一个敢不给她江姐的面子。由她的公司代的账从来不会出问题，而且还能合理避税。没有她代账的单位常常要被税务局查得底朝天，罚得叫娘，所以有人私下说江姐就是地下税务局长，千方百计找上门来，进了她的公司，就等于是进了税务保险局。

她不止代账，最重要的业务就是帮大家融资，大家缺少资金，特别是还银行贷款要资金调头，都要来找她。后来的许多单位更是离开她就玩不转了，所有的银行也都要找她合作找业务。

刘冬冬刚到金山时，就是靠她的帮助才迅速打开局面的，她们也就逐渐成了形影不离无话不说的生活伴侣。只要在金山，几乎天天在一起。她们天然地成为一体，在金山就是无所不能、所向无敌的。如果说潘潮风能够使金山经济这些年腾飞起来，她们就是他的两只隐形的翅膀，是她们联手帮助潘潮风短时间建起了市民广场和市民公园。

那时刘冬冬就有个不成文的规定，就是所有贷款的单位都要对这两大工程有贡献。只要能和这两大工程沾上边的，就一律优先放贷，所以靠近市民广场和市民公园周边的生意和房产是首先火了起来，带动了整个县城的建设。

江玲在下面更是把她的这个政策无限放大了，她直接对那些企业说："市民广场和市民公园是金山两大天子号工程，也是传给子孙万代的利民工程，以后凡是想在金山混的，都要为这两大工程尽力，凡是想发财的，就赶快来沾光。"

到了潘潮风主持工业开发区，她们的配合更是达到了顶峰，在她俩的操作下，许多企业还没落户，贷款就已经下来了。几乎所有的入园企业都跟着沾光，不管有钱没钱，都滚动发展起来的。他们几乎走的都是同一路子，就是先签合同拿地，地没推平，就已经抵押贷款，用贷款的钱建厂房，厂房没盖顶，就又能抵押贷款去买设备，设备在安装，就又能贷款购材料。一些企业实在没资产抵押，她们就想办法帮他们买来上千万假发票做抵押，只要她们想贷给他们，总是能想到办法的。没有刘冬冬和江玲的相助，他们是谁也做不到这点的。所以，许多本来没钱而靠她们一下子成了有土地有厂房的大老板的企业家，一直就把她们当成活菩萨，对她们的话言听计从，从不说一个"不"字。

刘冬冬看到她急成这样，不由地笑道："在金山，还能有什么事能难倒你这位江姐。你还在为秦局长的事着急啊，你不是说不管他的事了，这个事我已经给你尽力了。秦局长一进去，自己没有扛住，什么都说了，谁也没办法救他了。"

刘冬冬说的秦局长，就是金山税务局的局长，因牵涉到一宗偷开税票的大案被双规了，税务局因此有十几个人被带走协助调查，别人都回来了，只有秦局长被移送到检察院，成为死棋了。

江玲前些天一直在为秦局长的事上下奔波，四处求人说情，因为秦局长就是她在税务局的靠山，是她多年的老情人。她也当着刘冬冬的面哭求过，请她到省里帮他找人求情，花多少钱都行。

刘冬冬知道她当时的急迫心情，表面答应了，实际并没出力，待在省城也有回避她的因素。她和江玲关系是好，那大都是出于工作的需要，她在内心还是始终在与她保持着一定的距离，她始终觉得江玲胆子太大，总能做出一些出乎意料的大事。更何况，县里许多人都说这次税务局大案，就是潘潮风到上面要求查的，而且，那个秦局长一向的工作作风霸道，把下面一些企业整得没法活了，全县没几个说他好话的。而且，他这些年不顾影响，有权滥用，年年大发奖金，每人一年十几万，把全县所有单位的公务员都发红了眼，许多单位的人一辈子也拿不到这么多奖金。他好了税务局的人，得罪了全县的公务员。大家都在说，大家都是人民的公仆，怎么差距就是这么大呢？不然，他一进去，怎么会有那么多人去大街上放鞭炮庆祝。

刘冬冬知道这些，她自然在心里要赞赏潘潮风的做法。他这也是在为全县除害。所以，不管江玲怎么求她，她都无动于衷，在原则性的大问题上，她是不糊涂的。她自然是和潘潮风站在一起的，也要和全县的大多数人站在一起，所以她只是表面安慰她，不想伤了多年的姐妹之情。

刘冬冬没想到，江玲竟开口就说道："那个该死的老家伙，早该进去了。我可被他害苦了，我的公司被查了几个月的账，差点把我的命都查没了。墙倒众人推，现在里里外外没人说他好话了。税务局那些人真忘本，那时给他们大发奖金时，个个都说他好，现在都把责任推到他一个人身上了。他的祸就是发奖金发的，他一年每人发十几万，全县的人都红眼了，还能不查他。我算是倒霉了，白白被他玩了这么多年，还差点被他把命玩完了。我和他之间终于是两清了，我应该高兴，我终于自由了。"

刘冬冬有点吃惊地看着她，她不明白，才几天时间，她怎么变化这么大，是因为秦局长被移交检察院了吗，还是因为秦局长被查出同时拥有十几个情人，而使她生气了。

江玲又说："冬冬，你这次一定要出手救我，现在只有你能救我了，我都要被你的那两个男人逼疯了。"

刘冬冬立即说："你在瞎说啥，我可不像你，到处都有许多男人，你是不是急傻了啊，满嘴乱说。"

江玲忙说："我不是急傻了，而是急疯了。我是被沈金山和潘潮风两个逼的。我遇上他两个能不疯不傻吗？他们一个逼着我还钱，一个欠钱不还，还躲着不见面，你说我怎么办，非逼我跳楼啊。"

刘冬冬听明白了，就说："你胆子就是太大了，我跟你提醒过多少次了，沈金山就是个炸弹，他那个集团公司叫的好听，就是个空壳公司，他沈金山是什么人，你还不知道，你还给他放几千万高利贷，你这不是自找绝路，明知是陷阱，明知是深渊，你非要往里跳。"

江玲说："谁会想到，他也不讲信誉，他是全县最大的企业家，不止我一个，全县有钱的人谁不把钱放他那儿，他都没保障还有谁有保障。"

刘冬冬说："你们这都是疯了，是自作自受。我们贷款利息才多少，多少公司还都承受不了。你们放给他高出五倍十倍的利息，他沈金山是人不是神，他就不是生活在我们这个社会？他凭啥就能获得那么高的利润？这么明显的事情，你们怎么就看不明白呢？特别是你，一头钻到钱眼里去了，你拿你自己钱去放高利贷也就算了，你怎么能去把那些老太太老头的钱，都拿来去放高利贷呢？他们那可是多年赚下的血汗钱，都是留着养老的看病的安排后事的，你连他们钱不还，还要怪潘潮风逼你还钱，不管说到哪里，这些老太太老头们的钱你一定要还。"

江玲说："那也不能全怪我，他们也是想多要点利息嘛。我也想还他们，我也不想这些老太太老头们跑到街上去闹呀，可是沈金山不还我，我拿什么还他们呢。你家那个潘潮风也太认真了吧，我不就是有些经济纠纷吗，我一没跑二没躲的，他还亲自跑到公安局要求他们按非法集资查我，还把我放在督办案件的第一位了。大家都在说，他还没当县委书记就这么铁面无情，刚送进去一个税务局长，又要拿我们企业老总开刀了，他要当了县委书记，我们就没好日子过了。"

刘冬冬听了她说潘潮风，心里立即很不高兴地说："我跟你说过多少遍了，他是县长，我是行长，我们只有工作关系，没有任何其他关系，你不要老是把我和他往一块扯。再说，谁当县长，这事也得管啊，我看着那些老头老太太们要钱都感到可怜，欠他们钱不还，就是缺德，谁都该管的。"

江玲看到她真不高兴了，只得改口说："我不是来请你求他，我知道求他也没用，他是个滴水不进、不食人间烟火的人民的好县长，你放心，为了成全他这个一心为民的心意，我一定尽快还清那些老太太老头们的钱，不让他们去找省委巡视组闹。我是来求你帮我去找沈金山要钱，我要不是到了绝路，也不会请你出山呀。你就帮我一次吧，为了那些可怜的老太太老头们，也为了潘县长少一点麻烦，你就出一次面吧。不然，潘潮风就是把我抓进去，也解决不了问题啊。”

刘冬冬想了想，虽然她最不想去见沈金山，但还是答应了，她说：“好吧，我陪你去一次吧，我也求你以后嘴上上把锁，不要再说我和潘潮风的事了。”

“好，好，有你这句话，我就有救了。”江玲走到那台望远镜前，摸了摸说：“我保证以后在任何地方，不再说你和潘潮风的事了。可是，你是我最好的姐妹，你不能这样对待自己了，为了一个男人，你这些年付出这么多值得吗，你天天在看他，他知道吗？他看过你吗？我都为你感到亏心，感到不值呀！你这么好的条件，这么多年的青春，这么美好的人生全被他毁了。天下没有一个好男人，都是一些馋腥的坏猫，都是一些无情无义的家伙。你早点清醒过来吧，不要再痴迷不悟了。”

刘冬冬摇手打断她的话：“你别乱说了，我的事我心里有数。”

江玲只好说：“好吧，我不说了，你就憋在心里，自己作贱自己吧，看看你比我还小，脸上的皱纹都比我多了。我们都没有几年好日子了，好好珍惜自己吧，忘了这些烦恼，我们先下去做面膜，管它明天是什么日子，享受一时是一时，快活一天是一天，日子难过天天过。”

刘冬冬说道：“做面膜就去做面膜呗，你哪来的这么多话呀，一张嘴一开口就不知道停，话说多了伤身体呀。”

江玲好像突然想起似地说：“我今天看到你家明明了，还带着一个非常漂亮的女朋友。你真幸福，这么快就有儿媳妇了。”

刘冬冬忙问：“你都看见了，我到现在还不知道他们在哪里呢，我打电话他都不接。”

江玲笑道：“这就对了，有了女朋友还能要你去影响，你就让他们小青年去热恋吧！明明真有眼光，他那女朋友真是漂亮，金山县就没出过这么漂亮的女孩。我也只在车里看到她一眼，我跟在他们车后追，就是没追上，明明那法拉利快得像飞机一样。”

刘冬冬不解地问道：“他真的回去了，他不会没见我一面就回去吧，他这么快心里就没有我了。”

江玲拉住她手说：“他们一定找到哪里快乐去了，现在的年轻人比我们会享受。你还是跟我走吧，好好让自己保持美貌，不然，你早早成了老太婆，就真的没人要了。”

15 相形失色

刘冬冬和江玲来到一楼的蒙娜丽莎美容院，这是县城一家最高档的美容院，装修豪华。她们一进来，所有的服务小姐全都站了起来，热情地招呼她们，她们一直就是这里最高贵的客人，人人都认识她们。两位年轻漂亮的女按摩师立即把她俩请到最里面的豪华套间，她俩也是她们专用的按摩师小翠和小红，她俩毕恭毕敬地说："刘行长，江姐，我们的热水给你们放好了。"

江玲对她们说："好的，你们等我们泡好了再进来吧。"

"是！"小翠和小红一起恭敬地退到了外面等候。这个豪华套间与别处的不同，美容院老板说这就是特意为她俩装修的，也是给她俩专用的，别人没经过她俩允许，是不能进来的。里面最吸引人的就是有一个特大的花瓣形的鎏金浴缸，对面还立着一面宽大的镜子，这也是按照江玲的要求安置的，因为她最喜欢洗澡时随时对着镜子照照。

刘冬冬也受她影响，在做面膜前，先到热水里泡一泡，让所有的毛孔都张开，然后再躺在床上做按摩和面膜，就会感到特别的舒服。这里也就成了她俩经常共同沐浴的场所。

刘冬冬还跟着她学会了许多享受，她一直就很佩服江玲，特别的会享受生活，自己虽是从省城来的，在这个方面却是远不如她，样样都要跟她学。她也就不得不佩服，这个小县城的人就是想得开，就是会生活会享受，不管外面有天大的事，都能放得下。自己每当感到劳累和烦恼的时候，也就特别想着跟她享受轻松一把，经过这适度的热水一泡，然后往床上一躺，再由着按摩师从头部到脸部，再到浑身的轻揉按摩，自己就会昏昏欲睡，飘然欲仙了，就会暂时忘记这世上的一切烦恼。她甚至有时傻傻地想，如果就是这样一直睡着，永远不醒来该多好啊。

江玲脱光衣服，习惯性地先到玻璃镜前，对着镜子仔细地自我欣赏着。她始终对自己洁白娇柔、保养极好的身材感到极度自信。这正是一个女人最成熟最有魅力的时段，虽已没了青春年少时的鲜嫩和光泽，但那高挑婀娜的身材依旧，丰腴洁白的皮肤更加充满韵味，饱含着一种蓬勃欲动的风情，浑身上下散发出一种熟透了的持久耐闻的清香。这是一般的青春少女无法拥有的中年女人独有的神韵。就像是一颗熟透了的鲜汁欲滴的香果，也像是彩虹透露出即将失去时的那一道神光，更像是历尽风雨，冷对冰霜，傲然开放的一枝红梅。

刘冬冬已经进入水池中，她赤身泡在温水里叫道："你还在照什么照啊，都是半老徐娘了，你还这么自恋，越照就会越烦。"

江玲说："我不像你，人没老心先老。现在就是男人的世界，个个都是如狼似虎的没有一个好东西。我们女人，只能靠身体吃饭的，不爱惜好这副身体怎行呢。"

刘冬冬说："好了，好了，别照了，你只会越照越老，不会越照越年轻的。赶快进来泡泡吧，泡完后再去照，也许还能年轻几岁。"

江玲恨恨地说着："我要是再年轻十岁，谁也不敢逼我到这个地步。这才几年，这些狗东西就不认得老娘了，这些狗男人都是些得了便宜就跑的狗东西。谁都不想帮我了。"她骂完后，才小心地走进热水浴缸里。

江玲这么说着，是心里有着太多的怨气。是的，这么多年来，在金山，她不只是家喻户晓的江姐，也是大家公认的金山一姐，在刘冬冬没来前，没人能找出第二个比她还牛的女人。她从来不用求人办事，从来不会受到今天这种气，被要债的人堵在大街上，还要担心公安局来抓她。那时总有许多男人像狗一样追逐她，她所有的事情都有人先帮她处理好了，才来换她一笑。他们都争着请她吃饭，都能以能请她出席感到荣耀，这才几年，这些臭男人都像一群臭虫一样飞走了，弃她不顾了。

她开始有些后悔，当初对这些男人太有些心慈手软，下手太轻了，听信了他们的花言巧语，轻易就让他们得手了，被他们肆意玩弄了，就被他们随意抛弃了。她不知道现在该恨谁怪谁，她只能恨自己，因为她经历的这样男人太多了，多得没有印象了。

她也一直知道，这些男人追逐她，就是为了能得到她的肉体，是为了能把她弄到床上，满足他们的那份虚荣心和成就感。那时金山所有有点成就的男人都把她当作头号目标。她也知道，和这群男人相比，她一个弱女子，最大的资本就是这副人人仰慕的身体。她从来没有吝啬过自己的这副身体，充分地利用着这个上天赐给她的最大财富。他们在玩弄她时，她也是在把这一群男人玩弄于股掌之间，她也从玩弄这些男人中得到快乐和满足，获得自己的利益和成就。她一直就是金山最成功最风光的女人，她拥有自己的公司和想要的一切，可是，她万万没想到她最终还是没玩过男人，被金山最厉害的男人沈金山给玩进去了，最后输得一无所有、内忧外患。

江玲想到这些时，不由地狠狠地盯着刘冬冬，对于这个最好的姐妹，她真的说不清内心的滋味，真是有爱有恨有怜惜有嫉妒，最多的应该还是那种女人间的极度的嫉妒。她常想上帝为什么要造出这样的尤物，将会害得多少男人为她痴迷疯狂误入歧途，将会害得多少男人为她失魂落魄行为出格去犯错误，而又为啥偏偏把她派到金山了，抢走了许多本来属于自己的风光。

刘冬冬正赤身裸体地闭目躺在浴缸的水中，一缕缕轻轻的热气从她身上飘散开来，从那个方向看，她都像是一段洁白的莲藕躺在水里，更像是一尊浸在水中的维纳斯的雕塑。

江玲过去出于对自己美貌的自信，她很少佩服过其他女人的美丽，可是刘冬冬的美貌却不能不让她信服，自叹不如。她上网查过林志玲张曼玉林青霞等许多影星的照片，她都没有查到过能胜过刘冬冬的美貌，能有她的那种学识、风度、气质和涵养，能有她的那种凛然不可侵犯的傲然风骨，以及她的浑身无时无刻不散发出的那种摄人魂魄的神奇魅力。

刘冬冬在金山出现的那刻起，江玲就知道自己在金山一姐的地位没有了，自己在任何方面和这位省城来的大行长都没法比了。刘冬冬的出现，立即在金山政商界产生了一股强大的旋风，把许多人都席卷了进去。但很快，许多人都知难而退了，刘冬冬“冰美人”的美名开始最早传播开来。

同为女人的江玲知道，这样外表冷如冰霜的女人，她的内心会藏有更凶猛的烈火，她只是面对金山这些看不上眼的男人才凛然不可侵犯，再说，她这副令人发狂的天生丽质的身躯，又怎能逃得过那些垂涎欲滴虎视眈眈的男人呢。她很快就打听到，这位几乎使金山所有男人望而却步的高贵女人，不只是比自己漂亮，命也比自己好许多，她接触的男人，都要比自己高级好多倍，她出自名牌大学，又在省直机关镀金多年，自然就有了一种天然的傲气和背景。她是对正科以下的干部从不接待，副处级别的只拿一只眼看，正处级别的才拿两只眼看，能使她宽衣解带投怀送抱的起码是厅级以上的才够资格。

江玲不能不服了，真是人比人气死人啊。同样是个漂亮的女人，怎么差距就是这么大呢。不管她的心里有多不平衡，有多少嫉妒和羡慕，她都不得不接受这样的现实，甘心成为刘冬冬在金山的马前卒，成为刘冬冬和金山政商界的一个纽带。刘冬冬的许多事情都是由她去出面做的。刘冬冬在金山离不开她，她更离不开刘冬冬。

过去和刘冬冬在一起时，江玲还能保留最后一点自信，就是自己比她聪明，自己对付男人比她有办法，觉得她看上去很精明，内心里实际是傻乎乎的，有些做法更是莫名其妙。十多年前就是为了一个过去的男人，从省城跑到金山来了，整整十多年了，都没有把一个潘潮风征服，连一个潘潮风都搞不定，上面那些人也不知她是怎么搞定的，傻乎乎地为他做这做那，这不是傻到顶了是什么？一个聪明的漂亮的女人往往就是最傻的女人。就她和潘潮风那点儿事情，所有的明眼人都看在眼里记在心里，他们明里界限分明，暗地里早就是一家子。她还总是千方百计地想撇清他俩的关系，那又能骗谁呢，只能骗她自己。

现在的江玲连最后的这点自信都没有了，她现在觉得还是刘冬冬厉害，现在决定自己命运的两个男人潘潮风和沈金山，又都是刘冬冬的最重要的男人，一个是刘冬冬要追求的男人，一个是在追求刘冬冬的男人。在对付男人方面，刘冬冬还是要比自己高明许多啊，她处的都是比自己高许多倍的极品男人，而且每一个都能被她牢牢地控制在手里。她一直就是金山名副其实的娘娘，而自己跟在她后面忙活了这些年，什么都不是，就像是一个被人弃置一边的没人要的老宫女，天天被人在后面指着骂，过着惶惶不安的日子。

江玲想着这些，心里就又恨起和她有过肌肤之亲的那些臭男人来，虽然她经历的男人要比刘冬冬多许多倍，可都是些得了便宜就卖乖的金山臭男人，关键时刻，一个也没用。她恨恨地想：自己这辈子算是白活了，下辈子决不能再出生在金山这样的小地方，一定要早日到外面的大世界去，金山的这些臭男人都是井底之蛙，没品位没修养，都是泥巴里蹦出的癞蛤蟆，有了几个钱，就追腥逐臭，去找小妹妹，喜欢小鲜肉，她们知道什么？你们懂得什么才是真正的女人味吗？什么才是极品女人吗？

江玲想着这些时，心里不由地烦躁起来，她大叫着："小红小翠，快进来给我们擦背。"

等候在门外的小红小翠赶紧走了进来。江玲说："小红，你来给我擦背，先擦浴盐，再擦浴奶，后用洗浴露，最后用香皂。"

小红轻声地笑道："江姐，你放心，我帮你洗过多少次了，一定不会错，保证让你满意，让你舒服。"

这时，一直在水中闭目浸泡的刘冬冬，才睁开眼说："你天天洗澡，还要擦这么多遍啊，不怕把你的皮肤擦破了。你不是说火烧眉毛了，还有时间这么会享福。"

江玲说："我现在已经是死猪不怕开水烫，债多不愁了，急也没用，信天由命吧，现在闭上眼享福，管它睁开眼是什么世界。"

刘冬冬说："这热水泡得好舒服啊，我就不擦背了，先去做面膜，正好好好睡一觉。"

她说着从水里站起来，她那娇美的身体经这热水一泡，更加迷人鲜艳，白里透红，浑身滚动着水珠，冒着热气，就像是熟透了的沾着露珠的仙桃，也像是刚出笼的雪白的面包。

江玲都看得有些傻眼了，她不由地伸手在刘冬冬身上掐了一把，最后叫道："冬冬，你这魔鬼的身材，你这雪白的皮肤是怎么保养的，怎么越来越年轻了啊，怪不得那么多男人为你神魂颠倒。我要是男人，也一定趴你身上咬一口。你这身材才是我们女人真正的魅力，你才是我们成功女人的代表，你才是女人中的极品。那些只会找小妹妹吃嫩草的臭男人，一辈子也体会不到真正精品女人的滋味。"

刘冬冬一边看着小翠在帮她擦着身上的水珠，一边说："你是在说你自己吧，我们都是半老徐娘了，你还尽想着这种事，就不想想正经事。早点醒醒吧，我们的时代早就过去了。"

江玲不服地说："谁说我们的时代过去了，我觉得我们的好日子才刚刚开始呢，我刚活出好滋味来了。"

刘冬冬说道："你就慢慢做美梦吧，天天泡在水里洗，看能不能洗掉一层皮，把你洗成个水妖，让你再年轻二十岁。"

她说完就和小翠到按摩间去了。

江玲看着她出去，仍不服地问：“小红，你看我俩谁像水妖啊，她才是真正的妖精呢，大妖精、活妖精。”

小红一边给她身上抹着奶油，一边笑着说：“江姐，你真会开玩笑啊，在我们眼里你们都是神通广大的活神仙、女财神，你们都能把事业做的这么大，我们是见都没见过，想都不敢想啊，这都不是一般的女人能做到的。我们大家心里都是好佩服你们啊。”

16 暗中牵线

刘冬冬仰躺在面膜床上，轻松地长吐了一口气，她对小翠说：“先把我脸贴上，再给我捏捏脚，我好好睡一觉。”然后就微闭着眼，进入到自己最幸福最惬意的世界。

“好的，刘行长。”小翠轻声应道，熟练地打开一瓶洗面奶，开始给她清洗脸部，立即有着一股浓香和清凉从脸部扩散开来，传遍了全身。

平时这时，她已经开始进入梦乡了，可是今天她却毫无睡意。她一闭上眼，进入自己的私密世界，明明就出现在她眼前，她就会去想象在大庭广众之下，明明指着潘潮风大骂的情景。她的心里洋溢着一种无比的幸福，这就是她在这个世上最亲的两个人，她的一生就是为了他俩而活的。她没想到他们之间会出现这种情况，她一直在想着潘潮风被明明怒骂时的反应，那个倔家伙一定是又气又急又不敢发怒，脸上发红发白，还要始终微笑着面对。她越想越觉得有趣，脸上露出甜蜜的微笑。

小翠一边清洗她的脸部，一边不停地说：“刘行长，你脸部放松些，你遇到什么大喜事了，一直都在笑着。”

刘冬冬立即放松下来，美美地说：“我儿子来了。”

刘冬冬已经多次看到过潘潮风被众人围堵当众出洋相的那种场景，她特别觉得他的那种窘样可爱，比他在电视上讲话要可爱得多。不管他在会场上在电视上怎么能口若悬河滔滔不绝，大吹特吹几个小时不用草稿；不管他多么的雷厉风行，在下属面前威严得像个阎王，可是一遇到上访围堵的群众，他就说不出话来，只知道不停地傻笑，被大家指着鼻子骂，还要不温不火的不停地点头微笑。

刘冬冬一直记得十多年前，她刚来金山时他的那副凄惨的景象。她到金山好长时间了，他都是躲猫猫似的躲着她不见，几次电话打去约他，他都说是出差在外。她也真生了他气，一个大男人怎么就这么小肚鸡肠，都过去十年多了，他心里还没过那道坎，这么没出息的男人还能干成什么大事，怪不得苦干十年还是个分管农业的小镇副镇长。

直到她的扬子江农商行正式成立了，开业那天，整个金山都轰动了。上百条祝贺条幅从银行大楼楼顶上垂挂下来，把整栋大楼都遮住了，锣鼓喧天，鞭炮齐鸣，全城的人都去看热闹，省里市里县里和全县各部门各乡镇都有领导和代表到场了。

刘冬冬心想，这回潘潮风总该露面了吧，自己特意给他发了请帖的，注明要求他必到。可是，她看遍了到贺的客人，就是没有看到潘潮风的出现，刘冬冬只能再次失望了，她想：这个不近人情的倔家伙，是要躲自己一辈子了。

刘冬冬最后只得叫来沈金山陪她一起去找他，沈金山比他头脑灵活，能耐也大得多，他下海承包了金山小煤矿，不到十年，就已经是金山最大的企业家，也是刘冬冬最大的客户。

他们终于在一个深山沟里找到了潘潮风，他正在那里一身灰土地帮老百姓建禽室养獭兔，这是他刚争取到的又一项工程，正在亲自宣传推广。

刘冬冬第一眼看到他弓着腰从一排低矮的兔舍里钻出来时，就感到一阵心酸，眼圈发热。她没想到他混得这么惨，完全就像一个落魂失魄的老山民了。他早也没有了往日的潇洒和英俊，一身破旧的工作服上全是泥土，像是在泥地里打了滚似的，头上脸上和手上都是沾满了灰土。他和沈金山站在一起，就像是来自两个完全不同世界的人，没有人会想到这两个人过去还是大学同学。

沈金山早已开始发福的身体比他壮实的不止一圈，一人的体重看上去就要抵潘潮风两个。一身时髦的名牌服装，满面红光，脚下的皮鞋亮得一尘不染，头发更是梳得油光发亮，一手夹着香烟，一手抓着刚刚开始流行的大哥大，一副十足的大款样，都没有拿正眼瞧他。

潘潮风明显比他高出半个头的瘦长身材站在他面前就像是个傻大个似的，只是眼睛里还在依然散发出一些过去的光芒。

潘潮风看到刘冬冬的出现，还是有点尴尬地露出两排白牙，朝她笑笑说："对不起，我这里有事没走开，没能去参加你的开业盛典。"

刘冬冬抿着嘴笑道："这些年没见，你的变化真大呀，你兔子没养出来，自己倒变成大猩猩了。”

沈金山看到他伸来的手又粗又脏，连碰都没碰一下，就用不无嘲讽的口气说：“我们山里是穷，啥都没有，可是总不会缺水洗手洗脸吧。你这个学管理的高材生，是不是搞养殖搞上瘾了，什么都想养啊，你是猪羊牛鸡鸭鸽子都养过了，现在又心血来潮养兔子了，你还是跤没跌够，不死心，不知道接受教训啊。”

潘潮风立即说：“我们这是因地制宜，开创一条山区经济的发展之路。我们总会找到一条好的健康的发展之路。”

沈金山冷笑道：“你这套话只能唬唬那些傻瓜山民，他们跟你折腾了这么多年，谁发财了？他们跟着你是越干越穷啊，我是金山土生土长的，情况比你清楚，你就不要瞎折腾了，金山要发展，就得跟我走。”

潘潮风也不屑地说：“都跟你走，那条是正道？你除了挖小煤窑，就是把山里姑娘往外送，你手上的钱都是脏的，我们宁愿不要，你沈金山早晚都是金山的罪人，会被人民清算的。”

沈金山说道：“我们是老同学，我才说你，你还是那个书呆子样，头脑就是不开窍，认死理。怪不得这么多年没进步，世界上的钱哪张能是干净的？只要存在的就是有道理的。你以为你做的就是好事，你是在破坏生态，你叫他们养这么多兔子，把这山上的草都吃了，还怎么保持水土呢，你比我的破坏还大，我挖的只是地下的煤，而你破坏的是金山的青山绿水啊。”

刘冬冬打断他的话说：“你就不要再发高论了，还说是老同学，你是金山的地头蛇，你就不能帮帮他，看他混得这么惨。”

沈金山忙说：“不是我不帮他，是他清高，一直要和我保持距离，不愿和我同流合污。你看看他干得这些事，就能发展起来了，我们金山有人的时候就会养鸡养猪了，过去野生的都比养殖的多啊，怎么还穷了这么多年，就是发展不起来呢。实践早就证明，我们金山只靠传统产业是发展不起来的，必须解放思想，与时俱进，走新路出奇招。”

潘潮风说：“你走的新路出的奇招都是什么？任何路都可以走，歪门邪道不能走，党纪国法不能违反，不然，我们发展的目的又是什么呢？我们给社会创造的又是什么？”

沈金山对刘冬冬说：“你看他的这个思想落后多少年了，怎么跟得上形势呢，条条大路通罗马，发展才是硬道理，先发展再调整，这就是大家的共识，还没发展就捆住了自己的手脚，还怎么发展？潘潮风，你在学校的成绩比我优秀，可是对金山这本书，我比你读得透，比你研究得深，你学的那一套在金山没有用。金山要发展，要靠的是我这样的实干家，而不是你这样只会空想的人。”

潘潮风说：“我觉得你不是在发展，你就是在犯罪。为啥要先发展再调整？先犯错误再去纠正呢？”

刘冬冬打断潘潮风的话说：“你先放下那些兔子，跟我走吧。你不是学养殖这个专业的。你们张松县长要请我吃饭，你们都陪我去。”

潘潮风说：“他请你吃饭，我去干啥？我这里还有事走不开。”

刘冬冬说：“我在金山就你们两个同学，你们不陪我去，谁陪我去，你一定要去。”

潘潮风继续推辞道：“我最怕陪领导吃饭了，你们放过我吧，我还要去看看他们的工作，今天一定要把兔舍都建好。”

刘冬冬生气了：“你还这么倔，你真不去？我来这么多天了，你就不能给我一次面子？”

潘潮风十分坚定地说：“我真的没时间去，你们去吧，就是吃餐饭，有沈金山陪着你还不够啊。”

“好，你给我等着，我让你倔。”刘冬冬立即气呼呼地拨通了当时的县长张松的电话说：“张县长，你们潘潮风这个副镇长面子大得很啊，我都请不动，非要你亲自请他。”

张松在电话里说：“你叫他接电话。”

刘冬冬把手机递给潘潮风说：“你们张县长找你。”

潘潮风赶紧接过电话，只听张松在电话里训斥道：“你的工作是不是干回去了，刘行长是到我们这里送财来的，干什么工作能缺少钱啊，没有银行的支持，你还怎么去发展。你立即放下手头工作，跟她一起到我这里来。”

潘潮风还没说话，张松就已经挂了电话。他只好硬着头皮和他们一起去赴宴了。

在那间豪华的宴会厅里，张松带着一批县里的领导众星捧月般地款待刘冬冬。这还是分手后，潘潮风第一次和刘冬冬在一起吃饭，他没想到这些年她的变化这么大，有这么多领导作陪，他畏缩在一旁，相形见绌，一句话都不敢说了。

刘冬冬也感到这是她最幸福最快乐的一天，她看到潘潮风坐在一旁的窘样，心里就想发笑。她春风得意红光满面地喝了一杯又一杯，就不知不觉有点醉了，酒喝多了，就有些失言了。她指着潘潮风动情地说："我现在才知道你们金山为啥发展不起来，跟不上形势了。你们怎么就让这么优秀的人才去养鸡养猪养兔子呢，你们这是欺人太甚、是埋没人才、是暴殄天物啊！他潘潮风是我最好的同学，是我过去的爱人，谁压制他欺负他，就是欺负我，谁瞧不起他，就是和我过不去。"

大家听了她的话，全都愕然了片刻，一起把目光聚集到潘潮风的身上。

张松县长首先站了起来说："潘潮风同志是我们难得的人才，是个有名的实干家，是优秀的村支书，是优秀的共产党员，是人民称道的好干部。我们县里把他留下来，就是在重点培养他，他一直就是我们的后备力量，是我们县里未来的接班人。"

大家立即跟着他，当面称赞起潘潮风来。潘潮风受宠若惊了，被大家说得面红耳赤，不知如何是好，想走又不敢走

刘冬冬看到他那窘迫的模样，又在心里笑了：你这个大傻瓜，我不为你，我会来金山这个小地方，你不只是我过去的爱人，你还是我未来的，永恒的爱人，我就是要爱你，爱得你无可回避、无处可逃。

那次宴会不久，潘潮风很快就被提拔为城关镇镇长，并主抓市民广场和市民公园的建设。由于成绩突出，一年多后就又官升一级，调到新成立的金山县工业开发区任管委会主任。

潘潮风就是在那个位置上干出成就，引起大家关注的。可是那个工业开发区能飞快地发展起来，说是潘潮风的功劳，不如说是刘冬冬的功劳，没有刘冬冬就不会有现在的这个开发区。

刘冬冬正在幸福地回味着这些往事，她感到小翠柔软的小手正在轻轻揉着她的双脚，使她感到特别的舒服。她此时的心里充满了一种自豪感，她这些年从没后悔过来到金山，也没想过要离开。她早就下定了决心，潘潮风在哪里，她就在哪里。她知道现在的潘潮风也离不开她了，没有她，也就没有今天的潘潮风，也不会有今天的金山成就。他们的目标是高度一

致的，就是尽快地把金山发展上去，只是他们的出发点不同：她的目的就是为了给潘潮风找政绩，让他不断高升，最后能明明正正地一路升到省里去；而潘潮风是为了他心中的远大抱负，是为了他成天挂在嘴上的金山人民。

现在，从省里带回的消息使她满意安心，潘潮风当县委书记已经是板上钉钉的事了，而他们的儿子明明已经长大成人，还有了漂亮的女朋友，自己牵挂多年的心都可以放进肚子里了，自己这生最大的愿望都要实现了。她没有理由不开心了。

就在她美美地想进入梦乡时，她听到江玲在她耳边叫她：“别再做美梦了，看你笑得这样，真是一家欢乐一家愁啊。时候不早了，我们该去找沈金山了。”

刘冬冬伸着懒腰说：“你真烦啊，你就不能让我多睡一会儿啊，你知道我最怕见他，还非要我去，我可不能保证帮到你啊。你们都是认钱不认人的主啊。”

江玲说：“我只要你陪我去，一句话都不要你说。他可以不给任何人的面子，不听任何人的话，你的面子他一定给，你的话，他敢不听。其实他就是这世上对你最好的男人，比潘潮风好上一千倍。我就是搞不懂，你为啥就对他不动心呢？你的心里就是只有当官的呀。”

刘冬冬立即打断她的话说：“你再话多，我就不陪你去了。”

17 深念旧情

沈金山一回金山，立即门庭若市，各路人马纷纷向他奔来，一时间通往他的别墅山庄的小路上，到处都是来来往往的各种轿车。他的别墅山庄离县城有二十几公里，这条路就是他特别开出的专用车道，蜿蜒曲折通向大山深处。那里过去建了一座小型水库，挡住了高山上下来的溪流，形成了一块很大的高山湖泊，整年碧波荡漾，风景迷人，四周都是挺拔的高山，山上长满了青翠的竹林和树木，还是一块块人迹罕至的未开发的原始生态。这里是金山县藏在深山里最美的一处景色。

顺着那条溪流而上，更是块令人神往的世外桃源。溪谷里布满大小不一、被溪水冲刷的光滑的鹅卵石，溪流在溪涧的石缝里不停流动，一些小鱼儿也在水中不停地畅游，一些山林里的野鸡野兔野貂野狐和许多不知名的小动物，不时地跑到溪流边来喝水觅食。许多山鸟也躲在溪边的山林里，不停地叫唤着。不远处还有一块很大的瀑布，一年四季不停地飞流直下，发出哗哗的水声，很远都能听到。

沈金山的别墅山庄就坐落在这片青山绿水的小湖边，全都是青墙红瓦，就像是万绿丛中点缀的几点红，格外引人注目，令人向往。

沈金山回到金山的日子，就喜欢住在这里，喜欢在这里的亲水亭台里一边钓鱼，一边接待客人，一边喝着清茶，一边凝望着远处的青山。

这个亲水亭台处在湖面中间，是一个能坐十几人的精致的八角凉亭，顶上也是红色的琉璃瓦，四面都可放鱼钩，一艘小型游艇也停靠在这里。亲水亭台离岸边有二十多米开外，只靠一条长廊和岸边相连，这条长廊雕梁画栋，一直通到山上的别墅山庄里。

沈金山最喜欢独自坐在湖中间放钩垂钓，到这里来找他的人，大都是要到这个湖心亭来找他。这里也是他心里难得的一块净土，总是使他流连忘返，使他陶醉，使他忘记外面的一切。只有在这里他才能看清自己到底是谁，看清自己不管走到哪里，都还是这片大山的儿子。

他曾经为此感到极度的自卑，他曾经梦想着能永远离开这座大山，永远洗去这大山带给他的泥土和烙印。他为此刻苦读书，发奋图强，他终于考取了理想的大学，可是毕业时，他还是别无选择地被分回了金山，似乎注定了他这一生和这大山有着不解之缘。

他第一次迷上这里的景色，还是二十多年前，他带刘冬冬来这里散心，他们有了几天终生难忘刻骨铭心的日子，于是，他永远地把这一片山水牢记在了心里，这里也就成了他一生最难忘最留恋的地方。

他在大学时就深深地爱上了刘冬冬，她就是那时的校花，是他们许多男生心中的女神。她使他第一次情窦初开，知道了什么才叫爱上一个女人，什么叫做爱之深恨之切，什么叫做痛彻心扉不可忘怀。他也像许多其他男生一样偷偷给她写过不少情书，虽然一直都是石沉大海，但他一直期盼有一天，他的那些挖空心思掏心掏肺写出的炽热的诗句能打动她的心，让她对自己投来微笑。可是，他一封回信都没收到，她对自己的态度始终没有任何改变。直到后来，他才知道，她从来没有看过，她把他的情书和所有别人写给她的情书都作为礼物送给了潘潮风，让他帮她看，而潘潮风又把它们统统一把火烧了。

沈金山的内心为此深受创伤，自己的一腔热血和真情竟然成了他们之间助燃爱情的火焰。他从此在心里就开始把潘潮风当成了一生的敌人，而且这种恨根深蒂固，是长在他青春旺盛的心里的，是与他的生命一起生长的。

在他分回金山时，他都没有忘记潘潮风，他想你潘潮风就是分在省直机关有什么了不起，你一辈子只能干个办事员，刘冬冬跟了你真是鲜花插在牛粪上了，她随便选哪个都要比你强。我虽回到金山，可是一来就是县委主要领导的秘书了，几年就能混出头。

出乎他的意料，潘潮风不久就被下派到金山来了。沈金山知道他来时，心里暗暗高兴了好多天。他想，像潘潮风这样的人，根本就不是坐办公室的料，除了能骗骗像刘冬冬这样的青春少女，到哪里都不会有领导喜欢，早晚都会被边缘化、被赶出来，只是没想到会这么快。

紧接着刘冬冬就追了过来，沈金山当时还不知道发生了什么，但是一看那情景，他就知道他们之间真的完了。

潘潮风总是躲着不见她，沈金山又看到了新的希望，他不会放过这个难得的机会。

沈金山一边陪着刘冬冬找着潘潮风，一边开导她："尽早忘了他，他根本就不值得你爱，他根本就不是一个负责任的男人，一有事就成了缩头乌龟，他没有一点男子汉的气魄和雅量。"

刘冬冬喝多了酒说："不，不怪他，都是我的错，是我对不起他。"

沈金山拉住她说："你少喝点儿酒吧，我带你去个好地方，醒醒酒散散心。"

"不，我还要喝，今朝有酒今朝醉，给我把酒带上，找个地方再喝。"刘冬冬已经喝得不能自制了。

沈金山于是就带着她来到了这深山里的水库边，他对着四处的青山大叫道："这是一片多么洁净的世外桃源啊，你想叫就叫，想哭就哭吧，想怎么发泄就怎么发泄吧。这里只有蓝天白云，只有你我，只有青山绿水。"

刘冬冬跑到水边，撩着湖水说："这水好清凉啊，我好想下去游泳。"她说着就直接往湖水里走去。

沈金山看到她真是喝得太多了，吓得大叫道："不能下去，湖水太凉太深了。"

他也趁势就把刘冬冬搂抱到怀里，她那火热发烫的身体也同时烧灼着他的心，使他浑身不停地颤抖着。他再也不肯放手了，这个娇美的身体，这个自己仰慕多年的恋人，这个神圣不可侵犯的女神，就这样温顺地躺在他的怀里，这是他多少个夜晚梦想的时刻。他感到他已经没有了理智，顾不得任何后果了，不管前面是刀山火海，是万丈深渊，还是枪毙坐牢，他都无所顾忌了，他只要这片刻的欢愉，这片刻的幸福，这片刻的陶醉。因为这一刻，他已经渴望的太久了。他把她放倒在草地上，一只手紧搂着她，一只手解开她的衣服，小心翼翼地伸入到她的体内轻轻地抚摸着。

刘冬冬温顺地躺在他的怀里，没有丝毫的反抗，她的酒性已经全部发作，她只是醉眼蒙眬地看着他，嘴里不停地在呻吟着："潘潮风，是我错了，原谅我吧，再给我一次机会，我会用我一生的爱来补偿来赎罪。"

沈金山听了她的话，更是血脉膨胀，怒火万丈。她到现在还在想着潘潮风，他不顾一切地扑在她的身上，把多年来，积压在心里的所有的爱和恨都一起尽情地发泄了出来。直到他累得不能动了，刘冬冬也没有完全清醒，还在他怀里甜甜地睡着了，他就一直把熟睡中的她抱在怀里，看着太阳渐渐地西去，看着晚霞满天，夕阳西下，直到霞光散尽，满天星辰。那时，他是多么的希望刘冬冬就这么熟睡着不要醒来，多么的希望她一辈子就这样睡在他的怀抱里，陪着他一起慢慢变老啊。

刘冬冬这一觉睡得很沉很死，她到金山还没这么好好地睡过，直到后半夜才清醒。她看到沈金山的表情就已经知道了一切。她出乎意料地既没有发火也没有发怒，更没有责怪他，当沈金山不停地向她赔礼道歉，表白心意，她只冷冷地说："你什么都别说了，我知道你们男人都是这样，我连多年的老同学都不能相信了，我还能相信谁？你是不是为今天的阴谋蓄谋很久了？一直就想着把我灌醉，把我带到这个地方？"

沈金山立即感到她真的太厉害了，一眼就看出了自己的心事，应该说自己头脑里一直没敢动过这个念头，可是自己的潜意识里确实早就有了这个愿望了。

她的表情使沈金山喜出望外，仿佛她的心里一直就有自己，他开始信誓旦旦地向她表白："我敢保证全世界最爱你的人就是我，我一定会为今天的行为负责到底，爱你一辈子，用我一生的爱来赎罪，来补偿你。"

刘冬冬微笑道："你也会说这些比电影里都好听的词了。不要把我当小丫头骗了，你的阴谋终于得逞了，你该开心了。"

沈金山有些无地自容地说："我是个负责任的男人，我会一辈子为你负责，我愿意接受你的一切惩罚。"

刘冬冬又笑了笑说："惩罚，我能惩罚你什么？我就惩罚你今晚在这里陪我等日出，明天的日出一定很美。"

沈金山没想到刘冬冬一点没怪他，他仿佛觉得刘冬冬已经接受了这个既成的现实，已经正式接受他了。他立即情不自禁地把她搂到怀里，激动地说："冬冬，你就是我这辈子的至爱，只要你愿意，我会天天陪你看日出的。"

刘冬冬无动于衷地躺在他怀里一动不动，最后非常动情地说："你找了一个好地方，这里好美好静啊，让我在这里清静几天吧。"

沈金山忙说："好，好，我们就在这大山里多待几天，管它外面是个什么世界，所有的烦事都去他妈的，愿这个世界只有我们两个人。"

沈金山就这样陪着她在这里住了好几天，这成了他一生最难忘最幸福的日子。他带她钓鱼，带她嬉水，带她游玩，他感到自己已经彻底征服了这位高傲的公主，他已经走入爱的天堂。可是，他没想到，在经过几天的激情后，她就回了省城，最后留给他的一句话竟是："我永远不会原谅你，你就是个落井下石的小人，以后不要再找我了，看在我们老同学的份上，我不告你了，但是，你在金山必须帮我照顾好潘潮风，否则，我就告你强奸我，我有证据，我要你的前途全完。"

沈金山满腔的热情立即冷却了下来，他才知道自己根本就没有摸透她。她真是太厉害太神秘了，自己没能征服她，却已经被她玩弄在股掌之间了。她心里的人还是潘潮风，她不是一般的女人，她就是一个风情万种的女妖。

沈金山顾着刘冬冬的面子，也利用自己在领导身边的机会，帮潘潮风引见过，也确实想帮他一下。可是他根本就不是做官的料，对官场的规矩一窍不通，就知道在下面苦干实干。他不知道在领导面前走路要轻声，说话要低声，要听领导多讲话，多做指示，多做记录。他一来，讲话的声音比谁都大，就像做报告似的大发感慨，大谈他心中的宏伟计划，就像在学校演讲比赛似的，把领导该说的话都说了。他真是一见领导，都不知道自己是什么人了，就分不清东南西北了。金山的事何时轮到他指手画脚的了，后来搞得领导不高兴，就对沈金山说："你那同学喜欢演讲，你以后让他到党校去演讲吧，不要到我这里来了。"

沈金山也就没法帮他了，很快的，他就知道了刘冬冬离他远去的原因。她还不是为了潘潮风，他和潘潮风两个人都没有能得到她的真心，她甘心去给那秃顶的银监局长当了公开情妇。

沈金山的内心再次受到重大伤害，他找到潘潮风，两个人边哭边喝酒地大醉了一回。醒来后，沈金山做出了一个当时惊人的决定，他辞职下海去挖煤了，他已经恨透了权力，对官场充满了厌恶，他觉得权力就像是一个最丑陋的魔鬼，谁都离不开它的魔掌，使人变得污浊肮脏。官大一级压死人，下一级的人见到官大的就像狗一样巴结讨好谄媚，然后又去对待下面的人摆足官样，无比傲慢颐指气使，来找回失去的自尊。更重要的原因还是刘冬冬带给他的刺激太大了，他觉得那个万恶的银监局长的地位比自己太高了，是自己不可望及的，也许也是自己一辈子爬不到的位置，他只能另辟蹊径，去创出另一条路。

他早已看中了金山的那些小煤矿，他觉得那就是金山最值钱的地下宝藏，是无数的财富。他曾多次亲自带人下去挖过煤，一钻进那黑洞洞的阴森森的地下煤窑，他都会感到那是走向恐怖的暗无天日的地狱，他总感到浑身的冷汗直冒毛孔倒竖，但他从来没有退却，他知道他只有这一条发财之路，也是他唯一的出路。那段时间，他所有的精力都用在了挖煤上，只要能赚钱，就是挖空地球，他也在所不惜。

他终于在那小煤窑里挖出了第一桶金，很快成了全县最有成就的企业家。当他已经开始呼风唤雨的时候，潘潮风还是在带着一些山民探索小康之路。

如果不是刘冬冬突然在十多年前来到金山，他几乎已经快把这个永不上进的老同学忘记了。因为他发现他和潘潮风不只差距越来越大，而且根本就是两条路上的人，根本走不到一块去。因为潘潮风官不大，每次见到他都要教训他，说他赚的都是黑心钱，干的都是缺德事，两只手一只手挖的是黑金，一只手挖的是白金，都是丧尽天良。

沈金山已经不屑理他了，一个只会穷折腾、不会赚钱的乡镇小干部，真是不知天高地厚，还有资格说我。这是我慧眼识珠，开发出了山里这两件宝物，那些小白金，那些漂亮的小姑娘被我送出去，找到了出路赚了大钱，都在感谢我呢，不然她们美好的年华不都埋葬在这大山里了，这片山水养育的这些天生丽质不都浪费了。金山只有这两样宝，要发展就离不开她们，为了大山的未来，牺牲一代美女是值得的，这是多少国家创造经济奇迹的成功经验。都什么时代了，思想还这么保守，你还怎么能带领大家致富呢，县里不提拔重用你，是完全正确的决定，你这个榆木脑袋还能跟上现在的发展形势。

沈金山已经不在任何场合提他们是老同学的关系了，对于他曾经的恨都也消失，留下的就是鄙视和厌恶，就是远远地绕开他。他也把心里所有的恨都转移到那个秃顶局长身上，转移到权力上。他所干的一切就是要向权力挑战，他就是要把权力踩在脚下，越是政府不给干的事，他越是要去干，而且是越干越开心。他是在与权力的斗争中成长起来的，这不仅使他获得巨大利益，还使他获得心灵的安慰。

那些年里，他都是这样做的，他也是成功的，他始终是以金山的征服者、金山的王者姿态站在这片土地上的。后来，是刘冬冬的突然到来，才改变了他的一切，才使他走入了今天的困境。

18 各有所志

又到了夕阳西下、晚霞满天的最美的时刻，这也是沈金山最渴望最留恋的时刻，这里的晚霞总是那么使他激动使他向往，使他进入忘我的状态中。那一轮硕大无比的夕阳，悬挂在山顶之上，就要从远处的山头落下，通体透明，吐射出万道霞光。向天空抛洒出数条巨大的彩绸和无数条飘满天空的金色的细丝，把广阔的天空装扮得绚丽灿烂，多姿多彩，仿佛给所有的云彩都披上了节日的盛装，也给所有的山林都镀上了一道彩色的光环。那远近的山峦、树林、竹海、溪流以及这平静的湖面，全都笼罩在这片金色的光芒之下，天地山川湖水全都融入了这铺天盖地的晚霞之中了。

沈金山常常无比自豪地说，没有谁比他更爱这一片山林，比他更爱这金山的山山水水。他曾经不止一次地对县里的一些领导们说过："你们不管怎么会吹，怎么会标榜，都是假的。你们都是过路客，干不了几年，一张调令就调走了，又到别的地方去吹了，去热爱那里了，而我就是金山土生土长的大山的儿子，生于此山长于此山。这不是一辈的缘分，而是祖祖辈辈的缘分，这里埋葬着我的父母和我的前辈。要说对金山的感情，你们都是无法和我比的，我做的一切都是为了这片大山，不管别人说我的什么不是，不管别人说我有多少的原罪，我都问心无愧，我对得起这片养育我的大山。"

沈金山的骄傲是有道理的，他的二十多年的发展史就是一部金山县二十多年的现代化发展史。他和潘潮风之间虽然难以融合，难以找到共同语言，但是他们都知道，他们谁也离不开谁。他们都有一个共同的理想，就是能让金山尽快地发展起来。他们在不断地摩擦中磨合，不离不弃，好不起来又坏不到哪里去，更何况他们之间还有一个刘冬冬，是刘冬冬的到来又把他们紧紧联系到一起的，使他们一直走不远分不开。

刘冬冬开始来的时候，沈金山一直不能理解，那么多好的地方她不去，偏偏要来金山，但很快他就明白了，她是专为潘潮风而来。原来这个娇艳的风情万种的女人，还是个痴情的种，她心里一直还没有忘记潘潮风。这个发现使他心酸，也使他内心有些隐痛，但他还是要感谢她的到来，毕竟他也可以有机会和她长期相处了，毕竟他们也有过那一段的交情，她还是自己心里一直走不开的那个女人。她也带着他走上了发展的快车道，走上了一个新的台阶。

沈金山永远记得十多年前，刘冬冬那天走进他的办公室的情景。他正在那里洋洋得意，他已经把金山所有的小煤矿都收购了，他已经是金山的地头老大，只要他一跺脚，整个金山都要抖三抖了。他心里正在盘算着如何到省城去找到刘冬冬，向她显示一下自己的财富和成就。他一直没法忘记她，无法忘记他们一起度过的那几天的美好时光，更何况他们之间还有一个儿子刘明明。

沈金山没想到一直不愿见他的刘冬冬，那天，突然就神奇地来到了他的办公室了。他无比惊喜地望着她，仿佛她就是个天外来客。多年不见，她不只是变得更加迷人了，而且更多了几分高贵的气质，举止手足间都透露出一种居高临下盛气凌人的风度，一身高档名贵的服饰和通身的珠光宝气，一下子就使沈金山失去了炫耀的底气。

刘冬冬看着他惊讶的目光笑道："你这个大名鼎鼎的煤老板，不认识我了？你不是一直想要和我见面吗？"

沈金山忙道："我哪里能忘记你这个省城贵客，这么多年了，你连面都不和我见啊，你还在生我气？你怎么能够这么绝情呢，怎么也该让我见见明明吧。"

刘冬冬说："该见时见，不该见时不见，以后我们可以天天见面了，我也调到金山来了。"

沈金山不解地问："你调到金山了？你到金山来干啥？"

刘冬冬笑道："我是来帮你们发大财的。"

沈金山说："金山有什么财可发的，金山能有什么财路我能不知道，想发财到金山，你可是跑错地方了。"

刘冬冬轻蔑地笑道："你们这个大山里的人就是没远见啊，守着大金矿过苦日子。"

沈金山不由地笑了："你真会开玩笑，我在金山挖了这么多年的煤矿，从来没有听说哪里有金矿。"

刘冬冬唏嘘地说："你们两个这些年怎么变得越来越土，越来越跟不上时代了。一个只会挖煤，一个只会养鸡呀猪呀兔子呀！这些传统产业都干了多少年了，早该淘汰了。你们真是山里的土蛤蟆，再跳也跳不高。"

沈金山被她说得越来越糊涂了，他只能张口望着她继续说道："中国已经进入现代化发展的高速时代，也进入全面建设城镇化的大时代，只有跟上这个时代的步伐，才能不被时代所淘汰，才能有大发展。金山只有依靠自己的优势，搞好工业开发区和城镇化大开发，才能尽快发展起来。"

沈金山已经被她的神姿和话语吸引住了，来自省城的人就是不一样，几句话就能抓住人的魂魄，就是站得高看得远啊。可是干这两件事，需要多少钱啊。

刘冬冬好像看透了他的心事似的，就又说："现在外面都在搞工业区和大开发，到处都在需要资金，可我就是看好了金山这块宝地，带资金来发展，也是为了跟你们共同发展共同发财。金山就因为处于大山深处，这是它的劣势也是它的优势。它受周围的影响不大，完全是一块独特的风水宝地，更重要的它还是一块完全没有开发的处女地，地价低劳动力成本更低。你们完全可以变劣势为优势，后来居上，就看你有没有这个胆识和魄力了。"

沈金山早已被她说服了，这世上没有什么他不敢干的事情，他缺少的就是这股春风啊，他一直靠自身的积累发展确实太慢了。他们立即一拍即合，他开始在金山大规模圈地，再用土地去找刘冬冬贷款，再用贷来的款去建房子，再用房子去贷款。他就是这样循环着把金山集团迅速发展起来，只是他的胆子太大，膨胀得太快了，后来连刘冬冬都开始怕他，开始和他保持距离了。

他现在感觉到，他就是被刘冬冬拉上了一条高速奔跑的列车，已经不由自主地下不来了，只能随着它一路狂奔下去，稍一刹车，就会车翻人亡。他不知道他是该感谢刘冬冬，还是该恨她，他分不清是自己利用了刘冬冬，还是被她利用了。但他知道刘冬冬做这些就是为了潘潮风，为了给潘潮风带来政绩，为他铺设一条快速升官的坦途。他只是被他们扔在了这条发疯的列车上，不知道前方会是什么了。

他现在也不清楚，他是金山的功臣还是罪人，正是在他的炒作和谋划下，金山的房价和地价连年飞涨，已经涨了十几倍，已经是天文数字了。各种物价跟着飞涨，许多人趁机发了大财，但是大多数的人都跟着叫苦，各种矛盾空前紧张。而他自己也是被推到了风口浪尖，早已是身不由己，随波逐浪向前走了。

他是个非常要面子的人，他也不想欠人家钱不还，过去他就是欠外面钱不还，也从没欠过金山这里的钱啊，可是自己这些年步子迈得太大，挖的坑也是太大了，自己已经保不住这个脸面了。自己现在最需要的就是政府能够及时出手，搭救自己一把，可是偏偏遇上只认死理、头脑不开窍的潘潮风，处处和自己过不去，刘冬冬也跟着他离自己越走越远了。

沈金山想着这些，就感到一些伤感，自己这些年说到底就是在给他们做嫁衣啊。现在他们的目的都达到了，现在他们都想弃他于不顾了，他们怎么能这样没有人情味呢？不是我沈金山，能有你们的今天？金山能有现在的成就？我沈金山这些年上交的财政每年都要超过全县的一半以上。

沈金山早也过惯了这种刺激和冒险的生活，他并不在乎这些，这更能激发他的斗志，发挥出他的潜力，考验出他的杰出才能。他心里只是不能接受的，还是因为刘冬冬，就是十个潘潮风离自己远去，自己也不会在乎，他不能忍受刘冬冬也跟自己疏远。

他不明白刘冬冬为啥那么死心塌地地对待潘潮风，即使这些年潘潮风一直在和她保持距离，把她拒之门外，她还是痴心不改，她怎么就能这样的痴心不改呢，而自己不管为他们做过什么，都还是她手里的一枚棋子。潘潮风有什么能超过我沈金山的地方？有什么值得她如此守候如此深爱的地方？她到底爱的是他人呢？还是爱的他手中的权力？可是他潘潮风这个窝囊货，算什么有权有势的人呢，他的哪一次提拔重用不都是我给他争取来的，我沈金山要是想当官，不知要比他高几级了。说实话，我才是金山真正的无冕之王，是金山的当家人。他充其量就是一个为我看家护院的打工者，一个所谓的公仆。

沈金山想起刚办工业开发区时，是他要求把潘潮风调去当开发区管委会主任的，因为他的企业几乎占了工业开发区一半的面积。那时，潘潮风就像是个小二一样整天和建筑工人一起睡在工地上，被他指使来指使去，从不敢说一个“不”字，他说要尽快打通主干道，潘潮风就发动大家来了个“百日大会战”，一百多天没离开工地一步，把所有的道路都提前打通了。他给开发区介绍了一家招商企业，潘潮风就乖乖地跑到人家死皮赖脸地求了一个多月，还傻乎乎地喝酒喝得去住院了，才把人家感动了。

那时，因为沈金山看不惯刘冬冬对他的那份情，也看不惯他对刘冬冬的那份冷漠，就没少想办法捉弄他。有时半夜三更说开发区治安有问题，夜里有人搞破坏，害得潘潮风跑去蹲守一夜；有时看到有闹事的民工，他故意待在楼上看着这些民工把潘潮风围在中间拉拉扯扯，看他出够洋相而不出来。他还常常搞得潘潮风丈二和尚摸不着头脑，他自己在心里偷着乐。他知道这个工业开发区是全县工作的重点，潘潮风更是当成宝贝，一心扑在上面，一点不敢怠慢，他想怎么折腾他，就怎么折腾他。如果不是后来刘冬冬发觉了，骂他有精神病，欺人太甚，他还会给更多的苦头让他吃。

他这样捉弄潘潮风，还有出自他内心深处对权力的憎恶。他一直就在跟权力作斗争，总是喜欢和政府对着干。他知道政府越不让干的事，里面往往越有更大的利益。他就是能找到政府的过错和政策的漏洞，然后大行其道。他觉得他就是比政府有办法有门路，他还特别想去干那些政府干不了的事，哪里的桥塌了，政府没钱修，他就出钱修；哪条路坏了，政府没项目，他去搞；哪个学校的教室破了，没有教育经费他出钱。就是每年幼儿园过六一儿童节，他也去给孩子送喜糖送礼物。后来的敬老院、残疾人协会都来找他赞助，他都慷慨解囊，从不推辞。他每次都是把潘潮风叫去，在一旁给他做陪衬，看到他在一旁毕恭毕敬的样子，他说话的声音都能提高几倍。他在许多人心里都是大善人，是对金山最有贡献的人，所以有钱的人都千方百计地把钱往他这里存，人们相信他超过了相信银行。

他有时都不知道自己赞助过多少钱了，他从来没有把钱看得重，他信奉羊毛出在羊身上，钱本来就不是他带来的，他只想花得开心花得痛快，所以，当潘潮风说他缺少道德血液时，他是怎么都不能接受，像我这样的人还缺少道德，这个世上就没人有道德了。说我不讲信誉，这生意场上谁是讲信誉的？那时，这些人都拼命往我这里存钱，赚取高于银行五倍十倍的利润，现在，我刚有些周转困难，就疯了一样来找我要钱。我墙还没倒，就有众人来推了，他们谁没得过我的好处，他们的钱大都是在我这里赚的，都还是这么现实势利，是他们这些人疯了，都是些见钱眼开、唯利是图的小人。他们眼里剩下的就只有钱了,对于这些无情无义的人，就应该合理避债，不接电话不见面，不理不睬，看他们能闹出什么名堂来，就是跳楼也要让他们先跳，我就是下地狱，也要拉上他们做伴。

在这二十多年的时间里，沈金山从来没有把潘潮风放在眼里，可是看着刘冬冬的面子，才硬是帮着她一步步把他扶了上去，到了现在他开始对自己越来越不敬的地步。每想起这些，沈金山的心里就怎么也高兴不起来了。他一直认为有钱就是爷，权力只是金钱的奴隶，他已经把无数的官员踩在了脚下，他永远都是胜利者。只有潘潮风例外，看不起他手里的钱，因为他后面有刘冬冬这个大财神。最使他感到失败的还是刘冬冬，他始终无法征服她，甚至都不能让她从潘潮风那里分一点心给自己。

19 面授机宜

西边的太阳已经落到山的那一边去了，天上布满了无边无际的绚丽的晚霞，显得非常壮观瑰丽。只是它那耀眼的光芒正在无可奈何地失去原有的光泽，开始慢慢暗淡下来，没有了刚才阳光照射时的那种生气和活力。它似乎正在和高远的蓝天、满天的云彩，恋恋不舍地做着庄严的告别，也像是在急切渴望等待着黑夜的到来。

沈金山已经在水面的亭子里接待过好几批客人了。能到这里来受到他单独见面的，都是他最重要最亲密的亲朋好友和商界伙伴。他刚送走一批客人，正想独自欣赏一下那美妙变化的晚霞，体会它的那份苍凉凄美的感觉时，张景就和他在金山最重要的两个亲密兄弟又一起赶到了。他只得收回这份闲心，他的心里只留下一丝惋惜，他最喜欢的就是能静静地欣赏这种晚霞的景色，这能使他体会到人生的特种含意。他始终觉得，人生也是一个匆匆的过客，任何人都要离开他喜欢热恋的舞台，只是如何谢幕的问题，是能够留下这样一片满天壮丽的晚霞，走向自己的黑夜，还是留下一个无底的黑洞。

张景一到，老远就叫道："老大，你还有心情看风景，我这几天可忙坏了。"

跟着他一起来的是金山县检察院检察长胡高和法院院长赵日，他们也跟着说道："老大，你可从没有出去三个多月不回来过，你再不回来，我们都要去找你了。"

他们四个都是年轻时候的最好的伙伴，那时他们都爱打麻将，每个星期都要苦战几个通宵，缺一不可。他们有时也是吵吵闹闹的，可是一旦有事，那就团结的像一个人似的，密不可分。他们能有今天的地位，也是沈金山多年精心经营的结果，就是张景一直没有扶正，还是个常务副局长，一是他的负面新闻太多，做事也很蛮干，得罪的人太多了；二是兼任公安局长的县政法委书记，也是沈金山过去的恩人，帮过他许多忙，快退休了，还想一直挂着，他们也不好操作，只能顺个人情，由他挂着，他不管事，还能在上面给他们挡一手。

张景是他们中间跟沈金山最铁心的一个，和他在一起什么话都敢说。他也是做事最没分寸的人，在金山这片土地上他是什么事都敢干。张景从小就是个花花公子，爱拈花惹草，十几岁就带着两个女同学出去郊游，夜宿在外，被人家家长告他强奸，最后是沈金山他们带着十几个小弟兄去人家又吵又闹，吓得人家改口不敢告了。后来有权有势后，更是嗜色如命，凡是他看上的女人从来没有放过。他的那些风流韵事都是不停地传到沈金山的耳朵里，有说全县所有的娱乐场所都掌握在他的手里，他就看他们进贡的美女是否满意，才允不允许他们开张。他们在外面找来的美女都要先送给他验货，才能上岗做生意。他高兴时，更是要人家大浴场停业整顿，关起门来，让里面的十几个小姐一起脱光衣服，陪他洗澡。

沈金山听到这些，也觉得他太过分了，就对他说："好马不吃窝边草，你也是个有身份有地位的人了，做事不要太出格，也要注意一些影响。"

张景却毫不在乎地说："老大，我才玩过几个女人啊！我也算是生不逢时啊！这辈子活得太亏了，生在这个穷山沟里，根本就不知道外面的花花世界。我就后悔穿了这身警服，早该脱了它到国外去，跟人家张伯伦约翰逊那样尝尽天下美女，也可以去混个导演制片人，可以一边拥有天下一流明星，一边还可以金屋藏娇，去生一大群孩子。就是去给你开车，也能混个亿万富翁了。干什么都比现在强啊。"

沈金山知道他的这个好色的毛病是没法改了，于是就想办法送他出去玩，可是他一出去，就是香港、深圳、东莞、澳门、美国、欧洲的到处转，一跑就是几个月不想回来，还不停地跟他吹嘘着："老大，我活到这么大，才算开了眼界了，这才是极乐世界呀！什么俄罗斯小姐、乌克兰小姐、日本小姐、法兰西女郎、韩妹、黑妹，正是千姿百态，妩媚动人，取之不尽，用之不竭啊，我一定要趁机把浪费的青春弥补回来。"

沈金山知道他的心玩花了，可自己在金山又时刻离不开他，后来只能投其所好，办起了这个会所，为他招揽了一些美女，尽量满足他的这个嗜好，他还是不希望张景在金山闹出什么大事来。可是，张景的胃口已经越来越高，他已经不满足那些姿色美女了。他总是挑动着赵日和胡高一起给他进言：“老大，你手里几十个亿早就花不完了，弟兄们跟你鞍前马后几十年，也没啥所求了，你就带我们尝尝鲜吧。你也投资把那《红楼梦》《金瓶梅》《金陵十三钗》《鹿鼎记》重拍一遍。我们也来个海选，来个全球选秀，也包装出一批一流的歌星演星，让弟兄们跟着享享福，提高一下生活的品位。”

沈金山看到赵日和胡高也跟在他后面帮腔，知道他俩也跟他后面玩上瘾了，只好说：“你看你都是多大年纪了，还是不正经，你要注意身体呀，不能太放纵了，那伟哥吃多了，是要伤身体的，你早晚会死在女人身上。”

张景毫不在乎地说：“老大，人活在世上，不就是上为嘴巴，下为鸡巴，甘在花下死，做鬼也风流。再说，我这身体，天天在锻炼，硬朗得狠，一天放她两炮没关系的。”

沈金山知道拿他没办法了，只好对赵日和胡高说：“我不在金山时，你们要帮我管管他，不能让他走火入魔了，再怎么着走出去还是穿着那套衣服的呀。”

他们忙说：“老大，你的话他都不听，我们的话他还会听呀。”

沈金山也知道他们三个在一起也总是会玩出许多新闻来，自己是谁也管不住的，他只是希望他们想玩能够控制在他的会所里，不能在外面玩出事。

赵日和胡高就比张景收敛的多，他们就只在会所里玩，在外面就很注意形象。张景还免不了要常去捉弄他们，一次，他扫黄时，发现了两个东北来的绝色小姐黑白牡丹，长得高大苗条，洁白如玉，他立即把她俩送到这个别墅会所，请赵日和胡高来快活。

张景故意让黑白牡丹不停地换着衣服穿，又把赵日和胡高喝多了，使他们分不清谁是黑牡丹谁是白牡丹了，互相抢着闹将起来，张景更是借着他们酒性故意挑拨，最后使他们拍着桌子对骂起来。

胡高首先骂道：“你们法院有什么了不起，你们贪赃枉法，判了多少冤假错案，你们的心比墨水还黑，你们吃了原告吃被告，你们哪个法官没收黑钱，你们视法律如儿戏，玩弄法律于股掌，想怎么判就怎么判，没有任何法律和道德的底线。你敢跟我争，你信不信，老子明天就派人去查你们。”

赵日更不示弱，也拍着桌子怒吼：“你们检察院又是什么狗东西，什么冤假错案不都是你们检察院制造的。你们把成堆的举报信束之高阁，置之不理，放任着大贪小腐不管不问，只会选择性地抓几个小米小虾忽悠群众，是因为你们行政不作为，成了腐败分子的保护伞，才把金山县搞得乌烟瘴气，千奇百怪。搞得上级领导搞女下级叫考察，导演搞女演员叫艺术，老师搞学生叫爱护，老板搞女员工叫潜规则。”

张景见他们真红着脸吵了起来，就哈哈大笑起来：“不吵不热闹，越吵越亲热，什么黑牡丹白牡丹，我看她们脱光衣服都是一个样，你们干脆一起上吧，都是自家兄弟，不分彼此了。”

他们的关系到了这个地步，自然就是谁也不会真生对方的气了，等酒一醒，大家的感情还是又深了一层。

沈金山很看重这几个弟兄，每一个他都是下了血本的扶上去的，他们对自己也是铁心，他的什么事从不用他开口，都会当成自己的事情处理好的。他知道在中国做什么生意，都要靠人，中国就是一个最讲人情的国度，没有人是万不可行的，有了人就不愁没钱赚。中国的哪一种生意都要与官场有着千丝万缕的联系。他们就是自己在金山的最大资本。

他当初建这个别墅会所，就是为了给他们安排一个轻松快乐的场所的。他没有听他们的劝解，去拍电影电视剧，但是，每年公司的庆典，他总是要尽量满足他们的要求，花大价钱请一些二流三流的女歌星女影星来。

张景一次也不放过这样的好机会，所有的女歌星女影星一到金山，都是由他亲自安排接送保护，个个都是由他先尝鲜后，再请他的好弟兄们共享。一次他玩得出奇，开着一辆面包车去接人，一进入金山县境，他就迫不及待地剥光了那个女星的衣服，带着几个人趴在她肚子上打牌，一边捏的那女星不停地惊叫，最后搞得她失声，不能上台表演了。还有一次，他更是把人家鼻子咬坏了，那女星哭哭啼啼地闹了好长时间，最后，沈金山花了几十万送她到韩国做整容，才把事情平息下去。这些事后来传出去了，一些女歌星女影星一听说到金山县演出，个个都是闻之色变，唯恐躲之不及。不过，这也难不倒沈金山，他手里有钱，就不怕请不到人，实在难请，就自己花钱包装几个出来，到报纸电台一宣传，就都成为明星了。所以，他公司的每年庆典仍然像金山的节日一样，越办越热闹。

沈金山现在看到他们几个一起过来，也有一种久别重逢的喜悦。他忙说：“我到哪里都不能忘记你们几个兄弟，没有你们我什么事都做不成的，没有你们就没有我沈金山。”

他们也都笑道：“老大，你这次回来要多住些日子了吧，我们弟兄好久没有好好聚过了。”

沈金山说：“都是自己兄弟，我这不是客气话，而是真心话。我知道你们这段时间给我挡了许多事，我的资金周转是出现了一些困难，这只是暂时的，很快就能解决了。我在上海的楼盘很快就要开盘，资金会大批回笼，还能欠金山县这里的那点小钱。我沈金山不就是为了金山发展，不就是想挣个脸面吗？我只会把外面的鱼往金山捉的。”

他们纷纷说道：“老大，我们最了解你了，你才是我们金山的大功臣，你一个人的贡献比十个县长都大。”

张景撸起裤脚，对沈金山说：“老大，你那儿子今天真是凶啊，把我腿都踢青了。我一看那车，就知道是你儿子明明，我立即就想着保护他。要不是我及时拦住，他一定会被我们青年警察打了。”

沈金山说：“他还是个娃娃，你别跟他计较了，你就当是吃了我和冬冬一次亏了，待会儿，让冬冬多陪你喝一杯。”

张景说：“娘娘心里一定在怪我呢，她儿子吃了亏，她心里还不怪我啊。”

沈金山问道：“明明怎么跑去找巡视组了？他现在跑哪里去了？”

张景说：“还是为那大学生坐牢的事。我也不明白，他怎么搅到这件事里来了，他认识那个大学生，娘娘也没跟我们说过呀！我要知道，明明跟他认识，那案子也不会那么办了。”

沈金山说：“我也不知道，等会儿她来了，你亲自问她吧。煤矿的事情最重要，一定要小心，不能出任何问题。”

张景说：“老大，你放心，那早成铁案了，都是我亲自办的案，不会有任何问题，现在谁来也翻不了案。”

赵日接过话说：“老大，法院这边，你要想点办法。我们的压力太大，现在不只潘潮风盯着我不放，省委巡视组也盯着我了。他们说所有的信访事项有一半与我法院有关，不是判决不公，就是执行不力。他们把矛头都对着我们法院了。”

胡高也跟着说：“我们检察院也不轻松。潘潮风是急着想上位，急着离开金山，不想在金山干了。他大会小会的对我们开火，说我们检察院反渎职的搞渎职，放着满大街的大贪小腐不管不问；反腐败的搞腐败，任由着遍地苍蝇到处飞舞，这哪是一个县长该说的话，这不是没事找事，自己揭自己的短处，自己往自己脸上抹黑吗？他刚让我们抓了一个税务局长，查了十几个税务干部，现在又在要求我们一定要趁省委巡视组到来的机会，大抓狠抓一批大案要案，这把所有人都抓了，都得罪了，还有谁替他干活呀。”

张景说：“我看潘潮风是这些年太憋屈了，想借着省委巡视组来出口气，树树威风。真要查下去，谁没有一点问题。人在河边走，难能不湿脚的。他潘潮风自己就没有一点问题，你们检察院就该先查查他。”

沈金山打断他的话说：“我们不能有这个想法，他潘潮风是刘冬冬要保的人，谁也不能动他。只是他要查税务局秦局长，真不应该，他是对我们金山有大贡献的人啊，这些年他带着大家偷开增值税发票，给金山县赚了几十个亿呀。谁能有他的贡献大呀。工业园好多企业都是因为能开票偷税才来的。不管怎么说，胡检，他现在落到你手里了，你不要亏待他，你要看到他过去对金山的贡献，能轻办就轻办吧。他是功大于过的，他那点儿事，哪算是啥呀，捞几个钱，玩几个女人，凡是男人都会犯这样的错误。”

胡高说：“看来是轻判不了，他的民愤太大了。我们现在查出的问题也是越来越严重了，我们每天都能接到要求严惩的电话，很多还是各部门的公务员。也怪他前几年太嚣张，他们税务局一年发十几万奖金啊，一年要抵别人几年的工资，谁没意见啊。他又是赶在了反腐的风头上，我们不能不要求严惩啊。”

张景又说：“老大，这几天，我看出来了，潘潮风就是想借风起浪，就是想借着省委巡视组来个大清除，把县里一大批干部拉下马，换上他自己人。他不会保护任何人的，任由他这样干下去，我们金山真会出大事，你还是到上海把张松书记请回来吧。”

沈金山摇摇头说：“他一个潘潮风能掀起几层浪啊，我们金山永远不是他潘潮风的，他也只是刚主持全县工作，还在兴头上有些天真幼稚，也有些冲动，金山的这种风气多少年了，他就能扭转过来？官场的问题不只是中国的问题，是个世界性的难题，从有人的时候起就有，腐败是几千年传下来的老问题了，他潘潮风就有能力解决吗？当官没好处，谁还会削尖了头去当官？适度的腐败也是发展经济的催化剂，看一个官员好不好，关键要看他有没有干事，对地方有没有贡献，不能只盯着人家得了多少好处。那些什么不敢捞什么不敢干的官呆子，占住茅坑不拉屎，只知道明哲保身的蠢货，他们自己无能无用穷苦了一辈子，还带着一方百姓跟着吃苦受穷。他们才是最坏的官，才是最大的腐败。这样简单的道理，等时间一长，潘潮风也就懂了，也就会习惯了。我知道他也是个爱干事的人，对能干事的人还是很关心的。还有刘冬冬在那，我们还是要配合他的，我们不能不看冬冬的面子，从大里说，我们都是一条船上的。”

赵日接过话说：“老大，潘潮风确实太嫩了，让他主持全县工作确实勉为其难了，能力不够啊。这些年我们法院给他们政府兜了多少事啊，他们什么脏水臭水都流到我们法院来了，不是我们硬给他们扛着，他们政府的大门都开不了。现在还要把我们作为重点巡视单位，不帮我们说一句话，这就是要让我们法院给他顶雷啊，是要把我们法院送到风口浪尖上去了。他还公开说过，最不该腐败的法院，却成了最腐败的泥潭，这怎么能是一个县长说的话呢。”

张景接着说：“他就是讲话随口扯，没有一点书记样。他也到处说我们公安现在是该干的事不干，不该干的事瞎干。他从没分管过公安，他知道我们该怎么办案。他们政府现在还能干什么，什么事不是我们公安冲在前面了，没有我们公安他们什么事都干不成了。现在下面一些乡镇书记上下班都是由我们派出所的车子接送，派出所长成为他们的私人保镖了。”

胡高说：“他不只对你们，他就是还年轻，急着转正啊，他也说我们对你们缺少监督，干好事一起干，干坏事也是一起上的。我们公检法本来就是一家嘛。我们还是看在老大和娘娘的面子，能配合就配合一下他吧，先把省委巡视组应付走了再说。潘潮风也是处在风口浪尖，哪个口子出了事，他也不落好的。”

沈金山说：“对，家里事情我们以后再说，省委巡视组这次来不是小事，大家都要小心一些，他们兴师动众下来，总是想要搞出一些名堂的，不然他们也不好回去交代。”

张景说：“老大，你放心吧，我们早有准备了，几个关键人我们都控制住了，一些爱闹事的人，我们也都打了招呼，他们这时不会出来捣乱的。我们还在各个举报点全部安装了监控，进行二十四小时监控，只要有异常举报情况和举报人出现，我们一定能先于巡视组发现，及时处理，就是省委巡视组那几个人的一举一动，都在我们的监控下。现在跑去找巡视组的都是一些胡闹的老百姓，就是要让这些爱上访的老百姓去找他们，把他们包围起来，分散他们精力。他们还不就是来几个月，热闹一阵子就回去了，他们谁愿意长时间待在这里受罪呀。”

沈金山问道：“那个记者肖剑也在巡视组里，你们还是要注意一些，他不会忘记那件事的，他也许还会抓住那事不放的。”

赵日说：“那个案子上面下来复查几次了，也没有翻案，早成铁案了，他肖剑再有本事也翻不了，他们还能干涉我们法院判案?”

胡高也说:“那个袭警案，我们检察院也复查过，没有任何瑕疵，所有的法律程序都走完了，公然袭警就是要严惩重判，你不用担心。”

张景最后又说：“上面的帽子再压人，还能拿我们基层的公检法都不算数，我们联合办的案子谁能翻案，只是明明插手进来，让我们不好办了。”

沈金山笑道：“你不用理他，他一个小孩懂啥，他还不是想英雄救美，在女朋友面前要要威风啊。你不用担心他，等冬冬来了，让她叫他回学校读书去。”

大家也都跟着沈金山一起笑了。

20 共谋对策

刘冬冬和江玲到达别墅山庄时，正是晚霞消退、暮色来临的时候，被群山拥抱的湖面暮色沉沉，已经失去了刚才的光泽，四周群山上的最后一道落日的余晖正在暗淡下去，变得灰暗阴沉。

江玲一边开着自己心爱的奔驰车，一边对刘冬冬说："沈金山真会享福啊，选了这么个好地方，把他的私人会所建在这个大山里，躲在这里干什么坏事都没人知道。"

刘冬冬一边望着窗外，一边说："金山也就这一片山林还保持着原始状态了，这样清静的地方不好找了。"

她知道沈金山不止一次跟她说过，他选这里就是因为她，希望将来能和她一起在这里养老。她的手包里就留有沈金山特意送给她的会所的金牌会卡，还是0001号，别墅山庄里也给她留了一栋楼，也是一号楼，可是她一直很少来这里，她不是不喜欢这里，而是一直想和沈金山保持一段距离，不想和他走得太近。

江玲的大奔进了别墅山庄，在那个绿树遮隐下的豪华会所前停下。

沈金山早已经在门口等候她们了。他一直就不喜欢江玲，虽有业务往来，但是接触不多，他觉得她就是那种极端势利而又自以为是的女人，身上缺少一股女人味，过于男性化，连开的车都是男性化十足的大奔。他原来对她还有一些怜悯和同情，觉得她一个女人混在一群男人之间不容易，但他后来知道了，她似乎很喜欢这种生活，喜欢让一群男人围在她后面转，以此来换取自己的利益和快乐，而失去了一个女人应有的自重和底线。

他就开始觉得，这种自甘堕落的女人是没法救的，他开始对她也按商场规矩办了，这世上没有不担风险的生意，利润越大风险越大，你在我手里赚的钱多，就该承担我的风险，想赚了钱就跑，那是不可能的了，他就开始把她牢牢地绑到了自己的战车上。现在如果不是她拉着刘冬冬一起来的，她想见他一面都难了。

江玲一见沈金山，就跳下车，急切地说："沈总，我的大救星，我终于见到你了，你快救救我呀，我快没命了。"

沈金山说道："谁敢要你江姐的命啊，我都没你过得这么逍遥快活，每天做几个小时美容，开几个小时大奔兜风，活得像神仙了。"

江玲说："我还能像神仙啊，你问问冬冬，我现在是天天躲在大奔里痛哭呢，你再不救我，我就要到十八层地狱了。"

这时，刘冬冬已经下了车，沈金山没再理江玲，这么多年过去了，他每次见到刘冬冬，心里总是还有着那么一些激动。他走到刘冬冬身边，一边领着她们往里走，一边说："欢迎你光临，我刚才已经说过张局了，他们公安怎么能跟明明动手呢，真是大水冲了龙王庙，一家人不认一家人了。"

刘冬冬说："小孩子瞎闹事，吃点亏有啥关系，也让他长长记性。还要你们大家担心了，你的客人都到了，害他们久等了。"

他们一起走进了一间豪华的餐厅，这是沈金山独用的餐厅，只有他能在这里招待客人。他们一进去，早已等候的一桌十几个人一起站起来，热情地鼓掌道："热烈欢迎我们的娘娘驾临。"

刘冬冬也没有客气，只微笑着说："害大家久等了，我只能多陪你们喝几杯赎罪了。"她说着，也不客气地就在他们预留的最中间位子，紧挨着沈金山坐下了。

江玲跟在刘冬冬身边坐下，一看全桌子都是金山有头有脸的重要人物，连公安局长张景、法院院长赵日、检察院检察长胡高都在沈金山旁边作陪，就再也不敢提要钱的事了。

她们一落座，酒席就开始了。张景首先端起一大杯酒，来到刘冬冬面前说："娘娘，我首先向你请罪，我们和你公子闹了一点小误会，我没照顾好他，我先罚一杯。"他说完就一口喝光了。

刘冬冬说："我正要来感谢你呀，你应该好好帮我教训他一回，他胆子真是越来越大了。"

大家齐声叫道："你有个优秀的好儿子，我们一起来敬娘娘一杯。"

大家说着就都站起来，纷纷一口而干。

刘冬冬看他们一起喝完了，不动声色地笑道：“这杯酒不算，我不喝，你们是敬娘娘的，你们找娘娘喝去吧。”

大家全都哄笑起来：“那我们再来敬刘行长喝一杯，反正叫啥都一样。”

酒过数巡以后，大家都已面红耳赤了，有人就开始没了喝酒的兴趣，就开始询问刘冬冬从省里回来有没有什么新消息。小县城里人就是这样，在地方上不管多风光，对上面的信息却很闭塞，总想能从刘冬冬这里探听到一些上面的内幕消息。这些年来，刘冬冬就是他们的新闻发言人，许多关于县里的重大新闻都是先从她这里发布出来的。

刘冬冬看到大家很急切，便开始郑重其事地说道：“我这次回省城，顺便去拜访了一些领导和朋友，大家千万不要听信社会上的任何谣言，从市里到省里，对我们金山的工作还是充分肯定的，特别是对现在的领导班子是非常信任的，毕竟他们的工作成绩是摆在那里的，是大家都能看得到的，是不能否定的。这次省委巡视组下来，是省委的规定工作，把金山放在第一位，还是因为金山各项工作都摆在全省首位呀，不是特意针对金山来的。还有一个消息要告诉大家，张松书记这次的病真的很重，无论如何，他是不会回金山了。”

刘冬冬总是不放过在任何场合为潘潮风唱赞歌的机会，她知道她说的每一句话很快就会被这些人传播开去，成为全县最新最权威的秘密消息，比电视广播都管用。

大家听了刘冬冬的话，个个都在表面上开始称赞潘潮风这段时间工作出色，处处表现出了一种新气象，心里却在各自想着各自的心事。他们知道刘冬冬的话内涵丰富，不但超前，而且一直都是最权威的。在他们眼里，刘冬冬从来不只是一个从省城里来的银行行长，而是从省里来的钦差大臣。她背后的那些大人物都是他们可想而不可见的，这么多年来，他们都早也把她的话当成圣旨了，从来不持怀疑的态度。

只有沈金山听了心里不知是啥滋味，她总是要利用一切机会为潘潮风唱赞歌，而自己总是在给她搭这样的台，陪她唱这样的赞歌。她每次在大赞潘潮风时，从来没有顾及过他的感受。他感觉到刘冬冬真是变得越来越迷人，越来越神秘了，连说谎话都是这么迷人，都是火烧眉毛的事了，她还能不动声色，谈笑风生地说出这么多的谎话，都说女人是水做的，真不知道她是什么做的。她那满面桃花醉眼蒙眬的神态总是让他想起过去的那几天亲密接触，总是能给他带来许多美妙的幻想，使自己不能自制。

宴会终于结束了，客人们都在散去，沈金山一心想把刘冬冬留下和她谈谈心，他等这个机会已经等了很久了。他拦住刘冬冬说："我一直叫人在找明明，不知他跑哪里去了。"

刘冬冬说："你找不到，我得赶紧去找啊，他出了这么大事，到现在还不知道在哪呢。"

沈金山说："孩子这么大了，你不用太为他担心了。"

刘冬冬说："我现在只剩下这个儿子了。我要去找他，他从小就是气性大。"她说着，就想立即离去。

沈金山不想让她这么快离去，他只得又找话题，说起那笔贷款的事："你别急着走啊，你帮我看看那笔贷款资料吧。这笔款子对于我真的很重要。"

刘冬冬一口就回绝了他："你前面的利息还没还清，你是要拖我下水呀，再说你要的数字太大，我做不了主的。"

她接着就话锋一转，似醉非醉地说："你都是这么大的老总了，你还想着趁我喝醉了，再把你的阴谋重施一次，再得逞一会啊，我今晚喝多了，不谈工作。"

沈金山只得又往回说："那还是说说我们的儿子吧，明明怎么来金山了？他怎么会去找巡视组呢？他到金山来了，我总该见他一面吧。"

刘冬冬说："我也不知道怎么回事，你想要见他，你去找呀，我还没见到他呢。"

沈金山说："他要有什么事，你一定要告诉我。"

刘冬冬借着酒意说："谢谢你的关心，我跟你说过了，明明不是你儿子，他跟你真的没关系。"

沈金山说："你到底是怎么了，你过去十几年，不是一直说他是我的儿子吗，你对我有什么意见，也不能拿孩子斗气。"

刘冬冬说："我那时说的是胡话，是故意要报复你，让你担心的，我现在说的才是真话，我为啥要和你斗气，这么多年了，我们之间早没有气了。"

这时，江玲又找过来了："沈总，你们在这里说悄悄话呀，我的事你真要安排一下，你就救我一回吧。"

刘冬冬趁机走开说："你们谈业务吧，我不打扰，我要去找我儿子了。"

沈金山很不高兴地说："我现在有几十亿的项目要开盘了，还能少你那点小钱，你明天去找财务，我叫他们安排。"

江玲忙说："我们就是小船靠大船，跟着你后面沾光啊，你手里稍微漏一点水就够我们喝的。"

沈金山看到刘冬冬已经走远了，非常生气地说："长江里的水多得很，你就不怕水喝多了，会呛着你呀。我可以告诉你，就是长江里的水断流了，我的资金也不会断流的。"

江玲不敢说话了，跟在刘冬冬后面喊："你别跑得这么快，你等等我呀。"

沈金山看着她们离去的身影，心里感到非常懊丧。他感到自己心里有了一种被彻底冷落的感觉，他感到刘冬冬对自己变脸太快了。潘潮风还没当上书记，就想把我撇得干干净净，他潘潮风还早着呢，金山的好戏才刚刚拉开序幕。

在返回的路上，江玲不停地感谢刘冬冬说："真要感谢你呀，沈金山答应我明天去找他们财务了。"

刘冬冬说："他的话你也信，等钱到了账户才算数。你以后不要再把我拉到这个场合了。"

江玲说："我看很好啊，他们个个叫你娘娘，多尊重你呀，就是你的面子大。"

刘冬冬说："你快别说了，我听着就要吐，这帮人我想着就恶心。"

这时，刘冬冬的手机响了，她一看正是刘明明的电话，忙接通叫道："明明，你跑哪里去了，电话都不开呀。"

刘明明在电话里说："妈妈，你不用着急，我已经回到省城的家里了，你不用当心我了。"

刘冬冬问道："你怎么没跟我见一面，就回家去了，你到金山有什么事，还没告诉我呢。"

刘明明在电话里说："妈，金山真是太黑了，我一天都不想待在那里，我回省城有事，不用你管了，以后再告诉你，我过几天还会回来的。”

刘冬冬急着又问：“你到底有什么事呀，不能告诉我。”

那边刘明明只说一句：“妈，我大了，我要干我想干的事，你不要再管我了，我现在在家里好得很呢。”他说完就又把电话关了。

江玲在一旁说道：“你就别问了，小青年能有什么事，还不是抱着女朋友在亲热呀。他打警察那点小事，过了不就忘了。你不用为他担心了，去烦他们的好事了。”

21 以辞害意

刘明明确实已经带着陈晓艳到了省城，他在省委巡视组接访现场大闹后，就拉住陈晓艳上了车，带着一肚子的怒气，一溜烟地出了金山县城。

陈晓艳有些内疚地说道："对不起啊，为我的事让你吃亏了，你伤着没有啊，我们先去医院检查吧。"

刘明明装出毫不在乎的样子说："我没事，你也看到了，天下乌鸦一般黑，官官相护，他们都是一伙的，你不要再求他们了，不要再上访了，一点用没有，什么问题能靠上访解决呢。"

陈晓艳说："如果省委巡视组都管不了，那我还能找谁去？你要带我去哪里？我不能走，我要等他们消息，我要天天去找他们。"

刘明明说："你不要再傻了，这世上不要相信任何人，只能相信自己。那个肖剑自己都是巡视组副组长了，他都没办法，你还在这里等什么。你别看他们表面做得好，那都是做给小老百姓看的。他们下去几杯酒一喝，很快都是一家的了。"

陈晓艳不屈地说："只要有一点希望，我也不能放弃，我不走，我还要回去找他们。"

刘明明安慰道："你别急，我现在已经知道了，你的事就是我的事，我不会不管了，我一定帮你到底。刚才那个县长和局长我都认识，我比你了解他们，金山这里没有一个好人，你求他们那就是与虎谋皮异想天开。我带你到省里找人去，不求他们了，我们走我们的路，我一定要把这些狗官拉下马来。"

陈晓艳不解地问："你能有什么办法呀？"

刘明明说："你放心，到了省城一定会有办法。我就不信对付不了金山的这般狗官，对付这些小县城的人，就是要从上面找人来对付他们。他们一见到比他们大的官，就会像龟孙子一样。他们敢跟我打架，我一定要他们付出代价。”

年轻气盛的刘明明心里为刚才打架的事憋足了火，他从没受过这种气，也为了要在陈晓艳面前好好表现，就把多年来积压在心里的对金山的所有怨气和愤怒都翻了出来，特别是他看到潘潮风和张景都是说的同样的理由，都是满口的官话套话，一点没把他们放在眼里时，他感到他已经要气疯了，他的内心已经彻底暴怒了，他就想着要凭自己的一切能力和金山的这些坏官们好好地干一仗。

陈晓艳仍不信地说：“你真的能帮我？你能到省里找到人？”

刘明明信心十足地不停地吹嘘道：“你相信我，我心里早就恨死金山这般狗官了。我在省里认识不少人，我有许多小时伙伴和同学家里都有省里干部，还有的爷爷伯伯都是省人大省政协的老领导。我带你去告状，一定要把金山这群狗官全告倒。他潘潮风这个小县长，在金山算个官，到省里什么都不算，那个张景更不值一提。他们也只能在金山混混。我妈在省里认识的任何一个人，都要比他们高几级，还能治不了他们？我还对付不了他们？”

陈晓艳忙说：“那就谢谢你了，能找到省里领导，一定就能解决我反映的问题，李辉就有救了，都说人民政府就是看人办事，就是要看上面有没有人。”

刘明明一路开着车，一边不停地给他小时的同学和伙伴们打着电话。到了省城时，已经有好多个朋友在等他了。

他们见了刘明明，异常热情，把他俩带到一个豪华大酒店的一个包厢里，个个开始称赞他找了一个漂亮的女朋友，说得陈晓艳在一旁，脸上一阵阵发热，又不好意思说话。

刘明明满怀怨气地对他们说：“哥们儿，小时候我们打架都是一起上的，今天我在金山吃了亏，跟一帮小警察干了一架，他们一群人干我一个，你们一定要帮我出了这口气。”

他们问道：“你妈妈在金山那么厉害，还有警察敢打你？”

刘明明立即说：“这不管我妈妈的事，我不想告诉她，也不想让她知道，她不会帮我，还会处处管着我，她只会不停地教育我。我要自己报仇，找他们算账。我现在在金山有三个仇敌，第一个是潘潮风，他是金山第一大贪官大坏官，他包庇警察，帮警察讲话不帮我；第二个是沈金山，他是金山最大的坏种；第三个就是公安局长张景，他欺负我的女朋友，我发誓要把他们全部干倒。”

有朋友说道：“你这是一时气话吧，你跟县里那些人过不去干啥，跑了半天路，多喝几杯酒吧，心里气也就消了。我们都是好久没见了，不说那些不开心的事了，不就是打了一架，你也没吃什么大亏。我们那时不知打过多少架了，不都是过去就算了，谁记在心上。”

刘明明大声说：“我不是一时之气，这次不一样，我是心里对他们充满了仇恨。我与他们誓不两立。你们一定要帮我对付他们。”

大家纷纷劝道：“金山的事，跟你妈说一声，不就解决了，还要我们帮忙，金山的人谁不听你妈的，他们到省里来找人走后门，都是你妈带路的呀。”

刘明明又有些急了：“你们不要提我妈妈，她都是为了银行业务，才和这些坏蛋打交道，我不靠我妈妈，她不会帮我的，我不想让她知道，我现在就要靠你们这帮弟兄。”

大家都觉得他是吃了亏，想在女朋友面前找回面子，就都附和着说：“好吧，好吧，明明，我们从小就最听你的，你要我们帮你干什么？我们义不容辞，不就是金山县的几个小官吗？我们大家一起联手，再大的官也不怕。我们一定要帮你把金山闹个天翻地覆。”

刘明明立即把陈晓艳的上访材料散发给大家说：“你们帮我把这些材料送给你们的爷爷伯伯叔叔阿姨们，送给你们所有熟悉的省里干部。让他们全都知道金山那帮人的胡作非为。”

大家全都接过去，看过后说：“明明，你女朋友的事就是我们的事，我们一定帮你送给他们，可是一点用都没有，现在省委巡视组在那都没办法，他们能有什么办法，人大、政协只有监督的权利，法院判的案子，他们也管不了。就是找他们批示下去，他们下面就是拖着不办，还不是白忙活了。”

有人说：“你们还是要找个大律师，跟他们打官司，我们帮你们在省里找个大律师。”

陈晓艳说：“这个案子的法律程序早走完了。已经没有律师愿意接这个案子了，他们都认为这么小的案子都办成这么大的铁案，就是要掩盖后面的黑幕，要以此警告别人，在法律上是翻不过来的，只能通过上访，请求上面领导关注，才会有希望。”

“对，一定有黑幕在里面，上访更是无用，所有的路都被堵死了，找到领导批字也没用，哪个领导会为他一个人的小事，去得罪金山那一帮公检法。最好的办法就是去找私人侦探，去找到新的线索，找到他们的罪证，揭开这个黑幕，才有希望。”有人提议道。

刘明明听了心里一动：“对，就去找私人侦探，这一群坏蛋，干了许多坏事，还能查不出来？你们帮我们向上面反映，我就去找私人侦探，一查到他们的证据，你们就及时帮我反映上去，我就不相信他们能有多牛，扳不倒他们。”

大家全都带着他们的上访材料散去后，陈晓艳十分感激地对刘明明说道：“谢谢你，他们都去帮我上诉，一定会有效果的，他们认识那么多省里的大领导。”

刘明明说：“我们这是病急乱投医，我看一点用没有，现在人大、政协的这些老头老太太，大都是要退休的人了，都在想着颐享天年，谁还会真心管下面的事，还是要靠我们自己，我们必须要找到新的证据才能翻案。”

陈晓艳问道：“那怎么找呢，真的能找到私人侦探？”

刘明明点头说：“对，他们的话提醒了我，现在只有通过私人侦探找到新证据，才能翻案。”

陈晓艳忙问道：“那去找谁？我没听说过哪里有私人侦探？”

刘明明十分自信地说：“我已经找到了。远在天边，近在眼前，就是你和我。”

陈晓艳吃惊地叫道：“我们？你是不是侦探小说看多了，想当侦探想疯了。”

刘明明语气坚定地说：“就是我们，没有谁比我们更了解更关心这个案子，求人不如求已，我们就从源头查起，李辉的父亲怎么就会失踪了呢？他不会凭空不见了，李辉到金山去找一定有他的道理，他没找到，我们帮他去找，我就不相信找不到他爸的下落，揭不开金山的黑幕。你今晚就在这里安心睡觉，我回家去一趟，明天我们就去找李辉，了解情况，然后再杀回金山。”

刘明明说着这些话时，面对着陈晓艳，激动得手舞足蹈，他此时心里已经产生了一种难以控制的激情和冲动，他一定要和金山的这些狗官大干一场。

他把陈晓艳安排住下后，就急不可待地跑回家里。他是想先回家去找证据，他想他妈为金山那些人做过那么多事情，那些个狗官谁没有来求过他妈，带他们到省里领导家去活动过呢，所有给人送的东西都是他妈带路的。他妈一定会留下一些记录和证据的，也许在家里就能找到他们的罪证，直接就能交上去。

他回到在省城的家里，这是在一个高档小区里，房子很宽敞，只是很冷清。他们现在已经很少回来住了，他们只有放假过节时才回家住几天。

他翻开所有的柜子和抽屉，他想起他妈过去经常夜里起来偷偷记着什么，他想那一定是他妈记录下的重要证据。

他把所有的柜子和抽屉都找遍了，也没找到什么，他开始有些泄气地躺在他妈房间的那张大床上，闭目深思。他想，他妈那么精明的一个人，和那帮混蛋打了这么多年交道，不会不留下一些把柄和证据，也许她没有藏在家里，藏在哪个秘密的地方了。

他急得想打电话给他妈，但他一想就没敢打了，他明白如果他妈知道了，就什么就不会给他干了。

他只能懊恼地拍打着床，突然就感到那床单下有什么东西，他忙惊喜地翻开，果然是一本笔记本。

他立即喜不自禁地翻开笔记本，便震惊了。只见那笔记本从前到后只是写着这么一些充满怨恨的话，只是后面记录的日期是从二十年前至今。

“潘潮风，你这个混蛋，我做的一切都是为了你呀，你也不理解我，你还要抛弃我。”

“潘潮风，你这个无情无义的恶棍，我会像恶鬼一样缠你一辈子不松手，不管你跑到哪里，我都不会放过你。”

“潘潮风，我恨死你了，我这辈子为啥要认识你呀，你就能这样狠心丢下我呀。”

“潘潮风，你就是下了十八层地狱，我也要下去找你，我不会放过你。”

“潘潮风，这么多年了，你还不原谅我。你哪天被雷劈了，被地震埋了，被洪水冲了，我的心也就安宁了。”

……

刘明明已经看不下去了，他感到双眼灌满了泪水，内心充满了悲愤。他仿佛看到了这许多年来，潘潮风对他妈妈的种种精神折磨，想起了那无数个夜晚，他妈妈流下的所有泪水，原来他妈妈内心的痛苦都是这个潘潮风带来的。他一定做过许多伤害他妈妈的事，否则他妈妈怎么会恨他恨到这个地步，那么多个夜晚都在记录着内心的仇恨。

刘明明无比痛苦地扑倒在床上，双手疯狂地捶打着床面，在内心愤怒地吼叫着：“潘潮风，你这个恶魔，你这个狗官，你欺负了我妈妈几十年，我一定要为她报仇，你就是金山最大的魔头，那些狗官都是你的马仔，都是在为你干坏事的，我们定要把你的老底全部翻出来，把你送到审判席，送进牢里。”

22 明察暗访

刘明明一夜也没睡好，他一大早就去宾馆找到陈晓艳。陈晓艳看到他眼睛红红的这个样子，有点吃惊地问："你怎么两眼通红，你夜里又和他们喝酒去了？"

刘明明忙说："我哪能丢下你一个人去喝酒，我是在想李辉的事想了一夜，没有睡好。我们要立即去找李辉了解情况，我们先从他那里查起。"

陈晓艳说："你真想当一回私人侦探，不是一时的心血来潮？"

刘明明说："现在不是你一个人的事了，我和金山那些人不共戴天。我越想越不对劲，李辉这么小的案子，他们为啥那么重视呢，非要抓他判他，这只能说明他们心里有鬼，我们一定要查清他们的真面目。"

陈晓艳跟着刘明明上了车，她忽然觉得刘明明可爱起来，觉得他和那些许许多多的官二代富二代不同。他有时也很骄横很无聊，有些纨绔子弟的做派，甚至有些讨厌，但他不是只有那种趾高气扬目中无人的神气，难能可贵的是，他还有着一颗博大的同情心，有着一种疾恶如仇勇于担当的勇气。

她这时不由想起他对自己的狂热追求来，想起他给自己发的那无数条短信来，她开始感到他不是一时的冲动，而是有着一种可爱的执着和真诚。她不由得有些脸红心跳起来，她感到自己过去对他太冷酷太无情了，甚至有些不近人情。她不想再和他这样亲近下去，觉得让他为自己付出了太多，以后对不起他，可是现在她又离不开他，她非常需要他的这种热情帮助。

刘明明开着法拉利出了省城，一路向省立第一监狱奔去。他没有观察到陈晓艳心里细微的变化，他已经把所有的精力都用到李辉案子上去了。

陈晓艳的心情也跟着奔驰的法拉利变得复杂起来，一想到李辉，她就会有一种心痛的感觉，她和李辉之间的感情也很复杂，她分不清那是不是一种执着的爱，还是出于一种同情和怜悯。他们虽然没有正式谈过一天恋爱，也没有过任何表白，但是，他们当时的那种朦胧的感觉确实就是一种爱的萌动，就像一朵含苞待放的花朵，还没来得及完全绽放就已经冷冻凝结在那里了，无法忘记，也无法发展。她一直在为他奔波为他上访申诉，更多的是出于一种责任和愤怒，是出于一种对公平和正义的热切期望和呼唤。她知道李辉现在确实太可怜了。他的命运太惨了，他出身贫寒，刻苦读书十几年，好容易考取大学，美好的生活还没开始，就没了父亲，又被抓来坐牢了。他现在是呼天天不应，叫地地不灵，只有她才能给他带去一些希望和鼓励，他现在不能没有她，否则他就会真的彻底垮掉，不管出于什么心理，她都要继续下去，她不能看到这样一个优秀的青年就这样彻底完了，她必须坚持下去，不能放弃。不管别人怎么看她，也不管未来会如何，她都要一路走下去。

省立第一监狱离省城只有一个多小时的路程，他们很快就到了。这里三面环水，一面靠山，只有一条路通向外面。狱警带领他们进去并找到李辉所在的劳改大队，这里有一个窑厂，李辉正在里面搬运砖块。

陈晓艳见到李辉时，吓了一跳，她已经不敢认他了。他本来就瘦弱的身体已经瘦得不成人样，长期缺乏营养的脸色苍白，那副特大的眼镜挂在脸上显得很特别，也很不协调，只是镜片后面的那双大眼睛还在闪着热切期待的目光。

他看到陈晓艳有些吃惊，更有些沮丧。他只是不停地说："没想到，你还来看我，谢谢你还能相信我，我真的没有袭警，我只是推了他一把，他们这是有意陷害栽赃，就是在掩盖他们的罪恶，我父亲一定是在他们的小煤窑里出事了。"

陈晓艳有些抽泣地说："你一定要坚强，一定要坚持住啊，我们许多同学和学校都在关心你，不只是我一个在关心你，我们许多同学都很关心你，我们一直在为你上诉上访，现在省委巡视组已经到金山了，我已经向他们反映了你的情况。"

李辉说："你们不要再上访了，没用的，他们早把我的案子做死了，连肖剑和律师都没办法，你还能有什么办法，你还是安心去考博士吧。我在里面很好，大家都很照顾我，我从小也吃过不少苦，这点苦对我算不了什么，我也在努力减刑，我很快就能出去了。”

刘明明在一旁问道：“你为啥要说你父亲是在金山出事了？你有什么证据吗？我们就是来帮你的，不但要帮你洗去冤屈，还要查出你父亲的去向，只要找到他的下落，什么问题都能解决了，你不要怕金山的那些狗官，我们来帮你。”

李辉看到他和陈晓艳一起出现时，心里早已经涌起过一种心酸，充满了一种无奈和痛苦，这种痛苦比他坐牢搬砖头要更加痛彻心扉。他似乎已经意识到，这个人就是陈晓艳新的男朋友，不然他们怎么会在一起呢。她这就是来和自己告别的。他强忍着没有让眼泪当着陈晓艳的面流出来，故意装出一种坚强的样子，其实他的心一直在流泪。

他心里知道，他藏在心里的最美好的一点东西就要失去了，而自己只能在铁窗里眼望着她远去，却又无可奈何。他知道自己在少年萌动的心里就已经爱上了陈晓艳，自己能够那么发狠的读书，其实就是想和她减少距离，能够永远地走近她。当他们一起到北京上大学时，他开始感觉到他们之间的距离已经是多么的近了；当他张开双臂热烈地奔向她，正要拥抱她向她表白一切时，他一夜之间就成为了一个阶下囚，一道无情的铁门就将他们永远的分开了。

他心里知道，自己早已经没有资格去奔向陈晓艳，去获得她的爱了，自己只能渐渐地离她远去。他一直不愿承认这个残酷的现实，因为是他一直无法忘记陈晓艳，她已经成为他内心的最后一根支柱，在支撑着他，在给他带来希望和幻想。

当刘明明出现时，他立即意识到该发生的事终于发生了，他觉得心里最后的那份幻想已经彻底破灭了。他用一种非常复杂的笑容看着刘明明，一时不知道该说什么了，刘明明连着问了几声，他都没有回答。

陈晓艳在一旁说：“你在任何时候都不要绝望，天总会亮的，我们就要到金山去帮你查清一切。”

刘明明也说：“你父亲怎么能凭空消失呢？只要能找到他的下落，就能够救你。你要相信我们，我的朋友多得很，一定能帮你找到你父亲的。”

想到父亲，李辉感到内心更是一片悲凉，他绝望地说：“你们不要找了，我父亲已经找不到了。他一定是死在了他们的小煤窑里，被他们暗埋了。他一直都跟我说，他要到金山挖煤，给我挣学费。他到了金山，还在车站给我打过电话，后来就一点儿消息没有了，他不在金山能在哪里。”

刘明明气愤填膺地说：“这般狗官，敢这样草菅人命，一定不能放过他们。你到金山有没有查到什么证据？他怎么会到金山，他没熟人吗？”

李辉说：“我父亲告诉我他是在火车站认识了一个叫徐老三的人，他是金山人，专门在火车站找工人，是他介绍我父亲去金山的，可我一直没有找到那个叫徐老三的。”

刘明明说：“那个徐老三一定就是那里小煤矿的，我一定能帮你找到他，我就是挖地三尺也要把这个徐老三挖出来。”

“有姓没名，到哪找啊，我去了很多天，一点信息都没找到，还不知道他在不在世上了。”李辉说。

刘明明说：“我就不信在金山还有我找不到的人，你想到新线索就及时告诉我们，我们这就到金山去查，查不出来，我就不会回北京。”

陈晓艳最后安慰李辉道：“你一定要坚强下去，一切都会好起来的。我给你带了几本书，你慢慢读吧，我们大家都不会忘记你的，我们都在等着你早日出来。”

李辉看到她和刘明明一起离去的背影，心里立即涌起无限的悲凉。他想到，陈晓艳这一去，也许就是永远地离开自己了，自己不再会有任何机会，自己在这个世上什么都没有了，自己早已是阶下囚，还有什么理由对陈晓艳充满留恋呢，自己和她的过去就是一个错误，自己就不该对她动情，自己根本就没有爱她的权利，自己只能给自己的内心再增添新的创伤。现实为啥如此残酷，自己的命运为啥就是这么惨，所有的不幸都要冲自己而来。

李辉再也控制不住内心的悲愤，他止不住泪流满面。他趴在铁栏杆上，不停地用脑袋撞着，直撞得头破血流，撞得血水和着泪水一起不停地流着。直到看守进来拉住了他。

23 顺藤摸瓜

刘明明又开着法拉利朝金山而来，他看到陈晓艳坐在副驾驶上，心情沉重，眼角挂着泪珠，就说："你别再伤心了，我们要开始新的战斗了。"

陈晓艳头脑里仍在想着李辉，就说："李辉的命真苦啊，穷苦人家就是容易出事，他就推了一下警察，就被抓来坐牢，你都打他们了，那个张景都被你踢了，怎么都不抓你呢？"

刘明明自高自大地吹嘘道："他张景敢抓我，我还要去找他算账呢，我是从小练过的，我会怕他们？他们不是人多，我就敢放倒他。李辉也太没用了，就是一个书呆子，从小就没学过打架，跟警察打架没打赢，还把自己打进去了，还算他命好，遇到了你，也遇到了我，他又有救了。"

陈晓艳说："你不要再说风凉话了，他没和警察打架，你真的要帮帮他，我们都要尽力帮他，他的命真是太苦了。"

刘明明又自吹道："我从小到大，只要想干的事从来没有干不成的，一个徐老三都找不到，那还算个球啊。你放心，我不但能找到徐老三，还一定能找到李辉他爸。"

陈晓艳打断她的话说："你还是少吹吧，你先把人找到再吹吧。"

刘明明又说："找他们不难，但你现在必须答应我一个条件。"

陈晓艳望着他问道："什么条件？"

刘明明说："你必须立即接受我的追求，做我的女朋友。"

陈晓艳立即愤怒地失声大叫道："你给我停车，让我下去，原来你就是个乘人之危的卑鄙小人，你做梦，我一辈子都不会做你的女朋友，我不需要你帮忙了，我们现在就各走各的道。"

刘明明并不理她，继续开着车，赌气地说："你想叫就叫个够吧，陈晓艳，你不要小看我，我不是你眼里的那种人，我刘明明发誓不会放弃对你的追求的，你早晚都会是我的女朋友，但我不会趁李辉坐牢的时候下手。我现在就停止对你的任何追求，收回我所有发给你的短信，等我把李辉救出来，我再和他公平竞争，这是我的权利，谁也不能剥夺的。我一定要先救他，再最终打败他。”

陈晓艳没想他会这样说话，只得平静下来说：“我不能在他困难的时候离开他。你还是去追求别人吧，你家的条件这么好，又能开法拉利，有多少女孩子在追求你，你不要再等我了。我是不会接受你的，我根本就不喜欢你。”

刘明明听了她的话，突然发怒似的大叫道：“我家的条件好怎么了？我开法拉利怎么了？这不是你瞧不起我的理由，我不是靠这些条件包装的，我不是只有这些。为了李辉，为了查清这个案子，你从现在起必须冒充一回我的女朋友，说那李辉只是你的亲戚，我们现在必须学会伪装。你不是一心要救他吗，怎么还这么小气。我只要你临时做我的假女友，和我配合一回。”

他说完，就打开音响放出《怒放的生命》，那狂放的音乐，立即充满了车内，震耳发聋。他也随着音乐吼叫起来：“我想要怒放的生命，就像飞翔在辽阔天空，就像穿行在无边的旷野，拥有挣脱一切的力量。我想要怒放的生命，就像矗立在彩虹之巅，就像穿行璀璨的星河，拥有超越平凡的力量。”

他大声唱着，猛地一加油门，法拉利就像飞似的在路面上狂奔起来，把陈晓艳吓得大声惊叫起来：“刘明明，你疯了，我求求你开慢一点儿。我答应做你的假女友了，还不行吗？我们说好了，你不要以假为真，假的就是假的。”

车子到了金山，刘明明直接把车开到扬子江农商行的大楼下，他二话没说，就拉着陈晓艳朝行长室走去。

陈晓艳看到他一路的情绪都很激动，也就不好说话，只能低着头跟在他后面，在行长室门口，他们被保安拦住了。

刘明明没理他，一把推开他，就一边推门进去，一边大声高喊着：“妈妈，妈妈，我看你来了。”

刘冬冬正一个人坐在办公室里看报表，听到叫声，一抬头，刘明明已经带着陈晓艳闯进来了。她忙站起来道：“你这孩子，怎么就不长记性，想来就来，想走就走啊，连个招呼都不打，还跟我把手机关了，你是成心急死我呀。”

刘明明看到妈妈，立即想起昨晚看到的妈妈写的那些充满怨恨的话语，只感到心里一阵阵发酸，眼睛一阵阵发热，一时竟忘了介绍陈晓艳。

刘冬冬已经拉住陈晓艳的手，左一眼右一眼的仔细看着，不停地称赞着说：“你就是明明的女朋友吧，这么大的喜事都不跟我说，好，好，你叫什么名字？不要拘束，就当是在自己家里，你坐下喝茶。”

陈晓艳被她的这份热情说得不好意思了，她满脸通红地坐在沙发上，窘迫地不知所措。她从一进入行长室时，就已经被刘冬冬那超凡的气质和风度所震撼了。她还从没有见过这样优雅高贵的女行长，宽敞的办公室好像就是按照她的这种气质所装饰的，典雅简洁。最引人注目的除了那个宽大的办公桌外，就是有一个硕大的多功能鱼缸，里面养着一条金黄鱼鳞的金龙眼，在灯光的照射下，鳞光闪闪。她心里有些好奇，她一个女人，怎么不养那些漂亮可爱的小热带鱼，而养了这么大一条龙眼。

刘冬冬给她泡来一杯热茶，不停地问道：“你昨晚休息的好吗？你家是哪里的？你家里爸妈还好吗？”

刘明明过来打断她道：“妈妈，我们一来，你就像查户口似的审问不停，你叫我们以后就不敢再来了，你以后不要怪我不接你电话了。”

刘冬冬赶紧说：“好、好、好，我什么都不问她了。”

她又接着转身问刘明明：“明明，你昨天怎么跑去和警察打架了？你到现在还没告诉我呢，你以后在外面可千万别跟警察打架，你从小不是个爱打架的人，昨天到底怎么了？”

刘明明说：“是那个张景欺人太甚，这个狗腿子见人就想抓。”

刘冬冬说：“你不要瞎说，他是公安局长，他怎么会乱抓人呢，那是他的职责，你不找他麻烦，他会找你？”

刘明明愤恨不平地说：：“他算什么狗屁局长，他就是潘潮风的狗腿子。他们都是一路货色。”

刘冬冬立即严厉地说：“你这孩子，真是气糊涂了，满嘴乱说，怎么能乱说人呢。这事过去了就算了，你们早点回学校读书去，不要到处乱跑了，你总是把车子开得那么快干啥，你就不能开慢点，整天让我为你提心吊胆的。”

刘明明说：“妈妈，我已经长大了，你不要再像小孩一样管我，好吗？我上学上累了，到金山来玩几天，你还要我走啊。我来找你，就是有一件事请你帮忙。”

刘冬冬笑道：“你这孩子，怎么也跟我变客气了，有什么事不能在电话里说。”

刘明明说：“妈妈，我想请你帮我们找一个人，金山有个有名的徐老三，你知道吗？”

“徐老三？他叫什么名字？”刘冬冬问道。

刘明明说：“我就知道他叫徐老三，不知道他的名字。”

“名字都没有，怎么找啊，你找这个人干啥？”刘冬冬好奇地问道。

刘明明故意编着谎话说：“妈妈，那个人是人贩子，他经常到火车站去骗人，他把陈晓艳亲戚家的一个小孩骗卖了，我们一定要找到他，为了那个被骗的小孩，我的好妈妈，你一定要帮帮我们。”

刘冬冬望着他，故意问道：“真的就是为了找一个小孩？”

刘明明激动地说：“妈妈，那些人贩子真是太可恶了，罪恶不赦，一定要把他们抓出来，把他们交给法律审判。”

刘冬冬看着他满脸通红的模样，忍不住笑了：“你这孩子，何时学会骗我了，你还是没有学会撒谎啊。”

刘明明急了：“妈妈，我没撒谎，我说的是真的。”

刘冬冬指指桌上镜子说：“你去照照镜子，看看红成傻样了。”

她又转身问陈晓艳：“你们不要再瞒我了，你们昨天的事，我都知道了，那个大学生李辉是你什么人？让你这么远跑来为他上访。”

刘明明急忙回道：“他们是亲戚、是同学。”

刘冬冬说：“我没问你，晓艳，他的事我知道一些，你们是什么亲戚呀，都告诉我，我也许能帮你。”

刘明明又抢过话说：“李辉是她舅舅家的儿子，她是代表他们全家在为他上访。妈妈，你能不能不要老搞审问呀，你知道他的事，就赶紧想办法帮帮他吧，人家都在牢里关两年多了。”

刘冬冬说：“我已经替你们问过这事了，那是法院判的，现在谁也没办法了，谁也不能干违法的事呀，我会想办法给他减刑，早点让他出来，现在也只能这样了，你们安心地回学校去，后面的事都交给我，不要再到处乱跑了”

“不行，他是被张景栽赃陷害的，我一定要把张景的老底挖出来，把他送上法庭。”刘明明坚定地说。

刘冬冬说：“你是不是倔劲又上来了？我的话都不听了？你心胸要开阔，不要总为昨天那点事耿耿于怀，人家公安局长被你踢了，都没跟你计较。”

刘明明气得还要说话，被陈晓艳拦住了，她说：“我们都听阿姨的，有阿姨帮忙，我们就不用跑了，谢谢阿姨。”

刘冬冬说：“你们跑了这么多路，先到宾馆休息去吧，我把工作安排一下，就去陪你们吃饭。晓艳，明明还是个不听话的孩子，以后你要好好的帮我管管他。”

陈晓艳拉着刘明明出了办公室，刘明明仍在愤愤不平地说：“我真后悔，我就不该来找我妈，这是我们的事，就不该让她知道，把她拉进来。”

陈晓艳说：“有阿姨出面比我们强，她一句话就会比我们跑多少趟还有作用，我们就听阿姨的吧。”

刘明明说：“我妈不会帮我们的，她说的都和那些人说的一样，减刑，早点出来，那算什么？那还不是按照他们的思路在走。我就是要查清真相，给他彻底翻案，把那些坏蛋一个个抓进去，你别指望我妈了，还是按照我的计划去查，只要找到徐老三，就会真相大白。我们去找他。”

陈晓艳说：“火车站那么多人，怎么去找啊。还是听你妈的吧，你妈一看就是有本事的人，她一定比我们有办法的。”

24 牛刀小试

省委巡视组的工作已经在有条不紊地展开，每天的举报信仍向雪片一样飞来，举报电话更是一天到晚响着不停。

何枫和肖剑知道全县人民都在关注着他们的工作，大家都对他们寄予着期望，他们决定对每一个举报电话和举报信都要认真接待，明确回复，所以省委巡视组每天都忙着各种接待和谈话，只有到晚上才能静心审查一些资料，全组人员都常常要忙到深更半夜整理材料。

几天忙碌下来，使他们感到金山的问题确实很严重。群众中郁结着许多的怨气和不满情绪，可是具体到具体的问题和事件时，他们又没有提出什么有价值的线索和有效的证据。大都只是在借此发泄着心中的不满，许多人更是没有搞清他们巡视组的职责所在，把他们当成能够当场断案的活包公和钦差大人，把他们当成万能的了，对他们的答复不满的，当场怒骂闹场的大有人在。

肖剑负责接待工作，他觉得有些人明明是胡搅蛮缠，把他们当成信访局了，是来分散他们的精力。他一再耐心的解释，巡视组没有办案的权力，但是他们仍然无止无休的不愿走。

何枫和肖剑还是很快从众多的来信来访中，发现了许多有价值的材料，他们看到几乎全县正科以上的干部都受到了不同程度的举报，唯一意外的是，只有潘潮风一人没有受到任何举报。他们感觉到这可能有人背后操作，而且他们已从群众的反映中发现在他们巡视组的住处和接待场所都或明或暗地安装了许多监控头，还有一些不明身份的人藏在暗处，在关注着他们的一举一动。他们为此事特意把潘潮风约来，给予了严厉的批评，并指出这种暗中监视他们巡视组工作的行为性质十分严重，影响极其恶劣。

潘潮风知道这种情况，也很震惊，他一再保证县委县政府绝没有做出这个决定，一定是有人私下行为，他一定尽快查清事实真相。他当即叫来县政府工作人员，并亲自爬上梯子，拆下那些监控头，一起竟有十几个之多。

潘潮风没有放过此事，仔细一查，都是张景叫人安装的。

张景被叫来后，他毫不在乎地说："这是我们早就决定的，是我们公安局的重点工程。我们还要在全县城安装五千个这样的监控点，要做到全城覆盖，不留一个死角。只是这里位置重要，先安装的。"

潘潮风见他说得有理有据，还拿出了内部文件，只得说："这是省委巡视组住的地方，你安装这么多监控干嘛？你为啥不预先跟我们说一声。"

张景不以为然地说道："潘县长是个大忙人，我们公安局安装几个监控点都要向你汇报，你忙得过来吗？再说，这些监控点本来就该保密的。"

潘潮风找不出张景的过错，只得去向何枫组长道歉："这是我们县委县政府的疏忽，给你们工作带来不便。我向你们检讨。"

何枫看到潘潮风确实不知情，就叫肖剑将此事记录在案，没再纠缠下去，因为他们要处理的事情实在是太多了。

他们感觉到各种问题最集中的就是金山县工业开发区和金山县法院，一大半的举报问题都关系到这两个单位。他们经过认真讨论，决定将这两个单位作为巡视的重点。

他们决定首先来到金山县人民法院对院党组织领导班子及其成员进行一次民主测评和问卷调查。

赵日院长对省委巡视组的这个决定心里非常不满，又把他法院摆在了第一，比他法院差的矛盾多的单位有的是，怎么都不去呢，偏偏来找我麻烦，到法院来搞民主测评和问卷调查，这不就是明摆着对我不信任吗？他立即私下开会，对下面做了统一安排。

在测评现场，他还有些不放心，就当着肖剑的面，毫无顾忌地公开对几十个参加测评的法院法官说："我们法院就是一支特别能战斗的队伍，我们的法官都是经过多次考核的有资质的法官，都是有着丰富办案经验的优秀法官。这些年来，你们顶住了办案难执行难的种种压力，为县委县政府顶雷排难，保驾护航，为金山的经济发展做出了突出的贡献，多次受到表彰。这次民主测评和问卷调查，我看就是个形式，大家别太紧张，大家都很忙，大家如果没有什么别的要说要写的，还是把精力都放在审案判案上。你们一定要继续坚持司法独立，独立判案，不受任何外来因素的干扰。”

于是，很快几十封民主测评表和调查答卷，都按照他原先的安排，按照统一的格式和内容填交了上来。

肖剑没想到赵日院长这么大胆，这不是公开藐视他们省委巡视组吗？他立即将这一情况汇报给何枫组长。

何枫也感到问题严重，这个问题如果不严肃处理，省委巡视组的工作就难开展下去，省委巡视组的威信还在哪里。他觉得必须把这一严重事件及时向金山县委通报。同时，他也决定为这一事件正式约谈赵日。

在一间单独的会议室里，何枫和肖剑一起与赵日谈话。赵日并无反悔之意，他一开始就滔滔不绝地诉苦：“那都是他们自己填写的，没有谁逼他们，是他们真实思想的反映。我看也是说的真话实话，我们法院忙，他们法官更忙，我们就那么几十个法官，一年要审理四五千起案件，平均每人几十件，有的法官一百多件，几天一个案子，他们还能有多少时间呢？我知道，到你们这里反映法院问题的人多，那是整个社会发展积累下来的问题，不是法院一家能解决的，把矛头都对准法院，那是方向错了。就拿执行难来说吧，这是我们一家能解决的吗？有些案件判了十几年了，都没执行，那不是我们不尽力，实在是无法执行。有的人死了，有的人跑了，有的人破产了，吃饭都困难，我能找谁去执行呢？再拿法官来说吧，他们也是人，他们也是生活在这个社会中，现在闹法院的越来越多，他们有时受到各种威胁和恫吓，原告被告都把他们当成仇人，他们的人身安全都得不到保障，还怎么叫他们心平气静地审案判案？有些误判错判也是难免的，就是这样，我们二审认定的错判改判也是极少的，在全省都算是最少的。这些成绩都说明，我们领导班子的工作是卓有成效的，是经得住考验的。我们欢迎你们对我们的工作深入调查监督，我们期待你们的调查，能帮助我们洗清社会上对我们法院的一些流言和误解。”

何枫一直等他说完，才开口道：“我们知道你们基层工作的同志辛苦，但是辛苦不能成为任何借口和理由，我们在任何时候都要坚守职责，牢记使命。”

赵日说：“我这也是正常反映广大法官的苦衷和心声，不管有多少的委屈和误解，我们法院都坚持了履行职责，依法办案，为消除社会矛盾，化解社会纠纷，做出了突出贡献。我们所有的案件卷宗你们都可去查，欢迎你们帮我们发现问题，解决问题，纠正错误。再说，我们一直坚持的就是司法独立，法官办案都是由法官独立审判的，我们院领导从不干涉的，就是有漏判错判，也是他们个人的失误，是不能记到我们院领导头上的。”

何枫严肃地说：“赵日同志，我们不是在谈案件判决，你必须对这次法院的民主测评和问卷调查工作有深刻的认识，你带了一个很坏的开头，”

赵日说：“我们法院对你们的巡视调查工作高度重视，积极支持，召开了全院大会，已经当场完成了各项民主测评和问卷调查工作。”

何枫更加严肃地说：“你们所有的问卷答案完全一致，完全是你们事先安排好的统一行为，你们这是什么行为，这是他们真实思想的反映吗？你必须认识到这个问题的严重性。”

他们接着又对一些具体案件交换了意见，肖剑顺便问起李辉的那个案子，当时为啥判得那么重，而其他许多更严重的案子，包括一些重伤害案子，怎么都判了缓刑？

赵日坚持说：“这是法官合议的判决，我们法官都是独立办案的，我从不干涉，这样袭警的案子就要严判重判，杀一儆百。”

肖剑说：“我们无权干涉你们判案，但是这个案子反映的这个问题非常严重。李辉还是一个大学生，他就是一个孩子呀，为什么都要紧抓住不放呢，把他判得这么重。”

赵日说：“我知道你是这个案子的当事人，你应该回避这个案子。他们认为判决不公，不是已经申诉了吗？二审认定我们一审判决公正，法律的问题只能交给法律去解决。我这个院长从来不插手具体案件的审判，我们这是有明文规定的。”

何枫又说：“从大家反映的情况来看，法院存在的问题确实很严重啊。法律不能成为某些人、某些势力手中的工具，更不能因人而异啊。我们都要从大家反映的这些问题中寻找症结，记住教训啊。”

赵日立即说道：“我们法院就是判案断案的，社会上有人有意见这很正常啊，因为我们只认法律这唯一的标准，为了维护法律的尊严，常常都是连原告被告一起得罪了，没人说我们法院好话正常，这正说明了我们法院的公平公正，不徇私情。我能以党性和人格向你们保证，我们法院没有任何违反党纪国法的腐败分子，没有做过任何对不起法律的事情，有的只是对法律的忠诚。”

他们看到赵日一直都是这个态度，谈话也无法继续下去了，最后，这次谈话只能不欢而散。

25 针锋相对

潘潮风知道了法院的行为，高度重视，立即召集县委常委会讨论此事，何枫和肖剑都被邀请参加。会议在潘潮风的主持下，很快就通过了对法院的这种顶风作案的错误行为通报批评的决定，并向上一级法院通告，并要求全县引以为戒，坚决杜绝这种阳奉阴违的工作作风。一定要实事求是，全力配合省委巡视组的工作，不护短不敷衍不遮丑不走过场，不怕揭盖子。要确实把各项工作落到实处，借着这次省委巡视组到来的春风，来一次全县的大扫除，扫除一切污泥浊水，彻底改变金山县所有不良的工作作风。

潘潮风的这种雷厉风行言行一致的工作作风，引起了何枫和肖剑的高度赞赏。他们从这事看出了潘潮风的决心，知道他这是要真干大干，不是在做表面文章，这使他们不由地对他刮目相看。

何枫和肖剑一边组织对法院重新进行第二次民主测评和问卷调查，一边分组加强了对其他单位的巡视检查工作。

赵日无法接受金山县委的通报批评，他觉得潘潮风就是在借口整自己，如果自己不是上级法院任命的，他可能都要把自己院长的职务停了。公安局张景把监控都安装到省委巡视组头上去了，他们一句话都没说，却把矛头对准我法院了，他这不是拿我这个院长不当数吗？他县委县政府不保护法院，法院也没必要为他县政府顶雷了。

赵日一气之下下令，把这些年凡是没有立案的行政案子，特别是告县政府的案子立即全部立案，尽快安排开庭，而且对于告县政府的案子，还明确要求法人代表县长潘潮风必须亲自到庭坐到被告席上，并把这些传票在法院宣传栏向全县人民公告，在电视报纸上大力宣传。

全县所有的明白人一下就看出了门道，他们知道这是县法院和县政府暗地里干上了。一些多年来告状没门和不敢跟政府打官司的人纷纷向法院奔来，金山县就变得更加热闹了。

这样一天之内，潘潮风就同时收到了几封法院的传票，全部都是状告金山县政府的。

潘潮风接到传票，感到非常吃惊，他没想到一下子冒出这么多的告县政府的案子，他排了一下日程，看到自己一个月里至少要十次坐到被告席上。他立即召集法制办周主任和县政府代理律师张涛开会，讨论这些案子。

张涛律师认真研究案件后说："这些案子从实体上来看政府都是符合法律的，是没有问题的，但是在法律程序上都存在一些瑕疵。我们一定要跟法院协调好。如果都输了，不但把县委大楼赔出去不够，还会引起连锁反应，影响巨大。"

潘潮风说："既然上了法庭，就以法为据，认真去打官司，这对两方面都好，也是解决问题的最好的渠道，这对我们也是一次法制教育。我不怕打官司，不怕上法庭，我就不相信，我们政府这些年的工作都是违法的。"

张涛律师说："我们这些年都是依法做事的，方向上绝对没问题。可是有时工作压力大时间紧，怎么能做到十全十美呢，就拿这些强拆案来说，如果都按法律程序办，就永远拆不了，还有这些关停企业，上面一个红头文件就要关，哪来得及走法律程序。再遇到一些难缠的案子，一拖就是好几年，那就是什么事也办不成了。有时只能采取强制措施，可是国家的强制法还没制定出来，所有的强制案件都有程序上的问题。"

潘潮风："既然老百姓把我们告了，那就要认真对待，我会按时到庭的，不要压制他们，要给他们一个说话的地方，是我们错了，就要认账，就要采取补救措施。"

他们的会议还没结束，下面的各个乡镇和一些直属机关的领导就都跑来请求协调了。他们全部收到了法院传票，有的办公室都被贴上封条了。他们全都在叫着，如果县委县政府不出面协调，他们都没地方办公了。

潘潮风听完他们的汇报，异常坚决地表明态度："这是法律问题，只能到法庭上去解决，县委县政府决不会出面协调，这本身就是违法的行为。我们应该感谢法院，让我们知道了我们的工作还存在许多问题，给我们上了一堂很好的法制课。”

他们没有获得潘潮风的支持，只能在下面议论纷纷：“潘县长这是在说官话了，我们在下面的哪项工作不是按照县委县政府的指示办的。”

他们没了办法，只得各显神通，私下通过各种关系去找法院协调。他们得到的统一答复都是：“这些案子都是省委巡视组督办的，只能依法办理。”

对付这种事情，最有办法的还是公安局张景。他也接到几份告公安局的诉状。他在办公室把那几份诉状往桌上一拍：“真是太阳从西边出来了，还有人敢告我公安局，我倒要去看看他长了几个脑袋。”

张景立即带着几辆警车呼啸着出发了。他们直接来到一家物流公司的货场，这家公司就是状告公安局的最有影响的公司。

张景指挥公安人员堵住大门说：“我们接到举报，这家货场有走私物品，还暗藏毒品，给我封住大门，一件物品都不准放出去。”

那公司老板慌忙把他请进办公室，递烟倒茶：“张局，你一定搞错了，我们这里哪会有走私物品，哪会有毒品啊。”

张景一拍桌子道：“你不是很有钱吗？你不是牛得很吗？还敢告我，我说你有你就有，我说你犯罪就是犯罪。”

那老板早已吓得面如纸色：“张局，我们哪敢告你呀，我们的事情你知道，我们也是被逼无奈呀。”

他说的事，张景自然是知道。一年多前，这家公司向他们110报案，说有人深更半夜到他们货场偷走了一车货物，价值几十万。当地派出所立即立案侦破，一个多月后，就把那些偷东西的人全部抓到，被偷的货物也找回大半，还有部分下落不明，那些人中有在货场工作过的人，被抓后谎称他们不是盗窃，是因为有经济纠纷，才来运走的。派出所办案人员向张景汇报时，那些被抓的人已经托人来找张景说情，张景收了他们送的礼，心里也恨这个外地招商来的物流公司老板，几年了都没来拜访过他。于是，他直接命令下面办案人员把偷货物的人都放了，只按一般经济纠纷处理，让他们找法院去解决。

这家公司白白丢了这么多货物，找不到任何说法，跑到法院告。法院认为这案件公安都没查清，那些丢失的货物在哪里都不知道，法院就更查不清，也不受理。现在，终于有了机会，就到法院告公安局行政不作为，没有查清被盗货物，要求公安局继续追查。

张景说："你们那个案子，我们早就结案了。你们没有经济纠纷，他们怎么不偷别人货物，就来偷你们的货物？你们这货场是怎么看护的？你不要无止无休地闹了。凡是涉及经济案件，我们公安一律不准插手，这是上面有明文规定的。"

那老板说："张局，我们实在是损失太大了，好几十万啊！那些被他们偷出去的货物，堆了一个多月了，找回来的也全都坏了，能卖的都被他们卖掉了。你们公安不查，谁帮我们查啊。"

张景厉声说："我们公安局不是你家的保安，你叫我查我就查，你有什么证据证明那是他们偷走的？你这是谎报案情，你还去告我，那好，那我就到你家慢慢查，一直查到法院开庭吧，我就不信在你家查不出你违法犯罪的证据。"

那老板已经吓得双腿打颤了："张局，是我错了，我不告公安局了，我马上撤诉，撤诉。"

张景这才口气缓和下来，最后说了一句："你还算识相啊，你不要以为有钱就可以为所欲为。在金山，还没有敢告我公安局的，我要他什么时候进去，他就什么时候进去，要他别出来，他就别想出来。"

张景说完，就带人离去了。那老板跟在后面就到法院去撤诉了。那些告公安局的人立即紧跟着全都撤诉了。

县法院和县政府死磕上了，心里最着急的还是刘冬冬。她在心里狠狠地骂着潘潮风："你这个死脑筋，怎么当了这么多年官了，就没有进步呢，还是一根筋，不撞南墙不回头啊，又犯倔脾气了，官场上的事是能凭脾气干的？你一个小县长能拿他法院院长有什么办法？人家当官都是多一事不如少一事，你是没事找事，引火上身，你那个通报批评对他有什么用？人家是司法独立，你现在是最关键时期，省委巡视组又在天天看着，你天天跑到被告席上坐着，那个像什么东西呢？人家会怎么想呢？把你多年来的亲民形象和所有政绩全毁了啊。"

刘冬冬一刻也没敢耽搁，她第一时间去找到沈金山大发雷霆："你们几个兄弟到底想怎样啊？有你们这么欺负人的吗？你们把人家一个外地来的县长欺成这样了，你们还要让他坐上被告席，你们真是太过分了，你们要死磕下去，把人逼疯了，我就叫你们一起玩完。"

沈金山从没看到她发过这么大火，知道她是真着急了，他觉得她发火的样子也是非常的可爱动人。同时心里又有了一些酸意，因为她又在为潘潮风跟他发火。

等她发泄完了，沈金山才说：“不就是几张传票吗？有什么着急的，都是自家兄弟，我马上把赵日叫来，你亲自跟他说，他还敢不给你面子。他也是被气疯了，被省委巡视组叫去约谈的，他是全县第一个，社会上的影响也不好听啊。这个潘潮风还要火上浇油，给他通报批评。我看他就应该坐到被告席上冷静冷静了。”

刘冬冬不依不饶：“这能怪潘潮风吗？都是赵日自己找来的。他什么人都不放在眼里，连省委巡视组都敢明目张胆地对着干。谁遇到省委巡视组不是礼让三分，躲着走啊，就他能，还要在下面开会，把省委巡视组当小二唬过去。他这是引火烧身、玩火自焚。你们这几个弟兄都被你带坏了，你们胆子也太大了吧，你们真以为金山就是你们家的，你早晚要把他们都送进去的。”

沈金山说：“好了，好了，你别生气了，都是自家兄弟，闹点小误会，见面谈开就没事了，不是还没到开庭嘛，什么事情都好办。”

赵日接到沈金山的电话，立即马不停蹄地赶了过来，一见刘冬冬就大叫委屈：“娘娘，我谁的面子不给，也不能不给你的面子啊。这些行政案子，这么多年我都压着，从来都不立案，我顶着多大的压力。这次是县委县政府和省委巡视组，把我们法院作为巡视重点，跑到我们法院一次又一次的搞民主测评和问卷答案，不查出问题，他们都不走。我实在是顶不住了，不立案不行了啊。”

刘冬冬说：“你们也看到了，人家潘县长这些年的工作，人家几十年辛辛苦苦干到现在，除了一身病，什么都没得到。你不能把多少年来积累的案子都强加到他的身上，这不公平，做人都要讲良心。”

赵日说：“我们也知道，潘县长是个难得的好县长，我们法院也是受县委县政府领导的，他们的事也是我们的事。你放心，在重大问题上，我们一定会掌握原则的，我们只要潘县长配合，过了这一关。”

沈金山说：“大家都是一条船上的，船翻了对谁都不好。最好还是不要搞到法庭上，还是私下解决好。”

赵日说：“这些案子，都已立案，已进入法律程序了，我已经没有办法了，除非那些原告撤诉。那几个告公安局的案子不都撤诉了吗，县政府也该跟公安局学学，给他们一些压力。那些原告一撤诉，我们大家就都没责任了，省委巡视组也不会天天盯着我们了。”

沈金山说：“这个好办，我来想办法，他们不就是想要钱吗？谁愿意真心和县政府作对呢？我保证能使大家都满意，他们得到利益，政府保住脸面。”

赵日说：“老大，只要你出面，什么问题都好解决了，那些人一定会给你面子的。”

刘冬冬说：“这个时候，你们大家都不要惹事，闹出问题，谁都不落好，大家都是明白人，都不要做亲者痛仇者快的傻事。”

沈金山对刘冬冬说：“摆平这些事需要一些钱，我们财务资金还是有点紧，那笔贷款，还请你多关心一下呀。不管花多少钱去处理这些事，我都不会让我们潘县长出现在被告席上，这也关系到我们整个金山的脸面。”

刘冬冬狠狠地盯着他说：“你是不把我彻底拉下水，不会甘心，我前世作了孽，这世遇到你这个冤家。”

沈金山也笑道：“我们这辈子都是解不开的冤家了，这是我们几千年积下的缘分。你的事就是我的事，不分彼此，你交给我就不要担心了。”

26 百计千方

潘潮风正在准备应诉，只有几天时间，就有一大半的原告撤诉了。他找来法制办领导和张涛律师了解情况，他告诫他们说："这些敢和县政府打官司的人一定是有冤情的，我们不支持，也不能制止他们的正当权利，不要压制他们，让他们到法庭把话说清楚也很好，那也是一个解决问题的好平台。"

他们都说不了解情况，下去一打听就知道了是沈金山在背后做工作，要求他们全部撤诉，他们也是自愿撤诉的。

潘潮风听了他们的汇报，一下就想到一定是刘冬冬，知道这一定是刘冬冬的主意。他一时说不出是啥滋味，他知道这些年，只要是自己的事，她都会在后面插上一手。他心里有时也很感激她，她确实帮了自己不少忙，使自己的工作很出色，一直顺风顺水的；有时又觉得她太多事，什么事都要管，这是县政府的事，她怎么想插手就插手呢，而且他已经听说了沈金山的许多负面消息，他也不想刘冬冬和沈金山牵扯得太深，他觉得应该和刘冬冬好好谈一次。他立即电话约她。

刘冬冬接到他的电话，立即赶到他的办公室里。她一直都在渴望着能进入这个她每天都在张望的办公室。她进入潘潮风办公室时，看到法制办周主任和张涛律师都在，大家都是老熟人。他们知趣地就要离开。

潘潮风对他们说："你们不要走，先到对面我的会议室等我，门不要带上，我和刘行长谈点事，我们再接着讨论。"

刘冬冬坐在潘潮风的办公桌前，心情激动的直盯盯地看着他。她就喜欢看到他坐在办公桌后面的情景。她看到他的办公桌上，最夺目的就是插着两面鲜艳的小红旗，一面是国旗一面是党旗，还有一张就是他在新民村时和一群老百姓的合影照片。

潘潮风起身给她泡了一杯茶说：“你这段时间很忙吧，我听说你们这个月又给我们县里企业发了三个多亿贷款，谢谢你们对我们县经济工作的一贯支持。”

刘冬冬忙说：“这都是正常生意，我们也是要借机发展嘛。”

潘潮风重又在办公桌后面坐下，他面对着刘冬冬，一时心里涌起千般感慨。这些年来，他不是不知道她的心意，不是不知道她为自己所做的一切，可是，他只能把一切的话语深藏在心里，无论从工作还是从家庭，他都不能有任何的表露出来，有些事情有些过去只能让它渐渐地远去，有些伤口只能让它慢慢愈合。

潘潮风停了片刻说：“沈金山也回金山了，他这些天也很忙啊。我想请你去帮我跟他说，忙他该忙的事，不要再去要人家撤诉了，这是我们政府的事，不需他插手。我知道你们这也是为我好，可我是为人民工作的县长，我需要的是解决问题，我不需要脸面。”

刘冬冬急了：“你怎么还这么傻，你看到哪个县长坐过被告席，就是躲不掉，也要派个副县长或代理人去呀，哪有亲自要去的，还要求你不到不开庭，你怎么能这么做呢，你代表的是全县人的脸面，不是你一个人的脸面。”

潘潮风说：“我们就是要提倡依法治县，就是要从我做起，我要去，也是给下面人一个警示，他们动不动就把我这个县长送上被告席，这对他们以后的工作就是一个促进，比上几堂党课的效果都大。”

刘冬冬心急地说：“你怎么就只看到这些，看不到更深层的问题，看不到它的深刻影响啊。无论如何，你都不能去被告席，你一去，电视报纸一宣传，你就被定格在被告席上了，这个影响有多坏有多大呀，你一个县长跟老百姓对簿公堂，你几十年积累起来的亲民形象就全完了。”

潘潮风说：“我的工作不是为了形象，我们的工作没做好，该上被告席就上被告席，这个事你不要再说了，我已经决定了，已经开会安排下去了，以后我们做任何事都要先考虑法律了，这也是一个教训，我要亲身去接受一下教育。”

潘潮风看到刘冬冬已经急得眼圈发红，都要流泪了，才停住没有继续说下去。他最怕看到她那流泪发红的眼睛，他知道她一直都是一个坚强的女性，是个有名的女强人，一个人跑来能把那么一家大银行搞得风生水起，成效显著，这确实不是一般的女人能做到的。他也知道，她在自己的面前就容易动情，容易流泪，而且自己总是无法面对她流泪发红的眼睛，这同样使他痛苦难受，使他忍受煎熬，使他想起无法忘记的过去，更能使他萎靡，使他精神崩溃，这就是他一直回避她、不愿见她的主要原因。

刘冬冬强忍着没有哭出来，她说："你就一直倔下去吧，最后没谁能帮到你。沈金山的事，我不知道，你想说你自己跟他说，我不是你们之间的传声筒，我想躲他都躲不开呢。"

潘潮风知道她在说气话，过了一会儿才说："你以后就离他远点，他现在真是什么事都敢干啊。我们政府的事什么时候要他出面了，他真以为金山县是他家的了。只要我在一天，他就别想为所欲为，胡搞乱来，他就永远别想来指挥绑架我们政府，他这些年真是穷得只剩下钱了。"

刘冬冬又说："他穷得是只剩下钱了，但他手里还有钱，你干了几十年，除了一个县长这个空头帽子，又有什么？有时还要躲在办公室吃方便面，你们县里食堂穷得饭都没得吃吗？一个县长吃方便面，传出去就是特大新闻啊。"

潘潮风有点吃惊地问："你怎么知道的？我们县里食堂伙食好得很啊，我只是夜里怕麻烦他们才吃方便面。"

刘冬冬又说："我儿子明明来了，你见到了吧，他还和你吵架了。"

潘潮风接过话说："你那儿子，一定要好好管教，他还敢脚踢公安局长，当众责骂我，他的胆子也太大了，你不能再惯他了。"

刘冬冬说："我看他就像你，不仅长得像你，还和你一个样的性格，都是倔性子，一根筋认死理。他一直后悔当众骂了你，他想请你吃饭，当面赔个礼认个错，你就给他一个机会，和我们一起吃个饭吧。我也把沈金山和赵日叫来，大家都是多年的兄弟，大家坐到一起喝喝酒吃吃饭，什么事也就过去了。你要搞好工作，离开法院的支持也是不行的。"

潘潮风说："吃饭就算了，我还要开会，没时间去，我还会和他孩子计较。你告诉他，我很欣赏他的勇气和他身上的那股子正气，但是，任何人都要守法，以后不要再和警察打架了，这是在我们中国，要是在美国，他打警察就要吃大亏了。"

刘冬冬还想恋恋不舍地说话，潘潮风已经站了起来说："他们还在等我开会，就不跟你多说了。耽误你时间了，害你跑了一趟。我们政府有政府的工作方法，你和沈金山都不要插手了。”

看着刘冬冬极不情愿地离去，潘潮风心里立即生出一种异样的感觉。他感觉到她的可怜和苦楚，他知道她这些年过得也不容易。一个人带着一个孩子，表面风光无限，内心充满了悔恨和痛苦，他都能感受到，可是覆水难收，这么多年都过去了，仍停留在过去又有何用，谁也不能再回到过去了。

潘潮风还没来得及细细品味这种感觉，法制办周主任又带着张涛律师进来了。潘潮风明确地指出：“我们必须尊重法律赋予人民的权利，任何人不要再用任何方式要求他们撤诉了。”

刘冬冬没有听潘潮风的劝阻，她仍在按照过去的习惯行事，她心里并不完全信赖沈金山，她叫来张涛律师，了解剩下几个不愿撤诉人的情况。

张涛律师也是她银行多年的法律顾问，是多年的老朋友，她对张涛说：“事情一定要做在前面，要动用一切力量尽量要让他们撤诉，越是影响大的案子越是要让他们撤诉，实在不愿撤诉的，也一定要让他们败诉。另外，绝不能让潘潮风出庭，一定要趁他外出开会下乡检查，没时间的时候开庭。赵日那边有我去协调。”

张涛听了唯唯是诺地说：“有刘行长的安排，什么事都好做了。你放心，我有任何情况都会及时先向你汇报，保证按你的安排去做。有你关心，什么问题都好解决了。”

27 意外之喜

刘冬冬为这事一忙，就没时间去关心陈晓艳的事了，她已经答应她，要她等几天，等她忙过这几天，就亲自带她到省司法厅和劳改管理局找人，尽快把李辉弄出来。她从一见面时，就也喜欢上了这个姑娘，她不但清纯漂亮，而且特别懂事简朴，说话做事有理有分，从不做作矫情，这就是她在心里为明明设计的那种女孩。跟她在一起，才能收住明明的性子，照顾好他，让自己放心。

陈晓艳的心情一下子就变得好了起来，她觉得老天终于开眼了，她终于遇到贵人了，李辉有救了。她开始变得活泼轻松了，跟着刘明明满县城地转着，不时地笑话刘明明："就你还一心要当大侦探，连个人都找不到呀。"

刘明明心里一直闷闷不乐，他每天带着陈晓艳在县城里转着，一直就找不到那个要找的徐老三，倒是找到了几个叫徐老三的，可是不是聋子就是哑巴，要不就街上摆小摊扫马路的，根本就不是他要找的那个徐老三。他最后自己都转得烦了："这个小县城真没啥转的，一泡尿撒一条街。"

陈晓艳羞红着脸说："开法拉利的人，还是个大学生，说出这样的粗话，多丢人啊。"

刘明明也被她说红了脸："这不是我说的，小县城里人都这样说，我只是借用。"

陈晓艳说："我觉得这个县城很好啊，很有特色。大山拥抱，风景独特，空气新鲜，山清水秀，既有老县城的传统典范，又有现代城市的雏形，真的很不错，特别是那些风味小吃丰富多彩，充满了传奇色彩，只是你没有细心品尝。"

刘明明说："你别听他们瞎吹，我就不相信这些街头小吃能比宾馆里的大厨做得好，到哪里都有地方特色小吃，好像有什么祖传独特的秘方似的，我看他们都是骗人，为了招揽生意编出来的。特别是这个小县城的人，特别的自恋顽固，早上吃个早点，都跑到那个‘张老头老面馆’‘李婆鸭子饭’排队。我们就没吃出有什么特色，反而觉得人多了，卫生跟不上。”

陈晓艳说：“不是你说的这样，他们能全城闻名，大家排队来，自有他们的道理。我就觉得‘张老头老面馆’的老牛骨头汤有特色，‘李婆鸭子饭’家的鸭子烧得有味，还有那‘金山老三样’‘金山新三鲜’都是很有特色。一边品赏他们的美味，一边欣赏他们的传说故事，多有风情啊！你是在大宾馆里吃惯了，不食人间烟火。”

刘明明说：“好，好，我说不过你，我就带你去吃这些小吃吧。你还是不知道这里的情况啊，这里的情况我比你清楚，你别看那些躲在小巷子小角落里的那些小饭店生意好，是他们有什么特色菜，都是骗人的。他们的特色菜就是关系户，都是那些有权有势的人的关系户开的，他们又想捞好处，又怕别人知道，躲在那里避人耳目啊。你不知道这里的人有多坏，个个土里土气自以为是，而且俗不可耐丑陋无比，连吃饭都要想着捞油水，真是腐败透顶。我看到的这里满大街跑的都是贪官污吏，漫天飞舞的都是苍蝇臭虫，我怎么就找不到他们的证据呢。”

陈晓艳说：“你能找到证据，那还要纪委检察院，还要省委巡视组干啥呢。坏人总是会得到报应的，不是不报，时候不到。”

刘明明说：“你又说错了，事实恰恰相反，历来都是好人痛苦地活着，痛苦地死去；坏人快乐地活着，幸福地享受。”

陈晓艳又说：“你怎么这么瞧不起我们小县城的人，我也是小县城的人，我就没感觉出你们大城市人有多好。特别是那些上海人，好像人家不知道他是上海人似的，一开口就是，侬是上海人，其实他不说，我们也知道他是上海人；还有那些北京人，一开口也是，我是在皇城根下长大的，我是京城人。其实他们许多也只是上代才到上海到北京的，也就多待了几年，连说话的口气都变了。我还是觉得我们小县城人好，纯朴友善和气上进，县城不大，活得自在简单，大家安居乐业，逍遥快活。”

刘明明忙说：“我不是说你，我说的只是这里，我对这里比你了解得多。这里可不简单，深处大山，三省交界，历史上就是天高皇帝远的三不管地带，以出土匪出名，古时还出过许多状元举人，当上宰相大臣的就有十几个，近代光是国共两党的将军就出过一百多位，是全国闻名的革命老区。大家都说，金山虽小，可是中国稀奇古怪的事情都被它占全了。”

陈晓艳说：“我们要就事论事，不能因为这里有些人不好，就恨整个县城的人，这是啥子道理呢，我就感觉这个县城不错，有种独特的魅力。那些土特产和地方小吃，就比别的地方丰富多了，这说明他们会享受生活懂得生活，能把很平常的事情做出自己的特色，这就很了不起。你看那‘金山老三样’，也就是东门五香牛肉、西门羊肉汤、北门猪蹄，哪里都有，就他们做出了品牌，全城人都穿过全城去买。”

刘明明笑道：“这正说明这里人迂腐好笑，无聊没事爱赶热闹，这三样东西哪里买不到，他们偏偏要跑着快活，还有那‘新三鲜’，不就是老娘臭豆腐、孙媳妇酒酿、张老太花生米，这都是他们自己吹出来的，跟外面的没什么不同。金山在外面最出名的就是‘三丑四怪’。”

陈晓艳问道：“什么‘三丑四怪’？”

刘明明兴趣十足地说道：“外面人都说金山有三大丑，一是男人长得丑，因为这里的女人特漂亮，所以男人就显得特别丑，大都是长得又矮又小、又粗又黑的样子，大都是美妻配丑夫；二是做事丑，金山的大街上伸手一抓十个人，至少九个都是老板经理，十有九骗，凡是外地到金山来做生意，个个都是赔本，个个都会受骗上当，这里人根本就不按合同办事，没有契约精神，都是说一套做一套，就看你会骗不会骗；三丑就是行为丑，吃饭喝酒都喜欢把桌子搬到门外，就爱在大街旁边喝边吆喝，一到晚上，大街两旁都是喝酒吃饭的红红绿绿的大排档，越是人多的地方，叫喝得越响，喝醉了就在大街上又吐又拉的，丑态百出。四怪更是出奇，一大怪就是前门不走走后门，不管遇到的是大事，还是芝麻大的小事，不管是上法庭打官司，就是自行车相碰了，他们都是不找法官和交警，都是喜欢找人走后门，不管是祖宗几代的亲戚老表，还是几十年不来往的老乡同学，都能挖地三尺地找出来，仿佛有了熟人，事情就能好办似的；二大怪是，人人都爱斗倒地主，大街小巷到处都是斗地主的人，却又个个都想着当地主，就像过去那些打富豪分人财产的人，打闹得越凶的，却是越想当富豪资本家的人；三大怪是，公鸡不叫母鸡叫，许多人家都是靠老婆女儿出去打工赚钱，男人在家做家务带孩子，所以就大都跑到街上去喝酒打牌乐逍遥，越活越快活；四大怪就是少见多怪，这个小县城很封闭，许多人只见过这巴掌大的一块天，对外面的新鲜事物接触得少，只要有一点新奇事，整个县城都能议论好多天，你看就我这辆法拉利，开到哪里都会有一群人跟着围着看。金山虽小，稀奇古怪的事情还多着呢，越说越多。”

陈晓艳说：“我看都是你胡说八道的，就是你对我们小县城的人有成见。我就喜欢他们的这种生活方式，活得自在、诚实、坦然、清静，地方不大，什么都有，就像一个与世隔绝的天堂，少了大城市的喧闹和拥挤。”

刘明明说不过她，只得整天带着陈晓艳在全城转着，大街小巷地寻找那些小吃。每到一处，总有许多人像看明星一样围着他们看稀奇。老板们也都热情地亲自接待他们，因为在这个县城，法拉利还是独一无二的，另一个更重要的原因，是大家都也知道他就是那个脚踢公安局长、怒骂县长的娘娘家的厉害公子。

刘明明总是看到许多人在后面对他指指点点的，他心里烦了，就对陈晓艳说：“这里最好的东西就是山里的那些山珍野味，我带你到大山里去找一些正宗的山珍野味。”

他说着就带着陈晓艳出了县城，向大山深处开去。刚出城不久，就看到一辆黑色大奔从后面追上来，超到他前面去了。他立即一加油门，就追了上去，一边对陈晓艳说：“你系好安全带，那个破大奔，敢别我车，老子把他别到山沟里去。”

陈晓艳忙说：“人家已经过去了，你就别追它了。”

刘明明哪听她的话，瞬间就追上了那个大奔，把它往路边别。那个大奔也不认输，又反过来别他。于是两辆车在弯曲的山路上你追我赶，互不相让，拼命地把对方往路旁别去，顿时险象环生。

陈晓艳在车上吓得大叫：“求求你，不要再追了，你不要命了啊。我也不认识人家，跟人家斗什么气啊，你想死，我还不想给你陪葬，我还有许多事没做完呢。”

刘明明看到她真是吓得要哭了，才停了一下油门，法拉利才慢了下来，那大奔立即跑到他面前去了。

刘明明没想到，那大奔在他前面不远处打着方向灯停下了。

刘明明也立即停了下来：“妈的，老子让你了，你还想找麻烦，老子今天好好地教训你。”他说着就从车里摸出一把刀要下车。

陈晓艳一把拉住他："你想干什么？你都差点把人家别到山沟里去了，还不够啊。"

他们没想到那车上竟下来一个女司机，还一边向他们挥着手，一边朝他们走过来。

刘明明一下子就蒙住了："怎么是江姐阿姨呀。"

江玲已经走了过来，刘明明按下车窗不好意思地说："江姐阿姨，我没认出是你。"

江玲笑道："没事，我也是试试你的车技。你的技术真的很棒，都能去开赛车了，你妈还一天到晚担心你的车技呢，她又是瞎操心了。你这法拉利就是比我大奔好使啊，果真是一分钱一分货。"

刘明明仍有些不好意思地问："江姐阿姨，你去哪里呀，刚才没吓着你吧。"

江玲说："我这条路比你熟，还能被你吓着。你们是到山里玩吧，你妈这些天不知在忙什么，我一直都要请你们吃饭，你妈都说没时间。现在遇上了，就跟我走，我带你们去一个吃野味的好地方，你们是找不到的。"

刘明明说："江姐阿姨，这金山还有我找不到的地方？"

江玲说道："这大山里的好地方多着呢，有些地方没人带，你知道也进不去，今天我就带你们去开开眼。"

刘明明开着车跟在江玲后面进入了一条偏僻的小山路，转过几道山，在一排小竹子扎成围墙的院子里停下，里面只有几间破草屋。从外面看上去很旧，进入里面才发现里面装饰得很豪华。门口的守卫一见江玲就异常客气地叫道："江姐，你有几天没来了。"

江玲指着刘明明说："这是娘娘家的大公子，今天一定要拿出最好的野味来招待他们。"

一个经理带着他们到了后面的一个树林里，那里简直就是一个小型野生动物园。各个笼子里关着许多各种的野生小动物，野兔野鸡果子狸斑鸠鹰鹞都有，还有几只野山羊和穿山甲。

江玲对他们说："这里做的最好的就是烤全羊，还有鹿骨酒，还有一些冷藏和腌制的鹿肉野猪肉。凡是这大山里的野味，这里都有，比大酒店里的正宗。你们想吃什么就点，以后想吃就来，就都记在我的账号上。"

陈晓艳偷偷地跟刘明明说："我看着这些小动物，心里害怕，我不敢吃。你看那几只小鸟，好可怜啊，叫得好伤心啊，你给我买下来放了吧，还有许多都是国家保护动物，更不能吃，这是违法的。”

刘明明立即说：“江阿姨，我们吃不了这么多，她喜欢这几只小鸟，我要买下来带回去养。”

江玲说：“行啊，你们喜欢哪几个，就放到车上去吧。”

他们立即把许多可怜的小动物和鸟儿连笼子一起放到车上，都放满了还想要。

江玲看着说：“你们要这么多怎养啊，你们可不要去放生啊，你们一放生，过几天又被人捉来了下酒，外面捉它们的人可多了。”

最后，江玲还是给他们点了一桌子的山珍野味，请他们吃。刘明明喝了几杯鹿骨酒，就对江玲说：“江阿姨，你们金山人怎么吃饭都喜欢找偏僻的小饭店呢，还躲到这山沟里。”

江玲说：“你不知道，这山里的许多野味是不能上市场的，都送到这里，暗地消化了。明明，我想问你，你那天怎么会和警察打架呢，你还能有什么事要去上访，你不知道我们金山就是你妈的天下，她说一句话比谁都管用，还要你去出面。”

刘明明听她提到他妈，就说：“这不关我妈的事，我不想让她知道，她一见面就老是教训我，我们就是想找一个人，江阿姨，你能帮我找吗？”

江玲说：“找什么人？你找我算找对了，金山没有我找不到的人。”

刘明明忙说：“就是经常到火车站找工人的徐老三。”

江玲说：“我认识好几个叫徐老三的，你说的一定就是开过劳务公司的徐老三，他过去常到火车站为小窑厂小煤款找工人的，金山只有他干过这事，你妈妈应该认识他呀，我帮他找你妈贷过款。”

刘明明激动万分地说：“我没跟我妈说，就是他，一定是他，我们就是要找他。”

江玲说：“你别急，先吃饭，我马上给你们把他叫来，你们找他有什么事啊？”

刘明明忙说：“我们只是找他打听一个人，是我女朋友的远房亲戚，跟他到金山来的。”

28 芒刺在背

徐老三接到江玲的电话，立即赶了过来。他的大名叫徐家旺，是金山县最有名的徐家四兄弟中的老三。金山人有个习惯，从来不直呼人家的大名，特别是有些名望和地位的人，都是爱叫别称或绰号，立即就显得亲密了许多，好像大家之间就像亲兄弟，没了距离。

徐家四兄弟分别叫徐家福、徐家寿、徐家旺、徐家财。他们家祖宗数代都是普通的山民，到他们这代终于有了风光，全部进了县城当了老板，是金山县最叫得响的四兄弟。凡是县城有头有脸的人都知道他们四兄弟，却没多少人知道他们的大名，但都亲热地叫他们徐老大、徐老二、徐老三、徐老四。他们虽然都是做着不一样的生意，但是一直都是兄弟联手，共进共退，在各自的行业都算是有影响有地位的。

徐老三一到，就叫道："江姐，你请我吃饭也不早说。我正在自摸清一色，好手气就丢了，今天我的手气特别的旺，已经摸了四个清一色了。"

江玲问道："省委巡视组来了，你们还敢赌钱，你们这些天躲到哪里去赌了？"

徐老三说："他们下来是查县里干部的，我们小老百姓的事他们不管，公安干警都派去保护他们了，我们就不用躲了。"

江玲说："这是娘娘家的公子明明，他们找你打听一个人，你帮他们找找。"

徐老三忙说："娘娘的事就是我的事，一定全力以赴，挖地三尺也要找到。"

刘明明急着说："你两年前在火车站接过一个叫李明亮的外地人吗？他是我女朋友的远方亲戚，你把他带到哪里去了？"

徐老三听了心里一阵惊慌，他自然知道李明亮的事，就是他在火车站把李明亮和其他两个人一起带到了一个小煤矿，他没想到他们一下去就没再上来。过去下面常死人，都是矿主们花点钱买平安了，只是那次死的人多了，怕传出来出事，他们就暗地把这事掩盖住了，而且李明亮他们刚从外地来，没人知道他们。他儿子后来来找人，也被抓去坐牢了，就没人再关心这事了。为这事他一直心不安，好长时间都不准别人提起他干过到火车站接工人的事，特别是不允许外地人来打听他。怎么现在娘娘也要插手这事了，而且一找就找到了他，难道要出大事了？

徐老三毕竟是经过大风大浪的人，他内心惊慌，表面无动于衷地说："我好几年没去火车站找过人了，我可以帮你们去问问，一有消息就告诉你们，就是这事，那我就先走了，那边还是三缺一等着我呢。"

徐老三坐不住了，他赶紧推辞后出来，就立即给他大哥徐老大打通电话："老大，你们煤矿那边是不是出事了啊，两年前那事怎么又有人在查，都查到我这里来了。"

徐老大忙在电话里问道："是谁在查？"

徐老三说："是娘娘家的公子，是江姐带来的。"

徐老大又在电话里说："那就没事，你不用担心了，这事过去这么长时间了，还能查到啥？我马上去问问他们是怎么回事。"

徐老大立即去找到沈金山，他过去就是一个小矿主，后来常出事干不下去，就合并到沈金山下面去了。他有点心有余悸地问道："沈总，是不是省委巡视组要查我们小煤矿了？"

沈金山听了也很吃惊，在他心里，他最不放心的就是小煤矿。他只是把他们组构在一起管理，具体的事情还是他们自己在做。他知道下面经常死人，但是具体死多少人他并不清楚。他一直觉得哪有开矿不死人的，这也是发展经济必须付出的代价。他把这看成是正常的工伤事故，但他有个明确的规定，每死一个人，至少要陪五十万，一定要私了，不能闹上去，那会砸了大家的饭碗。

沈金山看到徐老大有些紧张的神情，就感到他心里有事，也有些不安地问道："你们是不是隐瞒着什么？是不是有人死了，你们没有处理好？没有赔人家钱呢？那李辉的父亲是不是真死在你们下面了？你要记住，世上的什么钱都能赚，只是缺德的事不能做。"

徐老大慌忙地说："没有，没有，沈总，我们出了事故都是按你的规定，赔款私了的，都没留下后遗症，我只是担心省委巡视组盯上我们，总会查出事来。”

沈金山说：“你没做亏心事，怕什么？他们要查就让他们去查吧，上面不是经常下来查吗？小煤矿就是金山的小金库，不止县里，上面各级都是要保护我们的。”

徐老大说：“这次不是上面，是娘娘家的公子，是江姐带他们在查。”

沈金山笑了：“他是我儿子，他能查什么？他不就是带着女朋友出去玩玩，他想去哪玩你就让他去玩玩吧。”

徐老大忙说：“唉，我知道了，我还以为是娘娘为了潘潮风想查我们呢，你这么说，我就放心了。”

沈金山说：“你们没事就不要在家乱想，娘娘在任何时候都是我们的人，他潘潮风就是长十个脑袋，也查不到我们的头上。你还是多把心事放在安全生产上，现在不同以前，形势变了，强调以人为本，死一个人就不得了啊。”

徐老三忙说：“我知道，我们早就吸取教训，现在几年都是零伤亡了。”

徐老三一走，沈金山就打通江玲的电话：“你整天把我儿子带着跑什么？你把他带到我这里来，我要见他。”

江玲忙在电话里说：“沈总，我正在带他在山里吃野味啊，你放心，我一定把他们带到你这里。”

江玲接到沈金山的指示，立即对刘明明和陈晓艳说：“这里的野味怎样？都是正宗的野山货，吃好了，我再带你们去一个更漂亮的地方。”

刘明明吃得快活，心里也很高兴，觉得江姐给他在陈晓艳面前长脸了，就说：“江阿姨，你真会找地方，你去哪里，我们就跟去哪里。”

他们吃完后，江玲就带着他们朝沈金山的别墅山庄而来。在路上，陈晓艳叫他停下车，把那几只斑鸠小鸟和小动物全都放了。她看着它们在山林里飞来飞去，高兴地拍着手，对刘明明说：“你以后千万别叫我吃野味了，你看它们飞得多高兴，跑得多快活，人的嘴为什么这么残忍，非要剥了它们吃呢。”

刘明明说：“因为人也是动物，弱肉强食，这是自古不变的道理。”

他们一到别墅山庄，陈晓艳就被这里奇妙的景色吸引过来了，她不停地赞道："这里真是太美了，能住在这里的人就是活神仙。"

刘明明说："这一定又是供那些贪官污吏们吃喝玩乐的了，不知道他们在这里干过多少罪恶的勾当。"

刘明明直到见了沈金山，才知道这是沈金山的别墅山庄。他的心里立即阴沉了下来，这是他最不想见到的人，在他心里一直有三大恶人，第一是潘潮风，第二是沈金山，第三是那个秃头汪军。特别是那次二十周岁生日宴会上，沈金山公开说他是他儿子，他心里就更恨他了，他觉得他那就是公开侮辱他和他妈妈。他早已恨得咬牙切齿了，恨不能把他狠揍一顿。由于陈晓艳在场，他才不好表露出来。

江玲见到沈金山，立即迎上去，讨好地说："沈总，一接到你电话，我就把你儿子和儿媳一起带来了。你真有福气，有了这一对好儿女。"

沈金山对刘明明说："你们到金山好多天了，金山玩够了吧，早该来这里玩玩了，下面湖里还有游艇，你们可以开着游艇去钓鱼。"

刘明明不理他，他对陈晓艳说："这个小地方有什么好玩的，我以后带你到大海去开游艇，我们回去吧。"

陈晓艳说："这里好美啊，我还没见过这么美的地方，干嘛要走啊，在这青山绿水里开着游艇，激起一层层浪花，多惬意啊。"

刘明明见她执意不走，又不好明说心里的不快，也就只能陪她下去开游艇。他们在这面平坦得像一块碧玉的湖面上，像遛马一样不停地转着圈，直转到太阳落山、晚霞满天才上来。

陈晓艳仍在流连忘返的不停地拍着照，江玲一直在岸边等着他们，见他们上来了就说："明明，你的游艇开得真好，就像飞机一样，快去吃饭吧，你爸给你们准备了好丰盛的一桌菜，我也跟着沾光了。"

刘明明的脸又像被人抽了一样，他羞怒地说："江阿姨，请你以后不要乱说，他不是我爸。"

陈晓艳也说："怪不得沈总对你这么好，原来他是你爸啊，你为啥不认爸啊。"

刘明明终于控制不住地暴怒起来，他失声大吼道："你们都给我闭嘴，我没有爸，我永远没有爸，你们谁再说，我就跟谁过不去。"

刘明明发泄完，就跑到车子上，不由分说发动车就要走，陈晓艳看他真生气了，赶紧跑过去，拦住他车说："你带我来的，要走带我。"

等她上了车，刘明明仍在气呼呼地说：“请你以后，永远别提我爸，我没有爸，我永远没有爸。”

陈晓艳也生气地说：“求你开慢一点，你真是神经病，说翻脸就翻脸，谁得罪你了？你没有爸，你是怎来的？”

江玲看着他的法拉利一溜烟地跑了，正懊恼地不知道该如何去和沈金山去说时，刘冬冬的电话就到了，她一开口就责问道：“江姐，你把我儿子带到哪里去了？你怎么能带他去那个地方，带他去见沈金山。你不要为你的事，把我一家都带上，你不要乱插手，明明永远不能再见沈金山了，他们没有任何关系。”

江玲听了，心里一阵阵气恼，她也大声跟刘冬冬叫道：“你们这一家怎么都是神经兮兮的，我哪里做错了？好心好意请他们吃饭，带他们玩，还做错了？人真是倒霉时，喝水都呲牙啊。”

29 横生枝节

刘冬冬责怪江玲，不只是她带明明去见沈金山，更重要的还是帮他找到了徐老三。她不是很清楚他们在下面干了什么，但她知道这里面一定会有巨大隐情，不然他们不会为那点儿小事，就抓住一个大学生不放，非要把他送进监狱，还办成了铁案。她也知道那些小煤矿藏着许多不可告人的秘密，那里面深不可测，都是高压线，那就是一个个黑洞。她不能让明明搅进去，这将会使他陷入重重危险中。

她感到必须尽快把明明他们送走了，在这里待长了，他就会多管闲事，不知会闹出什么结果。她把刘明明和陈晓艳叫了回来，跟他们说她也派人到省司法局和劳改局找人去了，叫他们回学校去等消息。可他们都不愿回去，他们已经找到了徐老三，他们更不会放弃了。刘明明知道他妈不肯帮他们找徐老三，一定有自己的原因，也就不想告诉她，他们心里的计划。

刘冬冬的心里变得异常烦躁起来了，她从来没有感到过这么烦躁。所有烦心的事都挤到一起来了，特别是潘潮风更倔，就像是个不开窍的大傻瓜，自己遇到这对父子冤家，有火不能发，什么办法都没有了，再有本事都是白搭。

最使她烦躁的还是那些告县政府的官司。她已经动员了一切力量，想尽了办法，还是有三家死活不肯撤诉，但是她仍没放弃。她不能看到自己多年的心血，精心培养的潘潮风的官场形象毁于一旦。她现在只能亲自出马，把所有的心思都花在这三个被告身上，一时还无法转移到陈晓艳的恳求上。她知道那事可以缓缓，潘潮风的事已是刻不容缓了。

刘冬冬知道这三家都是县里的上访专业户，软硬都不吃，有到北京上访要自焚的，有和地方干部公开打架而被拘留过的，还有的是带着全家老小睡在政府大门口不走的，都是讲死理不要命的主，就是要和政府死磕到底，既要利益也要说法的人。

刘冬冬和他们一接触，就感到这些人难缠，这些人怎么都变得这么不听劝解，认死理了呢。不过她仍没放弃，她仍在和张涛律师利用一切办法在给他们施加压力。

当张涛律师打来电话告诉她，那个大仙的女儿已经联系上了，她立即放下所有事，开车跟他一同前往。

大仙的本名是石强，他是县城很有名气的一个人，从小就爱管闲事，老县城的人无人不认识他。大家都爱叫他大仙，是因为他过去在越南战场上被炸掉了一条腿，成为当时县城大红大紫的伤残军人。他光荣退伍后，被安排在县城最大的棉纺厂当了保卫科长，风光了好多年。当时暗地给他写情书的姑娘有一大堆，没有谁嫌弃过他少了一条腿，他也从中选了一个农村里的贫苦人家的漂亮姑娘，也因为自己的关系，把她安进了厂里当了正式工人。那时大家都羡慕他有艳福，少了一条腿，还娶了个这么漂亮的媳妇，小日子过得逍遥自在，就像是铁拐李，就开始叫他外号大仙。可是他的好景不长，没过几年那家工厂就倒闭了，他虽能留下看大门，可是他的漂亮媳妇下岗了，再也无法和他过神仙日子，就一个人丢下他和女儿到南方打工去了，再也没了音信。他也没有在乎这些，依然每天开着三轮车接送女儿上下学，带着她到路边面摊小店吃饭。

他开始变成上访专业户是在五年前，他所在的工厂无法恢复生产，又欠银行巨款，只能改制给了原来的厂长。那个在外面跑了几年的厂长，接了个烫手山芋，一筹莫展，该他时来运转了，正赶上金山县城大发展，棉纺厂被整体拆迁，那个厂长不但还清了债务，还带着几千万，全家搬到国外去了。

石强这时的心情再也不能平静了。为啥自己辛辛苦苦看管了几十年的工厂，一夜之间就变成那个败家子厂长私人的了，而且拆迁的那么多钱都被他带走了，而几百个下岗工人却没人管了。于是，他召集了一百多个老工人天天到县政府上访闹事，牵着横幅，不是赌大门就是堵路，成了全县有名的铁杆上访户。谁也做不通他的工作，他就是要县政府认错，把原来的工厂还给他们。这不是痴人说梦嘛，那厂都拆掉几年了，还能还回来？县城里从上到下已经开始传说，大仙是老婆跑了，想老婆想疯了，已经得了精神病了，该送精神病院了。

刘冬冬和张涛跑到几百里外的一座大城市，终于找到了大仙的女儿，他的女儿很漂亮很时尚，是在一家咖啡厅当坐台小姐。她见到他们很害怕："你们，你们是怎么找到我的?"

张涛说："我们是代表县政府，还有政府想找的人找不到?"

刘冬冬微笑着说："你不要害怕，我们只是想请你帮个忙，我们是来帮你解决困难的，你有什么困难都可和我说。"

那姑娘仍在胆怯地说："请你们不要告诉我爸，我在咖啡厅工作，我跟他说我是在工厂打工的。"

刘冬冬说："你放心，如果你不喜欢这份工作，我可以帮你找份好的工作，你应该回金山去工作，你爸爸年纪大了，腿又不好，你应该留在他身边照顾他。"

那姑娘眼睛红红的，低下头说："你们要真能帮我，给我在金山找份工作，你们要我做什么都行。"

刘冬冬说："我们找你也不是什么大事，就是想要你劝劝你爸，不要带头跟政府打官司了，总跟政府作对，有什么好呢，自古以来，谁能跟政府打赢官司啊。"

那姑娘说："我也劝过我爸了，可他不听我的，非要代表那些下岗工人上访，他也是老糊涂了，什么人的话都不听了。"

刘冬冬又说："我们也知道，你爸也是被那些人鼓动的，你看人家现在谁不在想法赚钱找出路，只有你爸在带这个头。"

那姑娘忙说："你们放心，我一定不会让你们失望，我一定回家拼死不要他管这事了。我马上就打电话给他，他要不听，我就回家天天看着他。"

刘冬冬笑道："你真是个懂事的好女儿，你以后有任何事都可找我，我会一直把你当女儿待的，工作的事情交给我。"

那姑娘立即打通她爸的电话，在电话里严厉地说："爸，我跟你说，你不许再和政府打官司了，你总带着那些下岗工人闹，有啥好处。别人都不出头，就你抢出头。县里派人来找我了，我已经答应他们了。不许你闹了，你再闹，我就不认你这个爸了，你就为我少点儿事吧。"

石强在电话里问道："他们谁来找你了？你没有什么事吧？你不要怕

他们。”

那姑娘又急着说：“爸，我没事，是刘冬冬行长和张涛律师。他们对我很好，他们都是好人。你就不要再跟他们闹了，你闹了几年了，还没闹够啊！我马上跟他们回来。”

30 一波三折

石强接到女儿的电话，一夜都没合眼。他知道这些年县里做点什么事，就是把你的所有亲朋好友一起动员来做工作，明说是做思想工作，实际就是从各方面给你压力，逼你让步。一些单位为了完成拆迁任务，更是什么丑事都能做得出来，把那些与拆迁户只要有一点亲戚关系的人，都直接要他们回家不准上班，什么时候把人家房子拆了，什么时候再回单位上班，这不是硬逼人家去做断子绝孙的事吗？他没想到他们会跑那么远去找他的女儿。

这使他的神经大受刺激，这些年他的老婆跑了后，他一直在和女儿相依为命，他没有能力为女儿找到好工作，但他总算把女儿拉扯大了。当他听到是刘冬冬去找的他女儿时，他的心里更是气愤至极，他想那一定是潘潮风叫她去的，他一夜都在愤恨地想着：“你们这两个狗官，狼狈为奸。你们的事情全县的人都知道，我知道你们什么事情，都能干得出来，你们竟拿我女儿来威胁我，老子这条命不要了，老子跟你们拼了。”

天一亮，石强就招呼来一群下岗工人，一起把省委巡视组的住地包围了。

石强坐在破三轮车上，三轮车上全装着汽油，一手拿着打火机，情绪激愤地大叫着：“省委巡视组今天不给说法，我就烧死在这里。”

何枫和肖剑得到消息，赶紧跑了出来，他们耐心地劝着石强：“你千万不要激动，有话好好说，快把打火机放下，你有问题我们现在就接待你。”

石强叫道：“你们巡视组和县里的贪官都是一伙的，你们官官相护，就是来做做样子，什么问题也没解决。”

跟他来的那些人也都跟着起哄：“你们省委巡视组，就是下来吃吃喝喝，什么问题也不管。”

何枫对着大家说：“请你们相信我们，我们是下来工作的，你们反映的问题，我们正在调查核实，我们一定会及时给你们，给全县人民一个交代的。”

石强仍在大叫：“我要举报，我要求你们立即调查潘潮风县长和他的小老婆刘冬冬。他们就是金山最大的贪官和坏官，他们不让我们跟政府打官司，处处打击报复我们，还去威胁我女儿，你们今天不查他们，我就不活了，我就到阎王殿去告他们。”

肖剑一边慢慢向他走近，一边说：“你不要冲动，你反映的情况很重要，希望你能下来，到里面慢慢跟我们说，我们非常需要你提供的材料和证据。”

石强大叫道：“你不要过来，你们不让我活，难道还不让我死。我就是要举报他们，他们这些年干的坏事，谁不知道，还要证据，我有证据，还要你们查什么？”

周围的人也跟着大叫：“共产党怎么就养了你们这些只吃饭不拉屎的货，怪不得有这么多贪官污吏，我们要能找到证据还要你们这些人干啥？你们的公检法就是用来对付我们这些小老百姓的？放着满大街的老虎苍蝇不管不问。”

就在他们吵吵嚷嚷时，张景已经带领一群公安干警赶到了，他指挥公安干警立即把大家放开。张景严厉地对大家说：“你们谁也不许趁机闹事，都给我回去，不然我就按扰乱公共秩序罪，把你们都抓起来。”

众人齐声叫道：“你这个狗腿子，要抓就把我们都抓起来，你除了对我们凶狠，你还能干什么？看看你戴的领章帽徽，你还算是人民警察吗？”

石强更是在对他大叫道：“张景，你就是潘潮风家的一条狗，你被他们崽子踢了，都不敢哼一声，你来抓老子，老子命都不要了，还怕你抓。”

何枫站到前面说：“大家都不要激动，任何问题都会搞清楚的，你们公安都给我退到后面去。”

公安干警听到他的话，全退到他们身后，站成一排，和那些群众形成鲜明对垒的两方。看热闹的群众又是越聚越多了。

肖剑又趁机向石强靠近，他说：“你把打火机放下吧。有我们在，没人能威胁你和你的女儿的，给我们一点时间，我们一定能查清你所反映的所有问题。”

这时，潘潮风也闻讯赶到了，他走上前说：“石强，我多次接待过你。法院已经受理了你们的案子，你们现在应该好好准备诉讼，到法庭上申诉啊。你快下来，你不想活，你还有个女儿啊，你一直是个伟大的父亲啊。”

石强对他大骂道：“潘潮风，你这个狗县长，你阳奉阴违，当面一套背后一套。你接待我们多少次了，你每次都说要把我们下岗工人放在心上，要帮我们解决问题，可是一次没有落实过。你明里欢迎我们跟你打官司，暗地里使阴谋诡计，派人去威胁我的女儿。我现在就公开举报你，不把你告倒，我就决不罢休。”

潘潮风说：“你可以举报我，我也可以要求组织现在对我进行审查。不管怎样，你都把打火机放下，再苦再难你都不可轻生。我现在当着大家的面，以我的党性和人格向你保证，我绝对没有派人去找你的女儿，绝对没有给你们任何压力；我也可以向你们保证，在开庭的那一天，我一定亲自出现在你们的被告席上。”

众人都在七嘴八舌地说：“你一向都是说得比唱的好听，你们家配合的正好，你表面充好人，暗地叫你小老婆去干坏事，你还想骗谁呢。”

“你们夫妻同心，明铺暗盖，官商勾结，都把我们金山县当成你们家的了，你哪还管我们老百姓的死活。”

潘潮风被众人说得无所适从，他只能一次次不停地向大家表白：“我知道大家心里有怨气，对我们的工作不满。我也知道我们的工作还有许多缺点，我为此真诚地向你们道歉。请你们相信我，我们一定能处理好发展中的这些矛盾，给大家一个满意的答复。我向你们保证，我们的党还是共产党，我们的政府还是人民的政府。一心一意为人民服务是我们终生牢记的历史使命，不管到什么时候，你们都是我们的衣食父母，我们永远不会忘记你们。关于我的个人问题，我欢迎你们举报，欢迎你们监督，也请省委巡视组对你们提出的问题进行调查核实。我再次以党性和人格向你们保证，你们道听途说的谣言不是事实，我过去没有，现在没有，将来也不会做任何对不起组织，对不起我的妻子和女儿的任何事情。请你们不要信谣传谣。”

大家听了他的话，这才平静下来，石强仍不肯放下手中的打火机：

“你还想用花言巧语骗我们，你和娘娘没有关系，她为啥会为你出面，还去找我女儿。你们害我女儿，我在阴曹地府也不会饶了你们。”

潘潮风坚决地对他说：“你放心，我们马上去调查，谁敢去找你女儿，给她压力，我们就立即去严肃处理他，你的女儿就是我们的女儿，你放下火机，我现在就亲自陪你去看你女儿。”

他正说着，刘冬冬就开着车，带着石强的女儿火速赶到了。他女儿大叫着奔过去：“爸，爸，你怎么又发疯了，你不能这样，你不能丢下我呀。”

石强被女儿夺下打火机，慌张地说：“你，你怎么回来了，他们没有逼你威胁你吧。”

他女儿说：“爸，你又在家胡想了，你真是上访把头脑上坏了，你整天跑来胡闹什么呀。他们大家都对我很好。”

刘冬冬也走过去说：“你总是把人想得坏，我们这个社会还是好人多的，你的女儿真的是很优秀，你要为有这样的好女儿骄傲。”

她女儿拉住他的三轮车说：“爸，我们回家，你以后不要再来闹了，政府已经对你很好了，你不就是在越南前线炸断了一条腿，政府已经养你一辈子了，你还有什么不满意的。”

石强忙说：“好，好，只要你没事，我们就回家。”

石强带着女儿一起开车离去，众人却越来越多，仍把他们围住不放，有人喊：“你们不能只解决他一个问题，我们大家的问题都要解决。”

有人在喊：“娘娘本事大，我们找娘娘解决。”

“大家都看见了，这不是明摆着的事，还说他们之间没有关系，谁信啊！潘潮风，你就不要自欺欺人了。”

刘冬冬的突然出现，等于给潘潮风当众打了响亮的一记耳光。此时的潘潮风已经是又气又急又恼，脸色苍白，说不出话来。他知道自己的心绞痛又犯了，他已痛得满头大汗，他强撑着不想让大家看出来，他不停地在心里说着：“一定要坚持，这时绝不能倒下。”

但是，他还是坚持不住了，他已经听不清大家在面对着他说什么。他只能一手捂住胸口，一边慢慢俯下身去，先是单膝跪地，单手撑地，后是双膝跪地，双手撑地。他心里还在不停地想着：“不能倒下，一定要站起来。”

众人看到这情景，许多人一下镇住了，有人在不停地拍照摄影，有人又在叫道："这个无能的县长下跪了，他给我们磕头了。没本事还当什么县长呀。"

潘潮风最终没有能站起来，也没有坚持住，重重地摔倒在水泥地上。

31 鱼水之情

潘潮风真的倒下了，他被紧急送往医院抢救。经医生诊断，因长期超负荷工作，精神压力大，他不只犯有严重的心绞痛，还有严重的抑郁症状。医生要求必须立即离岗修养。

刘冬冬还是第一次知道他的身体也到这种状况，她心焦如焚，一再要求把他转到省城治疗，被潘潮风拒绝了，最后还被潘潮风拒之于病房之外。她只能一个人躲在宝马车内默默地哭泣，她心里特别的焦急，她没想到在这个关键时刻，他得了这么重的病。

刘冬冬看到有许多老百姓都来看望他，心里也很感动。他这些年的心血都花在这些小老百姓身上了，可是这有什么用呢。现在的你身在官场，不把精力花在上级领导和大老板们的身上，光知道跟这些小老百姓打交道，能有什么用呢？你的命运不是掌握在这些小老百姓手里。

潘潮风对闻讯赶来的妻子杨慧和女儿潘雪说："你们不要听医生瞎说，我的身体我自己最清楚，好得很，心绞痛是老病了，一吃药就好了，你们还是回到学校去吧，不要为我耽误了功课。"

杨慧说："你怎么又犯傻了，为啥不到省里医院去，现在县里这么多事，谁不想趁机出去休息几天，你到省里医院能住多少天就住多少天，县里就是闹翻了天，也找不到你的头上。"

女儿潘雪一起争着劝道："爸，我到省城读高中，你就没有带我上过一堂课了，你正好到省城去住院，也可以帮我补习课了，你不能不管我了。"

潘潮风说："小雪，你妈不懂，你也不懂啊，你们高中的课本我早忘了，没法帮你补了。你快带你妈回去，有你妈一人陪读，你还不够啊。早点回到学校去，我就不担心了。"

他接着又对县委的工作人员说：“我没病，我相信金山县人民医院的能力，这点小病他们是完全能治好的。没有我自己的同意，谁也不能把我转到外地去，包括杨慧和我的女儿小雪。”

潘潮风病倒和当场下跪的消息又一起成为全县人民议论的焦点，各种谣言和小道消息又在充满全城的大街小巷。

有人说：“潘潮风被人当场举报，吓得当场向省委巡视组下跪求饶。现被软禁在医院了。”

也有人说：“潘潮风已经被省委巡视组盯上了，也想装病混过关。”

还有人在说：“潘潮风住在病房里，他的大小老婆在医院打起来了。”

何枫和肖剑是一起眼看着潘潮风孤独地面对众访民，最后倒了下去的。他们决定代表省委巡视组到医院去看望他。他们到达医院时，发现医院的走廊和病房里都摆满了各种鲜花和盛着鸡蛋老鸡老鸭及各种土特产的竹篮竹筐。还有许多闻讯赶来的村民，他们一听是省委巡视组的，立即把他们团团围住了，一些心急的老太太和老大爷一起拉住他们跪下叫道：“你们是青天大老爷，是上面派下来的钦差大人，你们不能被坏人骗了，你们不能抓潘县长，他是好人啊，你们千万不能好歹不分，你们不让他当县长，就让他回我们村里种地养鸡吧，我们欢迎他回去。”

何枫和肖剑一边拉起他们，一边说：“你们不要误会了，我们是来看望他的，你们有什么话都起来说。”

他们都纷纷说：“我们也选了代表，我们也要上访，让老洪来说，他当过教师。”

一个七八十岁的老头站了出来，他手里拿着一大叠纸说：“我老洪已经七十八了，正要找你们反映情况。我退休后就专门记录县里发生的各种大事和民间传说，这就是金山二十年的历史啊！我只想说，没有共产党就没有现在的金山，就没有现在的好日子。你们现在的贪官坏官是太多了，大街小巷到处是苍蝇在飞啊，可是这不能怪风娃子啊，那些事情没干好，也不是他一个人的错啊。风娃子还是你们过去的共产党，他的心里透明着呢。我敢保证就是金山的官都坏了，风娃子，他也不会变成贪官坏官。从他到我们这里的二十多年，我每天都在看着他，我就没有看到过他做过一件坏事。我们老百姓心里清楚，他心里只有我们老百姓啊。你们来抓他查他，我们心里不服，我们心里寒心啊，你们不能抓错人啊。”

何枫扶住他说：“洪大爷，请你们不要听信任何谣言。你们能来反映情况很好啊，你到屋里坐下慢慢说。”

洪大爷被请到一个房间坐下，肖剑给他倒了一杯水，坐下一边请他说一边记录着。房间的里里外外都挤满了人。

“各位领导：本人只读三年私塾，识字不多，水平有限，记录不周，一本流水账，敬请原谅，只说真话，不会撒谎，只记实情，不懂政策。”开场白后，洪大爷翻着他记录的那叠旧纸，开始一句一句地念道：

1992年7月记：改革春风吹大地，南行讲话鼓干劲，一年要变一个样，三年要来大变样，不换脑筋就换人，其实还是老花样，跑步变成快步走，共产主义变小康。

1992年10月记：政府做事一阵风，过去下放学生来，敲锣打鼓好热闹，个个表态要扎根，一阵风来回了城，都骂我们是地狱，村里又来大学生，他的名叫潘潮风，下来就当村书记，既然是来当书记，为啥还要是挂名？有名无实来镀金？城乡本是一盘棋，只抓城市大发展，不顾农村穷和苦，分出欧洲和非洲，还要来做名利场。

1993年3月记：开春雷声震天响，一阵春雨撒田间，小潘是个好娃儿，真抓实干是能人，身先士卒冲在前，有才有识有办法，每家每户去探望，都把大家当亲人，农民致富有希望，衷心感谢共产党，派来一个好娃子。

1993年10月记：风娃来村一年了，出去开会二十次，二十天里夜夜归，过年回家看父母，花去五天的时间，其余三百四十天，都在村里没离开，三百六十个晚上，都住村里宿舍里。他把我们当亲人，我们把他当亲娃。

1994年10月记：风娃来村两年了，村里来了大变化，鸡羊成群还有鸽，野兔家兔到处跑，许多人家翻了身，成了养殖专业户，大家在他号召下，建起许多养殖场，新义成了养殖村，远近百里把名扬，来往车辆把队排，翻身不忘共产党，富了感谢风娃子。

1995年10月记：风娃来村三年了，生病一次出危险，幸亏遇到好杨慧，半夜送他到医院，扭断左脚留残疾，救回他的一条命，他是一个苦命娃，孤苦伶仃一个人，饱饿冷暖无人管，一心扑在工作上，带领大家奔小康，哪里跌倒哪里爬，大家看着痛心里，自家娃儿没他亲。”

1996年1月1日记：今天是个好日子，喜气洋洋全村欢，千里姻缘一线牵，知恩图报风娃儿，娶了跛脚小杨慧，真心实意把根扎，从此大家一家人，不再分出我和他，共谋发展图大业，山里小村出了名，报纸电视都来夸，样样先进是模范，共同富裕迎小康。

1996年10月记：风娃来村四年了，村里变化实在大，水泥道路通每家，路旁栽满风景树，一年四季开满花，不再分出冬和春，家家盖起小楼房，前有洒场后带院，电灯电话不出奇，乌龟小车开进家，老头老太不孤单，早晚跳起广场舞，千年旱船又来玩，唱起歌儿编新词，个个都把风娃夸，苦了自己为大家，放弃回省坐高位，甘心变成乡下人，不疯不傻他为啥？他把全村当成家。

1997年10月记：风娃来村五年了，全村真是大变样，远近闻名全县赞，风娃被选副镇长，总算进步升了官，大家高兴也伤心，走了风娃怎么办？何日再来好书记？哪里还有风娃子？

洪大爷说着说着，就忍不住老泪纵横了，他已经说不下去。外面人都急得叫道：“你这个洪老头，平时那么会说话，怎么一到关键时候就说不出来了。只会读你那些破诗，他们能听得懂吗？是县里那些坏人要害风娃子，你不要把你那些破纸当宝贝了，快交给他们吧。”

何枫说：“洪大爷，你记录的这些东西很好，很重要，请你借给我们复印几份，你放心，原件还交给你保管。”

洪大爷说：“你们要就拿去吧，不是我舍不得给你们，确实是我忘不了风娃子，我每次想到他，就拿出来看几遍。你们一定要好好调查，不能冤枉了好人啊，这世上本来就好人不多、好人难过啊。其实这么多年，风娃子从来没有离开过我们，他的家还一直住在我们村里。我们都是亲眼所见，他们一家都很和气，从来没有吵过嘴打过架，他们是五好家庭模范夫妻。你们不能听信社会上的谣言，都是那些坏人不想让他当县长，污蔑他的呀。”

肖剑接过那一叠厚纸说：“洪大爷，你放心，你们大家都放心，一切问题都会搞清楚的，我们不会放过一个坏人，也绝不会冤枉一个好人。你稍等一下，我马上就去复印，我们一定会认真仔细去调查的。”

这时，几个老太太又在外面叫道："他老洪说不出来了，风娃子做了那么多好事情，你怎么都不会说了，我们还有话要说。"

何枫忙说："大家有什么话，慢慢说，不要急，我们有的是时间听你们说。"

那几个老太太互相推着，七嘴八舌地想说话，真要站出来又没人敢说话了。这时，洪大爷又说："她们都是乡下老太太，没见过省里干部，见了你们都说不出来。她们都是我们新义村旱船队的，她们都会唱，让她们唱给你们听吧。"

她们立即说道："我们听说风娃子住院了，就是想来唱给他听的。他最喜欢听我们唱旱船行舟了。我们这个旱船队就是他帮我们组起来的，我们每天唱唱跳跳，身体都不生病了。"

"那好呀，你们想说就说，想唱就唱，我们都会认真听的。"何枫连忙说道。

那几个老太又一起叫道："你这个洪老头，见了省里领导不会说话了，要我们唱，我们没化妆，没带旱船来，怎么唱啊。"

洪大爷忙说："今天就不讲究这些规矩了，你们就把你们那些新编的词都唱出来吧，心里怎么想的就怎么唱，快唱给省里领导听啊。"

那几个老太太你看看我，我看看你，突然就一人一句地唱了起来：

青竹竿，花锦缎，小媳妇，摇旱船。风儿做船桨，白云做船帆。船儿船儿装的啥？装满歌声装满笑，装满鲜花唤春天。

新义村，深山里，世代苦，穷千年。天高山路远，穷山伴恶水。船儿船儿怎么行？改革开放好时光，春风吹进山窝里。

新时代，好光景，专业户，养殖户。家家争先进，户户是模范，船儿船儿往哪行？ 鸡羊成群牛成行，白兔仙鸽来相聚。

潘潮风，好书记，山沟里，显才能。开山劈新路，旧瓶装新酒，船儿船儿跟他走，携手共进求发展，共同富裕奔前程。

她们一唱开就不再拘束了，越唱越响，唱着唱着，就扭动着身子，跳着舞了起来，旁边的许多人都跟着唱了起来。许多路过的人，也都好奇地围过来看热闹，很快就聚拢来一大群人。她们也就越唱越放开，越唱越自由了：

小小旱船两头齐呀，
风娃子是个好清官啊。
不贪不沾不犯法呀，
一心为民不顾自啊。
升官发财没他份呀，
贪官坏人都恨他啊。
坏官总比好官多呀，
成群结队来害他啊。
污蔑造谣中伤他呀，
所有污水泼向他啊。
天有明镜在高悬呀，
公道自在人心中啊。
我们百姓把他夸呀，
省里干部睁开眼啊。
不能好坏不分抓错人呀，
放过坏官查好人啊。
小小旱船两座亭呀，
……

32 惺惺相惜

刘冬冬被潘潮风拒在病房门外，她并没有离开。她一直在等他妻子杨慧和他女儿潘雪出来，她们都是她及时叫回来的，看到她们，立即把她们叫上车，对她们说："他听了你们的劝吗？"

潘雪说："刘阿姨，我爸骂我了，他要我回学校，我们已经劝他了，他不听，他不愿去省城住院。"

杨慧说："刘行长，你都劝不动他，我们哪能劝得动他呀。我们还是回去吧，省得他又多担一份心。"

刘冬冬说："那就算了，我送你们回省城吧，顺便从省城请两个名医回来看看，你们还是安心去上学，余下的事交给我吧，怪我这么急着把你们都叫回来。"

潘雪说："刘阿姨，谢谢你了，有你在我们就放心了。我们知道，你是一直真心对我爸、对我们全家好的。"

杨慧说："我已经几个月没回家了，我想先回家看看几个老人，顺便拿几样东西？"

刘冬冬问道："几个老人都很好，你们在省城还缺少东西吗？"

杨慧忙说："什么都不缺了，你都安排得很周到了，我只是想回家看看，要不你们先去省城找医生，我自己回去。"

刘冬冬说："那我先送你们回家吧，你们在省城有什么困难，要及时跟我说。你还是把所有精力用在小雪的学习上。"

刘冬冬说着已经调转车头向新义村而去。新义村是个离金山县城几十里的偏远山村。杨慧看着刘冬冬熟练地驾驶着宝马车在山路上绕行，那种自惭形秽的感觉，立即又涌上心头。每次见到她，她就有这种奇怪的感觉，她说不清是妒忌、怨恨、敬仰、感激，还是忧伤，也不知道她是天仙，还是女神，但她知道自己一辈子都绕不开她，必须时时刻刻面对她。

二十多年前，正是她如梦如幻的花季，正是她少女情怀初绽的时刻。村里突然来了一个年轻的大学生书记，立即吸引了她好奇的目光，村委会离她的医疗诊所很近，他每天进出都要从她门前走过。很快的，她就发现自己特别期待聆听他路过的脚步声，特别期待他匆匆而过的身影。每当他走近，她那颗少女的心就会砰砰地加快跳动，她的脸就会泛起红润。因为这个年轻的大学生书记，太特别太与众不同。他身材高大，面孔白皙，知书达理，温文尔雅，这样的小伙子，她只是在电影上才看到过。

于是，从他一出现的那刻时，她就在暗地里不停地观察着他的一举一动，她感到这个人不仅外表干练果断，说话做事风风火火，内心也很聪慧细致。他一个人在村里生活，早晚饭都是自己亲手去做，不管什么都能做得有模有样，一个人吃得津津有味，就是那白衬衫，他都能比大姑娘洗得还要白，他甚至还能心灵手巧地缝补衣服。

杨慧感到他就像是一个天外来客，浑身充满了神秘的魅力，是她从没见过的青年。她已经完全被他深深地吸引住了，她渴望着能每天都能见到他，感受到他的气息。有时夜深人静时，她值夜班，她就会神使鬼差地出去走走，特意到村委会去转几圈。她每次都能看到他窗口的灯光亮到深夜，她有时走近去看看，能清晰地看到他伏案写字的身影，她每次都是小心翼翼地走近走开，从来没有敢去打搅过他。但是，每次回来，她都是特别的激动和兴奋，因为她看到整个村子早已进入梦乡，四周一片漆黑，只有他们两处的灯光亮着，这使她仿佛感到他就是在陪自己值班。于是，她就希望能天天值夜班，希望看到他窗口的灯光能够一直亮到天亮。

虽然潘潮风时刻在拨动着她那颗少女的心，总是能给她带来许多美好的幻想，但她从来没有想过和他能有什么交往。在她心里，她一直觉得他就是另一个世界的人，神圣不可侵犯。是的，她一个农村出身的女孩，能遇到这样出色的青年，已经是很幸运的事，哪能有过多的想法。他是从省城来的，顶多两年就回去了，就像过去来的那些下放学生一样，不管在下面留下了多少情，一回城就杳无音讯了。

直到那个下雨的深夜，她远远地看到潘潮风房间窗口的灯光亮着，她又习惯地冒雨前往。她本想借着雨声，能更靠近，看得更仔细一些，她没想到她看到了潘潮风正一个人捂住肚子痛得趴在床上，身体缩成一团。她一看就知道他是得了急病。她不知哪里来了这么大的勇气，不假思索地就一头撞开门，背起他就往诊所跑。到了诊所，她就诊断出他可能得了急性阑尾炎，必须立即做手术，可是诊所里条件有限，她又不敢动这样的手术，她只能一边和县医院联系，一边背着他向县城方向跑去。她知道，只有这样才能节省时间，而时间就是他的命。

她不知道自己哪里来了这么大的力气，背着他在漆黑的雨夜里跑了那么久，都没有感到累，跌倒了爬起来继续跑，直到迎上县城来的救护车，把浑身泥水的他们一起救上救护车，这时才发现她的一只脚不知何时已经扭断了，一动不能动了。

杨慧一辈子也忘不记那个甜蜜的夜晚，忘不掉那一夜的雨，是自己跛了一只脚，救回了潘潮风的命。上帝也没有亏待她，同时也把最美妙的爱情带给了她。面对潘潮风突然送来的爱，她一直都不敢相信这是真的。她感到这一切就像是梦一样，但她宁愿死在这个美妙的梦里，也不愿从这个甜蜜的梦里醒来。

直到进了洞房，她还感觉到是在梦里。那天潘潮风被村民们灌醉了，当她把他扶上床，伺候他休息时，他突然一把抱住她，以从没有过的狂热亲吻着她，一边疯子似的叫着："冬冬，我爱你，我永远地爱你，你不要离开我，你真的不要离开我，我不能没有你。"

在那一霎间，杨慧的梦终于醒了，她终于知道了这世上还有个藏在他心里的叫冬冬的女人。她没有感到失望，也没有感到愤慨，反而感到特别的平静。这就对了，他一个大学生书记，怎么会爱上一个乡下姑娘，自己有什么值得他爱的呢。但她更不后悔，她觉得能够和他在一起一天就够了，这就是上帝对她的恩赐了，不管那个冬冬在哪里，何时出现，只要能和他在一起多待一天，自己就已经知足了。

杨慧就是这样在那个叫冬冬的女人的阴影里生活了许多年。她不知道她姓谁，也不知道她长得怎样。她从不去问他，但她知道这是个对潘潮风最重要的女人，这个女人从来没有在他心里消失过，她一定会在某个时候出现，她只是一直在心里祈求这个女人，能尽量晚点出现，能让她这梦一样的美好生活得到延续。她也一直在下着决心，该来的总归会来，只要这个女人出现，她就会毫不犹豫地离去，不管是以什么方式，她都会接受，因为她认为潘潮风给予她的已经太多太多，她已经拥有太多的幸福，可是自己却不能给予他任何帮助，自己不能再拖累他了。

就这样，她和潘潮风过了近十年既幸福又焦郁的生活，直到十多年前，刘冬冬终于出现在她的面前，她意识到她的美梦终于要醒了。她永远记得她第一次见到刘冬冬时的前景。

那天她是那么娇艳华丽，气质高贵，光彩照人，她的任何方面都是自己这个土里土气的山里女人所无法比拟的。她一见面就紧握着她的手说："你好，你就是潘潮风的爱人，我是他的大学同学刘冬冬。"

杨慧有些迟疑目呆地说："你就是那个冬冬，你到底来了。"

刘冬冬看到她拘谨的样子，立即有些反客为主地笑了："你怎么知道我，他跟你说起过我，他还没有把我忘记。"

杨慧说："他哪会忘记你，他每次做梦都是在叫你，你早就该来了啊，我知道他心里的那个人就是你。"

刘冬冬吃了一惊说："你别误会，我们只是同学，我只是来看看你们，我们已经十多年没有见面了。"

杨慧说："我知道你早晚会来，我能陪她生活这些年，我已经知足了。他身边的爱人应该是你，只有你才配得上他，你来了我就会让开，我不会影响你们的，我知道这都是命中注定的。"

刘冬冬立即说："你们家庭很幸福，我祝福你们，你千万不要乱想，我只是想来帮助你们，我不是你想象的那种人，我不会做任何破坏你们家庭的事情。"

杨慧十分真诚地说："我相信你说的话是真的，不然你不会这么多年不来，我说的也是真的。他的心里藏得最深的那个人就是你，他一直没有忘记你。现在只有你能帮他了，你不能眼看着他一辈子就这样被人压制住了啊。他是个一心想干大事的人，他被从省城下放到这里受罪，这些年他心里过得很苦闷。这些我都知道，可是我一点也帮不到他，现在只有你能帮他，要我做什么都行，他本来就是属于你的。"

刘冬冬看着杨慧极其真诚期待的目光，心里一阵发酸，她没想到这个山里女人竟如此真诚善良，过去心里郁积的所有怨恨一下子全都没了。她也看出这是个对潘潮风爱得极深的女人，是个可以随时为他付出一切的好女人，只有这种极深的爱，才会有如此超然的态度。她无限感慨地说道："请你千万不要误会，我和他之间早也成为过去，我一定尽力帮助你们，你放心，我只会永远祝福你们，我不是来拆散你们的家庭，我只是来赎罪的。”

最后，刘冬冬拿出一个存折给她说：“这是我和他那时的婚房，是我们当时的共同财产，他下来的时候，什么都没有带。我现在把那房子卖了，这笔钱应该给他，你就拿这笔钱给家里改善生活吧，你家里老人多，这是他应该收的。你千万不可告诉他，不要再去刺激他了，也不要跟别人去说，这只是我们两个人之间的私事，这都是我的错啊，是我过去对不起他了。你收下这笔钱，我心里也好舒服些。这里还有原来的房产证和卖房协议，你一起收藏好了，如果将来有人查起，你就把这些东西拿出来给他们看吧，一切就会很清楚的。”

杨慧当时不知道，刘冬冬多年来一直保持着那套婚房没动过，她是到金山后，发现潘潮风一家生活很困难，真心想帮助他，才回去忍痛卖了那套房。当她带着那笔卖房款去找潘潮风时，没想到严重地伤害了潘潮风的自尊心，他暴跳如雷地把她轰了出来，还责怪她这个开银行的，眼里怎么就剩下钱了。

刘冬冬是没有了办法，才来找杨慧的。杨慧看了那房产证上确实有潘潮风的名字，见刘冬冬又说得情真意切，就收下了这笔钱。她知道他们两个人心里都藏着许多东西，自己夹在中间搞不清，也不好深问。后来时间长了，她就更不敢跟潘潮风提起了，她知道在经济上潘潮风对她管得严，从来不准她收取别人任何东西，可是这是卖的他们婚房的钱，自己是应该帮他收下的。就是从那时起，她一直就把刘冬冬和潘潮风当作一家人了，从来没有分开过。她很快就甘心情愿地受刘冬冬指派，听她指挥，愿意配合她去做任何事情，因为她知道刘冬冬是这个世上和她一样真心对潘潮风好的女人，她做的一切都是为了潘潮风，这也常常使她自己感动。她们两个之间达成的这种默契和秘密，也是从来没有告诉过潘潮风和任何人的，只有她们自己心里清楚。

33 百般抚慰

潘潮风的家一直就住在新义村，还是他们结婚时杨慧家的老房子，这么些年，他们所有的收入都用来赡养四个老人和女儿了。他和杨慧的父母都要靠他们照料，杨慧后来的大部分时间都用在四个老人身上了，所以他们一直没有到城里买房子。

刘冬冬开着车绕过几座山峰，就进入了新义村，她对这里太熟悉了，她已经记不清来过多少次了，每来一次都会有一种特别的感伤。自她第一次到来，她就已经被杨慧这个普通的女人和她一家人的纯朴所征服了。这些年，她不是没有渴望能和潘潮风重归于好，再续前缘，可是一想到杨慧和她一家人，她就没了这个勇气，她不忍去做破坏他们家庭的任何事，她不能承当更多的谴责，她不想再去伤害任何人，她只能去做自己该做的事情。

这个深山里的村庄已经有了很大的改变，依山傍水，一条干净的水泥路把各家各户都联系了起来，每家一律都是二层的小楼房，白墙红瓦，门口还有一块很宽敞的水泥晒场。这里最有特色的就是各种古树特别多，其中一颗特大的香樟树，据说也有一千多年了。这些古树都受到很好的保护，和周围山上的树木连成一片，自成一体。现在已经被评为全省的美好乡村，潘潮风还把它开发成了全县的一个旅游景点，外面进来看风景的人也是越来越多了。

刘冬冬把车子在一栋小二楼前的水泥晒场上刚停下，杨慧家里的四个老人就一起迎了出来，他们把她团团围住了。他们全部热情地围着刘冬冬说："真是麻烦你刘行长了，又是你送她们回来的。"

杨慧下车说："公公、婆婆、爸爸、妈妈，你们先让刘行长下车休息一下呀，她开了这么长时间的车了。"

四个老人赶紧把刘冬冬她们一起请进屋里。他们和刘冬冬早就亲热得像一家人似的。杨慧陪女儿到省城读书后，他们主要就是靠刘冬冬照顾了，她来的次数比谁都多。她给他们请保姆来，给他们请医生来，比亲女儿还要亲，所以谁都不拿她当外人。

杨慧看到四个老人对刘冬冬这般亲热，心里也很感激。她觉得刘冬冬就是有本事，她不愧是个大行长，就是让她干县长也会比潘潮风强许多。她能把各方面所有人都照顾得很周到，就是自己和女儿都离不开她。她什么事情都能想到自己的前面去了，她有时感觉到，自己在她面前早就是一个木偶了，她要自己干什么，自己就愿干什么，不用多想多问，她一定比自己想得有道理。

刘冬冬和这一家人的情感也是慢慢培养出来的，开始她只是出于同情和感激，她同情潘潮风跑下来这么多年，混得太惨，除搞了这一大家人外，连套房子都买不起；她感激这一大家人在潘潮风最苦闷最低落的时候接纳了他，给了他家的感觉。她帮助他们，只是想减轻潘潮风的压力和负担，使他能全身心地投入到工作中去。经过这么多年的情感投入，慢慢的，她也感觉到自己也成了这个大家庭中的一部分了，他们离不开她，她也离不开他们。他们所有的事都在听她的安排，这使她时刻感到被大家接受的荣耀和责任，虽然在这个家庭，她找不到自己的位置，她也不知道自己算什么，但她早已把这里当成自己的家，当成自己心灵的一块栖息地。

四个老人一起围住刘冬冬焦急地询问潘潮风的情况，刘冬冬故作轻松地对他们说："他没事，他天天都在上班。你们不用担心，你们把自己身体照顾好，就是对他最大的支持。"

杨慧看到他们说话，就忙着去烧饭了，她知道刘冬冬就是有办法，她不服不行，四个老人最信她的话，她一句话比自己十句话都要管用。她由此就最敬仰刘冬冬，再大的事，再多的苦，她都能装在心里，从不表露出来。同为女人，她也知道潘潮风在她心中的地位一点都不比自己低，她是和自己一样随时愿为他付出一切的女人，她还是个内心比自己苦许多倍的女人，自己还拥有潘潮风的爱，还是他的妻子，还和他有个可爱的女儿，还有个完整的家，自己所有的付出都是值得的。而她这些年，这么有本事的一个人，默默地为他付出这么多，乐此不疲，除了被人风言风语的，什么也没有得到。作为妻子，她知道潘潮风绝不会和自己离婚，他心里再有想法和难过，他都会独自埋在心里，他绝不会为了刘冬冬抛弃这个家，这里有着他太多放不下的牵挂。

有时，她都觉得潘潮风对刘冬冬太冷漠太绝情了，就是当县长也不能这样没有人情味啊，也不能总是把她当作外人啊。

这些日子，她在省城陪读，不是刘冬冬叫她，她都不怎么回来。她甚至有时傻想，如果自己那天静悄悄地离去，成全了他们该多好啊。她知道这些年，他俩一直在忍受着痛苦的煎熬。潘潮风越是不想见她，和她离得越远，就是说明他越是忘不了她，心里对她爱得越深刻。他就是一个言不由衷的人，就是一个宁愿独自忍受痛苦，也要让大家都高兴的人，而自己看到这一切，也是在不停地忍受煎熬，她不知道这样的煎熬何时才能结束。

四个老人又在关切地问着刘冬冬："风娃子怎么会被人举报了呢？他不会在外面干了什么坏事吧？村里好多人去看他了，我们也想去问问他情况。"

刘冬冬笑道："你们还不知道他，他能有什么事，他是走路都怕踩死蚂蚁的人，在外面连一顿饭都不敢吃的人。他要有问题，你们这一家人还能住在这里老房子呀，不是早就到城里享福去了。"

刘冬冬看到四个老人心里还是不放心，就对杨慧说："这样吧，我马上叫车来，接他们一起去看他，省得他们在家瞎着急，你陪他们一起去。我先送小雪去省城上学，很快就回来。免得他们在家担心出病来。"

"好，都听你的。"杨慧连忙答道，四个老人也都连忙笑着说好。刘冬冬就是有办法，再大的事到她手里就变得没事了。

一家人全部开始忙前忙后地做饭烧菜，热情地招待她。刘冬冬吃完饭，就急着带潘雪先朝省城奔去了，她还在想着请医生的事。

在路上，刘冬冬又问道："小雪，这次请的外语补课老师怎样？口语赶上来了吗？"

潘雪说："刘阿姨，一切都是你关心的，我们全家都不会忘记你的。我跟我爸说了，我的英语成绩也考到前五名了，不再拖我班后腿了，他听了很高兴。"

刘冬冬说："对，你就是要多告诉他好消息，他会越干越有劲的。你晚上一定要多给他打电话，劝他少吃方便面，那东西吃多了会伤身体的。"

潘雪说："刘阿姨，我记住你的话，每隔一天都给我爸打一次电话，向他汇报学习情况。刘阿姨，我爸早晚有一天会知道你对我们全家的好的，知道你为我们做的这一切。我爸问我怎么知道他吃方便面的，我不敢跟他说是你告诉我们的。"

刘冬冬说："不要让他知道，他知道了，又会乱想了。你现在最重要的是要考取名牌大学，让你爸为你骄傲，你就是他最大的希望。"

潘雪说："刘阿姨，你放心，我不会让你们失望的。"

34 抱诚守真

在刘冬冬忙着去省城请医生的时候，潘潮风已经出院回到了办公室，他把县政府法制办周主任和法律顾问张涛一起叫到办公室，严厉地批评说："我们一直都在强调要依法治国，你们怎么就这么怕打官司呢？难道我们县政府工作这么多年，都是违法的？你们没有任何权利剥夺老百姓诉讼的权利，应该给他们一个说话的地方。你们不要再搞背后动作了。还有她刘冬冬是银行行长，她有什么权利去插手我们政府的事。你们以后不要再跟她联系了，要和她保持距离，怎么哪里都少不了她呀，她尽给我们找乱添麻烦。谁让你们去找石强女儿的，这在全县的影响有多坏。"

张涛和法制办周主任被训得一脸漆黑的出来，他不停地说："周主任，潘县长怎么也开始说官话了。这么多年，县里做啥事是按照法律程序了，不都是先干再说。你像那些征地拆迁，哪件事情是通过法律程序能办成的，多少事情都是大家一摸脑袋，一拍桌子定的，按照一个会议纪要，一张红头文件干的。现在开始打官司，这官司怎么打呀。"

周主任说："他在气头上，他想怎么说，就随他说吧，等把案子判下来，要他赔钱，他就傻了。领导怎么说，我们就怎么办呗，他想去被告席，我们也挡不住。不过你私下还是要去找刘行长，要多和她沟通，她处理这些问题比我们有办法。"

张涛立即又打通刘冬冬的电话，刘冬冬坚定地跟他说："这个关于到法律的事情，你是法律顾问，由你说了算，你不要听他的，还是按照我们的计划办，我很快就回来了。他不知道，庭外调解就是解决问题的最佳渠道，是符合法律规定的。"

刘冬冬已经从省里请了几个医疗专家，正在往回赶，她一听潘潮风已经出院回办公室了，心里就来了气。她又打通杨慧的电话说："你立即带着四个老人，一起去县政府，就是拖也要把他拖到医院去，他这是想丢下你们不管了。”

杨慧听了她的话，立即像得了圣旨似的，带着四个老人一起赶到县政府。潘潮风正准备召开会议，被一家子人拦在了会议室门口。他很吃惊：“你们怎么都来了？家里出什么事了吗？”

他父亲首先拉住他说：“你给我去医院住院，我不想要你当县长了，我只要儿子，我只要你身体好好的。”

潘潮风说：“我没有病，你们听谁胡说的呀，我都好了，你们赶紧回去吧。”

他母亲也说：“我们老了，全靠你了，你不能不要命，想丢下我们不管啊。”

潘潮风被四个老人围住，左一句右一句的说得他无法脱身，他只能朝杨慧发火：“我叫你陪小雪去读书，你怎么把他们都带来了，我的话你都不听了。”

杨慧在一旁说：“他们要来，我也挡不住啊，你还是回医院检查一下吧，等他们都放心了，我就带他们回去。”

县政府来开会的人，也都来劝道：“潘县长，你还是先回医院吧，你不要让几个老人担心了，要不我们就到你病房去开吧。”

潘潮风无奈，只好随着他们一起又回到医院。一到医院，就看到刘冬冬带着几个省里专家等在那里，他知道这一切一定都是刘冬冬导演的。他看了看她，心里有些愤愤地想说：请你以后离我和我的家人远点，你的手伸得太长了。可是他怎么也说不出口来，每次面对着她，他选择最多的就是沉默无语，所有的千言万语都只能埋在心里。

省里专家诊断后，一致认为他患有严重的心绞痛和抑郁症，要求他转到省院治疗。潘潮风觉得这一定又是刘冬冬有意安排好的，就说：“谢谢你们跑这么远来给我看病，我没什么大病，县医院就能看好，我们县医院能给几十万人治病，还能看不好我这点小病。我的心绞痛是老毛病，吃点药就没事，什么抑郁症啊，我一工作就忘了，我每天这么忙，我怎么会得抑郁症呢？你们让我住院，真的会逼我得抑郁症了。”

专家们都说：“潘县长，你真不想去，那我们每星期过来给你诊断一次吧，你的病必须多加观察。”

潘潮风不满地说：“如果你们这么热情，那就请调到我们金山人民医院来吧，我举双手欢迎啊，你们要只是来做客，我可没时间接待你们啊。”

他说完，就十分恼怒地看了刘冬冬一眼，他觉得这都是刘冬冬多此一举，遇到什么事都喜欢去省城找人。他也很不喜欢这些专家，都是喜欢借口找机会下来捞外快的。

那几个专家讨了个无趣，他们没想到，一个县长怎么能这么说话呢，我们好心跑来给他看病，他怎么一点礼数都没有呢，全部悻悻地要回去。

刘冬冬跟在后面一个劲地赔礼，忙带着他们到山里吃野味去了。

潘潮风见他们走了，才放下心来。他是故意轰他们走的，不然刘冬冬会天天带他们来找他。他又对杨慧说：“四个老人都来了，我们就带他们都做个检查吧。”

杨慧说：“你还记得给他们检查啊，等你想起，什么都迟了，我们每个月都要给他们做检查，你就放心吧。”

潘潮风突然感到，这段日子，对家人关心的实在太少了，还要他们牵挂自己，心里感到一阵内疚，并对杨慧说：“这段时间特别忙，对不起你们了。”

杨慧说：“你什么时候没有忙过呀，今天四位老人都来了，你总该陪他们吃顿饭吧，你多久没和我们吃饭了。”

潘潮风忙说：“好，好，今天我一定好好的陪你们，请你们好好去吃顿饭。”

潘潮风把他们全家带到一个路边大排档吃饭。杨慧说：“你一个大县长，就带我们到这里吃饭，还是我们请你吧，我们要去大饭店吃饭。”

潘潮风说：“你何时变得这么大方了，你在省城陪读还陪出钱来了？”

杨慧说：“这不要你管，这个事情我做主，四个老人，好容易来一次县城，怎么也要去个像样的饭店。”

潘潮风只得跟着杨慧带着家人一起来到金山大酒店，他看到杨慧直接就进了包厢，马上把她叫到一旁说：“这里是不是刘冬冬安排的，你不能跟她学，她是银行行长，是做生意的人，她是不做亏本生意的。你一定要和她保持距离，不能学她大手大脚地乱花钱。”

杨慧说：“她是我干姐，也是他们的干女儿，请我们吃顿饭，也要上纲上线啊。你不能要我们都跟你吃方便面吧，你上个星期吃了十二桶方便面，还没吃够啊。”

潘潮风说：“这个你是怎么知道的，你在省城还能看到我吃了多少方便面？你不要听人瞎说。”

杨慧说：“我不但知道你吃了多少方便面，还知道你吃方便面的样子，天上有双千里眼在看着你呢。你现在就不要教育我了，回家再教育吧，好好的陪四个老人吃顿饭，让他们开心一次，他们在家都为你着急死了。”

潘潮风不再说什么了，他心里还在想：这个刘冬冬怎么就是无处不在，把手都插到自己家里来了呢？连家里人吃饭的事她都要安排呢？自己已经欠她太多了，不能再欠她的了。

他对杨慧说：“今天的饭钱你结账，不要让她来结，无功不受禄，我们家里人吃饭，不能要她请客。”

四个老人一边高兴地吃饭，一边都喊着要把刘冬冬叫过来，个个在说着刘冬冬的好话。

杨慧说：“你们今天就不要叫她了，她要陪省里专家，还要送他们回去，她比我们忙多了。”

潘潮风表面上满面春风地陪着一家人吃饭，可是他心里却是越来越担心：这个刘冬冬啊，这些年自己一直在设法回避她，都很少和她在同一场合出现，怎么就是躲不开她呢？她怎么还要这样呢？她到底想干什么？怎么连自己的家人都听她的了呢？看来，他必须高度重视这个问题了，不能让他们之间走得太近了。

送走家人后，潘潮风越想越感到问题严重，不管刘冬冬是出于什么目的，他都必须彻底斩断她和家人的联系，不能产生任何影响，更不能让她以腐败手段笼络了家人。他立即打通她的电话，想约她来就这个问题严肃地谈一次话，给她一些警告，让她离自己的家人远点。

刘冬冬已在送省里专家回去的路上，她说：“你一个大县长，就这点出息，请你家人吃餐饭，你就吓成这样。现在都是什么时代了，谁还会把一餐饭记在心上。他们都是我干爹干娘，我就要和他们交往。我们早就是一家人了，就算我是坏人，把他们都带坏了，留下你一个是大好人就行了，你就放心去做你的廉洁的好县长吧，我们不会牵连到你的。”

潘潮风无话说了，往事又历历在目，他又开始感到胸口疼痛。他紧咬着牙忍住泪望着窗外，他突然想起杨慧说他吃方便面的事。自己夜里一个人在办公室里吃了多少方便面，她怎么都知道得一清二楚。难道刘冬冬一直就在远处的大楼里监视着自己，难道她和杨慧一直都是相通的。

潘潮风无法过多的细细地去体验这种特别的感觉，因为县里太多的事在等着他。他真的无法去拒绝刘冬冬的这份好意，他知道她也是个最较真的人，是个最有主见的人，更是个有胆识有魄力的人，她要想干的事就一定要干成，是谁也阻止不了的。他也知道，她特意到金山来，在这里工作这么多年，都是为了自己，这份情这份爱，他是不能回避的。自己虽然不能再对他动任何私情，可是自己这些年对她也是太过于冷漠太无情了。为什么会这样？你已经离我而去，为什么还要来到我的身边，做这些无效的付出，来时时折磨我的心，难道你过去对我折磨得还不够？难道你非要来折磨我一辈子？我已经躲了你这么多年，你还让我一辈子都躲不开你？

35 深入虎穴

刘冬冬忙，刘明明也没有闲着，他又带着陈晓艳去找徐老三。他对陈晓艳说：“那个徐老三一定有问题，一看他就知道他心里有鬼，一定就是他接走了李辉他爸。我们就追着他不放，一定能查清李辉他爸的下落。你不要再指望我妈了，她为了她银行的业务，是不会去得罪那些人的，她和那些人都是关系户。我们只能靠自己了。”

陈晓艳也觉得他说得有道理：“就是，他心里没鬼，为啥总躲着我们呢？他和我们说话，心里总好像藏着什么。”

徐老三本来这些天正是最快活的时候，他是他们家四弟兄中活得最逍遥最快活的一个。他们四兄弟本就是金山有头有脸的叫得响的人，个个都有自己的企业和生意，花得开吃得香，和金山所有做生意办企业的人都有交往。后来，徐老大又投靠了沈金山，更是找到了大靠山，兄弟四个都跟着沾了许多光。

徐老三因为认识的有钱人多，这几年他已经不干啥事了，他开始一头钻到他最热爱的事业中去，去当皮条客。他的这个皮条客不是招嫖客，而是招赌客。他发现在金山的大小老板和有钱人，特别是那些挖煤的小矿主，都有一个共同的爱好，嗜赌如命。他们没有固定的赌场，他们总是找个安全的地方，几个人聚在一起就能豪赌一番，有时鏖战起来就是几天几夜，都能完全忘记外面的世界。

徐老三从小就是一个好赌之人，现在正好可以发挥他的专长了。他觉得这些大小老板和有钱人都和他一样，钱多了都不知道去干啥，就只好这一调了。这些老板们赌钱最有意思，有许多人开始都不认识赌具，也跟着凑热闹赶新鲜，一沾上就上瘾，还死要面子，越输越要赌。

徐老三早已精于此道，他知道这些人在商场上斤斤计较，寸利不让，一上赌场，钱就不算数了。他们赌大了，钱都来不及数了，就一沓一沓的钱码着豪赌，有时就是用尺子量，用秤称，他们赌的不是钱，就是脸面。徐老三知道，这个时候，这些人的钱最好赚，这时的钱就不是钱了，就是一堆草纸了。

这几年，他一直就是在暗地调查这些老板们的家底和财产，想方设法把他们拉到赌桌上，而他最大的帮手就是江玲，许多信息都是从她那里得来的，许多人也是经她介绍认识的。他们一直都配合得很好，因为江玲也需要他的支持，她最喜欢在赌桌上给那些企业老板放高利贷，那时的利息随她说了算，要比平时多出好几倍。

虽然每年都会有一两个企业老板和公司老总被输得倾家荡产，最后逃之夭夭，销声匿迹，但是徐老三他们的队伍还是在不断扩大。现在的金山，发展变化快，稀奇古怪的事情就多了。最最出奇的事情就是有钱人突然变多了，每年都会出现许多意想不到的有钱人。你不知道他们是怎么突然冒出来的，是怎么有钱的，有些你一直看不上眼的人，也能一夜之间，突然就能开着一辆崭新的大奔宝马停在你家门口，他们就能一下变成了有钱人。有钱的人就是爷，有了钱就要找刺激，特别是有些拆迁户，一夜间，都暴发成几百万、上千万的土豪，钱多得没地方去花，就都跑来赌博了。所以，徐老三也就忙得没有消停过，他就从来不怕找不到好赌客。

徐老三为大家忙活，自己也看准了机会捞一把，这段日子他的手气一直特别好。他总是乐呵呵地说："省委巡视组一来，那些大大小小的官员，个个吓得人心惶惶，夜夜都在做着噩梦了，只有我们彻底解放了。大家就趁着手气旺，大赢一把，感谢省委巡视组带来的好运。"

他和他大哥徐老大不同。徐老大专门陪政府各级官员打牌，他是只能输不能赢，等于是变相送钱。那些大小官员们个个都使他感到厌恶，那副嘴脸就是贪得无厌，却要装出一副正人君子样，装得高人一等。一看到钱，眼睛都会发绿，得了便宜还卖乖，好像自己就是比别人聪明似的。这些人只能赢，不能输，只要输了，马上就会变脸，丑态百出。所有，徐老三从来不和他们打牌，他只和商场上这些朋友玩。大家都是彼此彼此，只认钱不认人，真刀实枪地干，这才算真赌，这才过瘾啊。

可是，和刘明明见面后，他的心里就开始烦躁起来，开始天天输了。他越输越烦躁，他想：那些小煤窑下死过多少人了，怎么就是这个李明亮阴魂不散啊，是不是得了不该得的钱啊。他越想越心虚，偷偷地跑到庙里烧香磕头，找道士改教，也没有驱走他心里的阴霾。

李明亮和其他三个人就是他从火车站接走的，他把他们交给了徐老大的小煤矿，没想到第一次下去，就都没有上来。那时，沈金山对矿下死人，有明确规定，必须私了，不能声张，每人至少要赔五十万以上。由于那时一次死了李明亮等四个人，徐老大怕一传出去，事情太大，谁也兜不住，不仅要赔那么多钱，还会断了自己的财路。他和徐老三暗地商量，这几个外地来的人，一没登记，二没人认识，只要他们不说，就没有人知道，他们最后就把这件事掩盖下去了。所以，这世上，只有他们兄弟俩知道这事，没有别人再知道，就连沈金山，他们都瞒着了。

上次李明亮儿子李辉找来，他就吓了个够呛。好在张景他们把他抓起来了，因为他们都怕小煤矿那里出事。不只他一家，别人家也有秘密。这都是心照不宣的事，大家都是嘴上不说，心里有数。他没想到现在又有人再查这事了。这几天，他表面上若无其事，可是内心害怕得很。每夜都在做噩梦，常梦见李明亮那几个人，从黑洞洞的窑洞里爬出来，一身漆黑的站在他面前，问他要钱。他开始埋怨他的大哥，那时钱看得太重，如果赔了钱把那事安排好了，他们也就不会阴魂不散了。这世上不该得的钱还真是不能得啊，真的是有报应。

他一直想躲出去玩几天，可是又不敢走，生怕露出破绽。那群牌友又整天抓住他不放，没有他召集，他们手里有钱都不知道到哪里去花。所以，他总是战战兢兢，心神不宁的，输钱他也不在乎了，他只想着那句古话，输钱也能消灾。

偏偏这个时候，刘明明和陈晓艳又总是抓住他不放，天天找上门来，而且死活不肯走。虽然徐老大已经告诉他，刘明明是沈金山的公子，他就是来玩玩，他想怎么玩，就让他怎么玩，不用放在心上，可他的心就是按不下去，看到他们，他就又看到李明亮他们四个站在面前。

刘明明找到他，怎么说他就是不走，看到他们赌钱，他也参加赌，别的人一看，又来了一个好货主，也就抓住他不放，都想着从他身上大捞一把。

陈晓艳急了，把他拉到一边说："你怎么和他们赌这么大的钱啊，你也赌上瘾了，我们还是回去吧。"

刘明明悄悄地对她说："人命关天的大事，不是那么容易搞清的，要从他们嘴里掏出话，就要先打入到他们内部去，给他们一点好处。你没看到这里赌钱的人许多都是小矿主，这就是那些小矿主的地下俱乐部。他们都来了，还怕找不到线索。我这是放长线钓大鱼，潜伏到他们内部去。反正输的钱也不是我的，有江姐和徐老三出。他们不是都说我是沈金山儿子，让他们找沈金山要去，就让那家伙放放血吧。"

陈晓艳说："我看你就是想赌，你身上也有赌瘾，你也是个赌徒。"

刘明明说："十男有九赌，人生就是一场赌局，不会赌的男人不是好男人。"

刘明明不再听她劝，他对徐老三说："江阿姨就是要我来玩玩，她就是我的小银行，没钱叫她送过来。我怕谁呀，赌多大我都不怕，我家就是开银行的，银行就是我家的，只要别告诉我妈。你们有什么好玩的花样都拿出来玩，有本事就来赢。我从小到大就没输过。"

他们开始从麻将玩到牌九，从斗地主玩到二八杆，再从炸鸡玩到比点子，所有花样都玩开了，而且日夜不停，越玩越大。

陈晓艳在一旁都看傻了，她从来没有见过这么多钱。这金山的人真是有钱啊！她也从来没有见过有人这么拿钱不算数的，有整箱拿钱来的，还有拿麻袋装钱来的，更有人开车来，后备箱里装的全是钱。她在一旁看得心惊胆战，她想劝刘明明，根本劝不住，他早也赌红眼了。她又不敢打电话给他妈妈，走又走不掉，只能在一旁急得像热锅上的蚂蚁。

所有来参赌的人都是情绪高昂，兴头十足，好像赶集会似的。他们终于把这个金山县的大公子逮住了，这下油水可大了。他就是散财金童啊，于是一条爆炸性短信"金山大公子，钱多、人傻、好赢，速来"在金山迅速传播开来

许多好赌之人听到消息，都纷纷赶来参加，真是你来我往，络绎不绝。赢了的人都很大方，随手扔给陈晓艳吃喜的钱每天都有上万。

只有徐老三心急如焚，他不知道这个小祖宗何时能走啊。他开始故意让他赢了十几万，想把他哄走，可是他越赢越不走。他只好又想法让他输，想把他逼走，可是他输了更不走。他毫不在乎地说："才输几十万算啥，都不够我的一个车轮子。我家就是开银行的，银行就是我家的。你们有本事赢多少都行。"

陈晓艳实在看不下去了，又劝不住他，就气呼呼地一个人往回走。

刘明明赶紧开车追了上来，把她拉上车。

陈晓艳气呼呼地说："原来你就是一个赌徒，一赌钱，什么都忘了，都不知道家在哪里了。"

刘明明说："我只是跟他们玩玩呗，这些山里的土八路会赌什么钱啊！我这是在欲擒故纵，只要你给我几天时间，我就能把李辉他爸的事情全部查清。这里的人，眼里只有钱，一看到钱什么都忘了，都不知道爹娘是谁了。"

陈晓艳说："你骗谁呢，你看你一上赌桌，眼睛都红了，你就是一个赌徒，输了几十万了还要赌啊。"

刘明明说："不是有人在给我出钱吗？这点钱算什么？关键是我已经成功地打入了他们内部，胜利就在眼前了。我就是真想赌钱，也不会在你面前赌啊，你没看出那个徐老三就想要我走啊。他好赌如命，就是做这个生意的，有钱不赢，他傻啊！这更说明他心里有鬼，他心里害怕，怕我们留在这里。小煤矿的老板都来了，他怕保不住秘密呀。"

陈晓艳似乎明白了："是呀，他为啥想要我们走呢？他那么好赌怎么不想赢你钱呢？一直在想办法要我们走。"

刘明明说："你终于想通了，你陪我回去。我要那么再和他们大战三天三夜，就能把他们都制服了，要把他们肚子里的秘密都掏出来。我已经把那些小矿主们都记住了，我以后会一个个去找他们算账。你放心，我一定会从他们身上找到破绽。我继续回去推牌九，你去给我数钱好不好。你就信我一回吧。以后我们都要夫妻同心，相互配合。我在前面挣钱，你在后面帮我数钱。"

陈晓艳立即娇怒地说："你想得美，你休想让我跟你做赌婆。我看你心里就是好赌，也想借机过足赌瘾，不和他们赌钱就没有别的办法吗？"

刘明明又对陈晓艳说："哪个男人不好赌啊，男人十有九赌，这是多么刺激的事呀，不会赌的男人不是好男人。我这是投其所好，我这次就是要好好跟他们赌一把。我这次跟他们赌的不是钱，他们那点钱我还看不上。我澳门大赌场都去过的，我这次下的赌大得很，我要让金山所有的人都知道我的厉害，你就回去好好配合我一回吧。"

他说着就调转车头，又带着陈晓艳回到了赌场。

36 解纷排难

刘冬冬刚把省里专家送走回来，张涛律师就又找来了，他对刘冬冬说：“刘行长，那个老校长的事还要你亲自出马。”

刘冬冬说：“你不是找了他几个儿子吗？”

张涛说：“他几个儿子都说服不了他。”

张涛说的那个老校长就是金山县一中的老校长邱同进。他是在县一中干了几十年的老校长，虽退休多年了，但是在县城的威望和资历却是无人能比的。因为县城稍微有点影响的人大都是他的学生，特别是从一中出去的金山名人，不管是在省里还是在中央部里的都认他这个校长，回来都要来看他。所以，他也就从来不把县里的领导当数。

偏偏他和县委书记张松是个老对头，张松原来还是他手下的副校长，他一直叫他“小张，小张”叫惯了，私下还叫他外号“假瞎子”，因为张松那时，没有近视，却是总喜欢戴着一副大眼镜。后来上面来考察张松，他也没说好话。他说：“小张这个人有能力没水平，活动范围广。他适合到外面当镇长县长，不适合当校长。我们学校比他优秀的人才太多了。”

他的这些话被原封不动的记录下去，后来又被张松看到，他们就从此积下了怨。

张松从一中出去后，步步高升，直到当上县委书记，邱校长仍不把他放在眼里，不管是什么场合，人前人后都是叫他“小张，小张”，叫得张松每次遇到他都是绕着走，不想和他碰面。

邱校长一共生了四个儿子一个女儿，年轻时被打成右派，下放到乡下吃过不少苦，女儿在乡下就送给了人家。后来回城后，凭着自己的威望，把他的四个儿子都安排进了县直机关，当时的各个机关都随他挑。可是，他心里一直不服气。他的四个儿子工作虽好，却一个都没得到提拔重用，最好的也就是个局里的小科长，连一个小小的副局长都没提上。他觉得脸上没光，就把他在北京各部委的学生叫回来，给县里领导打招呼。

他的几个学生都跑回来对他说："老校长，远水解不了近渴，县里的事，你还是去找张松吧，他是县委书记，也是你的老部下。"

邱同进校长一听就明白了，原来自己几个儿子得不到提拔重用，都是张松压制的。他气呼呼的就去县委找张松理论，张松正在主持召开县委常委会，没出来接待他。他气得站在大楼下，对着县委大楼就开始大骂："假瞎子，你除了会做假，还会做什么？你讲假话做假报告搞假数据，你从里到外都是假的，你连眼镜都是假的，你只知道年年吹，年年讲大话骗人，你让统计局报的数据连三岁小孩都不信啊，你还想骗谁呀。"

当时，张松是气得脸都白了，常委会都主持不下去了。他对着全体常委说："你们看，他就是一个老疯子，我们怎么能把县一中这么重要的单位放在这样的疯子手里。我们要对全县的孩子和未来负责啊。"

邱同进校长大骂张松后，仍不解气，他又跑回学校召开全校师生大会。他手里拿着一沓纸条，登台高呼："同学们，我们天天在喊人人平等，可是你们生来就不平等啊！我撂下这个校长不当了，我要给你们平等。我们是全省重点中学，是省示范中学，我不能让这个不平等持续下去。你们中间有三分之二的同学都是拿钱买进来的，每人几万啊，有的是一分一万啊，那都是你们父母的血汗钱啊，可是，就有一些学生，他们不需要出一分钱，不管考多少分，他们只要县里领导的一张纸条几个字，就能省去几万块。这是哪里来的道理？为什么县里每个领导每年有两个数字？为什么他们的一张纸条就值几万元？为什么你们这么多优秀的学生要靠出钱才能走进校门？我现在念到的这些学生，都是领导批示进来的，请你们回去叫你们家长也把钱交来，否则，我干一天校长，你们就不要再进校门。我们可以给你们知识，但我们不能给你们特权。"

学校操场上一片寂静，所有听到他点名的几十个学生，都像霜打了似的走出了校门。许多人都没再回到学校，转到别的学校去了。

邱同进校长大出了心里的一口恶气，他知道这个不成文的规定就是张松定的，并被不折不扣地执行着。他本来是在气头上，想拿这事给张松出出丑，他没想到这个事情闹大了，一时全县群情激奋，也引起上级主管部门的高度重视。

张松被迫代表县委县政府做检讨，而邱同进也因长期乱收学费和公开大量收取择校费被免去校长职务。

他感到非常委屈，到处伸冤说：“这怎么是我的责任？我一直反对学校和金钱挂钩的，我们不是赚钱的单位，我们每年招收一千二百人，偏偏只收两百，其余一千要花钱买，这是县里定的政策，怎么又推到我的头上。我就能做出这样的决定？”

不管他怎么说，已经没人听他的了。因为大家都知道，好好的一锅菜被他搅乱了。他这下得罪的人太多，坏了许多人的好事，也给县里抹黑丢脸了。

邱同进校长心里有气，又没地方出，知识分子的臭毛病又犯了，就跑回家以他女儿的名义开了一家饭店。有意思的是，他把饭店就开在了县委大门口，每天看着县里领导们的出入，也让他们每天都能看到自己。他就是要让大家知道，他和张松明干上了，他就是要拿他这个书记不当回事。

在县委大楼里上班的大部分人都是邱同进的学生，许多不受张松重用的人和离退休的老干部，就常跑来吃饭。他的四个儿子在四个不同的部门，官不大人缘好，也带来不少客。他的饭店生意越来越红火，这个饭店也很快就成了县里的一个反对领导、针砭时弊的基地，特别是一些老干部喝多了酒，就开口大骂张松和县里领导。

张松每天路过，都能听到一些人在骂他。他看在眼里，气在心里，就把县里各主管部门头子都叫来训斥：“你们是不是太拿我这个县委书记不当数了，在我大门口搞来一个反对县委县政府的大本营，你们都看不见吗？我不管你们用什么办法，马上要他搬走。”

那几个领导当场就吓得面如纸色，第二天就找借口把他饭店关了，而且他的四个儿子几乎同时受到单位领导的警告。

邱校长当时气得大病一场，出院后，就开始不停地申诉。他就是想要个说法：“我好好的一个饭店，证照齐全，合法经营，他张松一句话就把我关了，到底是权大还是法大？”

他申诉了好几年，毫无结果。他就经常在头顶上裹着一块布，上写着“是权大，还是法大”这几个字，到处上访。后来，他的四个儿子都接到单位指令，你们不需上班了，回家看住他不要上访就行，最后，他们轮流在家上班，才把他看住了。现在，好容易法院受理了，要他撤诉，他说啥也不同意。

刘冬冬说："还得要靠他的儿子们做工作，你给我订个最好的包间，我要请他们一家吃饭。"

到了晚上，刘冬冬和张涛赶到饭店时，邱校长已经被他的几个儿子和媳妇请到了。他一见刘冬冬就叫道："你们不要想拿权压我。我的学生中有十六个省部级干部，一百三十二个正处以上干部，他们都比你们县委书记县长大。你们也不要想请我吃餐饭，就要我撤诉。我搞不清是权大，还是法大，我死不瞑目。"

刘冬冬说："老校长，你老德高望重，桃李满天下。我一直非常仰慕你老，我和你的儿子们都是好朋友，我就是想能当面听你赐教，我不是政府的人，哪能管他政府的事。"

他的四个儿子纷纷说："是的，是的，刘行长是我们好朋友，我们有好多事要请她帮忙。"

邱校长这才平静下来，又开始抱怨道："你看看，他们干的都是什么事呀，上访是我一个公民的正当权利，向上级反映情况，也是我这个老共产党员的职责。他们凭啥不准我上访？还要我儿子在家看着我，他们拿国家工资，不去上班干活，就在家看我，我是犯人啊。"

刘冬冬笑道："老校长，这是你老有福，每天都有亲儿子在家陪着多好啊，你真的该感谢他们领导啊。现在有多少空巢老人在家，一年想见一次儿子都见不到啊。"

邱校长被她劝了几杯酒，感慨就多了："刘行长，你是从省城来的，上面叫他们下面这样乱搞吗？他们的胆子为啥这么大？明目张胆，目无法纪，随心所欲。你看张松这些年都干了啥呀。我早就说过，他张松肚里没货啊。他就是嘴大脑大肚子大，一副皮囊空空。他这些年可把我们金山害苦了，农业是原样，工业没发展，数据年年长，其实都是假，土地涨十倍，房价上了天，到处都欠债，后人怎么办。张松干的哪件事不是假的？统计数据随便编，房子造了没人住，工业园里长杂草，招商来的只开票，偷完税后往回跑。"

刘冬冬笑道："老校长，我们小老百姓，不管县里的大事，我们只管吃饭喝酒，自扫门前雪，那些事让该管的人去管。"

邱校长又说："我要为潘潮风说句公道话，张松留下的这个烂摊子，他真没法干啊，谁来也不好干，他就不应该让张松睡在医院里等调走，不能让他一走了之，他欠下的债就该他还。”

刘冬冬立马说：“潘县长知道你这么说，一定会感谢你的，这是组织决定的事，他也没的选择呀，前人埋下的雷，他不顶谁顶啊。”

邱校长继续说：“我也知道潘潮风是个实干家，可是光他一人想干好有啥用，县里干部都被张松带坏了，都是他培养的人啊。我不是告潘潮风，我是要告张松啊。我就是想把张松送上法庭，他还想升到市里当市长，我一万个不答应，他就是祸水，到哪里都是祸害。”

刘冬冬又说：“老校长，你心里受的气，我们大家都知道。潘县长也一直跟我们说，他有机会，一定亲自向你道歉。你的事，当时，县政府是做急了，他想请你原谅啊。如果那时归他管，他绝不会让人那么做的。你的事确实是政府做错了，可是，这是前任领导做的，他也没办法啊。你还要把他告到法庭，他都不好面对你了。”

邱校长说：“他能这么说，我就心安了，我跑这么多年，就是为了一个‘理’字，任何人都不能瞎干，我就是想要他们一个道歉。”

张松律师忙说：“老校长，我是县政府法律顾问，我就代表县政府向你道个歉吧。你非要潘县长代表县政府给你道歉，那不是难为他吗，毕竟县里的大事潘县长还作不了主啊，他也为难啊。”

刘冬冬接着说：“老校长，我们都知道你不是为了钱，就是为了心里一口气，可是一口气又能值多少钱呢？你们两个老校长斗气，你让你们那些在省里在部里在上面的学生们不好说话呀，也让我们这些人夹在中间为难，毕竟他还是县委书记，这样下去，只会对你的儿女们不利，你不能把他们都推到与政府作对的地步，你不为自己想，也该为儿女们想一想啊。”

邱校长说：“我不只是为了我一个人，我就是不想让张松这样的人，继续待在那个位子祸害全县人民了，我就是要和他有个结果。”

刘冬冬说：“老校长，潘县长不好出面，他特意叫我们来好好陪你一杯酒，给你道歉了。其实，你反映问题的渠道很多呀，为啥非要和政府对簿公堂呀。这样下去，我们也没法帮你，也没法帮助你的儿女们，得不偿失，你的学生们就更不好出面帮你了，他们不能帮你告政府呀，怎么说大小政府都是一家呀。”

他所有的子女也都跟着说：“就是，你和政府一上法庭，我们就要都被你害死了。民不与官斗，为了我们大家，你必须撤诉。现在不是来了省委巡视组吗，你可以去找他们反映啊，干嘛非把我们都推到与政府作对的地步。你找的是张松，告的却是潘县长，那还不是反过来帮了张松？”

邱校长看到大家都是异口同声地劝说，只得退步说：“那我就不打官司，我本来就不是要告潘潮风，我就去找省委巡视组告假瞎子。刘行长，你说说现在到底是权大还是法大呀。”

刘冬冬笑道：“老校长，这么深奥的道理我哪懂啊，你应该去问你的那些在省里在部里在上面的学生啊。我想啊，任何事情都不是绝对的，都要实事求是，因地制宜，具体问题具体对待，世上从没有绝对正确和错误的事情。”

张涛和刘冬冬回去时，张涛不停地夸她：“刘行长，还是你有办法，一顿饭的时间就把邱校长说服了，几年都没人说服过他。”

刘冬冬说：“我也是被逼无奈啊，我们打着潘潮风的旗号，只能这一次，下不为例，一定不能让他知道，被他知道了，我们会被骂死。”

37 息事宁人

刘冬冬和张涛做通了邱校长的工作，第二天就马不停蹄地去找最后一个不肯撤诉的原告。这个可是全县城最有名的上访专业户范三宝，十几年了，是年年上访年年闹，他们城关镇金山镇换了几任领导都没有办法。

他和原来的城关镇书记、现在的县政协副主席侯松是街坊邻居。他两家祖上都在县城老街上做山货生意，范家市口好，房子都靠街道，侯家房子都在他家后面的巷子口。他们两家为此，从上代起就是冤家对头，到这代时，范三宝家弟兄三个，侯松家弟兄五个，他们从小就没少打过架，结怨很深，那时候一打架，他们都是全家老少一起上。范家兄弟比侯家兄弟要大几岁，小时候打架，侯家兄弟吃过不少亏，到侯家兄弟一个个长大了，形势就开始逆转了。侯家兄弟就开始处处占上风了，特别是他们家老大侯松又当上了县城城关镇的书记，范家兄弟只能开始忍气吞声。

十多年前，侯松还是金山镇书记时，县城老街搞拆迁改造，侯松就趁机要把范家的门面房全部拆掉，这样一来，他们侯家在后面的房子就都变成门面房了。范家弟兄死活不干，全家组织起来对抗。可是他们哪里能是侯松的对手，他是按照县城规划，各种手续齐全合法。他们侯家兄弟根本不用出手了，他调集公检法和政府各部门组织强拆，一天之间就把范家的房子全拆了。范家三弟兄因对抗执法，全被抓进了拘留所。范老爷子更是要当场自焚，被救了下来后，气得一命呜呼。

范家兄弟知道明干已经不是侯家对手，就开始暗地举报侯松，发誓要把他拉下马，说他一干镇上书记，他们全家都跟着沾光。他家老二当上了街道书记；他家从没做过工程的老三，开始做工程，全镇的工程都归他，连一个厕所都不放过，他不动手，只拿中介费，所有到手的工程都转包了出去；他家老四在原来的地基上违章翻盖十几间门面房；他家老五原是街头小混子，也进政府给领导开车，实际就是他的保镖。侯松自己两只手，一只手抓女干部，凡是年轻漂亮的女干部都被他搞上床后提拔，另一只手花钱，一年有一半时间在外招商，游山玩水，每年的开销都是上百万。

他们写了无数封人民来信，向各级部门寄去，也亲自到县委县政府举报，后来，他们的亲笔举报信就落到了侯家兄弟手里。侯家老二带着四弟兄和若干人一起来到范家，当众人面朗读了他们的举报信，然后气焰嚣张地说："你们敢举报我家老大，政府就是我家开的，公检法是我家养的，你们还敢诬告，今天老子就抄了你家，打死你们算自卫。"

随着他一声令下，侯家弟兄带着众人就是一顿打砸。范家兄弟人人挨了打，范家三兄弟还被拖到街上游街，范三宝更被打成重伤。打了半天后，派出所才来人，把他们带去调查。

由于两家矛盾由来已久，事情就从轻处理了，打人者都被拘留罚款。范家这次亏吃得太大了，损失惨重，脸面全无，全家老少几十个到县政府门口睡了好多天。

这样，事情闹大了，带头的侯老二还被判了缓刑，侯松也受到内部调查，调查结果是，举报不实，证据不足，都是道听途说。侯松也受到一些影响，原来要升的副县长变成了县政协副主席。

范三宝出院后，怎么也受不了这个气。他转而开始找到县政府，他说："举报是我的权利，你们为啥要把我的举报信给他们？你们是怎么保护举报人的合法权利的？我举报的都是事实，你们为啥不调查，要保护这个大贪官大坏官？你们这是行政不作为。"

刘冬冬知道，这样牵涉到家族恩怨的事情是最难处理的。她知道这个小县城的人最爱面子，凡事都认个死理，希望讨个说法。世上的事情，哪里能有这么多的道理可讲啊。她也知道在告县政府的这些案子中，只有这个案子县政府不会输。当时县政府泄露举报人是有不妥，可是也没有哪个法律规定这是违法的，顶多就是内部纪律处理了。她要插手这个案子，还是为了潘潮风。她不想让潘潮风插手进来，她知道凭他的性格，一插手就会一路追查下去，不搞出个结果来，他是不会罢休的，可是这潭水太深了，不是能够轻易涉足的。范三宝举报了十多年毫无结果，人人都在避而远之，就说明了问题，她不能看着潘潮风一头扎进来。

刘冬冬和侯松也有过多次接触，她知道他的能耐。他是土生土长的干部，下面的根基很深，政绩不大人缘好。上面还有人罩着，后面靠山很硬，干了那么多年城关镇一把手，手下人一大堆。家里也是个个有钱，靠他发财的人更是一大堆。别说是范三宝，就是他自己老婆亲自抓住了他和他提拔的女干部睡觉，跑到市纪委举报，那个女干部被免职了，他都能安然无恙，平安着落，可见他的不同一般，也说明他的道行很深。

他的兄弟们更是有恃无恐地到处放风，都快成为金山县家喻户晓的宣言了："谁敢查我家老大，镇上的干部有一大半都是我家老大提拔的。他们跟着我家老大这些年搞拆迁搞开发搞征地，谁不是捞了不少钱，他们都是靠着我家老大发财的。要查我家老大，他们都先进去，镇政府就要没人关门了。不只是镇政府，县政府，还有市政府的，哪个大官我们没送过。我们不只是逢年过节按时按家的送，还要找准各个机会去送。我们家赚的一半的钱都拿去进贡了，买护身符了。我们家不但有县里的铁护身符、市里的铜护身符、省里的银护身符，还有北京的金护身符。"

刘冬冬一是不想让潘潮风和侯松为这事起纷争，也想能摆平这个老大难的问题，给潘潮风挣一个政绩，还能给侯松一个人情。毕竟这个事情一直闹下去，对大家的影响都不好。

刘冬冬和张涛到了范三宝家，他开始还不愿接待他们。刘冬冬说："范师傅，我知道你是最讲诚信的人，我们就是要交你这样的朋友，我们银行就想和你这样的人做生意。"

范三宝充满怨恨地说："我们家不要贷款，有再多的钱也买不到枪，我不要钱，我想要枪。"

刘冬冬笑道："你这是在说笑话，你家祖上也没人买过枪啊，不管贷不贷款，做生意的人都不能把客户拒之门外呀，你们家祖上就是好客的生意人，不然你们家的生意怎么能一直传承下来呀。"

范三宝这才让他们进来，他说："我知道你们想说什么，可是，侯松这个贪官不除，我誓不为人。我一直就想不通啊，我们金山风水不坏呀，怎么就出了这一家恶人呢。我天天看报纸看电视，共产党说得也不错啊，怎么出了侯松这样的狗官呢。这到底是我们金山风水出了问题，还是共产党内部出了问题了？"

刘冬冬笑道："我们又不是省委巡视组的，你跟我们说这个有啥用啊，我们是想和你发展业务，你们家是县城一百多年的老字号啊，现在不发展多可惜啊，我们在旁看着都为你着急啊。”

范三宝气愤地说：“我现在还有心思做生意啊，我差点命都没了。他侯家凭什么可以仗势欺人，把我打成重伤，还只判了缓刑。他家不就是有人吗，有人就可以不讲法律啊，到底是官大还是法大？那侯松干的事，都摆在那里，为啥就没人敢查？”

刘冬冬耐心地说：“范师傅，我们都是做生意人，做生意只求财不求气呀，气能值多少钱啊，憋在肚子里还会伤身体啊。现在啊，兜里有钱，身体健康，就比什么都强啊。”

范三宝痛心地说：“刘行长，你是上面下来的人，你不知道我们下面人的苦处啊。树活一张皮，人活一张脸啊，脸都没了，还有啥活头啊。”

刘冬冬忙说：“对呀，范师傅，人活一张脸，这话说得好啊。我这就劝你一句了，为了脸上好看，就更不能跟政府打官司呀。你跑了这么多年，你知道，你能打得赢吗。富不与官斗，千古名言啊。你就算打赢了，又能怎样，以后谁还会和你做生意呢。你这样做，只会是亲者痛仇者快啊。你不能把你的客户一起推给仇家呀。”

范三宝说：“我也知道，我这也是被逼上梁山啊，我是没法子，才和政府打官司，我就是要讨个说法。”

刘冬冬说：“我们都是局外人，按道理不该插嘴啊。我只是觉得你这样耗下去，最后吃亏的肯定还是你，不是侯家。你和侯家有矛盾，你来找政府，你把政府都得罪了，谁还会帮你说话呀，最后不等于你帮了侯家。我们都是做生意的人，千条万条，只有一条，折本的生意不能做啊。”

范三宝想了想说：“刘行长，我知道你有门路，上面有关系，只要你肯帮我反映，我就不告政府了，我不是跟潘潮风过不去，我就是和侯松有仇。”

刘冬冬说：“你反映问题的渠道很多，只要你自己不把路都走死了。多个朋友多条路啊，我们大家都会帮你。公道自在人心啊，我们大家心里都有数啊。我们和政府的人都很同情你家的遭遇，该帮你的时候，我一定帮你，不管是到省里还是市里，我都会帮你说话，帮你要回公道，不然，我也不会上你家门了。以后我们就算是朋友了，你家的事我会时刻记在心上。你现在最重要的还是要把生意做好，一心只想着和政府打官司，有百害而无一利呀，只能让别人在旁边看笑话。”

范三宝忙说：“刘行长，在金山我最佩服的人就是你。我听你的劝，我就不跟县政府打官司了，我还是去找省委巡视组。我这也是为金山县除害，希望你有机会帮我家说句公道话，请你带我跟潘潮风县长说，我不是和县政府有仇。这些贪官不除，金山人民就会受苦受难啊。共产党不能把这些坏官留下去啊，我这也是在为民除害啊。”

张涛律师始至终一句话没说，他不得不又对刘冬冬多了一份敬重。这个娘娘果真名不虚传啊，她一出面，大家都给她面子，她就是有这种魄力和魅力，什么难缠的事一到她手里怎么就变得简单了呢。

潘潮风感到很意外，这些人一直死活要和县政府打官司，怎么一下子全部撤诉了呢。他又把张涛律师和法制办周主任叫来了解情况，他说：“这个现象很不正常，你们是不是给了他们压力？”

张涛一口否认：“潘县长，我们什么都没做。他们也是一时在气头上，就是想多要点利益啊。他们都在县政府领导下，谁愿意真和县政府打官司。他们现在都想通了很正常，庭外调解就是最好的办法。我正在和他们协商啊，就是开庭了，也可以调解啊，法院也是解决社会矛盾的，开不开庭是一样的。”

潘潮风听了只能说：“无论是庭内庭外解决，都要坚持原则，不能搞私下交易，我们要对他们负责，更要对全县人民负责。”

周主任立即表态说：“潘县长，你很忙，这些事就交给我们处理吧，我们一定会按照原则和法律程序处理好的，处理好了，及时向你汇报。”

38 突如其来

刘冬冬在很短的时间内，就使所有状告县政府的案子全部撤诉了，心里最不爽的还是法院院长赵日。他本想借此和潘潮风叫一次板，给他一些难堪。没想到刘冬冬就是有这么大的能耐，他又感到很没面子了，心里的气也下不去。

他就把法院执行局梁局长叫来，严肃地说："省委巡视组就在这里盯着我们，每天都把我放在火上烤。我们法院的问题，说到底都是你们执行局的问题。你们不能没有行动了，我们不能再顾着县里的脸面了，把那些执行难的老赖，立即全部登报。特别是那些欠债的厂长经理，不要再让他们快活了。该封厂的封，该扣车的扣，该拘留的就拘留几个。"

梁局长迟疑地说："全县最大的老赖就是沈金山的金山集团呀，无法执行的大案子有一半与他们有关。"

赵日立即说："金山集团是县里的重点保护单位，是县里的经济支柱，在任何时候都要保护他们，就是我们想动都动不了的，除了他们不能动外，其他的都可以动。"

梁局长又问："那个财务公司的江玲能不能动，她也差不少钱，除了金山集团，就是她是最大的债主。"

赵日立即想起江玲和刘冬冬的亲密关系，就立即把心里的气转到她身上了。他想这个江玲到处借债放债，欠下那么多债，明显就是非法集资啊。公安局一直要找她，一直没有立案，一定又是刘冬冬从中活动的。这个江玲真是债多不愁啊，欠那么多债不还，还整天开着大奔到处逍遥快活，怪不得那些人要跑到省委巡视组去闹呀。可是动她就是不给刘冬冬面子，自己就和她摆明了要对干，可自己哪是她的对手啊。如果一点不采取措施，自己心里的这口恶气又怎么能下去呢。

赵日想了想，还是有些顾虑地说："她的情况也特殊，影响大，可以警告她一下，先把她的车扣了，给她一点压力，也算是给她留点面子。重点是要去找那些欠债不还还到处游山玩水、包二奶养小三的厂长经理，先拘留几个，扩大影响，起到震慑作用，也让省委巡视组的人知道我们法院不是不想干事，是因各方面的干扰，我们一直都是尽力的。"

"好，我马上去安排。"梁局长应声后就回去召集执行局开会了。他开完会，就亲自给江玲打去电话说："江姐，请你到法院来一下，我有事要找你商量一下。"

江玲接到电话，立即开车来到法院。梁局长一脸为难地说："江姐，省委巡视组天天盯着我们，我们也没有办法。我们马上就要开展一场执行大行动，首批已经有三个厂长经理要被拘留了。你今天不拿钱，我们也为难了。"

江玲有些惊恐地说："你们要来真的了？还要拘留？"

梁局长说："我们也没有办法，这是我们的职责。我们是在履行自己的职责，否则省委巡视组那里，我们没法交代呀。每天上访的人那么多，我们必须要做点行动给他们看看了。"

江玲吓得声调都变了："我也是没办法，我被沈金山套住了。我天天在问他要钱啊，他不还钱，我拿什么还债啊。"

梁局长笑着说："我们是老朋友了，我们知道你也是金山县有名望的人，我们怎么也不会拘留你呀，只是你要带头配合一下我们工作了。你先把车留下，赶快去找沈金山要点钱回来，也好有个要钱的借口，只要你能还来一笔，你就把车开走。"

江玲知道，这一定是他们定好的事，也算是给她好大的面子了，不同意也没办法。她只得说着感激的话，丢下车钥匙，一出法院就开始打刘冬冬电话："冬冬，你快来救我，我被沈金山害惨了，我是没脸活了，我活这么大，从来没有丢过这个脸啊。"

刘冬冬立即开车过来接她，她上了车还在大叫："冬冬，我不是车扣了，是脸丢了啊，我没脸再在金山混了。"

刘冬冬不解地问："事情怎么会这样呢？法院怎么能这样做事呢？扣你车能起什么作用？车能值几个钱？车给你跑，你还好去要钱啊。"

江玲抱着头大叫："冬冬，我真的没脸活了，你再陪我去找沈金山吧。他再不给钱，我就死在他的面前了。外面人知道，我车被扣了，还不要拆了我的骨头啊。”

刘冬冬说：“我不是陪你去过了，再去还不是那样。他不是说给你钱嘛。”

江玲说：“他这么大老总，怎么也说话不算数呢，天天说给我钱，到现在一分都没给。”

刘冬冬安慰道：“你别急，车到山前必有路，现在有人比你还急呢。不就一辆车嘛，你就先开我车吧。先到我那里坐坐。你这几天把我儿子带到哪里去了？我一直看不到他人影，他们是玩疯了，不想回学校了。”

江玲不敢说刘明明天天在和那些人赌钱，就说：“他们喜欢大山，他带着女朋友逛大山多有情调啊，他们专门往深山老林里跑，小青年的事，你就别管了，让他们自由去吧，你还是赶快想办法救我吧。”

刘冬冬说：“现在的小青年，真是有了媳妇不要娘啊，管不住了。”

法院这边一动手，金山县城的人立即风声鹤唳。几个人一被拘留，连大名鼎鼎的江姐车都被扣了，一些欠债的人开始惶恐不安。大家都知道，凡事都怕认真，法院一认真，谁都怕了，于是，许多多年来难执行的案子终于得到解决。一些民众又开始议论纷纷：还是省委巡视组厉害啊，他们一来，金山都变了，他们怎么不早来呀。

小县城的人就是这样，得到一点好处，就开始感恩戴德了。有些人开始到省委巡视组的住地送感谢信，还有人扯起了横幅：“感谢省委巡视组，照亮了金山的天，带来了党的温暖。”这和那些还在诉求的大条横幅形成了鲜明对比。

何枫和肖剑对他们突然送来的这份热情不知所措。他们的工作正在有条不紊地展开，他们已经分成几个小组，到各个单位开展巡视工作，没有时间来面对这份热情。他们要求县里不要再有这样的事情发生，分散他们的精力，影响他们的工作。

潘潮风看到那样的横幅，心里很不是滋味。这些百姓怎么能这样说呢，难道我们县委县政府就不代表党了？就没有给你们带来温暖了？

他对法院突然加大的执行力度，从心底里表示赞赏。虽然每天都有一些人跑来反映，说法院这样做是在报复对他们的通报批评，严重影响金山的经济发展，说把那么多厂房查封了，还把一些优秀的厂长经理关起来了，以后谁还会来金山投资办企业。这些都被潘潮风坚决地顶了回去，他对那些人说："我对法院的执法，只说三个词，好，很好，极好。我举双手赞成。我们金山要发展就是要重树诚信，重新找回尊严。自古以来，欠债还钱，天经地义。我只希望法院对所有的人，所有的企业都要一视同仁。不管企业有多大，人的地位有多高，后台有多大，欠债不还总是不对的。"

赵日听到他的这个话，立即原封不动地转告了沈金山。沈金山感到，潘潮风这就是在不点名地针对自己，是在明显地向自己开战了。他由衷地感到这个老同学真的是和自己越走越远，无法沟通了。

这些日子，沈金山都是在别墅山庄里悠闲地钓鱼。他不管外面的风浪有多大，他知道都刮不到他的这平静的湖水。自己在商海拼搏了这么多年，什么样的风浪没见过。自己的公司是遇到了一些资金困难，那又算得了什么，这只是国家宏观调控的正常反应，很快就会过去的，一切还会照旧，自己是欠几十个亿了，可是哪个公司不欠债呢？大家都是在欠债发展啊，连美国政府都欠那么多钱，还公布在大街上了，自己欠这点钱算啥？市场经济，就是看你敢不敢欠债。欠了越多越好啊，窟窿捅得越大越好。因为国家政府比自己更急，政府最怕自己干不下去了，他们早晚要出手来救自己，来帮自己堵这个窟窿。他们抓的查的都是那些小企业小老板，唬唬下面，是查不到自己这个级别。没有自己这样的大公司，国家经济还怎么发展。大家现在都在耗着，等政府急了，银行多印一些钞票，经济一放开，大家也就都活了。首先活的还是自己这样的大老板。

沈金山每天都要开着游艇钓几个小时的鱼，他早就是钓鱼高手，钓鱼时聚精会神，连手机都不开。他专门钓大鱼，小鱼从来不看。他在这个水库里钓到过三四十斤的大青鱼，也钓到过五六十斤的大青鱼。他仍不过瘾，他一直觉得这里面还有更大的大青鱼。他在游艇上加了十几个这样的钓鱼竿，他的鱼钩和钓鱼线都是特制的，放到湖水里有深有浅。只要鱼一吃食，就会拖着铃铛响，他一听到响声，就能判断出是什么鱼，有多大。

赵日安排法院做的事，他都知道，他不支持也不反对。他只是叫他适可而止，不要动静闹得太大。他也觉得潘潮风真是太没东西了，来了一个省委巡视组，就把他吓成这样，怎么着你也要和县里单位站在一起，保护他们，把省委巡视组早点糊弄回去，你以后的工作都是要靠他们去干呀。

特别是公检法一个不能得罪，他们就是你政府的左右手啊，都是在为你政府干事啊。没有他们，你政府能去干什么，还能开得了门吗？他有时都有些后悔了，当初就不该听刘冬冬的请求，帮他提上来。他的水平永远只配当个副镇长。当了这么多年县长了，一点长进没有，凡事都较真。你一个小县长能干啥呀，你还动不动就把矛头对准我，我能欠债是我本事。现在是市场经济，是我们企业老总的天下，市场规则由我们定，社会怎么发展由我们说了算。你一个小县长，现在说得好听点，是社会管理者，说得不好听，就是给我们看家护院的保安了。

沈金山有时也想过，这个潘潮风一直和自己过不去，到底是为啥呢？自己没少帮助过他呀，他怎么就不和自己同道呢。难道他心里是记恨自己和刘冬冬的那点关系。他心里还没过刘冬冬这道坎。可是为啥这些年又要处处和刘冬冬撇清关系，不敢接触，这些憋在心里多窝囊多难受啊，没有一点男子汉的气魄。他有时也想，他尽力帮助把潘潮风推到县长这个位置，也许就是他这一生做的最大的错事，一点没得到回报，还招来这么多麻烦。有时他恨得就想尽快把他赶出金山，可是一想到，这样势必要和刘冬冬撕破脸皮，势成水火，他就只能把这些不满都埋到心底。

沈金山终于钓到一条特大的鱼，那鱼一上钩，就不同寻常地拖着风铃“叮铃铃”的不停地叫起来。

沈金山从它的那个猛劲立即判断出那一定就是一条他最喜欢的特大的“螺蛳青”，这种大青鱼就生活在水底，劲大势猛。他立即兴趣高涨，不断地放着长线。那鱼在几十米外，绕着游艇转了几圈，突然浮出水面。沈金山吓了一跳，他从没见过这么大的青鱼，足有一人多长，一百多斤啊。它潜在水里就像一艘黑色的小潜艇，都能带着整个游艇转动。

沈金山心情大快，他知道再大的鱼只要上了他的钩，就别想跑掉了。他只要耗光它的力气，它就会束手被擒了，就像做生意，有时需要的就是耐心和毅力。

他牵着鱼线，跟着那鱼在湖面上任它跑，那鱼跑累了，一停下他就拉一下鱼线，那鱼就像受了惊吓一样不停地跑起来。他就这样牵着那鱼转了好几个小时，直到那鱼被耗得筋疲力尽，最后乖乖地浮在水面上，他才散网把它兜住，带着它朝岸边开去。

他看着这有一百多斤的大青鱼，心里还在美美地想：潘潮风，你见过这么大的鱼吗？你知道它为啥能长这么大？因为这里就是它的天堂。你知道它一天要吃多少小鱼小虾？吃多少螺蛳？没有它们下肚，它怎么能长这么大这么肥呢？这就是市场上最简单的道理，你怎么眼睛只会盯着那些小鱼小虾呢？你真是太没出息了。

沈金山钓到这条从没见过的大鱼，心情大好，就立即叫来他的十几个兄弟和朋友一起来品尝他的战利品，自然首先请来的是胡高、赵日和张景三个。

他也特意邀请了刘冬冬。刘冬冬十分生气地说："你这饭还怎么吃呀。你的兄弟明刀暗枪都对着我了，又是立案又是开庭的，搞得没完，还把我最好的江姐的车都扣了，这不就是在打我的脸。"

刘冬冬说啥都不愿来，是江玲生拉硬拽地把她拉了过来，她哪肯放过这个好机会。

赵日见到她们，特意走过来说："江姐，你不要怪我，我刚听说了你那车的事，他们也是压力大，省委巡视组在盯着啊，我回去跟他们说说，你过几天，就去把那车开回去吧。"

刘冬冬在一旁冷笑道："你这个大院长，还能关心一辆车的事，就让他们公事公办吧。我已经给她安排一辆车了。"

沈金山直到刘冬冬到了，才叫人把那条大青鱼从水里捞上来。他对刘冬冬说："我早知道这里有这大家伙，好多天一直在等它上钩，今天终于被我逮住了。只要是我看上的，什么都别想跑，早晚都是我的手中猎物。"

刘冬冬嘲讽道："这个大家伙过去在水里有多霸道多嚣张啊，一定是无法无天。它也有混到头的时候，现在也只能任人宰割了。它过去绝不会想到，它也有这么可怜的一天。"

大家都笑道："这么大的鱼，应是我们金山历史上出现的最大的一条鱼，水中极品啊，它的肉该多鲜多嫩啊，我们跟着沈总真有口福。"

沈金山兴趣十足地亲自教厨师把那条大鱼按不同做法，做了几大盘，搞了满满一桌的全鱼宴，正激动地带领大家围着坐下，准备开始品尝这极品鱼肉佳肴的时候，刘冬冬的手机突然响了，陈晓艳在电话里惊慌失措地叫道："刘阿姨，你快来救我们，明明在山里出事了，人被打了，车被扣了。"

刘冬冬神色俱变，一句话没说，立即慌忙带着江玲离席而去。

沈金山的好心情也顿时没了。他气得一拍桌子说：“真是反了天了，在金山还有人敢打我儿子、扣我儿子车的。”

全桌人顿时骇然。

张景首先站了起来说：“老大，你别生气，我马上叫人去把他们都抓起来，不管是谁，一个都不会让他们跑掉。”

胡高紧接着站起来说：“这是在非常时期，寻衅滋事，我们检察院一定同步跟进，从严从重从快处理。”

39 雷厉风行

刘明明带着陈晓艳一直跟着徐老三去赌博。徐老三没想到这个大公子这么好赌，出手还这么大方，输多少钱都不眨下眼。现在想要他走也不能了，因为他输得太多了，自己已经被他套进去了。因为他输的钱都是他和江玲提供的，一是徐老大跟他说了，不要计较钱，一定要让他玩高兴，二是有江玲在后面撑着，他一点都不担心，给娘娘的公子垫多少钱他都不怕。

他们在山里没有固定的地方，一天换一个地方，都是很偏僻的地方。陈晓艳觉得，这些人真会享受，什么地方都有这样的地下赌场，什么地方都有人伺候着，都有好吃好喝的准备着。她心里一直在为刘明明担心，看到他天天输，却怎么也劝不住他。他只暗暗交给她一个任务，要她暗地把所有赢他钱的人都拍下来，记住他们的姓名和号码，以后要去找他们。她再急也没有办法了，刘明明早已就像一个赌红眼的赌徒了，什么话也听不进去。她看到他输了那么多钱，也不敢打刘冬冬的电话告诉她，她只能希望江姐能早点来把他叫走，可是江姐有时来了，却毫不在乎地说："你别担心他，有输就有赢，输了算我的，赢了归你们，就让他痛痛快快地玩一回。"

金山大公子刘明明携带着女朋友豪赌的消息，随着那个"钱多、人傻、好赢，快来"的短信越传越广。金山各路赌客们就像赶集一样纷纷闻讯赶来，一些外县的赌客也蜂拥而至，这么好的机会，谁愿错过。

刘明明开始成为他们中间的大红人了，又有江玲和徐老三这两个金主在旁支持，钱输光了，大家都争着要借给他。他是越输越有钱，谁会怕他不还钱呢，就怕把他输跑了，丢了这条财路。

一连几天，刘明明自己都不知道到底输了多少钱了。他只说："我就是要来高兴几天，你们有本事就赢，这大山里面就是好玩。”

江玲大奔被法院扣了，也就两天没过来了。真是好事不出门，坏事传千里，赌场里的人很快就知道了这个带有爆炸性的消息。他们不知道到底发生了什么，顿时风云突变，没人再给刘明明提供赌资了，借钱给他的人都开始想方设法地要钱了。

江姐不来，徐老三首先就害怕了。他知道刘明明欠的钱太多了，他所有欠的钱都是他和江玲担保的。他一看情况不妙，怕引火烧身，就首先躲了起来。

大家一看徐老三不见了，又找不到，都觉得上当受骗了，立即翻脸要钱。

刘明明开始还不在乎：“我还会欠你们这点小钱啊，都不够我的一个车轮子，我这车四百多万，我一百万抵给你们。”

陈晓艳急了：“你疯了，你妈知道还不骂死你，你不准赌了，我们回去吧。”

刘明明说：“车子算什么？在我眼里就是一堆废铁。我就不信干不过他们，我们继续干。”

陈晓艳火了说：“你怎么这么好赌，我不相信你了，你就是赌上瘾了，我不听你骗了，你再不走，我马上给你妈打电话。”

刘明明看到陈晓艳真的发火了，也就不敢再说话了。可是他们想走也走不掉了。那些债主们都把他们围堵了起来，一起翻脸要钱。

刘明明把法拉利抵给了他们还远远不够，他就吹嘘道：“这点小钱算什么，我回去拿来还给你们，我家别的东西没有，就是钱多得花不完。”

众人仍不给他们走，都说：“我们是看在江姐和徐老三的面子，才借钱给你的，你把他们叫来，他们不来，你们就不要想溜。”

可是，这时，江玲和徐老三的电话怎么都打不通了。

那帮人情绪激动起来：“我们只认得江姐和徐老三，我们认得你是老几？今天不还钱，你就别想走了。”

有人说：“那就把他女朋友扣下，让他拿钱来赎人。”

又有人说：“你小子艳福不浅啊，开着法拉利泡妞，这么漂亮的姑娘，你花了多少钱啊，干脆让她抵债吧。只要让她陪我一晚，你欠我的钱就算了。”

刘明明哪里受过这种气，那人的话还没说完，刘明明已经冲上去，一拳打在他的脸上，紧接着暴打不停："去你娘的蛋，你敢侮辱我的女朋友，老子今天打死你。"

那人被他打得满脸流血，无处可躲，只得奋起反抗："你小子以为我是金山警察，想打就打，想骂就骂。你小子欠钱不还，还要打人，老子管你是谁，今天就好好教训你。"

那人暴怒起来，刘明明就不是他的对手了，很快就被他打翻在地，吃了不少亏，刘明明越吃亏越不认输。在众人的吆喝声中，两人抱摔在地上，扭打着，翻滚着，都已打得头破血流，鼻青脸肿。

陈晓艳急得扑过去，失声大叫道："你们快别打了，你不就是要钱吗？我马上叫他妈送来。"

刘冬冬和江玲赶到时，那个打人的人早已经吓跑了。陈晓艳正抱着浑身是伤的刘明明在不停地流泪。

刘冬冬一把把他抱在怀里，失声大叫："你们为啥打我的儿子，你们太无法无天，他差你们多少钱，我来还给你们。"

她的话还没说完，张景已带着公安警察赶到了，他把陈晓艳叫到旁边一问，就知道了事情的来由。他立即严厉地下令道："这就是带有黑社会性质的地下赌博集团，这是一个有组织有计划的陷阱，性质特别恶劣，影响很大，立即展开全面搜捕，把所有参与赌博的人全部抓获，为社会铲除这个毒瘤。"

于是，张景按照陈晓艳记录的名字和她拍下的视频，展开全县大搜捕，很快就将包括徐老三在内的先后参与赌博的四十多人全部抓捕归案，捣毁多个地下赌场。

由于成效巨大，社会反响积极，潘潮风特意代表县委县政府到公安局看望办案干警，对他们的这次出人意料的行动表示赞赏。

张景也满面春风地接受了电视台的采访，当晚就成为全县特大新闻播出。张景在电视里说："近日我局接到群众举报，迅速行动，雷霆出击，一举将多年来一直隐藏在深山老林里的多个地下赌场破获，铲除一个组织严密、结构庞大的赌博集团，抓获惯赌三十六人，缴获赌资两千六百五十余万元。随着我们现在掌握的线索，我们的战果还会不断扩大。这是我们反黄赌毒战线取得的巨大成果，是一次决定性的伟大胜利，这一胜利的取得，完全是在省委巡视组的监督指导下，是在县委县政府的正确领导下取得的，是我们全体干警长期坚持不懈努力的必然结果。我们一定再接再厉，乘胜追击，彻底扫清黄赌毒这一社会恶瘤，还人民一个干净幸福和谐的世界。”

刘明明和陈晓艳是在病房里看到张景讲话的，还没看完，刘明明就叫道：“你快关了电视，我一看到他讲话，心里就想吐，这家伙说的哪句话是真的。”

陈晓艳这几天一直在医院陪护他，看到他满头裹着纱带，忍不住又气又恼地说：“都是因为你好赌，一上赌桌就不想下来，你让这么多人被抓进去了。他还说要感谢我们呢，说我们这次提供了重要线索，帮助破案，立了大功。”

刘明明惋惜道：“这个家伙的话只有这句才是真的，没有我，他们怎能抓到这么多人，可是我所有的好计划都被他搅黄了，他把他们都抓了，我找谁去查线索。”

陈晓艳捂住嘴笑道：“你人都被打成这样了，还在吹，你还能有好计划？有你这样做私人侦探的？你如果没有一个好妈妈，就和他们一样被抓到拘留所去了。你真是有福气，你和他们一样赌钱，他们坐牢，你住院，你输的车子和钱都退回来了，还要立功受奖。”

刘明明不服气地说：“我和他们不一样，我们这是体验生活，深入社会调查，我这是要顺藤摸瓜，找到李辉他爸的下落。我一直计划着从徐老三那里找到突破口，可是他太精了，滴水不漏啊。李辉他爸的事，那是人命关天的大事，你打死他也不会说。我只能从他身边的这些酒肉朋友和牌友中下手，他做的事，总有人知道呀。现在完了，这些人都被抓起来了，还能去找谁呢？我们的突破口在哪里呢？都怪你，不就打次架吗，有什么大惊小怪的，为啥要告诉我妈，可惜了我这个天衣无缝的好计划。”

陈晓艳埋怨着说：“还天衣无缝的计划呢，那你就不该跟人打架，还不要命的往死里打，害得我见到你妈都不知道怎么面对了。”

刘明明忙说：“那小子在侮辱你呀，他就是该打。你是我心里最圣洁的女神，你是神圣不可侵犯的。我不能容忍任何人对你有任何侮辱。”

陈晓艳忙打断他说：“好了，好了，你又来了，又要发感慨了。你的这些好词好句，我听得看得太多了，你还是安心养伤吧。就为一句话，就打成这样了。”

刘明明动情地说：“这不是一句话的问题，这是原则性大问题。我现在真是非常感谢那小子敢打我了，让我住院了，让你整天陪着我。这几天，我就是这世界上最幸福的人了。他怎么就不打重一点呢，我能一直住在这里不出去，该多好啊。”

陈晓艳故意拿眼斜对着他说：“我看你就是从小欠揍了，没吃过亏，到哪里都要打架闹事。”

刘明明激动地说：“能为你挨打，我值得。保护不了自己女朋友，还算什么男子汉，我要保护你一辈子，为了你，我什么都不在乎。”

陈晓艳看着他一脸真诚的样子，心里忍不住想笑。经过这些天，她对刘明明的感觉，已经有了一百八十度的翻转。觉得他真是一个单纯的大孩子，觉得他虽有些淘气，有些自以为是，也有些纨绔子弟的习气，却是越来越可爱了，对他的好感也是在与日俱增，但她毫不表露内心的变化，仍然打断他的话说道：“你真是电视剧看多了，是不是又想和我演真人秀啊，我可不喜欢你这些肉麻的台词。李辉的事你还是别管了，你妈妈说都交给她去管了，我们剩下的任务就是尽快回学校。”

刘明明急切地说：“我刚查出一点头绪，正到关键时，我决不会回去的，如果你非要我回去，那我就去撞一次头，再受一次伤，我就住在医院不出去。”

陈晓艳慌忙说：“你千万别乱想啊，那我就陪你住在医院里，你想住多久，我都陪你，我觉得还是你妈妈比我们有办法的。”

“你不知道，那要看是什么事了。这个事她是不会往下查的。我原来的计划，就是让他们赢我钱，然后去找他们暗查。现在他们都关进去了，如果把我和那些人关在一起该多好啊。”刘明明咕噜着又睡下了，他又在闭目想着自己下一步该怎么办。

刘冬冬感到，刘明明这次出事完全是自己的责任，是自己把所有精力都花在了潘潮风身上，没有关心到这两个孩子的事。她把刘明明送到医院安排好，就马不停蹄到省城找人活动去了。

只有江玲心里越来越感到懊丧，怎么现在干什么都不顺利了？本想让这个公子开开心心玩一次，讨好一下沈金山和刘冬冬，怎么又闹成这样，还把她那么多朋友送进去了，使自己更是雪上加霜了。现在倒霉的事怎么就找着自己，搞得自己没脸没面，到哪都是寸步难行。

最着急的还是徐老大，他怕徐老三他们关进去久了，会出大事。因为他们中间许多都是那些小煤矿的矿主，关久了没事都会出事的。他一直不相信他们就打打牌赌点钱，县里就会有这么大的动作。他们这么多年不都是这么赌钱的，从来没有人管过呀。他怕有更深层次的原因，他知道现在只有沈金山能救徐老三这帮人，急着跑来恳求沈金山能早点救徐老三他们出来，罚多少钱都行。

沈金山不以为然地说："这么点小事，你怎么吓成这样。他们手痒，赌起钱来都认不得家门，进去关几天，对他们也是好事。"

徐老大忙不迭地说："是，是，是该给他们一点儿教训了。我家老三从小没吃过苦，那里面他一天也不能住啊。他们是逗明明玩的，他们谁敢跟明明赌啊，他们是想给他在女朋友面前挣面子。那天我家老三有事不在，不然就不会出事了，都是误会啊。"

沈金山说："这事你别急，过几天我跟他们公安局说，让他们罚点款，就把人都放了。抓的这些人都是金山有本事的能人，个个都是老板和矿主，每个人下面都养着一大帮子人，把他们都关起来了，金山的经济就不搞了。"

徐老大一连声地赞道："对，对，对，整个金山我们最佩服的人就是你沈总，就是你有见识，站得高，看得远啊。那潘潮风真的一点儿不懂时事。这些老板和矿主的这点小事那算啥啊，还要大做文章。生意场上的人，谁没有这个爱好。他们在一起喝喝酒打打牌赌点钱，这就是大家在一起交流呀。他们从来不去干嫖娼吸毒那样的坏事，应该都算是最好的老板和矿主了，还把他们抓起来。以后我们就叫大家都去问他潘潮风要饭吃。"

40 慷慨陈词

金山县法院和公安局的这一连串行动，震撼了整个金山。许多人大呼开心，到处都在议论纷纷，说这都是省委巡视组带来的新气象。于是，前来省委巡视组反映问题的更是有增无减。

何枫和肖剑及巡视组的全体同志，都是在连续多天超负荷工作。他们发现，反映问题比较集中的除了法院就是金山经济开发区。他们当即研究决定，由肖剑带队到金山经济开发区巡视。

经济开发区就在县委大楼后面不远，这里完全是一座新城，与老城形成了鲜明的对比。县委大楼和市民广场市民公园正好把它和老城区分开。当时县委县政府搬到这里，就是为了促进开发区的发展。

这里原都是一片低坡丘陵地带，经过这十几年的大力开发，已经初具规模了。一眼望去，到处都是成片的厂房和宽阔的马路。开发区管委会就在这片厂房中间，这只是开发区最早的一栋普通的三层小楼，看上去与周围成片的厂房相比有些寒酸，跟不上周围发展的形势，就是和它隔壁的开发区派出所相比，也显得相差很远，很不相配。这里和周围的厂区相比最大的区别就是人多，屋里屋外都是成群结队的反映问题的人群。附近的村民和一些要债的民工，听说省委巡视组来了，早也把这里团团包围。

在三楼会议室，肖剑和巡视组的几个同志见到了开发区管委会主任段云飞，他们都已经见过几次面了，算是比较熟了。段主任看上去五十多岁，早已谢顶，头顶之上都是光光的，只是四周还留着一些稀疏的花白头发。

肖剑知道他是一个非常会说话的人，是金山县有名的铁嘴，还被外面人起了一个响亮的外号“大忽悠”。他就靠这张会说话的嘴从招商办干到招商局局长，再到管委会主任，一直就是潘潮风的得力助手。开发区所有的落户企业几乎都由他代表县政府谈判的，潘潮风不再兼任开发区管委会主任时，就由他接任主任至今。

肖剑首先说："段主任，你是开发区的老人了，我们就直接进入主题吧，我们想听听你对下面这些群众反映的问题的看法。他们反映的问题确实很多，例如土地征用问题，农民失地问题，劳动用工问题，环境保护问题，企业老总跑路问题，偷税漏税问题等。我们一件一件的细谈。"

段主任慢慢喝了一口水，摸了摸光顶，点着一支烟，开始说道："我知道你们一定会来巡视，我早准备好了。你们来金山，不到开发区，就等于没来。工业园开发区就是金山的过去、现在和未来，这里记录着我们金山人民十几年来的奋斗成果，也是我们金山的未来。你们看到的这一片开发区，十几年前还是一片荒山岗，到处都是金山人埋葬的坟墓，是个鬼都不下蛋的地方，是我们集中全县的人力财力，集中精力，大干实干，变废为宝，才打开了这个局面，才有了现在这样规模的经济开发区。现在，全省各个市县都在搞开发区，只有我们这里的条件最差，起步最晚，可是我们只经过十几年，就后来居上。从各方面来看，在全省都是名列前茅。这些成绩不是我们吹出来的，是我们一点一点干出来的，这么大的规模就摆在这里嘛。"

段主任一开口，就开始滔滔不绝了，他又喝了一口水，继续说道："你们都知道，我们金山，是全省最偏远的县，是三省交界的小县。历史上就是三不管地带，几百年来出的最多的就是土匪，谁愿意来我们这里投资啊？我们有什么优势？我们只能大胆的出新招出奇招，一靠政策，二靠胆大，三靠苦干。千条万条，我们只信一条，发展才是硬道理。我们只有拿出勇往直前的狠劲，拿出超出常人的毅力和胆识，摸着石头过河，才能为金山闯出一条发展的新路和奇路。我们是这么想的，也是这么做的。为了招商，我们动员了全县所有的力量和资源，甚至是把几百年前的老祖宗都挖了出来，真正是男女老少齐动员。全县的公务员和教师都勒紧了裤腰带，多年来都没有增加工资和福利，他们肚子里自然有意见，可我们只能把有限的资金全部投入到开发区来。没有前人栽树，哪有后人乘凉。我们全县各乡镇和部门组织了几十个招商小组，常年住在江浙沪和广东沿海地区招商，好多人一年都没有回家一趟啊，真正是抛家弃子。我们在外面求爷爷拜奶奶把客商招来，容易嘛，把他们招来，还要当祖宗似的供着服务好，为什么？因为我们知道，我们金山这片穷山恶水，真的太穷太落后了。我们只有把这些财神菩萨请来，金山才能发展起来，他们不只能带来投资，还能给我们带来金山的未来和希望。”

“我们只用了十几年时间，就招来了三百多家企业，这是周围的几个县加在一起都没法比的，这就是我们的成就啊。我们发展快了，自然是带来了一些社会矛盾，有些还很尖锐，这都是社会发展中的矛盾，为什么那些人就不能理解，就喜欢胡闹呢？有发展就会有矛盾，我们不怕，我们完全有能力处理这些矛盾，只有整天待在家里，什么事都不干的人，才不会有矛盾。”

“当然，我们发展得快，腐败也很严重，这也是全县的焦点。许多干部趁着招商的机会，大捞特捞，借机发财，白天围着老板转，晚上围着酒席转，夜里围着小姐转。特别是一些搞土石方的，和官员勾结，肆意虚报，大发横财。我们对于这种腐败行为，也是深恶痛绝，发现一起坚决查处一起。在潘潮风和我手里，我们就先后将三位副主任，和十几个下属人员送去调查。他们现在还在他们该呆的地方改造。我们开发区查处的人员每年都超过全县总和的几倍啊。还有人污蔑我和潘潮风同他们同流合污了，如果我们都是同伙的，我们为啥还要把他们都送进去呢。我们开发区就是一副照妖镜，没有这面镜子，我们就不知道为啥全县那么多干部挤破头皮要来开发区。他们原来不是来干事的，是抢着来分油水的。来了好啊，一来就露馅了，就给了我们为全县打扫卫生的机会了。腐败不管你有多严重，我们都不怕。只要是真抓敢抓实抓，他们一个也跑不掉，谁也不能兴风作浪。

“我们希望你们来巡视，正好可以给我们一个澄清的机会。我们所有的账目，包括潘潮风在时的所有账目都完好无损。我可以拿我的党性和人格担保，我不仅为自己担保，也可以为潘潮风担保，为我们所有经得住调查的人担保。我们都是想干一些实事的人，如果我们有一分钱谋了私利，我们接受党纪国法的严惩。”

“外面的那些百姓不了解真相，许多人都是在跟着瞎闹事，只是不知道好歹啊，他们以为我们招商引资就是吃吃喝喝，陪着老板们花天酒地，我们就都不是好人了。他们不知道，这对于我们也是一种负担啊！就拿我来说，早就是正处级干部了，我们到哪里没饭吃。我跟共产党干了几十年，别的好处不敢要，就是从来就不愁没饭吃，非要低三下四地去陪那些客商吃饭？我们其实最希望的就是能好好安心地在家陪孩子老婆吃饭呀！他们下面这些人怎么就是不理解呢。我们这么玩了性命的大干苦干，为了什么？因为我们知道，我们金山不能再像过去那样干，不能只走老路。我们也是有着光荣革命传统的金山人，我们这代人不能再把贫穷落后留给我们的子孙，不能再去干那些丢人和不光彩的事。”

“还有那些山民，他们的土地被征用了，那些荒山岗，本来就不种庄稼，他们一些人得了补偿款，还给他们买了养老保险，可是他们一些人手里有了钱不学好，游手好闲惯了，几场赌博就把钱输光了，又跑来闹。一些人进了工厂也不好好打工，一个月换一个厂，还要人家工厂按劳保法赔损失，动不动就堵人家厂门封人家路。就是这些大大小小的事情，把我们精力都耗尽了啊。不只是我，包括潘潮风，这些年，我们都没有睡过一个安稳觉。我们能不急吗，咱这穷山沟里过去出土匪，现在他们只顾自己眼前的私人利益，不顾金山的未来。金山的能人都跑出去了，没有几个能人了。我们只是不想让那些辛辛苦苦招来的企业被这些胡闹的人又赶走了，我们心里看着真是心焦如焚，我们在下面真想干一点事儿有多难啊。还有许多人什么事不干，专门挖空心思钻政府的空子。我们哪里要开发了，要拆迁了，他们就能在一夜之间偷偷摸摸地盖起成片的窝棚和简易房，然后就和政府讨价还价对着干。我们原先预算好的几千万拆迁款猛增到几个亿，他们还不满意，还要闹。这些人怎么能变成这样呢，我们改革发展这么多年，怎么就培养出这么一群刁民呢？”

段主任说到激动处，控制不住情绪地用手敲起了桌子，所有人都吓了一跳。他真是胆大包天啊，敢在省委巡视组面前敲桌子。

肖剑停住记录说道：“段主任，你有问题说问题，要注意自己的态度，也要注意自己的言辞。”

段主任也感到自己的失态，这才冷静了下来，压住心里的怨气，又继续说道：“我不是针对你们的，我是说那些刁民，哦，对不起，我又用词不当了，我只是说那些闹事的访民。我们也承认，我们的工作没有做到十全十美，还有许多缺点和错误。特别是一些招来的企业不是好企业，带来了一些我们没有想到的新问题。我们也是在一边学习一边摸索，摸着石头过河，哪知道深浅，呛几口水也很正常吧。你们要听这些访民反映问题，也要听听我们反映问题。我们不怕查，我们不怕查出问题。开发区所有的问题现在都由我负责，由我承担，早就都与潘潮风无关了。我们这些年有今天不容易啊，特别是潘潮风，差点把命都搭进去了，几次在桌上喝得胃出血，被送到医院抢救。开发区刚开始的时候，我跟着潘潮风在这乱坟岗里睡了几百天，都不知道家门是朝哪里开的了，到处给人当儿子当孙子，我们不就是想给金山找到一条发展之路吗。你们不能听外面那些人胡说啊！我这么大年纪，我无所谓了，我要说句良心话，如果你们把金山所有的问题都推到潘潮风身上，我们下面所有真心干事的干部都不服啊，大家都会感到寒心，以后金山就真的没人敢干事了。我们金山的这些问题还不是出在那些爱闹事的老百姓身上，他们本来就没有多少觉悟，归根结底还是出在那些干部身上，我也想不通我们金山的官场风气怎么坏到了这个地步。我已经老了，很快就要退休了，我什么都无所谓了，什么话都敢说了，我不怕得罪谁了，你们可以都记下来，就是到县委大会上，我都敢说。我们金山现在就是一人干事三个看，后面还有一群在捣蛋，干事的人冲在前面，成为众矢之的，不干事的人明哲保身，躲在后面说风凉话，还要到处刮阴风点阴火。我们是一心一意谋发展，他们是费尽心机在捣乱。我说这些话，只是希望这些从来不干事的人，不要耽误了工业园的前途啊！这是我们金山一代人十几年的心血，我是一路走过来的人，我知道现在的这个局面，确实来之不易，他们不心痛，我心痛啊。”

何枫又打断他的话道：“段主任，你也是党的老同志了，请你不要有任何情绪，还是谈谈具体问题吧。”

段主任停顿了一下说：“老实说，我们工业园现在确实是遇到了前所未有的困难，这是我们开园以来从没有过的危机。三百多家入园企业有一大半无法开工了，仍在生产的效益也不好，还有十几家环保不达标的企业，被我们关停了。这有国家宏观调控的原因，也有我们前些年经验不足、盲目招商引进的错误。我们也正在总结经验教训，在腾笼换鸟，优化调整。我们这个工业园能从无到有，也一定能走出目前的困境。我仍然坚持自己的一贯观点，工业园问题很多，矛盾重重，但是，这都是我们发展中的矛盾和问题，也是我们前进路上必须经历和跨过的沟沟坎坎。我们工业园现在已经解决了几万山民的就业，他们已经不用再背井离乡外出打工，未来也仍然是整个金山县的希望所在。”

这时，下面聚集的人已经越来越多，有些人等不及在那里大叫起来："省委巡视组不能只听干部的，要下来听听我们的，我们的土地没了，工厂关门了，老板跑路了，我们无依无靠了，工业园不能不管我们的出路，我们要吃饭。"

41 令行禁止

在省委巡视组进入开发区的时候，沈金山正开着车在开发区转悠。他看到那一栋栋宽大的厂房空无一人，心里也感到一阵阵凉风袭来。他没想到这个前两年还是轰轰烈烈的工业开发区，怎么这么快就萧条到这个地步了。三百多家企业有二百多家关门停业了，十几家老板跑路，几十家被银行查封，剩余的一些企业也看不到什么生气，而这一切都是在潘潮风主持县里工作时出现逆转的。

沈金山开始有些懊悔了，对潘潮风的意见就越发多了起来。他觉得潘潮风怎么越升官越不会干事了，当初那么一头劲地发展工业园，怎么地位一变就全变了呢？当初自己真不应该帮助潘潮风。

他一路走一路想道：你这个从村里上来的村书记，还是只会带人去养养鸡呀兔子呀，对现代经济管理简直是一窍不通，头脑就是不开窍啊！这么多年来，大家都是在喊着发展才是硬道理，不换脑筋就换人，三步变成一步走，小步快跑奔小康发展起来的。你潘潮风怎么就不能换换脑筋呢，你怎么就要搞什么产业调整，腾笼换鸟，你也不想想，我们这是什么地方，好鸟能来吗？你管它来的是什么鸟，拉的什么屎，下的什么蛋，只要能给县里带来效益就是好鸟啊！不管是白猫还是黑猫，抓到老鼠就是好猫嘛，这就是多年来的宝贵经验啊！你潘潮风就能分出谁是好猫和坏猫吗？这些年，你不是一直在喊着你发财我发展嘛，怎么现在就要变了呢。还有，你怎么也不该把税务局长抓起来，他才是县里的财神爷啊，多少企业都是靠他生存，他们下面养活了多少人呀，你抓他，断了这么多人的财路，他们能不跟你闹事？这也断了县里的财路啊。

沈金山先到自己的企业里转了一圈。他的企业面积虽大，却只有两个看门的。他过去办厂时生产过农用汽车，后来怎么干都亏本，就干脆停产了，他本来就是为了圈地，等着升值的。他觉得干任何实业都没有搞地产开发来得快，只有跟不上形势的人，才去干这样吃力不讨好的实业。他在他的那些厂房里转着，看到那些设备都也覆盖着厚厚的灰尘，心里还是不免有些心痛。他的精力转到房地产开发后，已经很少再来这里了，不过，他一直舍不得丢掉这块，毕竟这里是他腾飞的地方，也是他的脸面，还给他升值了许多钱。

他从工厂出来后，又到那个工业园配套小区，那也是他的一个工地，十几栋十几层的高楼都是建到一半就停下了，工地上空无一人，只有一些鸟儿在脚手架间飞来飞去的。

沈金山一见这种景象，对潘潮风的怨恨就变得更加猛烈起来。这个小区停工完全是因为潘潮风造成的。沈金山和潘潮风的关系彻底僵化，搞到现在都不想见面的地步，也是从这个小区开始的。这许多年来，沈金山都是县里各行各业的龙头老大，所以开发区和县里的工程项目，都是先有沈金山挑着做，有些也是通过他的手转包的。

开发区的配套小区是县里的重点工程，当然是由沈金山下面的公司开发，可是建到一半，沈金山的资金遇到前所未有的困难，承建商也没资金垫了，工业开发区不景气，更没人买房子。

沈金山就去找到县委书记张松，说这本来就是为工业园配套的项目，县政府要给予支持，当时县里已经决定了把他没建成的楼盘先抵给县政府，由县财政先垫付一个亿，保证工程继续建设下去。可是到了潘潮风手里，他坚决反对，他说不能赚钱的时候都是他沈金山的，遇到困难就推到政府来，市场经济就由市场决定，县政府没有责任插手，县财政没有这笔钱，我们要花钱的地方多着呢。

潘潮风的一句话，就使这个小区工程全都停了下来。

沈金山怎么也没搞清楚，自己哪里得罪了这个潘潮风，使他翻脸不认人了。没有他沈金山，哪会有你潘潮风的今天，哪有开发区的今天。你是一点不顾多年老同学的情谊，也不顾自己多年来对他的支持，成了半路杀出的程咬金，给了自己一刀。这不只是一个亿的问题啊。这么多年，县里的哪个领导能不买自己的账，这个规矩就被你潘潮风给破了啊，自己怎么到头来培养出了一个冤家对头。

沈金山在气愤之余就想，这都是因为刘冬冬。没有刘冬冬，他是不会去帮助潘潮风的，也不会到现在自己搬起石头砸自己的脚；没有刘冬冬，自己也不会深陷在这个工业开发区里。一切都是因为这个女人，是她使自己迷了心智，使自己犯下了许多幼稚的不可饶恕的错误，才会走到今天这个困境。

十多年前，当刘冬冬来到金山时，已经功成名就的沈金山正准备将整个公司搬到上海去。他不是不爱金山，他也舍不得离开这块生养他的这片大山，只是他已经厌烦了自己的生意。那些年，他就靠到大山里挖掘黑金和白金，成了金山首富。随着他的财富越来越多，他开始感到一种深深的自责。有时深夜，他不能入睡，特别是他想起那些被他送出去的姑娘时，他就会感到一种无比的羞愧。他甚至不相信那些事都是他做的，他甚至不敢相信自己会做出那些可耻的事情。他当时想永远地离开金山，实际就是想对自己过去的一种逃避。

就是在那段时间，刘冬冬出乎意料地出现了，是她改变了自己的决定，是她改变了自己的人生。

直到现在，沈金山一直没想清楚，他当初留在了金山，是因为刘冬冬，还是因为心里的那份对金山这片故土放不下的牵挂。

那时，刘冬冬把他带到这片乱坟岗说："你不要小看这里都是乱坟岗，在我眼里，这里就是一座座金山，就是金山的未来，只要你够胆有识，就能在这片土地上创造出一片奇迹，实现你人生的梦想。"

沈金山受了她的鼓动，就把所有资金和精力投入到了这个开发区来。他是第一个入园的企业，就是由于他的带动，这片乱坟岗开始成了日夜通明的工地，开始有了改天换地的新面貌。

沈金山也仿佛找到了新的归宿，他当时都把整个开发区当成是自己家似的。正是由于他的要求，潘潮风才被调到开发区。他们这对多年不怎么接触的老同学，终于有了一段最亲密无间的合作。他们每天都要在这里见面，一起设计规划着开发区的未来。他们一起为每一条马路建成，每一座厂房奠基而激动。他们仿佛回到了激情洋溢的青春年代，一起放飞着心中的梦想。

沈金山有时出去谈业务也把潘潮风带着，外面来了投资的，潘潮风也把沈金山叫去作陪。他们经常一起出去招商，一走就是几个月，虽然他们形影不离，日夜都在一起，但沈金山总觉得心里上和潘潮风之间隔着一道墙，难以相融。他有时觉得这也许就是因为他们之间隔着一个刘冬冬，有时又觉得不是，接触的越多越能感觉到他们完全就是两种不同的人。他感到潘潮风就是个太过于理想化的人，太想当然了，既想加快发展，又有太多的担忧，怕这怕那，缩手缩脚的。你只管招商引资，你管他是驴子是马，你管他手里钱是怎么来的，这个世界有钱就是爷。

沈金山那时一直觉得，不管出于什么目的，他和潘潮风的目标都是一样的，就是要把开发区尽快搞上去。他的心里更多的是出于对金山这片故土的一种内疚和补偿，他一直觉得自己作为金山的子孙，这辈子在金山这块土地上总要留下一点东西，做一点成就，而潘潮风这样的苦干，最多就是为了捞一份政绩。沈金山当时帮助他也是真心的，很多潘潮风还犹豫不决的事，他就先帮他决定了，一些企业什么手续还没办，营业执照都没有，他就已经把人家搞来生产了，应该说，那时的潘潮风就是被他在后面推着赶着往前跑的。他在市场上滚爬摸打这么多年，一贯干事的风格就是这样，说干就干，敢做敢闯，凡事都抢在别人前面，他坚信的道理就是：发展才是硬道理，先发展再调整，先干再说，船到桥头自然直。

沈金山没有想到，这个潘潮风一开始主持全县工作，就开始对这块工业开发区进行整顿了，而且一点不考虑过去的情谊，一改往日的工作作风，大刀阔斧，雷厉风行，一口气就关停了十几家有污染的企业，使开发区来之不易的大好形势一夜逆转。你潘潮风做人做事怎么能这样呢？你政府怎么能出尔反尔不讲信誉呢？都是你们苦口婆心招来的企业，怎么说不让干就不让干了？你潘潮风真是无情无义，有了权力就忘本，有多少企业是看着你我的面子才来落户的，你怎么能不讲一点私情和旧情，脸一阔就翻脸啊，还专从他们头上整起。我沈金山官场商场的人见多了，从没见过你潘潮风这样狠毒无情的，不讲商业道德，把人家企业招来了，就开始整治人家。你潘潮风到底是要整顿呢，还是要砸锅呢？怎么能这样干呢？你这么多年在外招商，你不知道招来一个客商是多么的不容易。人家都是把他们当菩萨供着，你却要在他们头上动土。你不是不知道，我们金山这个穷地方，谁愿意来啊。你不给他一点优惠政策，管理不松一点，不免些税，不让他们偷开一点发票，商人无利可图，谁会来呀？你现在可好，一是给他们戴上紧箍咒，二是断了他们的财路，他们不跑才怪呢。你真是不识时务，就该在下面养鸡养兔子。你不能为了自己往上爬，为了表面的政绩，就置金山的前途于不顾啊。

沈金山开车转了一圈，又看见开发区管委会门口聚了许多老百姓。他本来对这些爱闹事的老百姓没有多少好感，觉得他们许多都是白眼狼，过去穷了那么多年，什么事都没有，现在工业园发展起来了，他们得了好处还卖乖，不好好的进厂打工，个个得了眼红病，专门找人家企业老板的麻烦。可是现在看到这些人，他心里倒有些希望这些老百姓能找省委巡视组把事情闹大点，最好把潘潮风现在给工业园这些企业戴的紧箍咒全部解除，任它自由发展，市场竞争本来就很残酷无情，能活下来的企业就不错了，你还给他们戴上镣铐，他们怎么能够跑得动呢。他心里实在不想任由着潘潮风在上面胡搞了，继续让他这样胡搞下去，不只是工业开发区，整个金山都要完了，还有谁会来投资啊，还能有什么前途啊。没有这些人来投资办企业，这里还是乱坟岗啊，鬼都不下蛋的地方，除了长草，什么都不长。

沈金山转了几圈，转出一肚子的怒气正准备回去，他没想到有几十个企业老板一起闻讯来找他。因为他还是他们商会会长，大家遇到大问题都要来找他商量。他于是把大家一起带到自己的企业，大家一坐下，几十个企业老板，都开始不停地叫苦："沈会长，你再不出来说句话，我们都活不下去了，你赶快想办法救救我们吧。"

"沈总，我们还是早点把张松书记请回来吧，我们金山没他不行。金山的形势怎么说变就变了呢，潘县长怎么把矛头都对准我们企业家呢，我们这么多年都是合法经营，怎么他说我们是违法就是违法的了。"

"政府不能过河拆桥，不讲信誉，用我们的时候，把我们当成宝，不用我们的时候，就要把我们赶走。没有我们来，这个工业园也发展不起来的。"

有人拿出一份有几十个企业签字盖章的申诉请愿书，请求沈金山签名。

沈金山看了一眼，见都是控诉潘潮风的，列了他的十几条罪状。他扔到一边，心存怒气地说："大家都要有活路，你们该怎么反映问题和诉求，是你们的权利，我不反对也不支持。潘潮风是我同学，也是县里领导，他们这样干我也搞不懂，我说不动他们了，也劝不了你们，我也帮不了你们。这个字我不能签，你们自己想怎么办你们自己决定吧，你们就当我什么都不知道。"

大家听他这么一说，立即全部心知肚明地离去了，又全部跑去找省委巡视组了。

42 原形败露

刘冬冬不知道开发区出的事，她一直在省城为李辉的事活动。她知道这事不搞出个结果，刘明明和陈晓艳就不会回到学校去，留在金山不知还要闹出多少事来。

刘明明更没歇着，他在医院没躺到两天，就再也躺不下去了，就又带着陈晓艳跑了出来。

陈晓艳笑看着他说："你的伤还没好，你又要想干啥，是不是手又发痒了。"

刘明明认真地说："我还要去找他们，我不会放过任何机会。"

陈晓艳继续笑道："他们都还没放出来，你能去找谁，你妈妈在省里已经有好消息了，省劳改局已经答应尽快给李辉办假释，他很快就能出来了。"

刘明明坚定地说："我不同意这样处理，这还不是说明李辉有罪，他是被张景冤枉的，我就是要给他翻案，我一定要找到他父亲，我绝不会放弃的。"

陈晓艳劝道："你还是安心养伤吧，你妈妈知道了，又会怪我没管好你，我们跑了这么多天，什么线索也没找到啊，如果不是你妈来得快，你都要被人打死了，我都被人扣了。"

刘明明突然灵光一闪地说："对，他们敢打我，好的，他们打得好，我有办法了。你跟我去找他们，我要去找他们算账。"

陈晓艳说："他们都还关在拘留所里，你还要去找他们算账？"

刘明明激动地说："我们就去拘留所找他们，天赐良机，你好好的配合一下我。"

陈晓艳说："你又想去干什么坏事，还要我陪你，像陪你赌钱这样的坏事，我再也不干了。”

刘明明急切地说：“就这一回，我们去吓唬一下他们。”

他说着，就已经调转车头，朝金山县拘留所跑去，他在路上还特意买了两条香烟。到了拘留所，他直接就要求见那个跟他打架的小伙子。

那个叫小刚子的小伙子见到他很紧张，畏缩在铁栏杆后面，一副可怜样，再也没有了那时的气势。

刘明明说道：“你待在里面，滋味怎么样？敢打我的人还没出世呢，你知道我为啥来找你吗，因为我要跟你算总账，你把我打伤了，法医做了鉴定，你犯了故意伤害罪，还有聚众赌博罪，寻衅滋事罪，你是要数罪并罚，你的牢有的坐了，你别想出来了。”

那小伙子慌忙说：“我知道错了，是我有眼无珠，不识时务，请你高抬贵手，放我一马吧。”

刘明明说：“老实告诉你，你也知道，公安局检察院和法院现在都听我的，你的事现在就掌握在我手里，我要求判你多少年，就能判你多少年，要求罚你多少钱，就罚你多少钱。”

那小伙子已经是满头冒汗，眼睛了充满了泪水：“我知道，怪我倒霉，遇到了你，太岁头上动土，你要判我多少年，我也没有办法，还请你大人不记小人过，轻饶我吧，你这么命好的人，跟我这种人计较什么呢。”

刘明明看到他吓成这样，才放缓口气说：“其实真把你判多少年，对我也没好处，我们的事也可以私了，我也可以救你出来，不要你坐牢。”

那小伙子忙说：“求你放过我这回嘛，我可以给你磕头赔礼，加倍赔偿，你让我干什么都行。”

刘明明这时才说道：“我不要你磕头赔礼，只要你帮我找一个人，就是我女朋友的亲戚，李辉的父亲李明亮，他是在哪个煤窑出事的，只要你帮我找到他的下落，我们之间的事情就一笔勾销。”

那小伙子立即说道：“那些小煤窑过去年年死人，我哪知道你们要找的人在哪里呀。我只是和他们做煤生意，下面的事情不清楚啊。你们可以去找我的干娘，我认的这个干娘，她在小煤矿那里生活了一辈子，她比我知道得清楚。我住在她家时，经常听她说起，过去许多外地来挖煤的人，都是租她家房子住的，她比我知道的多。”

刘明明忙问：“你干娘在哪里？你给我一个地址。”

“好的。”那小伙子忙给他写了一个地址说：“我的干娘很少和外面人来往，你们就说是我叫你们去的，让你们帮我看看她，她是个很可怜很好的老太太。”

刘明明最后拿出带来的两条香烟给他说：“我们是不打不相识，以后就算是认识了。你这次犯的事太多，你要想早点儿出来，就要想办法立功，我还会来找你的，你想出什么事情，就告诉我。只要你能真心帮我，我就和你私了，不告你了。”

他们从拘留所出来后，陈晓艳不停地捂住嘴笑道：“你进步蛮快的嘛，这些天，你不只学会了赌钱，你是连哄吓诈骗都学会了啊，还会给他送香烟，也学会搞感情联络了。”

刘明明又开着车，带着陈晓艳向大山深处开去，一边说：“我也是没办法，才想出这个办法吓唬他，山里人没见过世面，打次架不就算了，我哪里会和他去计较。”

陈晓艳又说：“我看你就是病急乱投医，又是在瞎胡闹，去找那个六十多岁的老太太，她哪里能知道那些事。我们还是去省城找你妈妈吧。”

刘明明不屈不挠地说：“我要干的事，就一定要干成，我一定要找到李辉他爸，我就不信，好好的一个大活人，还能人间蒸发了。”

陈晓艳看出他的那副倔强相，不由得开心地笑了。她和他之间的距离早已经越来越近了，态度也变得亲切起来，说话也就随便了许多。她故意激他道：“你一直不愿带我去省城找你妈妈，就喜欢带我往大山里跑，我看你就是居心不良，心怀叵测，想借机达到你内心的目的，不管你带我往哪里跑，我都不会让你的阴谋得逞的。”

刘明明被她说得急红了脸地说：“天地良心，这许多天和你在一起，我是连你一根手指都没敢碰过呀。我承认我还想追求你，我不会放弃你，可是我是男子汉大丈夫，做人做事光明磊落，我不是乘人之危的小人，我会把李辉救出来，然后再和他较量，把你夺回来。我发誓我一定会战胜他的，因为我对你的爱感天动地，天下无人能比，世界上没有人能是我的对手。”

陈晓艳看着他的这个认真的可爱样，笑道：“跟你开玩笑也当真啊，你心里没有坏想法，你红什么脸？着急什么？你还是好好开车吧，你总是开这么快，我以后就不敢坐你车了。”

刘明明立即慢下来："好，好，以后你在车上，我就当拖拉机慢慢开，决不再搞惊险动作吓着你。"

刘明明把车直接开到了金山的那片小矿区，仿佛就开进了一片黑色的世界。路旁到处都是一堆堆漆黑的煤块，路面上遍地都是散落的煤粉，风一吹，就是漫天飞舞，周边的树林和树叶都被染成了黑色。他们的法拉利刚开一段路，就已经被飞扬的煤灰覆盖了一层，成为黑色的了。

刘明明一边走一边问着，终于来到了他要找的李奶奶的家。这是一间很漂亮的小二楼，在这片山里很特别，屋顶和墙面都贴了瓷砖，只是瓷砖的颜色被层层煤灰覆盖了，已分不清颜色了。

小楼的门紧闭着，刘明明到了门口大声叫着："李奶奶，李奶奶，我们看你来了，是你干儿子小刚叫我们来看你的。"

他们叫了好长时间，门终于开了，出来一个六十多岁的老太太，这个山里的老太太，看上去有些苍老，但走起路来还很利索，嗓音也很洪亮，说话也很干脆，只是耳朵好像有些背。她有些吃惊地大声问道："你们是谁呀？你们来找我？我不认识你们。"

刘明明忙说："李奶奶，我们是李刚的好朋友，是他特意要我们代表他来看看你老人家。"

李奶奶又问："你们是说哪个小刚子呀，是不是那个做煤生意的小刚子，因为赌钱被抓进去的那个小刚子？他好多天没来过了。"

刘明明从车上拿出一大堆礼物，走进屋里说："对，对，李奶奶。他没事的，他只是小事，他过几天就要出来了，他让我们先来看看你，他说你是他干娘，请你不要为他着急，我们和他是最好的朋友。"

李奶奶这才听懂了，她慢慢地说："哦，是小刚子叫你们来的。他是个好娃子啊，他一来就住在我这里，他抓进去关几天也是好事。都是那个徐老三，害死多少人啊，他总是来找他们去赌钱，他们下井挖煤卖煤，好容易挣来的钱，都被他们赢走了，害得他都没心事做煤生意了。"

刘明明忙问道："李奶奶，你也认识徐老三？"

李奶奶连忙点头说："徐老三啊，我当然认识。他们家还有徐老大，他们家弟兄四个呀，我都认识，我们过去都是一个村子的，他们都是我看着长大的。"

刘明明问道："李奶奶，他们家是不是请了许多外地人来挖煤的？"

李奶奶说："是的，是的，他们家徐老大就是个煤矿头子，这里挖煤的人，许多都归他管呀。"

李明明忙问："李奶奶，你认识不认识那些外地来挖煤的人。"

李奶奶说："你问那些挖煤的人啊，我认得许多，他们过去来了还租我房子住。"

刘明明又问道："我们有个亲戚叫李明亮的，三年前来这里挖煤，你有没有见过呀。"

李奶奶摇摇头说："他们来的人太多，我哪记得呀，你们要找人，就去找徐老三，过去人都是他带来的。"

陈晓艳有些失望地说："李奶奶，你租房子给他们住就没有留下他们的名字。"

李奶奶说："他们都是徐老三带来的，都是徐老三帮他们租的。许多人我认识，也不知道他们名字。"

刘明明仍不愿放过，继续问道："李奶奶，你能不能想想，那些住你们家的外地人，有没有留下过什么东西呢？"

李奶奶似乎想起什么东西似的说道："哦，你是问他们有没有留下东西呀，有啊，他们经常人不见了，东西就丢下不要了。"

刘明明激动起来："他们人怎么会不见了呢？他们怎么会丢下东西不要呢，他们丢下的那些东西在哪里？"

李奶奶说："许多都是被徐老三带人拿走了，也有些他们也不拿走的，死人的东西，不吉利，送给人都没有人要啊。"

陈晓艳立即问道："那些东西还有吗？能不能给我们看看。"

李奶奶说："那些东西哪能留啊，剩下的都被我拿出去烧了。"

刘明明立即有些懊丧地说："唉，你怎么把那些东西都烧了呢。"

陈晓艳又问道："李奶奶，那些人怎么就好好的不见了呢？他们是不是下去挖煤，就没有上来？"

李奶奶神秘地说："是呀，我们山里有妖怪，它们年年吃人啊，它们钻在地下吃了好多人呀。"

陈晓艳急切地说："李奶奶，你别听他们胡说，世上哪会有妖怪。"

李奶奶叹息道："真有妖怪啊，我们这山里妖怪就在地下，他们就在煤矿下面吃人，好多人都被它们吃了啊。我们这里人都说，都是他们挖煤挖动了地气，坏了风水，得罪了山神，把那些妖怪都放出来吃人了啊。”

刘明明问道：“李奶奶，这些妖怪是怎么吃人的？你听说过吗？”

李奶奶说：“这些妖怪太厉害了，它们吃了人吐出来的骨头都是黑的。”

刘明明忙问：“李奶奶，你怎么知道它们吐出的骨头都是黑的？”

李奶奶说：“天上有雷公啊，那些妖怪怕雷公呀，它们就把肚子里的骨头吐出来了。”

陈晓艳急切地问道：“你见过那些黑骨头？你是在哪里见到的？”

李奶奶说：“是呀，我常见到那些死人的黑骨头呀，只要天上一打雷，一下大暴雨，那些妖怪就把黑骨头吐出来，扔在煤堆里，大路旁。”

刘明明忙问：“李奶奶，你见到那些黑骨头，是怎么处理的？”

李奶奶说：“我见到那些黑骨头，就想起那些死人可怜，他们有些就是在我家住过的呀。我就把那些黑骨头都捡起来埋了，我不想他们再被野狗叼走了。”

刘明明又激动起来：“李奶奶，你把那些黑骨头埋在哪里了啊，你带我们去看看吧。”

李奶奶说：“那些死人的黑骨头有啥看的，徐老大他们不让说，他们管得严啊，他们知道了，不得了啊，我们这里都是徐家四弟兄说了算。”

刘明明急着说：“李奶奶，我们是大学生，我们就是要来找这些黑骨头的。”

陈晓艳也跟着说：“李奶奶，我们特意跑来，你就让我们看看吧，我们就是想知道，到底是什么妖怪，吃了人吐出来的骨头都是黑的。”

李奶奶见他俩的这种着急样，就把他们带到一块土包前说：“我把这些年看到的黑骨头，都埋在这下面了，也不知道有没有被野狗叼走啊。”

刘明明立即奋力地挖着，很快挖出了一根根发黑的令人毛骨悚然的人骨。陈晓艳吓得大叫起来：“天哪，怎么有这么多黑骨头呀。李奶奶，真是辛苦你了。”

刘明明立即把那些黑骨头包好，抱上车，谢过李奶奶，就立即开车向城里跑去。

刘明明激动难忍地说：“我终于找到他们的罪证了，没想到李奶奶收留了这么多宝贵的证据。真是踏破铁鞋无觅处，得来全不费工夫，真要谢谢她老人家，她才是金山的大功臣啊。有了这些黑骨头，我看他们还管不管。这都是死在煤矿下的那些人的骨头啊，都埋在煤矿下，都变成黑色的了。你看那些挖煤的人，真是贪心啊，最后连这些死人骨头都挖出来了啊。谁还能捂得住金山的那些罪恶，这就是天意，这就是苍天对他们的报应。潘潮风，你们这些狗种的好日子到头了。”

陈晓艳脸色阴沉着，一句话不说。她已经用手机把那些黑骨头拍成了照片，加上一篇博文《揭开金山县的层层黑幕，挖出埋在地下的冤魂》，全都发到网上，她还忍不住在网上不停地发问：“金山小煤矿，人间新地狱，深埋许多年，为啥无人知？什么活妖怪，心比煤炭黑？”

43 如坐针毡

刘明明和陈晓艳回到金山县城时，他们发在网上的博文和照片，已经在网上迅速传播开来。

他们带着那些黑色骨头，直接来到省委巡视组住地，把他们交到何枫和肖剑手里。

刘明明一去，就对着何枫他们大叫："你们省委巡视组不能只是风声大雨点小，就是下来做做样子的。金山小煤矿下埋着无数这样的冤魂，你们不能不管。这黑骨头就是罪证，我只带来这些，那里还有好多呢。你们应该立即叫潘潮风这个狗县长引咎辞职。"

肖剑立即问道："你不要急，慢慢说，你这些黑骨头从哪里找来的？"

陈晓艳接着说："这都是他们从煤矿下面挖出来的，他们小煤矿下面年年死人啊，他们都不往上报，都是瞒着上面私了的。"

刘明明又在大声说道："你们不要再想包庇他们，人命关天的大事，你们不管，我就到省里到北京去连你们一起告。潘潮风就是罪恶黑手，他们只管赚钱，不管老百姓的死活，李辉他爸就是这样被他们害死的，你们必须要让潘潮风磕头谢罪，把他送上审判席。"

省委巡视组的全体人员全都感到震惊，他们一边派人把那些黑骨头送到省里鉴定，向上级有关部门反映，要求省市各有关部门立即组成专案组下来彻查，一边在刘明明他们的带领下直奔矿区去找李奶奶，进一步深入调查。

潘潮风知道这个消息，也立即亲自带人进驻矿区，并在小矿区现场紧急召开县委常委会，要求立即组织全县一切力量，全面协作调查。

刘明明在矿区一遇到潘潮风，当即冲上去，当着众人的面，指着他的鼻子怒骂："你这个狗县长，你的心比地下的煤还要黑，你一心只要政绩，一心只想往上爬，你才是罪恶的根源，你就是他们的保护伞，你害死了多少人啊，你就不怕他们的冤魂会从地下爬出来找你，你还为了掩盖罪行，把李辉送去坐牢。你现在还有脸带人来开会，你还有脸当县长，你就应该带领你们这群干部一起钻到地下去，给那些人陪葬。”

潘潮风和所有赶来开会的县里干部，被他当众骂得脸色苍白，一句话也说不出来。

陈晓艳好容易才把他拉开：“你没看到他们正急着在开会，你还瞎骂什么，你发什么神经啊，上面都派人来调查了，谁也掩盖不下去了。”

刘明明仍在激愤难忍地说：“这些个狗官，我见一次就想骂一次。”

省市各有关部门，在最快的时间组织专案组，深入各个小煤矿调查，很快就查出了震撼人心的结果。这么些年，全县死在各个小煤矿下的矿工，有名有姓的就有上百人，还有一些没名没姓的在进一步核实，几乎所有的遇难矿工都是矿主私下赔钱私了的，没有留下任何记录。

同时，也终于查清了，李辉父亲李明亮和几个矿工都是在徐老大的矿井下遇难的。于是徐老大和多位涉案小矿主被立案刑拘调查。

这一特大事件再次震撼了整个金山，顿时成为全县关注的焦点。同时，各相关主管部门的几十个责任人也被拘捕，牵扯到的人像滚雪球似的越来越多了。

金山县的反腐工作随即取得重大突破，迅速向各层次各部门深入开展，所有官场人都是人人自危。全县人民情绪激昂，奔走相告，大声叫好。每天最激动人心的消息就是谁谁又进去了，谁谁也受牵连了，谁谁家里抄出了多少钱，谁家把钱藏在地板下发霉，谁家把钱装在铁匣子里浇筑在混凝土里，还有谁家把钱藏在了鱼塘里，真是千奇百怪，无奇不有。令人脑洞大开，更使人津津乐道的还是查出的那些贪官们的风流韵事。他们包了多少二奶、养了几个情人早就不是新闻。大家没有想到，那些平时在电视上，在大会小会上道貌岸然、夸夸其谈的干部们，私下干出那么多意想不到的事，个个都是天下难得的奇才啊。有的特别爱好收集女人的阴毛，把和他睡过觉的女人阴毛拔下来收藏纪念，这叫雁过留毛；有的特别喜欢记录性爱笔记，准确细致地记录下他每次和不同女人做爱的感受；有的特别喜欢摄影录像，把和多位女人的同时一起狂欢和性爱的裸体摄影录像，最多的照片有十几个裸体男女在一起，这叫做留下美好的时光，跟国际接轨；有个干部，言情小说和宫廷电视剧看多了，他同时和几十个情人保持关系，他还给她们按照三宫六院分配名分，后来多了安排不下了，他就又按照“四大古代美女”“金陵十三钗”等来细分；最出奇的一件事，是金山也出了一个绝世奇女“杨红妹”，她竟同时和十几个官员保持着性关系，她成了大家争相追逐的宠儿。县城人现在到处都在称赞，她才是金山最伟大的反腐英雄，她一出山，就撂倒了一个排的贪官，有人戏谑地说：“我们金山就应该给反腐女杰杨红妹塑像立碑。”

更多的市民们纷纷说道：“这些狗官坏官，也有今天啊。真是不是不报，是时候没到啊。就是要那些龟孙子把不该吃的都吐出来。共产党做事最认真，反腐也是最厉害的，毛主席的时候就差一点把那些贪官都消灭了，现在他们又冒出来了，就是要见一个逮一个。”

有些人更是压制不住内心的喜悦，跑到大街上燃放鞭炮，一连几天县城都是鞭炮声不断，就好像是在过大年似的。

全县所有的承包矿主们全都慌了，一起跑来找沈金山求救。

沈金山也气得把他们一顿大骂：“你们的心都被狗吃了，连下面死人的安抚费你们也要私吞啊，这种钱你们也敢扣啊，这还是人做的事吗？你们把事做绝了，谁还能救你们，谁干的缺德事谁自己承担，你们现在只有去自首，才能减轻惩罚，徐老大这样的人就该永远关在牢里。”

沈金山的几大弟兄，也都感到了自危。张景、赵日和胡高一起来找沈金山，请求他出面，想办法阻止进一步调查。他们都说：“这个潘潮风真是疯了啊，他就是要抓住这个事不放，要无限追查下去啊，哪里开矿不死人啊，这样追下去，整个金山全完了。”

沈金山说：“谁的责任谁承担，矿山的事有矿山人负责，那些黑了心的人，就该抓去坐几年牢，让他们查去，我们不能给他们背这个黑锅。”

他们又说：“潘潮风不是这个意思啊。他不是在查小矿主，他是要深挖保护伞。他就是要借这个机会，一直追责到底啊。听说他自己向省委巡视组和上级部门提供了几百人的名单，把我们这些人都立入了重点调查名单，省委巡视组和上级部门正在调查核实。看这势头，他是要借机把我们都查处了啊。这么关键的时刻，你还是帮我们去请张松书记回来了吧。”

沈金山不以为然地说：“他潘潮风能有这个能耐啊，金山这么多人，他都能动的了，他也太不知道自己几斤几两了。你们不用担心，金山还没到任他潘潮风兴风作浪的时候。你们看着他还能闹几天，最后还是要回到原样。”

他们仍在胆战心惊地说：“老大，这次的形势真的很严峻，我们怕是顶不住了啊。现在来调查的人都是上面直接派下来的，对我们都保守秘密，我们都不知道调查结果了。我们不能坐等啊，应该采取一些行动了。”

他们正说着时，沈金山就接到了肖剑的电话，约请他到省委巡视组，协助调查一些情况。

沈金山顿时脸色大变，他语气十分缓和地回答道：“我是有责任随时配合你们的调查，只是我们在上海北京的项目有许多事情要处理，一时安排不了时间。我会派我的助手去配合你们，你们有什么事就找他。那些小煤矿都是独立法人，独立组织，他们的事由他们自己负责，谁的责任谁承担，这些都与我金山集团没有任何关系。我只想跟你们说一句，他们是有错误有过失，但他们都是对金山发展做出过重大贡献的人。希望你们就事论事，不要搂草打兔子，借机无限扩大。金山的未来还要靠他们。”

他的几个弟兄听他说完，一起纷纷说道：“老大，你看他们都调查到你这儿来了，你快想办法去活动活动吧，我们以后全要靠你了。”

沈金山冷笑道：“这有什么大不了的事，我沈金山这些年什么风浪没见过，让他们去查吧，看他们能查出什么。想要约谈我，我是个民营企业，我哪有时间陪他们玩。你们尽管放心，不管金山遇到什么风雨，不管形势怎么变化，不管潘潮风和省委巡视组想怎么折腾，他们都是过路客，他们改变不了金山的任何东西。金山的山还是那些山，金山的林还是那些林，金山永远是我们的家，永远是我们的天下。”

正好这时，电视上在播放潘潮风的讲话。只见潘潮风满眼含泪地说道：“全县人民好，这几天小矿区发生的事，一直使我沉浸在极度的悲愤和痛苦之中，我代表县委县政府向全县人民道歉，向所有遇难矿工的家属道歉，向那些深埋在地下的矿工表示哀悼。这个教训非常深刻，非常痛心。这些年来，我们热衷于加快发展，尽快脱掉贫穷落后的帽子，我们急功近利，热衷于深挖小煤矿，才会发生这样刻骨铭心的悲剧。我们都负有不可推卸的责任，我们深刻检讨，这同时也促使我们不断反思我们这些年的发展思路和做法，我们发展的根本目的是什么？这也更坚定了我们加快产业结构的调整，转变发展思路，向那些严重污染的企业，向那些危害人民生命财产的产业，向那些藏污纳垢违法乱纪的不良企业坚决说再见的决心了，因为我们金山不仅要发展，更需要一个干净环保和谐幸福的金山。我们发展的目的，就是要让全县人民过上幸福美好的生活，不再留下这些不满、遗憾、痛苦和悲伤。”

沈金山还没看完，就气得指着电视，对自己的弟兄们说：“这个时候了，他还在唱高调。让他一个人唱高调去吧，我们不陪他玩了，看他还能坚持多久，看他在金山还能待几天。他这不是在当县长，他就是在跳独脚舞，就让他一个人去跳吧。”

那几个弟兄也都紧跟着说：“老大，你早就该出去散散心了，你还是先到上海去帮我们向张松书记汇报吧。这个潘潮风根本就不是个合格的县长，根本就不知道如何保护地方利益。只要你不在后面支持他，他这个县长一天也干不下去，他的下场一定很惨。”

沈金山没有听从省委巡视组协助调查，他当天就生气地离开金山出去了，而且关了手机电话，一时间音信全无。

44 倚草附木

沈金山的突然离开，谁也联系不上，对于金山县不亚于发生了一场地震。大家都在纷纷流传着一个可怕的消息，金山集团早就是个资不抵债的空架子，沈金山已经带着几个亿跑到国外去了，把那副烂摊子丢给政府不管了。

金山县城变得更加不安定起来，许多要债的人又去堵住了县委县政府的大门，在省委巡视组的住地又出现了许多血红的标语，“金山集团还我们的血汗钱!”一些心怀叵测的人更在后面推波助澜。

潘潮风感到了问题的异常严重性，他没想到金山的民间借贷已经大到这么恐怖的数字，而且，沈金山在金山的影响力无人能比了，远超过他们县长书记，如果他们任何一个县长书记调走，也不会有这么大的反应。他连续召开多次会议，要求无论如何，也要把沈金山找回来，这是当前稳定民心的当务之急。他这么大的一个集团老总怎么能说躲就躲起来了呢。

潘潮风也真切地感到自己的无能为力了，在金山这块土地上，沈金山的影响力真是无处不在，他就是在会上喊破了嗓子，下面的人都是阳奉阴违，他刮的风声再大，也不见几滴雨点。他这才感到自己原来一直是那么的孤单，那么的无能，自己就是沈金山手里的孙猴子啊。

沈金山隐身而去后，最着急的还是江玲。她整天急得像热锅上的蚂蚁团团转，她知道自己大难临头了，她知道县里为了稳定局面，一定要加大执法力度。他们不敢抓沈金山，就会来抓她这样的人以平民愤，而自己又没有沈金山这样的法道，自己无处逃无地躲啊。

她只能每天绝望地对着刘冬冬大叫：“我彻底完了，我被这两个为你斗气的男人害苦了。”

刘冬冬刚在省城为李辉的事跑出一些名堂，那边已经同意尽快给李辉办理假释手续。在刘明明他们发现的那些黑骨头后，随着小煤矿黑幕的揭开，又带来了意外的转机，特别是潘潮风又亲自到省高院，代表县委县政府，明确要求对李辉袭警案重审。省高院已经接受了重申申诉，正在最快安排对李辉一案重审。

刘冬冬还没来得及轻松一下，就被江玲吵了回来。她立即带着江玲来到沈金山的别墅山庄。他果然已经走了，怎么都联系不上了，只有那艘游艇孤独的漂在湖面上。

刘冬冬知道他这是有意在躲着自己，她也知道开发区的那些企业正在联合状告潘潮风，没有沈金山，自己是无论如何也按捺不住的。她这才知道沈金山原来对自己是多么的重要，自己这些年在金山，其实都是在利用他的势力和影响，没有他，自己将一事无成。他这一跑，完蛋的不只是江玲，还有潘潮风和自己。

刘冬冬此时感到内心一阵阵彻骨的寒意，她只能对着前面的群山发泄内心的愤怒："沈金山，你给我回来，你也是一个顶天立地的大男人，怎么这么没有出息呢。你沈金山，经历过多少大风大浪，何时做过缩头乌龟啊。你快给我回来呀。"

找不到沈金山，刘冬冬只得亲自出马，带着江玲去开发区找那些企业老板，她还是想尽力把他们的意见化解，挽回不可收拾的局面。她们知道在开发区带头闹事的就是沈金山在开发区的三大金刚，号称开发区的铁三角。他们个个都是沈金山一手培养起来的，都是在开发区响当当的企业老总，平时纠结在一起，除了沈金山是谁的面子都不给，连各主管部门下来检查都经常被他们挡在大门外面。他们经常挂在嘴上的口头禅就是："你们工业开发区的江山就是老子们打下的，谁敢来查我们，没我们交税养活你们，你们去喝西北风去吃屁。"

刘冬冬一直瞧不起沈金山，不愿和他接触的一个重要原因就是看不惯他手下的那些人，以及他身边的那些朋友。她觉得那都是七妖八怪，个个龇牙咧嘴的，看着使人恶心。她同时也就觉得这个金山小县城里人就是觉悟低，素质差，什么稀奇古怪的事情都能做得出来，还都是理直气壮的。如果不是为了潘潮风，她是一天在金山都住不下去。

他引以为豪的这三大企业家，其实就是三个赫赫有名的"劳改犯"。有句俗话说得不假，过去吃香的都是穷光蛋，现在吃香的都是劳改犯。这三人在劳改农场的时候是狱友，出来后都先后投奔到沈金山手下，在沈金山的鼎力帮助下，才有了现在的成就。

他们最早出名的是那个光头李总。他小时候是一方的地痞恶霸，多次把人打伤打残，最后被判了八年，出来后就找到沈金山，求他给条活路。沈金山也觉得他有胆有识，是个难得的人才，就收下了他。在沈金山开始打江山时，每次遇到纠纷时，他始终冲在最前面，有着万夫不当之勇。他的勇猛和忠诚深得沈金山的喜爱。

在金山开发区开始建设时，他看中了一个好项目。外面有许多小电镀厂被关了，找不到地方，他就来找沈金山商量，想引进一家。

沈金山一听就大声说好，“天大的好事啊，既不要资金，也不要设备，只要一块地方就行了，我们金山最不缺的就是地方”。

何况他跟着自己这么多年鞍前马后的辛劳，也该帮他搞一点事业了。于是，沈金山就帮他办起了一个电镀厂，生产几个月了，上面才知道，有关部门跑来告诉他们，电镀这个项目是国家严格控制的十五小项目，要有环评报告，才能建设生产，他们最后都被沈金山一句话顶回去了：“什么环评啊？那是在外面，我们金山不需要，我们就是要有自己的特色，发展特色工业园。”

后来光头李总的生意也就越做越大，跟着他后面就来了好多家这样的企业。他们这些企业也就成了金山的污染源，最后被国家环保督查组查获，对这些没有任何环评手续的企业，明令一律关停。

潘潮风也立即趁机组织各部门断水断电，严禁死灰复燃。

于是，光头李总和那些人就把矛头都对准了潘潮风，觉得上面一个文件，不就是过过场，为啥要那么认真，过了这阵风不就算了，我们没办手续算啥？那么多计划外偷着生的小孩，都没准生证，不都活得好好的，你总不能把他们都枪毙了吧。

那个独眼龙夏总，也是由光头李总介绍来的，他过去因偷窃被人打瞎了一只眼，还被判了几年，出来后他跟光头李总后面跑了一段时间就想单干。

沈金山看到他头脑灵活点子多，就帮他承包了县里濒临倒闭的鞋厂。他果然如鱼得水，能力出众，与时俱进，很快就让那家鞋厂起死回生，兴旺发达起来，现已成工业开发区里很有影响的明星企业家。他先是把皮鞋的底从硬胶换成硬板纸，把软皮换成软革，节省下大笔成本，低价倾销，一时供不应求，全城大街小巷全都是他生产的皮鞋。几个月后，当大家提着断底的开帮的坏皮鞋找上门来时，他义正词严地说："什么价钱什么货，这个价钱还能买到真皮?"

他在本地卖不动了，就到外地去卖，把全国市场都卖了一遍，实在卖不动了，他又灵机一动，立马改产羽绒服羽绒被。那时确实给金山带来不少效益，那些腐烂的没人要的猪毛狗毛鸡鹅鸭毛都成了紧俏品，价格高得出奇。他的羽绒服羽绒被，后又发展到太空服太空被，远销到国内外，轰动一时，成为金山的一大名牌，但很快，人们发现身上的羽绒服太空服一经雨水，就流出无数又臭又黑的污水时，他生产的羽绒服太空服，也就像臭狗屎一样被扔得到处都是。

那时，人们都认为独眼龙夏总这回真完了。但是，企业家的能耐就是无穷的，他从外地考察一圈回来，又学到真经。他说白酒好不好就是看广告，白酒纯不纯就是看兑水。他从贵州四川购来大量酒精，很快就又开发出"千年秘方，古泉酿造，深山珍藏，金山贡品"的金山名牌"金山大曲"。他的销售天才又得到极大发挥，他把"金山大曲"分成各种等级。特级贡品专供县里各部门机关送礼的佳品，这种酒是不上市场的，也是金山县很少能拿得出手的招牌。每到逢年过节，大小车辆源源不断地而来，整车整箱的远走。

他的一级精品"金山大曲"，是专供公款消费和酒店请客用酒，度数特低，瓶瓶有大奖，每箱有重奖，一桌十来人喝个一箱不醉，喝个两箱没人头痛，喝得个个都喊好酒，人人都得大奖。酒量翻番，消费猛增，相互吹捧，意得志满。

独眼龙夏总现在已是踌躇满志，春风得意，正准备进一步把广告打进央视，做成全国名牌。他现在跟在那些关停企业后面闹，是因为潘潮风对"八项规定"抓得太紧，不但公款消费的酒少了，所有酒桌上突然都不见了"金山大曲"，而且他还派纪委的人在路口设卡检查，什么土特产都不准带出去，这样一来就没有一个单位来买酒送人了。

独眼龙夏总的酒销售又遇到了巨大困难，堆满了仓库，价格贱了底，也无人问津了。于是，他心里就郁积了太多的怨气，认为这就是潘潮风有意在断他的财路。

那个扎着一条大辫子，一口娘娘腔的“老娘们”林总，钱最少却活得最得意。脖子上挂着一条特粗特大的黄闪闪的金链子，戴着两个特大的耳环，鼻子上还镶着一颗发亮的钻石，左手的五个手指戴着五个大戒指，右手有点残疾，总是插在口袋里不拿出来，和人握手总是伸出五个大戒指。

他的这个装饰，连沈金山过去都看不惯他，就常把他当成笑料：“你一个大男人戴这么多东西干嘛？”

“俺的女人们喜欢嘛，俺就是为了讨女人欢心。”他一口娘娘腔地回道。

“你真是投错了胎，那你干脆变性做女人吧。”沈金山取笑道。

“男人的一半本来就是女人嘛。”他不以为然，反以自豪地说。

“老娘们”林总年轻的时候因强奸幼女罪被重判，出狱最晚，跟在他们后面捣鼓捣鼓也赚了上千万了。他没成大器，还是因为女人。他出狱后娶了老婆生了两个儿子，后又私下暗地里娶了两个老婆，又生了四个儿子两个女儿。他的精力都花在了这上面，这也是他一生最得意的。他常拖着娘娘腔说：“这世道我看得最清楚，凡事都要跟共产党对着干就对了。共产党不准干的项目，你去干就能赚大钱。共产党搞计划生育，不准生孩子，我就要生。它管得越紧越说明孩子金贵，将来什么最值钱，人呗。那些个傻屁公务员教师干部们被共产党管得只生一个孩子，将来什么用都没有。我有三个老婆六个儿子八个孩子，将来的天下还不是我们的，我还不算多，暗地里养老婆生孩子比我多的大有人在。孩子生下来就是国家的，国家都得养，共产党再怎么搞计划生育，它总不能把孩子掐死吧。”

沈金山在朋友中最看不起的就是他，又不得不佩服他。他能把三个老婆安排得服服帖帖，一大群孩子都健康长大了，几个大的都上大学了。在这方面，沈金山只能自叹不如了。

“老娘们”林总被潘潮风盯上是他自己找来的，他的一群孩子大了，他就开始毫无顾忌地到处吹牛，被他的商场冤家告到了县政府。

潘潮风一听就不放过他了，他在全县大会上情绪激愤地说：“我们抓了这么多年计划生育，怎么还会有这么大的漏网之鱼。一定要一抓到底，该罚的钱一分不能少，如构成重婚罪，交给司法处理。”

45 无计可施

刘冬冬和江玲来到工业开发区找这三个企业老板，他们开始还都在躲着，不愿见她们。把江玲气得怒火冲天，她拿出了山里女人少有的泼辣，大骂道："你们这几个劳改犯，那时找我们贷款时，跟在我们后面像龟孙子似的，现在钱贷给了你们，就是你们狠了啊，还躲着不出来，我就不信你们能躲到哪里去，不要以为沈金山不在，就没人能拿你们有办法，你们今天敢不出来，我们马上就去告你们诈骗，告你们偷税漏税，你们的账目和材料都在我们这里，我们再把你们几个送进劳改队去，你们本来就是没有改造好的劳改犯，就该继续待在那里面。"

那三位大老总，看到她们真的火了，才一起出来见她们。他们一脸无奈地说："娘娘啊，我们知道欠你们贷款，不是我们不还呀，是潘潮风逼得我们没法活了，我们拿什么还呀？银行贷款你们都找他要去吧。"

刘冬冬说："你们大小都是企业老总，都是在金山有身份有地位的名人，说话办事都该有分寸有道理。我们桥归桥路归路，该什么事就说什么事，今天我们不是来要贷款的。你们组织那么多人要去省委巡视组大闹，把所有责任都推到潘县长的身上，这不公平呀。你们自己清楚，你们哪家的事情与他有关啊。"

他们纷纷说道："他是县长，他就代表政府，我们没饭吃不找他找谁，政府就是要为我们排忧解难，给我们找出路。"

刘冬冬说："我们都是搞企业的，市场经济本来就是有风险的，你们不能遇到困难就来找政府，那你们发财赚大钱的时候，也没有把钱交给政府，你们还是要去找市场不要去找县长。我来就是帮你们想办法找出路，你们都是经历过大风浪的人，都是白手起家创下了现在的家业，不简单啊，我从心底里最佩服你们，现在遇到这点小挫折算得了什么呢，我从来就没有对你们失去信心，从来也没催你们还贷款，只要你们重整精神，继续创业，我们银行继续支持你们。”

光头李总又说：“刘行长，我们哪有你的法道，我们的出路都被潘潮风堵死了，是他不给我们路走啊。”

刘冬冬着急地说：“你们都是有身份的人，你们怎么能把责任都记在他一个人的身上。他一个县长还能管得了你们企业的事，他一直就是反对你们搞这些污染企业的。你们这些污染企业确实没出路，早晚都得关呀。现在上面查下来，他怎么能顶得住呢。现在就是给你们办环评，上面也不给批了。钱你们赚到家了，现在县里还要花几十年的时间去治理。”

独眼龙夏总接过话：“他潘潮风就是管得宽，连喝酒吃饭他都管，干部们在一起吃吃饭喝喝酒都不行，谁还愿意跟他后面干事。再说我们金山大曲是正宗的本地产品，为啥就不能上酒桌了？他不保护本地企业，那要保护谁？”

刘冬冬笑了：“夏总，你的金山大曲也是全国名牌，全国畅销，你哪能还在乎金山这个小地方，谁能不让它上酒桌，是你过去的价格太高了，现在的人受不了了。”

“老娘们”林总更是一肚子的怨气：“我的事就是潘潮风找来的，他是跟我有仇啊，我的孩子们都这么大了，都在为国家做贡献了，还要罚款。这么多年了，我经过了多少领导，从来就没人管过，就是他要管。他把我公司罚倒了，我的孩子都要靠他养了。”

刘冬冬和他们费尽了口舌，一点效果都没有。她发现，自己是无法说服他们了，与他们花费再多的时间都是徒劳，他们根本不会把自己放在眼里。一种从没有过的焦郁和失望开始占据了她的胸膛，她开始意识到这么多企业老板一起去告潘潮风，对他将意味着什么，人多势众，众口铄金啊，自己多年来的心血和努力都要完蛋了，而这一切，都是因为沈金山这个冤家神秘隐身造成的。

她仍不想放弃，她开始带着江玲出去寻找沈金山，她相信他绝不会凭空消失，只有他回来才能控制目前的局势。可是，她们从上海到北京，找遍了沈金山所有的业务所在地，还是没有找到他的一点信息。

江玲知道金山已经又将几个有影响的非法集资的人拘留起来了，她吓得躲在外面不敢回去了。

刘冬冬只好把她带到省城，把她安顿好。她知道沈金山就是要躲着自己，再找也是无用。她只能自己独自回到金山，去面对越来越猛烈的风暴。

令她心烦的事还有，刘明明和陈晓艳怎么劝也不回学校，还不愿与她见面了，他们像打了鸡血似的，抓住那些黑骨头不放，跟着添乱。还从省城和北京叫来许多同学朋友，深入民间大搞调查，还利用网络媒体不断宣传造势，开展人肉搜索，非要刨根问底，挖出所有的后台和保护伞，矛头也直指潘潮风。这更使她又急又恼又火又没有办法。

刘冬冬知道潘潮风的日子也越来越不好过了，她也只能干着急，没有办法了。她只能每天晚上通过望远镜看着潘潮风的窗户，她看到他的灯光每天都要亮到深夜，有时直到天亮，他工作起来就是不知道休息啊。

刘冬冬总是感到心痛，却又是没有任何办法，因为他一直就是看上去那么近，近在咫尺，就在眼前，可又是那么的远，远不可及啊。她一个人待在房间里的时候，甚至开始后悔了，后悔这些年自己所做的一切，自己为啥非要一股劲地把他往上送，送到了这个看似耀眼而实际危机重重的位置，害得他成为众矢之的，还害得他没有好好的休息一天，也害得他不能为他家的老人尽一份孝心，付一份关怀。自己做的那一切，到底是好了他，还是害了他，自己到底是有功还是有过啊，自己带给他的到底是祸还是福啊。

刘冬冬已经不敢想下去了，她感到自己已经把潘潮风推上了一条不归路，只能前进不能后退了，她已经别无选择了。

可是，她就是使尽了招数，也无法阻止开发区那些企业老板们的联合行动了。她感到他们过去对自己都是虚情假意的，一到紧要关头，一个都靠不上了。这些生意人啊，就是这样无情无义，自己给了他们多少帮助啊，谁不欠自己的贷款，谁不是自己支持起来的。平时事不关己，高高挂起，一牵涉到自己的切身利益，就是翻脸比翻书还快，六亲不认啊。

她也感到他们这次是有组织有计划的行动，说明他们后面一定有高人支持，是有无数只黑手在背后兴风作浪，就是想借机把潘潮风搞下去。

她平生第一次感到了无力无助，她只能恨恨地想道：你们这些家伙，你们闹吧，你们和你们的后台谁不在我这里有一本账啊，你们要玩下去，你们就是玩火自焚。只要潘潮风出了问题，我就让你们一起完蛋。

46 命丧黄泉

光头李总他们三个老板，看到沈金山总是不露面，就觉得他这就是在暗地里支持他们，心里最后的一点顾虑也就没了。他们心里从来就没拿刘冬冬当数过，一直觉得她再有本事也不过是个高级花瓶。沈金山在，他们还会给她一些面子，沈金山不在，她也就什么都不算了。

他们于是亲自带领开发区的几十个企业老板，把精心编织的潘潮风的十几条罪状，写成大标语，开着几十辆车，一路敲锣打鼓地送到了省委巡视组。

第一条罪状就是，潘潮风和刘冬冬长年保持不正当的男女关系，明铺暗盖，政商勾结，刘冬冬还是潘潮风家多年来的金主，潘潮风家里的一切费用都是由刘冬冬提供的。

跟在这三个劳改犯老总后面，闹得最起劲的是全县城人人知晓的阴阳头。他属于金山县企业界的后起之秀，才三十多岁，原在开发区办了一家服装厂，专门招收青年女工，他也想学着沈金山当年发财的路子，开发一批美女出来。后来看到开发区的外地工人多，他就在开发区开了一家大浴场，把招来的漂亮姑娘一个个送进这里培训。他看到这个无烟工厂效益好，也就没心事再去办服装厂了，整天把一头长发染成一边红一边黄，过着逍遥快活的日子。可是，好景不长，由于他的浴场在全县城规模最大，影响巨大，每次扫黄打非时，潘潮风都要点名："开发区那家浴场影响那么恶劣，人所皆知，怎么就是查不出问题呢?"

这样一来，张景也保不住他了，对他说："枪打出头鸟，谁叫你把声势做得这么大呢，干你这行的还是要隐蔽一点，不能学东莞那样公开，现在风头上，你先关一段时间，避过风头。"

这样一来，阴阳头的损失就大了，一群小姐又舍不得放走，还得白白养着。他看到开发区一帮老总都闹起来了，立即抓住机会，组织了十几个浓妆艳抹的小姐在前面打头阵，她们一起站在最前面的一辆大卡车上，手里牵着巨大条幅在迎风飘扬：“我们也是人，我们要吃饭，我们要自由，我们要出路。”

路上许多不明真相的人一起呼叫着跟着看热闹，纷纷叫好。他们知道，这些开发区的老板们是动真格的了，这在金山历史上还是第一次。他们一起出动，潘潮风和娘娘这次是真的遇到大麻烦了，金山的这场戏就更加精彩好看了。

何枫和肖剑非常重视，这是他们第一次接到对潘潮风的正式举报，而且人多势众，声势浩大。他们亲自接待了前来反映问题的十几位老板，这些人个个面对着他们群情激愤，有的当着他们面怒气冲天地拍起了桌子。

何枫召集省委巡视组的全体同志，连夜开会讨论他们送来的举报材料，并逐一展开调查。

何枫决定要尽快约谈潘潮风，向他当面了解大家反映的问题。

这时的潘潮风还在亲自为李辉的案子重审奔波。由于各方人士的积极努力，李辉一案重审的法律程序都以最快的时间解决了。李辉终于被判无罪，当庭释放。

法官一宣布，刘明明和陈晓艳就当场激动地跳了起来，被他们特意叫来助阵的十几个同学也一起欢呼起来。激动之余，刘明明控制不住地当众一把抱住了陈晓艳，陈晓艳也被他这个突然的动作惊呆了，一时没反应过来，半天才红着脸挣开，嗔怒地说：“你干什么？你疯了？”可是他们刚才的举动已经被他们的同学高叫一起拍下来了。

陈晓艳当着大家的面，早已羞得面红耳赤，她还想责怪刘明明的鲁莽，看到潘潮风过来了，才停住了。

潘潮风是特意赶过来的，他是想来当面向李辉表示道歉和慰问，并亲自把他送回家，他这颗一直悬挂着的心终于落地了。

刘明明一见他，就冲过来把他堵住，指着他鼻子骂道：“你这个狗官，你还有脸来，好事坏事你都赶在前面，你又想来做什么秀啊，你真是一点机会也不放过啊。这一切还不都是你造成的，金山小煤矿下的那些死人，不都是你害死的，金山最该死的人就是你，你滚回去吧，我们见到你就作呕。”

他的同学们一听也都过来把潘潮风团团围住，一起愤怒地责骂道：“你这个县长怎么只知道作秀，把李辉关进去的是你们，现在又要来冒充好人。你们心里想的怎么只有政绩，就没有法制和公平。你们怎么可以这样草菅人命，不顾人民的死活。你们就是金山历史上最坏的昏官庸官，你们怎么能以腐败治县，在金山培养出这么大的腐败集团。我们不需要也不接受你们的道歉，我们要把你们送上历史的审判台。你就应该早点引咎辞职。”

刘明明又在一旁大叫道：“辞职难以弥补他的罪过，他就应该自杀谢罪。他只会出来作秀，他早就该去跳楼了，最好还不能让他死在金山，免得让他的一身脏血污染了金山的青山绿水。”

潘潮风面对着这些大学生的怒斥，一句话也说不出来了。他只感到自己心里堵得慌，头脑嗡嗡地在叫，他现在还能说什么呢？他已经尽心尽力了，这些年自己殚精竭虑，呕心沥血，把所有的理想和激情都留在了这片土地上，付出了全部的心血，却只得到这样的结果，他还能说什么呢？他只感到自己从身体到精神都在崩溃。

陈晓艳看到潘潮风的脸色苍白，想起那次在访民面前发病倒下的情景，立即大声说：“你们不要找错了对象，乱开火。潘县长都亲自过来了，这说明他的心也是热的。我们要就事论事，冤有头债有主，这事的责任是那些躲在后面不出面的人的，他们才是罪恶的祸首。”

陈晓艳这么一说，她的同学们才停止了对潘潮风的愤怒和责难，一起丢下他，簇拥着李辉，送他回家去了。

当潘潮风筋疲力尽地回到办公室，就接到了肖剑约谈的电话。潘潮风没敢耽误，立即请他们过来。在会议室里，何枫和肖剑面对着潘潮风展开了严肃的谈话。

潘潮风从他们的表情中，感觉到问题的严重性。他轻松地笑道：“我知道现在有许多人在举报我，我接受组织任何形式任何方式的调查，我会如实交代一切。开发区那些人要告我，很正常。我砸了他们饭碗，他们不告我才怪啊。他们那饭碗不是好饭碗，现在还想偷排偷放，偷税漏税。我答应老百姓也不答应啊。他们那个饭碗早就该砸了。旧的不去，新的不来，我就是要逼他们转变思路，闯出一条新路来。”

何枫说：“我们来这些天，已经看到了你的工作，今天不谈工作，只谈一些私人问题。”

肖剑问道：“潘县长，我们就直入主题吧，请你说说你和刘冬冬之间真实的关系。”

潘潮风脱口而出：“她是我曾经的恋人爱人，那是二十多年前了，现在我们只是工作关系。她是一位非常精明能干的女行长，这些年，她和她的银行为金山的经济发展确实做出了突出的贡献。”

肖剑又问道：“你能说说，刘行长，十年前为何要来金山？”

潘潮风一时答不上来：“这个，这个，也许是他们银行出于发展战略的考虑吧。”

肖剑又问：“你和她之间是否一直保持密切的私下往来啊？”

潘潮风说：“她是女同志，我和女同志之间是保持距离的。我和她这些年来，每年除了工作接触过几次外，没有私下往来，这是我的工作原则，同志们都看得清清楚楚。”

肖剑接着问：“对于她私下做的事情，你一点不知道？”

潘潮风说：“他们银行不归我们管，她们私下怎么操作的，我们不知道，也不能管啊。”

何枫在一旁问道：“那她和你的家人交往，你也不知道吗？”

潘潮风说：“她们之间是有些交往，我有时知道，有时不知道。我的父母和岳父母都收她做干女儿了，他们之间一直处得很好，刘冬冬是很有人缘的。”

肖剑说：“我们得到一份资料，你的父母，你的岳父母，你的孩子在省城读书，都是由刘冬冬安排的。她这些年为你们家花费的费用，不是少数，这么重大的事情，你也能不知道吗？”

潘潮风听了这个话，头脑嗡的一声，一下子失去了理智。他顿时觉得恶火攻心，他紧捂住自己的胸口，变得脸色惨白。怪不得这些年家里变得平安无事，老人们个个无病无灾，怪不得小雪在省城读书顺风顺水，不用自己分一点神啊，怪不得，怪不得，怪不得这些年有那么多好事都围绕着自己呢，原来后面一直都有刘冬冬，都是她在为自己操劳付出啊。可是自己怎么就是想在回避呢，这能回避得了吗？自己犯了多么大的错误，这是多么严重的原则性错误啊。

潘潮风的心绪彻底乱了，这对他的打击太重了。他已经不知道内心是恨还是感激了，他只是目光呆滞地面对着何枫和肖剑果断的一字一句地说：“我相信你们说的是真的，我也相信别人的举报是真的。我这些年和家里人接触少了，什么可能都有。请你们给我一点时间，我会和她们了解清楚，再向你们汇报。我一定会给你们，给组织一个交代。”

何枫看到这样，就说：“你要相信组织，什么事情都会搞得清楚的。我们知道你是一位好同志，你的工作有目共睹，你要尽快把大家反映的这些问题解释清楚。我们相信你是清白的，这里面有许多我们想要知道的东西，这是对组织对人民更是对你负责。”

潘潮风又回到办公室，他的整个人都好像麻木了似的。他闭着眼靠在办公椅上，顾不得心口的疼痛。他不用去问，他也知道无风不起浪，那些反映一定是真的。他知道刘冬冬是那么果决精明的人，什么事情都会做出来，虽然她都是出于爱护、帮助自己，可是在党纪国法面前，没有任何私情可讲啊。对于一直视清白和名誉高于生命的他，这一事件的打击是致命的。现在任何的解释和辩护都是无用的，他已经无法逃脱干系，只会被别人耻笑，成为别人茶余饭后的谈资。

他闭目沉思，感到这几十年就是像一场梦一样，自己所有的激情、梦想和期望都在一瞬间彻底毁灭，最后留下的只能是一地碎片。他感到自己这几十年来，就像一条在大海里的鱼，被种种看不见的不明的各种网，团团裹住了。他无论如何挣扎，都无法冲破这些网，只能被它裹挟着向无底的深渊沉去。二十多年前，他逃离省城，来到这个偏僻的小县，就是想逃出那层网，就是想能在自己的天地干出一番事业，但他失败了，他逃出了一道网，却又被更多的网裹住，使他无法挣扎，无处可逃。现在，他连逃跑的欲望和勇气都没有了，他也看不到世上哪里还有他该去的地方。

他不知道夜色是何时爬上来的，他只希望这夜色永远不要再离去。他已经不想再看到明天的阳光，因为他已经无脸再去面对自己的亲人、朋友、同志，无脸再去面对自己的组织和百姓，更无脸去面对天天在接受自己廉政教育的下属。自己最终也没有脱离腐败的泥潭，自己在对待家人的管理上是有推辞不了的责任的，现在再多的泪水和悔恨都已无法洗清自己。

他开始深切地感到，这个事情的根本责任还是在于自己。他不是不知道刘冬冬的存在，知道她一直就在自己身边，自己不愿和她见面，可是在自己的潜意识里，自己也是不愿意她真的远去啊。在心里埋的最深的东西就是最珍贵的，他已经习惯了她的无时无刻的存在。他对她的感情早已升华到超越男女的那种，早也不是金钱所能影响的。他想起刘冬冬刚来时，带来几十万找到他，当着众人的面拿到他的面前说："这是我们那时的婚房卖了，这是你该得的那部分，还你吧，我不想占有你的那部分。"

那时的他看到那些钱，受到了巨大的刺激，突然暴怒地扔了一地，发疯似的冲她咆哮着："你办银行的人，就知道钱，你眼里除了钱，什么都没有，世上什么都是能拿钱买来的吗?"

潘潮风现在开始后悔，那时为啥没有跟她彻底了断。如果当时一了百了，就不会有后来的那些牵挂。刘冬冬就不会千方百计地去接近自己的家人，去想方设法地去花那笔钱了。是自己的固执，才会有了今天，才会有了这个自己无法说清的事实；是自己的固执，是自己心里那点放不下的牵挂，才毁了自己一世的清白啊。自己不怨天不怨地不怨任何人，只能怨自己心底藏着的那点私情啊，因为是自己心里一直还在深爱着她，不愿意让她远去，可是自己却一直没有勇气去接受这一切，自己只是在躲避，自己原来就是一个没用的懦夫。

夜已经很深了，潘潮风心里的内疚越来越重。他想起了自己的父母、岳父母、妻子和女儿。这些年来自己真的太自私了，自己对他们的关心和爱护太少了，没有尽到应有的责任。自己一心只是为了自己的事业和理想，一头扑在工作上，可是这些年，自己又做了什么？自己没有做好一个儿子，一个丈夫，一个父亲，还搞得民怨沸腾，人民来信满天飞。他想起沈金山经常嘲笑自己的那句话：你潘潮风没能力没魄力，大事小事都干不了，就是会捣蛋爱折腾，没有你，金山会发展得更好更快。

他又想起自己被刘明明和那群大学生责骂时的情景。他不敢再去想象面对更多的群众责骂和追问的前景了，其实，每次遇到群访事件，他都是奔向现场，可是每次面对众人的指责，他的内心都是充满了恐惧，都是胆战心惊。他现在是更加没有勇气去面对他们了。

潘潮风不由地自嘲道：还是沈金山了解自己，自己果然是个没用的人啊，上对不起国家百姓和组织，下对不起自己家人，自己就是一个多余的窝囊废啊，这些年就是靠一个女人在后面帮扶，而自己却一直不敢面对这样的现实，这是人生多大的耻辱啊。

潘潮风抑制不住内心的羞愧，他来到窗前，看到下面已经亮起无数的灯光，仿佛是银河洒落的星星。

这时，潘潮风心里已经只有一个想法，他已经对不起自己的家人了，不能再让他们为自己担忧，自己接受调查，最受打击的还是他们，不能再让他们为自己担心害怕了，也不愿让刘冬冬再为自己受到过多的牵连，现在只有自己远远地离去，这才是最好的结局。

他仿佛看到无数的花草在黑夜里在向他招手，他仿佛听见了大地母亲对他的呼唤。他感到自己真的累了，他的身体他的心都累了，他该去休息了，他赤裸裸地来到世上，就该赤裸裸地离去，不带走一丝的牵挂。

他来到窗前站了很久，一直凝望着远处，他的心情已经彻底平静，他拿起手机，一面凝视着宁静的夜空，一面依次和妻子杨慧、女儿小雪以及家里几个老人都打了电话，都向他们委婉地做了告别。

他最后的目光落到了那几个闪闪发光的大字"金山县扬子江农村商业银行"上，接着就看到对面的金山宾馆。他突然想到自己在这里吃了多少方便面的事，刘冬冬和家人怎么都会一清二楚呢，难道那里一直有双眼睛在看着自己。

他最后终于忍不住打通了刘冬冬的手机："你好，你现在在哪里？"

他还是想到要和她做一次最后的告别。

刘冬冬在手机里笑道："我正在对面看你，这么晚了，你为啥还不休息？老是站在窗口打什么电话？要不是又遇到什么动心的人了？"

潘潮风顿时感到一股热血从心里冲上脑门，使他头晕目眩，失去了知觉，恍惚之间他仿佛看到，在他的窗口出现了一条美丽的彩桥直通到对面。

他爬上窗口，喃喃不停地说道："冬冬，我看到你了，是我错了，我对不起你，我不该一直逃避你，我知道我是逃避不了你的，我从来没有忘记对你的爱，我这就来看你，我们一起从头开始，一切都从明天重新开始吧。"

刘冬冬在手机里惊慌失措地大叫："你给我别动，你疯了，你快别动，我求求你了。"

潘潮风已经听不到她的叫声，他已经忘记了身边的整个世界，他感到自己已经走上了那条绚丽的彩桥，正在展翅向刘冬冬奔去。

刘冬冬一直就在对面的望远镜里看着这边，当她看到潘潮风爬到窗口的一刹那，就已经吓傻了，在她的惊叫声中，她看到潘潮风最后终于张开双臂，像一只夜鸟从窗口向漆黑的夜空飞去，然后又像一片树叶轻轻地飘落到地面上，宽广的市民广场和市民公园像大地伸出的两只大手接纳了他。

刘冬冬是眼看着他坠落到楼下去的，她一路失声惊叫着狂奔了过来。宾馆服务员也都惊慌地跟着她跑了出来，她们看到刘冬冬像疯了一样哭着叫着，最后重重地摔倒在广场上爬不起来。

47 飞来横祸

潘潮风跳楼自杀的消息再次震撼了整个金山，所有的喧嚣全都沉寂了下来。

公安人员在潘潮风的办公室里找到了潘潮风的多种病历和各种药物，他不但患有严重的心绞痛心血管病，还长期患有严重的失眠症和抑郁症。

省委巡视组的同志都被这突然的变故震惊了，何枫和肖剑深为那次草率的谈话感到内疚，他们特意向上级做了检讨。但是，巡视工作还是要不受影响地继续开展下去。

刘明明和陈晓艳已经离开了金山，他们正被极大的成功的喜悦包围着。他们和一大群学生一路欢歌笑语地护送着李辉回家，刚脱牢狱之灾的李辉，却怎么也高兴不起来。他看到刘明明和陈晓艳一路有说有笑，完全亲密得像一个人似的。他感到陈晓艳的心已经离自己远去了，心里充满了沮丧。他一路十分郁闷地想着：早知道这样，还不如不出来呢，至少还知道陈晓艳在牵挂自己。

到了李辉家，他们全家都被这个巨大的喜悦感动着，全部出来热情地款待他们。青年人一兴奋，就都喝多了。

刘明明也高兴地喝多了，他异常激动起来，就不顾众多人在场，直截了当地对李辉说："我比谁都希望你早点儿出来，你现在终于出来了，马上就要回学校了，你爸的赔款也要到了，现在我们大家都公平了。我救你出来的一个重要原因，就是要正式向你宣战。我从现在起就要把陈晓艳从假女友变成真女友，她从现在起就是属于我的了。"

全场人一下都惊住了，他们都知道，刘明明的话是真的。他在法院大厅里就已经当众搂抱过陈晓艳了。大家心里似乎早已明白了什么，全都惊讶地望着他们。

李辉也喝多了失态了，他本来心里就憋足了怨气，他也忍不住地跳了起来："刘明明，你别以为你帮了我，我就该把女朋友让给你，那不如还让我去继续坐牢，桥归桥路归路，一码是一码。我不管你是官二代还是富二代，不能天下的好事都该归你们，陈晓艳早就是我的女朋友，我绝不会让给你呢。"

刘明明一听更火了："这就是我俩的事，你说那么多干啥，什么官二代富二代，我从来没有趁你坐牢，占你便宜。今天我们就把话说明了，陈晓艳就是我的，你别再有非分之想，不服我俩就来单挑。"

李辉也不依不饶地说："我坐过牢，受过锻炼了，还能怕你？你帮过我，我感谢你，可是你不能借机做第三者。你要单挑回学校去，我不会在我家欺负你。"

刘明明说："我等这一天等得太久了，我等不及了。我们今天就来了断，你知道吗？这些天我天天和她在一起，却不能有任何表白，我都快要疯了。"

两个人拉开架势就真要干起来了，众人目瞪口呆，又不知道怎么劝说，全都一起看着陈晓艳。

陈晓艳也没想到这两个人在这时候就借着酒劲闹事，她先是红了脸，在一旁急得不知说谁。

她顿了片刻，还是先对着刘明明大叫："刘明明，你酒喝多了，又要耍什么酒疯，人家刚回家，你就要来胡闹，你是不是一天不打架心里就闷得慌，你是不是还没被人打够啊。"

陈晓艳一说话，他们两个人就都停了下来。她接着又对着李辉说："你是不是牢也没坐够啊，刚回家，就应该跟大家高兴高兴，还要跟客人动手。你们两个要干啥？你们把我当成什么了？你们把我当成你们手中的物品了？你们谁问过我了？你们谁能代表我的决定？我告诉你们，我一个都不爱你们，我从来就没有爱过你们。"

他们两人被她说得面面相觑，异口同声地说："你说的是假话。"

李辉走上前说："我知道你一直爱着我，才会这样不顾一切地去救我，正是你的这份爱，才给了我无穷的力量，才使我在绝望中变得坚强，我一定永远珍惜这份爱，一生一世来报答你。"

陈晓艳异常坚决地说："你真是酒喝多了，也想多了，我们只是好同学好朋友，我们谈过一天恋爱吗？我做过你一天女朋友吗？从来没有过。我帮你是出于公平和正义，因为，我们都需要公平和正义，这也是我的责任和义务。我帮了你，还要做你的女朋友，哪有这样的道理。”

李辉不信地说：“不可能，你不可能不是出于对我的爱。你是在骗我，都是他，如果不是他，你绝不会这样说。”

陈晓艳又认真地说：“我说的是真的，也许你还没有懂得爱的含义，也许我们过去都有误会。你是个男人，你应该尽快振作起来，重新开始生活，走向新的未来。我们许多同学都在等待着你呢，我们的过去都作为美好的回忆吧。”

刘明明立即说道：“我作证，她从来就没有把你当成男朋友，她一直都说你是她的亲戚的，她一直把你当成一般的亲戚。”

陈晓艳看到他的得意样，又转身对刘明明说：“我也不会爱你，看你这副得意样，做成一点小事，就这么轻狂了，一副小人得志的样子。”

刘明明不服地说：“这还是小事啊，我们都把金山闹翻天了，埋在地下一千多米的事情都给他翻出来了，他们的公安局长、县长都被我骂得龟孙子似的。”

陈晓艳又说道：“我就是不喜欢你的这个轻狂样，这都是你的功劳啊。我永远不会爱你这样自高自大、目中无人、无聊得只知道压水溅女生的男生，一副纨绔子弟的嚣张嘴脸，你想要女生爱，还是先去改掉这些臭毛病吧。”

刘明明一听，就耷拉下脑袋：“你还没有原谅我呀，你真小气，我已经向你道过歉认过错了。”

陈晓艳说：“我从来没有想过要原谅你，谢谢你这段时间的帮助，我们的合作已经结束了。我不会再做你的假女友了，你现在可以回去了。”

刘明明失望地望着她：“你，你真要我走啊。”

陈晓艳十分生气地说：“你不走，还赖在这里干啥？你还想借酒闹事耍酒疯啊。”

刘明明看到她异常坚定的眼神，只好无奈地说：“好，好，我走。”他说完就赌气地走向法拉利，一发动就风一样跑了。

这时，旁边人一起惊叫起来：“他喝多了酒，不能开车啊。”

陈晓艳一听，才仿佛惊醒过来，立即跟着车后追去。

刘明明在倒车镜里看到她在后面追，也不停车，继续加速。

陈晓艳急了，立即跑向另一个十字路口，站在路中间等着他，这里的路她比刘明明熟悉。

刘明明看到她拦在路中间，又无法掉头，只得把车停住。他说：“不是你要我走吗？为啥又要拦我？我命大撞不死的。”

陈晓艳已经是满脸绯红了，她趴在车前喘着气说：“我，我只是想告诉你，我还欠你一个东西，你，你快下来。”

刘明明不解地说：“什么东西？我的东西多得很，我什么都不需要，你让我过去。”

陈晓艳低着头，趴在车头不动说：“你，你下来，你不要一个人疯跑，丢下我一个人。我，我还想告诉你一个你最想知道的秘密。”

刘明明这才走下车，拉起趴在车头的陈晓艳说：“你不小气了，用这么好的衣服给我擦车啊，这就是你的秘密吧。”

他没想到，陈晓艳顺势就扑在他的怀里，不停地拍打着他：“你这个混蛋，你这个坏公子，你这个小油子，就是知道瞎胡闹，一点都不知道我心里的秘密。”

刘明明顿时惊住了片刻，他紧紧抱住她喃喃地说：“我，我，我没有瞎胡闹，我，我只想永远和你在一起，”

两颗火热滚烫的心终于和他们的嘴唇紧紧贴在了一起。时光和空间仿佛已经为他们凝固了。

所有的路人都被他们惊呆了，李辉和众人从远处跑来，也只能远远地望着。他知道自己虽然获得了自由，但是已经永远失去了世上最美好的东西。他最后只能黯然地离去，去独自体会内心的孤独和痛苦，去独自面对苍天流泪。他忍不住在内心悲号：苍天啊，你既然制造出万物，为什么就让他们生来就不公平呢。

无数的车辆和行人一起被他们堵在了十字路口，一片刺耳的喇叭声才将他们惊醒，使他们羞涩地跑上车，慌忙地朝野外的山林开去。

经过一夜的缠绵，他们已经像是一对热恋已久的恋人。他们开着车就像刚刚经过了一场愉快的旅行，轻快地向北京开去，车上又放起那首激昂的歌曲《怒放的生命》。

刘明明兴奋之余，又不停地问道：“你到底是什么时候爱上我的？为啥爱上了我？幸福为啥来得这么突然？”

陈晓艳无比幸福地说：“你开慢一点吧，我也不知道从何时爱上了你。我就爱你身上的那股正气，还有勇于承担一切的精神。”

刘明明又说：“你为啥不早说，让我空守了这么多难熬的长夜。”

陈晓艳笑道：“那是因为你傻，我也不知道，我怎么就是喜欢跟你往大山里跑。”

这是，陈晓艳的手机响了，她打开短信，立即惊叫起来：“啊，特大消息，金山县县长潘潮风因长期患有严重抑郁症，于昨夜坠楼身亡。”

刘明明一听大叫道：“真是天大的好消息，这个坏家伙终于畏罪自杀了，他早就该死了，天理昭昭，坏人都不会有好下场的。”

陈晓燕说：“你就是对人有成见，我觉得他是个好人，李辉的案子不是他出面，还不知要拖多久啊，你还要那样骂他，现在想来他也很可怜啊。”

刘明明说：“那是你不了解他，那就是政治作秀，做官的人都会这一套。”他高兴地一边开车，一边唱起了歌。

不一会儿，刘明明的手机也响了，陈晓艳一看，就说：“是你妈妈来的短信，你自己看吧。”

刘明明说：“她一定也是告诉我这个好消息的，你放声音给我听吧。”

陈晓艳一按手机，刘冬冬的声音立即充满了全车：“亲爱的明明，我的好儿子，请原谅我到今天才告诉你真相，潘潮风才是你的亲生父亲，你是他的儿子。”

陈晓艳看到刘明明神色剧变，她还没来得及发出惊叫，飞驰的法拉利已经像飞机一样在高速路面上飞了起来，撞坏路边的铁栏杆，翻滚着向路边的深沟坠落而去。

48 曲终人散

潘潮风的追悼会再次震动了整个金山，无数的乡民闻讯而来为他送行，几乎把所有的街道都堵住了。

当潘雪捧着潘潮风遗像的灵车在大街上缓缓移动时，所有人都在注目凝视着，好像所有的空气都也为他凝固了似的。大家突然意识到潘潮风的种种好处来，原来他一直都是一个干实事的好县长，所有对他的各种非议也都消失了。

新义村的老人们特意带来了纸扎的旱船，全都披麻戴孝地走在前面。他们一边在前面敲锣打鼓地痛哭着，一边不停地哀嚎着：“风娃风娃你好走，妖魔鬼怪把你缠，大路朝天你莫怕，心底无私亮堂堂，妖言惑众休猖狂，公道自在人心里，坏人作恶莫得意，天有报应未到时……”

全城人几乎全都出动了，大家只是遗憾地没有见到刘冬冬。刘冬冬也没能来参加他的追悼会。

何枫和肖剑已带领省委巡视组的全体人员参加了他的追悼会。

刘冬冬已经因为违规批发大量不良贷款，给国家造成巨大经济损失，被立案调查。当调查人员进入她的办公室时，才发现她已经彻底疯了。她怀里只抱着刘明明和陈晓艳车毁人亡的照片以及她的几个笔记本，对着他们傻笑着，只会反复说着一句话：“世上没有一个好人，他们都是坏人。”

省纪委和市纪委根据省委巡视组收集的资料和刘冬冬笔记本里记录的情况，立即派专案组进驻金山，金山县反腐工作再次取得重大进展。县委书记、县人大主任张松因涉嫌多起重大案件，在医院被双规，紧接着法院院长赵日、检察长胡高、公安局副局长张景都被双规，其余多人被立案调查。

同时，他们也查清所有对潘潮风的举报都是捕风捉影，无中生有。特别是他们在潘潮风爱人杨慧处发现了一本详细的账本，清楚地记录着她家和刘冬冬之间所有来往的账目。也清楚地说明了，所有费用都来自他和刘冬冬二十年前的那套婚房，那是他们共有的财产。当时潘潮风负气出走，净身来到金山，只带了一只皮箱，是刘冬冬卖了那房硬要分给他们的，他们怕潘潮风反对，才瞒着他的。

不久，省委巡视组在金山县的巡视工作结束了，他们将转入到下一个县继续巡视工作，他们的心情一点也没轻松下来。这段时间在金山发生的一切，给他们的记忆太深刻了。他们知道他们很快还要回来，因为他们还要给金山人民一个回馈报告，他们现在还不知道这个报告该怎么去写。

离开金山的时候，肖剑特意来到金山公墓，想给潘潮风献一束花。他意外地发现了李辉和一群来自北京的大学生，他们是特意来祭奠刘明明和陈晓艳的。刘明明和陈晓艳也都安葬在了潘潮风的隔壁。

李辉看见肖剑时，满眼含泪地说："肖大哥，他们都是为了救我而死的，他们都埋在了这里，我大学毕业后，一定来这里工作，经常来看望他们。"

刘冬冬被送进疯人院的时候，沈金山终于回来了，他直接来到疯人院，刘冬冬已经不认识他了，她只是见人就傻笑着说："这世上没有一个好人，他们都是坏人。"

沈金山不由分说地把她带到自己的别墅山庄，开始每天陪着她，特别是每天带她一起去看晚霞。每当落日西下，满天艳红的晚霞把四周的山林和湖面照印出一片红色时，刘冬冬的眼里才会发出异样的光，她就会手舞足蹈地反复说出另一句话："血，血，都是血。"

每当看到这情景，沈金山就会感到自己的内心到处都在流血。他没想到自己离开这些天，金山就会发生这么多事。自己打了这么多年的江山，何时躲避过，何时退却过，是自己的一念之差，才造成了这样的不可挽回的结局。自己原来只是想出国去休养一段时间，避一避风头。自己能够去哪里呢，这里就是自己的家，自己的故土啊，自己是一辈子都离不开的呀。不管走什么样的路，有多少道弯，摔多少次跤，自己都得在这块土地上站起来呀。他想起自己过去无数次在黑暗的小煤窑里的时候，他从来就没有绝望过，他坚信自己一定能够爬出来。现在，自己虽然又掉进了一个无底的黑洞中，但是自己也是一定能走出来的。

虽然这次他的损失惨重，他的许多兄弟都进去了，还有的在不断接受调查，但他根本就不会担心害怕。这些年他什么风浪没有见过，比这次更危急的事情都经历过，不都是过去了。他的公司依然还在，金山的山还是那片山，金山的水还是那片水。他的基本人马依然还在，金山的未来还会是属于他的。他心里只是在渴望刘冬冬能一天天好起来，能够亲眼看到他重振旗鼓，创出一条更辉煌的未来，看到他才是这片土地的真正主人，金山的未来还是要靠他。

直到晚霞消尽，夜色完全笼罩上来，吞噬了整个大地的时候，沈金山才会带着刘冬冬离去。他知道再美的晚霞都会无奈的消失，但是，谁也无法阻止明天早晨，一轮新生的鲜红的朝阳又会在东方冉冉升起，普照大地。

附录

反腐视角下的人性坚守与挣扎

——读许祚禄长篇小说《小县城》

庄稼汉

都说千江有水千江月。许祚禄新近创作的长篇小说《小县城》就是以反腐这样一个较为独特视角观照人性本真的一部现实主义作品。这部立足时代最前沿、直逼第一线的长篇小说，在作家的笔下，既有一枝一叶总关情的平民小事，也有大开大阖的命运转折与时代变迁，更有生命成长中的爱恨情仇。小说名字虽然叫“小县城”，但其叙述触角却远远地超越了县城，以其宏大的视角书写了新时代磅礴的反腐风云，而且把人物命运与人性的坚守与挣扎，放在时代风云激荡的环境里来观照，因此使得小说立论高远，意境开阔，思想也具有比较深刻的、震撼人心的力量。

选择什么样的叙述视角，是作家对写作形式的选择，但通过叙述视角所传达的意义的生成，却是作家精神理念的显现。许祚禄这位作家之所以选择了新时代人们最关注的反腐视角来完成一个小小县城的时代风云变幻，是因为作为一名具有历史使命感的作家，他身上有着自觉地为时代留影、为历史存真的大历史观。他的作品始终体现着强烈的时代精神，作品紧贴时代最前沿、紧扣时代最敏感的脉搏、紧抓时代最为新近的风声，并以其敏感体察、深刻观察、精准把握，以及高瞻远瞩的站位，使得他笔下的文字有超越当下的历史观，也就是人们平时所说的站得高望得远，其作品也具有深邃而独特的思想性和较为宝贵的文学品质。

省委巡视组一次看上去再平常不过的巡视，却在小小的金山县引发了一场极大的风暴，奔走相告者有之，惊慌失措者有之，静静反思者有之，不以为然者有之，期盼曙光者有之，故作镇定者有之，远避风浪中心者有之……一次看似简单的巡视，其意义在一个县城中却并不简单——不同的人心里掀起不同的风浪，而巡视组的工作也面临着极大的考验与挑战。可不是么，在路上就已经感觉到一丝丝风声：货车驾驶员与治理超载超限的交警发生冲突，尤其一些拉煤车的司机竟然肆无忌惮地向警察动手……这一事件背后的东西，很是令人深思：那些运煤车的司机缘何有恃无恐？他们背后的靠山是谁？他们真的是被“逼上梁山”吗？那些交警的做法到底是正常执法，还是执法违法？……一个个悬念就此留在读者脑海，同时，看似一个不经意闲笔：巡视组成员肖剑与现场的公安局副局长张景之间的一段往事，也扯出一个线索……小说就这样先声夺人地把一个个明线暗线悄悄地埋在字里行间，激发起读者强烈的阅读欲望，也让小说有了极为柔韧的故事叙述张力。

初一看，许祚禄的这部长篇小说应该是要归到官场小说当中去的。然而，许祚禄的高明之处就在于他没有单纯就官场写官场，也没有抓住反腐写反腐，更没有一味地写官场中的尔虞我诈、勾心斗角，而是紧紧贴着人物命运发展的脉络来写，从而写出了一个不一样的官场，写出了一群不一样的时代人物。他们有自己的爱恨情仇，也有自己的梦想追求，更有自己的人生志向，只不过由于他们各自的人生观和价值观的区别，才决定了他们之间为人处世的方式不同，也才决定了他们命运走向的千差万别。一部好的小说可以让人有很强大的正能量，小说或者揭露罪恶，或者宣扬善良，或者批判人性，或者点亮希望。小说中，潘潮风在多年的艰难困苦中，仍然不放弃帮助农民群众脱贫致富的梦想，屡遭挫折依然不悔；而当在初恋情人刘冬冬暗中的帮助下，走上县级领导岗位时，看上去平步青云春风得意了，但仍心系百姓，情系地方经济发展大计，始终没有失去为百姓兢兢业业服务的本心。

潘潮风无疑是一名理想主义者，也是意气风发的大学生。因为爱情纯洁性受到挑战后，毅然决然主动要求到偏远农村工作，并立志为老百姓踏踏实实做事，试图用自己的青春热血为改变偏远农村农民的生存状况，而不懈努力。虽然他在现实的面前有些唐·吉坷德大战风车似的无力感，但依然初衷不改壮志未减。“现在又回到这个大山里，他也时刻感到这里的山民和他的家乡一样纯朴亲密，使他始终有了一种回家的感觉，也许这就是自己与这大山有着一辈子解不开的缘，这使他时刻感觉到，他要为这大山找出一条发展之路，一条腾飞之路，这也是他小时的梦想，他把这当成了自己一生的追求，一生的责任和使命。他把这里当成了自己的家园，也当成了自己精神的归宿。”

在潘潮风身上，还有一点非常可贵，那就是他还能时时深刻自省、反思自己在工作中那些做得不到位的地方。而且还为地方经济的发展，违心地接受初恋情人、银行行长刘冬冬的资金帮助，虽然在兴建开发区时有些急于求成而让一些不符合环保要求的企业进入，但令人敬佩的是，他一旦发现了这些不符合环保生态发展的大原则，立刻以壮士断腕的勇气，宁可削弱自己的政绩、有损自己的声誉，也坚决把那些不合乎标准的企业驱除出去，不给地方经济社会的发展留下丝毫的隐患。在得知自己的初恋情人为他的妻子、孩子、岳父岳母花了很多钱时，他感到自己的清白不再，心中美好理想破灭，不惜以坠楼自杀的方式，坚守自己人性中最为宝贵、最为闪光也最让人敬佩的一面。

一部长篇小说的成功与否，在很大程度上取决于故事，故事是小说构成最重要的元素之一。《小县城》就是因为编织了一个矛盾交错、扣人心弦、起伏跌宕的故事情节，而产生了引人入胜的艺术效果。有了鲜活的人物才会有故事，没有鲜活而典型的人物，也就不可能有生动曲折的故事，更不可能产生欲罢不能的阅读效果。作家在《小县城》这部小说中写了大大小小、有名有姓的人物大约数十个。上至省委高官，下自贩夫走卒，无论什么样的人物，其性格特点都极为鲜明，属于特有环境中的“那一个”。即便是只出场一两次甚至没有出场的过渡人物，也在情节推动中起着重要作用。作家虽寥寥数笔，也能给人留下深刻的印象。就连一直躲在幕后遥控金山县局势的前县委书记张松，虽然是只闻其声不见其人，但通过作家的传神叙述，一个只关心自己政绩仕途且对权利十分热衷、圆滑而独断的庸官形象呼之欲出跃然纸上。

在小小金山县城，似乎每个人都是自己内心中的英雄，每个人都在做着自己，每个人也都在努力扮演着自己认为比较接近自己灵魂的角色。小说中另一个人物沈金山，与潘潮风是同学，原本也是对自己家乡有着深厚情感的大山的儿子，也曾经在宦海沉浮，后来下海经商，并凭着自己的聪明头脑和过人胆识，终于成为著名的企业家。虽然他为追求自己的财富梦想不择手段，但内心也有着为改变自己家乡面貌而做出贡献的志向。然而，在实际行动中，却“两只手一只手挖的是黑金，一只手挖的是白金”，并且还自鸣得意，自以为是金山县繁荣发展的历史性“功臣”：“这是我慧眼识珠，开发出了山里这两件宝物，那些小白金，那些漂亮的小姑娘被我送出去，找到了出路赚了大钱，都在感谢我呢，不然她们美好的年华不都埋葬在这大山里了，这片山水养育的这些天生丽质不都浪费了。金山只有这两样宝，要发展就离不开她们，为了大山的未来，牺牲一代美女是值得的，这是多少国家创造经济奇迹的成功经验。”他自认为对自己的家乡——金山这片土地有着深厚的感情，同时他也认为自己为这片土地的腾飞做出了自己的努力，至于牺牲家乡的一些利益，也是理所应当的。

为什么潘潮风和沈金山同样都是对金山有着深厚的情感，而付诸行动时却有着不同的方向？作家以细致而深刻的笔触，直抵人物灵魂深处的人性之源——人生观和价值观的不同、善恶观点的差异，才造就了人物性格乃至人物生命走向的不同。

著名科学家牛顿曾经说过这样一句话：“我可以计算天体运行的轨道，却无法计算人性的疯狂。”而中国古人向来也有关于人性善恶之争，孟子说“性本善”，所以主张“仁政”；荀子说“性本恶”，所以提倡“法治”。结合千百年来中外哲学、美学、心理学的研究成果，笔者以为人性当中存“善”“恶”两端，一般而言，善是显性的，恶是隐性的，但随着环境的变化，善恶的显隐方式会发生很大变化。越是在利益纷争的社会，善恶的冲突就越是激烈，但人类的终极诉求却是“善”。文学艺术最根本的特质是审美和抒情，文学作品通过不同形式的语言、艺术形象来传达生活的真谛，宣扬人性中的真善美。因此，作家许祚禄在着力塑造潘潮风和沈金山这两个价值观念差异极大的人物时，并没有单纯地以善恶来划分，而是根据人物成长环境以及内心中对人性的坚守与挣扎，努力描摹出人物内心深处的细微变化与本质。

在选材方面，作家许祚禄似乎选择了一个费力不讨好的素材和切入角度。他选择反腐作为故事铺陈的大背景，给人的感觉与时代贴得很近，表面上看好像更能吸引读者眼球，然而从另一个角度看，想在大家写了很多反腐题材的长篇小说之后，再从这个大家都有点写滥写旧写老的领域写出新意来，应该是件很难的事，而且这个切入点看上去也有些老套。而许祚禄却迎难而上，别出心裁地用“反腐”这个题材的“旧瓶”，装入人性刻画与探析的新酒，所以在费了极大的力之后，还是淘到了文海之宝，讨得了读者的叫好。这和作家深厚的叙述功力有着直接的关系，更是因为作家在主题开掘上着实下了一番狠功夫。诚然在地方经济发展过程中，腐败是无法回避也不能回避的一个大问题，也是一个较大的障碍，然而滋生腐败的土壤是如何形成的？如何看待发展与生态的关系？如何正确衡量和评价一个地方官的政绩与官声？带有“尚方宝剑”的“钦差”——巡视组，能否真正将腐败连根拔起？一系列带着层层思考的问题，在小说跌宕起伏的情节若隐若现发人深省，从而使得小说的内涵变得格外厚重。而这样多重视角的主题开掘，作家没有刻意借用人物之口，简单地传递出来，而是从小说千丝万缕的人物关系以及人物之间那种说不清道不明的情感纠葛中，让读者得到更深的感悟。

毋庸讳言，物质生活加速变化的现实环境，让很多人的思想与灵魂发生了裂变与异化，而作家许祚禄时刻紧跟时代脚步，紧紧抓住了变革时期的这一典型嬗变，将现代欲望的愈演愈烈、伦理道德的趋向变质过程中的风云变幻，用典型人物渲染开来。对人的生活选择、情感要求、思想矛盾等与人性相关的问题，进行了入木三分、发人深省也耐人玩味的思考与探讨。从小说的主线脉络看，巡视组的行踪成为纵观全篇的主线，给人的感觉这是主旋律题材的典型表现，但这部小说又不仅仅单纯地描写和叙述巡视组的工作，而只是借助巡视组这一重要载体，让人物渐次出场，以情感矛盾纠葛和人物性格的成长变化甚至惊天逆转，充分反映一个县城社会经济的发展变迁和前进中坎坎坷坷的足迹，实现了以小观大、见微知著的艺术效果。比如潘潮风与刘冬冬之间的关系，可以说对潘潮风是一种无法忘却的爱的伤害，而对于刘冬冬则是剪不断理还乱、永远偿还不了的情债。这也才有了潘潮风的逃离和刘冬冬的情感追逐。而这种深爱之后的分离，没有改变潘潮风内心的良善与执着，但让原本单纯天真的刘冬冬对社会、对人生有了畸形的认识和偏激的行为。一方面，她为了心中永远的爱人，执着追求，不惜牺牲自己的身体为爱人换取进步的机会，乃至到爱人逃离到乡野，依然义无反顾地追上去，不遗余力地帮助爱人实现人生志向与理想；另一方面，她又带着残酷现实割裂出的伤痕，一改清纯形象，长袖善舞，成为金山县城要风得风要雨得雨、能量最大的“娘娘”。可以说。刘冬冬在个人情感上，是个重情重义的女子；然而，她却为了个人狭隘的“爱情”，一味地意气用事，不惜违反原则利用手中的权利和个人的人脉资源，盲目而疯狂地推动“爱人”的政治进步。从小我的个人情感而言，刘冬冬无疑是令人敬佩的痴情女子，然而一旦放在广阔的生活背景下，刘冬冬的人性已经被异化成时代令人痛惜与悲哀的肌瘤。

从许祚禄已经和读者见面的几部长篇小说中可以看出，他是一位笔力沉实的作家，他以独特的反腐视角，匠心独运地将金山县城风云变幻中的众生相描摹出来，从而塑造了从省到县，一直到社会最底层的各类人物绝不雷同的艺术形象。而且在人物的命运走向上，作家并没有着意用笔锋引领人物性格的形成与发展，而是任由人物性格的成长方向顺流而下，水到渠成地让人物命运在故事情节的发展中自然涌动，这种客观呈现人物命运的写法，既使作品情景真实，叙事流畅，而且还因作者意向的引而不发和作品故事的自然流动，使得这部现实主义小说平添了许多文学张力，主题也更为深邃，从而更耐人琢磨，引人思考，给读者留下更大的阅读空间和思考余地，作品也从而散发出迷人的艺术光芒。

古今中外的文学文艺史证明，只有深刻的东西才能传之后世，只有符合人们审美心理和需求的文学艺术，才能为人们永久地记忆。作为一部现实主义的长篇小说，《小县城》始终将一位作家的历史使命感与这个伟大的时代紧紧联系在一起。可以说，真正的当今中国精神中国发展的艺术诠释，是建立在对社会对人生的深刻真实的认识基础上的。作为深入时代最前沿的作家，许祚禄应该是时代风云激荡中执著的守望者，他有着强烈时代责任感，也有着对现实中那些畸形现象的深深忧思。他通过一个小小县城在变革与发展，辉煌与艰难，反映着整个时代的变迁与进步；通过一位热衷于权力、始终没有正面出现的县委书记张松的若隐若现，和潘潮风成长中的挫折与磨砺，写出了变革与发展路上的光明与阴影；他通过肖剑、陈晓艳和刘明明这些追求正义的年轻人的求真坚守，写出人间正道是沧桑；也通过百姓们对潘潮风的态度，写出了人性深处的真善美；作家还通过看似闲笔儿女情长与情感纠葛，让笔下的人物更加血肉丰满，让笔下的文字有了让人荡气回肠的烟火气息和鲜明的时代感。是的，小说中的人物，大部分都是最普通的人，即使如潘潮风这样的县级领导，也都有着人性光辉和性格的缺陷——在面临抉择时有软弱、恐惧和挣扎，却终以最朴素的情感和超乎寻常的勇气，追逐人性的亮光。还有像刚出场时以纨绔公子形象出现的刘明明，在爱情的力量的推动下和残酷现实的教化中，逐渐向好向善向正义，开始只是为了追求女孩子表现男子汉的气概，后来竟然四处奔走只为伸张人间正义……这些小人物内心深处所散发出来的光芒，哪怕再微小，也足以把人心温暖、照亮。